Wissenschaftliche Beratung:

Karl Bayer, Manfred Fuhrmann, Fritz Graf,
Erik Hornung, Rainer Nickel

SAMMLUNG TUSCULUM

Artemis & Winkler

Euripides

Ausgewählte Tragödien

BAND II

Übersetzt von Ernst Buschor
Herausgegeben von Bernhard Zimmermann

ARTEMIS & WINKLER

Die Deutsche Bibliothek – CIP-Einheitsaufnahme

Euripides: Ausgewählte Tragödien :
in 2 Bänden ; griechisch-deutsch / Euripides.
Hrsg. von Bernhard Zimmermann.
Übers. von Ernst Buschor.
Zürich : Artemis und Winkler – Bd. 2 (1996)

(Sammlung Tusculum)
ISBN 3-7608-1693-2
NE: Zimmermann, Bernhard [Hrsg.];
Euripides: [Sammlung]

Artemis & Winkler Verlag Zürich / Düsseldorf

Druck und Bindung: Pustet, Regensburg
Printed in Germany

INHALT

Band I

Band II

Anhang

IPHIGENIE IM TAURERLANDE

ΙΦΙΓΕΝΕΙΑ Η ΕΝ ΤΑΥΡΟΙΣ

Τὰ τοῦ δράματος πρόσωπα

Ἰφιγένεια · Ὀρέστης · Πυλάδης · Χορός
Βουκόλος · Θόας · Ἄγγελος · Ἀθηνᾶ

Ἰφιγένεια

Πέλοψ ὁ Ταντάλειος ἐς Πῖσαν μολὼν
θοαῖσιν ἵπποις Οἰνομάου γαμεῖ κόρην,
ἐξ ἧς Ἀτρεὺς ἔβλαστεν· Ἀτρέως δὲ παῖς
Μενέλαος Ἀγαμέμνων τε· τοῦ δ' ἔφυν ἐγὼ
τῆς Τυνδαρείας θυγατρὸς Ἰφιγένεια παῖς,
ἣν ἀμφὶ δίναις ἃς θάμ' Εὔριπος πυκναῖς
αὔραις ἑλίσσων κυανέαν ἅλα στρέφει,
ἔσφαξεν Ἑλένης οὕνεχ', ὡς δοκεῖ, πατὴρ
Ἀρτέμιδι κλειναῖς ἐν πτυχαῖσιν Αὐλίδος.
ἐνταῦθα γὰρ δὴ χιλίων ναῶν στόλον
Ἑλληνικὸν συνήγαγ' Ἀγαμέμνων ἄναξ,
τὸν καλλίνικον στέφανον Ἰλίου θέλων
λαβεῖν Ἀχαιοῖς τούς θ' ὑβρισθέντας γάμους

IPHIGENIE IM TAURERLANDE

Personen des Dramas

Iphigenie, *Tochter des Agamemnon*
Orestes, *Sohn des Agamemnon*
Pylades, *Sohn des Strophios aus Phokis*
Chor *der gefangenen Griechenfrauen*
Ein Rinderhirte
Thoas, *König des Taurerlandes*
Ein Bote, *Diener des Thoas*
Athena
Tempeldiener, Gefolge des Thoas

Die Szene ist im Heiligtum der Artemis,
vor dem waffengeschmückten Tempel, beim Opferaltar.

VORSZENE

Iphigenie

tritt am frühen Morgen aus dem Tempel

Pelops der Tantalide kam nach Pisas Stadt,
Gewann mit schnellen Rossen Oinomaos' Kind
Und zeugte Atreus, Menelaos' Vater und
Des Agamemnon, dem samt Tyndars Tochter dann
Ich selbst entstammt bin: Iphigenie.
Wo des Euripos Hauch im Wirbelstrom
Das dunkle Meer zur steten Umkehr zwingt,
An Aulis' vielgerühmtem Felsenstrand,
Hat – wie man glaubt – der Helena zulieb
Mein Vater mich der Göttin dargebracht.
Der Griechen stolze Flotte, tausendfachen Kiel,
Hat König Agamemnons Wille dort vereint,
Den Siegeskranz zu holen der Trojanerburg
Und Helena zu strafen, die den Mann verriet,

῾Ελένης μετελθεῖν, Μενέλεῳ χάριν φέρων.
δεινῆς δ' ἀπλοίας πνευμάτων τε τυγχάνων,
ἐς ἔμπυρ' ἦλθε, καὶ λέγει Κάλχας τάδε·
῏Ω τῆσδ' ἀνάσσων ῾Ελλάδος στρατηγίας,
'Αγάμεμνον, οὐ μὴ ναῦς ἀφορμίσῃ χθονός,
πρὶν ἂν κόρην σὴν 'Ιφιγένειαν ῎Αρτεμις
λάβῃ σφαγεῖσαν· ὅ τι γὰρ ἐνιαυτὸς τέκοι
κάλλιστον, ηὔξω φωσφόρῳ θύσειν θεᾷ.
παῖδ' οὖν ἐν οἴκοις σὴ Κλυταιμήστρα δάμαρ
τίκτει – τὸ καλλιστεῖον εἰς ἔμ' ἀναφέρων –
ἣν χρή σε θῦσαι.
καί μ' 'Οδυσσέως τέχναις
μητρὸς παρείλοντ' ἐπὶ γάμοις 'Αχιλλέως.
ἐλθοῦσα δ' Αὐλίδ' ἡ τάλαιν' ὑπὲρ πυρᾶς
μεταρσία ληφθεῖσ' ἐκαινόμην ξίφει·
ἀλλ' ἐξέκλεψεν ἔλαφον ἀντιδοῦσά μου
῎Αρτεμις 'Αχαιοῖς, διὰ δὲ λαμπρὸν αἰθέρα
πέμψασά μ' ἐς τήνδ' ᾤκισεν Ταύρων χθόνα,
οὗ γῆς ἀνάσσει βαρβάροισι βάρβαρος
Θόας, ὃς ὠκὺν πόδα τιθεὶς ἴσον πτεροῖς
ἐς τοὔνομ' ἦλθε τόδε ποδωκείας χάριν.
ναοῖσι δ' ἐν τοῖσδ' ἱερέαν τίθησί με·
ὅθεν νόμοισι τοῖσιν ἥδεται θεὰ
῎Αρτεμις ἑορτῆς, τοὔνομ' ἧς καλὸν μόνον.
τὰ δ' ἄλλα σιγῶ, τὴν θεὸν φοβουμένη. 37
κατάρχομαι μέν, σφάγια δ' ἄλλοισιν μέλει
ἄρρητ' ἔσωθεν τῶνδ' ἀνακτόρων θεᾶς.

ἃ καινὰ δ' ἥκει νὺξ φέρουσα φάσματα,
λέξω πρὸς αἰθέρ', εἴ τι δὴ τόδ' ἔστ' ἄκος.
ἔδοξ' ἐν ὕπνῳ τῆσδ' ἀπαλλαχθεῖσα γῆς
οἰκεῖν ἐν ῎Αργει, παρθενῶσι δ' ἐν μέσοι

θύω γὰρ ὄντος τοῦ νόμου καὶ πρὶν πόλει, 38
ὃς ἂν κατέλθῃ τήνδε γῆν ῞Ελλην ἀνήρ.

Des Königs Bruder. Doch die Winde blieben aus
Und böse Flaute herrschte. Da befrug
Er Opferrauch, und Seher Kalchas sprach:
„O Held und Führer dieses Griechenheers!
Es sticht kein Schiff von diesem Strand in See,
Eh du nicht Iphigenie, dein Kind,
Der Artemis geopfert. Einst gelobtest du
Der lichten Göttin besten Wurf des Jahrs,
Und Klytämnestra brachte dir ihr erstes Kind.
Sie war der beste Wurf, sie muß getötet sein!"
Odysseus' Trug: die falsche Hochzeit mit Achill,
Entführte mich der Mutter, und in Aulis ward
Ich Ärmste über den Altar gelegt.
Mich traf der Stahl. Doch da schuf Artemis
Dem Volk ein Blendwerk, ließ an meiner Statt
Ein Hirschkalb bluten, trug mich durch die Luft
Und ließ mich hier im Taurerland herab.
Barbarenland, Barbaren untertan:
Thoas herrscht hier, der windesschnelle Fürst.

Der setzt mich ein in dieses Tempels Priesteramt,
Wo alten Festesbrauches sich die Göttin freut.
Doch nur der Name dieses Opferfests ist fromm,
Sein Brauch ist – still! ich trage vor der Gottheit Scheu.
Doch weih ich nur das Opfer. Blutiger Vollzug
Liegt dem Gesinde dieses Tempelhauses ob.

Jetzt will ich Traumgebilde dieser jüngsten Nacht
Dem Äther künden – ob es trüben Sinn erlöst.
Weit fort von diesem Land hat mich der Traum geführt,
Mykenäs Haus, das Schlafgemach der Jugendzeit,

εὕδειν, χθονὸς δὲ νῶτα σεισθῆναι σάλῳ,
φεύγειν δὲ κἄξω στᾶσα θριγκὸν εἰσιδεῖν
δόμων πίτνοντα, πᾶν δ᾿ ἐρείψιμον στέγος
βεβλημένον πρὸς οὖδας ἐξ ἄκρων σταθμῶν.
μόνος λελεῖφθαι στῦλος εἷς ἔδοξέ μοι
δόμων πατρῴων, ἐκ δ᾿ ἐπικράνων κόμας
ξανθὰς καθεῖναι, φθέγμα δ᾿ ἀνθρώπου λαβεῖν,
κἀγὼ τέχνην τήνδ᾿ ἣν ἔχω ξενοκτόνον
τιμῶσ᾿ ὑδραίνειν αὐτὸν ὡς θανούμενον,
κλαίουσα. τοὔναρ δ᾿ ὧδε συμβάλλω τόδε·
τέθνηκ᾿ Ὀρέστης, οὗ κατηρξάμην ἐγώ.
στῦλοι γὰρ οἴκων παῖδές εἰσιν ἄρσενες·
θνῄσκουσι δ᾿ οὓς ἂν χέρνιβες βάλωσ᾿ ἐμαί. 58
νῦν οὖν ἀδελφῷ βούλομαι δοῦναι χοὰς 61
παροῦσ᾿ ἀπόντι – ταῦτα γὰρ δυναίμεθ᾿ ἂν –
σὺν προσπόλοισιν, ἃς ἔδωχ᾿ ἡμῖν ἄναξ
Ἑλληνίδας γυναῖκας. ἀλλ᾿ ἐξ αἰτίας
οὔπω τίνος πάρεισιν; εἶμ᾿ ἔσω δόμων
ἐν οἷσι ναίω τῶνδ᾿ ἀνακτόρων θεᾶς.

Ὀρέστης

ὅρα, φυλάσσου μή τις ἐν στίβῳ βροτῶν.

Πυλάδης

ὁρῶ, σκοποῦμαι δ᾿ ὄμμα πανταχῇ στρέφων.
Ορ Πυλάδη, δοκεῖ σοι μέλαθρα ταῦτ᾿ εἶναι θεᾶς
ἔνθ᾿ Ἀργόθεν ναῦν ποντίαν ἐστείλαμεν;
Πυ ἔμοιγ᾿, Ὀρέστα· σοὶ δὲ συνδοκεῖν χρεών.
Ορ καὶ βωμός, Ἕλλην οὗ καταστάζει φόνος;

οὐδ᾿ αὖ συνάψαι τοὔναρ ἐς φίλους ἔχω· 59
Στροφίῳ γὰρ οὐκ ἦν παῖς, ὅτ᾿ ὠλλύμην ἐγώ.

War um mich. Da erbebt der Erde Leib,
Ich sprang hinaus, sah, wie das Hausgebälk
Herabfiel, wie das Dach zusammenbrach,
Wie es von steiler Höh zu Boden sank.
Nur eine Säule blieb vom Vaterhaus,
Aus deren Scheitel blondes Haar entwuchs
Und die zu klagen anfing wie ein Mensch.
Sie netzt ich unter Tränen, todgeweiht,
So wie ich hier den Fremdenmord verseh.
Und dieses ist des Traumbilds klarer Sinn:
Tot ist Orestes, todgeweiht von mir.
Die Säulen können nur die Söhne sein,
Und wen mit Wasser ich besprenge, stirbt.
Dem fernen Bruder bringt die Schwester hier
Die Grabesspenden; dies nur ist gegönnt.
Der Mägde Schar, die mir der Herr verlieh,
Griechinnen, folgen. Warum säumen sie?
Ich warte ihrer drinnen im Gemach.

Sie geht hinein. Pylades, dann Orestes schleichen heran

Orestes

Schau auf! Doch sieh, ob niemand deine Pfade kreuzt!

Pylades

Ich schau und spähe, wende allerseits den Blick.
Or O Pylades, dies ist der Göttin Tempelhaus!

Py Ich glaub es fest, Orest, und sei auch du gewiß!
Or Dies der Altar, der von den toten Griechen trieft!

Πυ ἐξ αἱμάτων γοῦν ξάνθ' ἔχει τριχώματα.
Ορ θριγκοῖς δ' ὑπ' αὐτοῖς σκῦλ' ὁρᾷς ἠρτημένα;
Πυ τῶν κατθανόντων γ' ἀκροθίνια ξένων.
Ορ ἀλλ' ἐγκυκλοῦντ' ὀφθαλμὸν εὖ σκοπεῖν χρεών.

ὦ Φοῖβε, ποῖ μ' αὖ τήνδ' ἐς ἄρκυν ἤγαγες
χρήσας, ἐπειδὴ πατρὸς αἷμ' ἐτεισάμην,
μητέρα κατακτάς, διαδοχαῖς δ' Ἐρινύων
ἠλαυνόμεσθα φυγάδες ἔξεδροι χθονὸς
δρόμους τε πολλοὺς ἐξέπλησα καμπίμους,
ἐλθὼν δέ σ' ἠρώτησα πῶς τροχηλάτου
μανίας ἂν ἔλθοιμ' ἐς τέλος πόνων τ' ἐμῶν,
οὓς ἐξεμόχθουν περιπολῶν καθ' Ἑλλάδα.
σὺ δ' εἶπας ἐλθεῖν Ταυρικῆς μ' ὅρους χθονός,
ἔνθ' Ἄρτεμίς σοι σύγγονος βωμοὺς ἔχοι,
λαβεῖν τ' ἄγαλμα θεᾶς, ὅ φασιν ἐνθάδε
ἐς τούσδε ναοὺς οὐρανοῦ πεσεῖν ἄπο·
λαβόντα δ' ἢ τέχναισιν ἢ τύχῃ τινί,
κίνδυνον ἐκπλήσαντ', Ἀθηναίων χθονὶ
δοῦναι – τὸ δ' ἐνθένδ' οὐδὲν ἐρρήθη πέρα –
καὶ ταῦτα δράσαντ' ἀμπνοὰς ἕξειν πόνων.
ἥκω δὲ πεισθεὶς σοῖς λόγοισιν ἐνθάδε
ἄγνωστον ἐς γῆν, ἄξενον. σὲ δ' ἱστορῶ,
Πυλάδη – σὺ γάρ μοι τοῦδε συλλήπτωρ πόνου –
τί δρῶμεν; ἀμφίβληστρα γὰρ τοίχων ὁρᾷς
ὑψηλά· πότερα δωμάτων προσαμβάσεις
ἐκβησόμεσθα; πῶς ἂν οὖν λάθοιμεν ἄν;
ἢ χαλκότευκτα κλῇθρα λύσαντες μοχλοῖς
ὧν οὐδὲν ἴσμεν; ἢν δ' ἀνοίγοντες πύλας
ληφθῶμεν ἐσβάσεις τε μηχανώμενοι,
θανούμεθ'. ἀλλὰ πρὶν θανεῖν, νεὼς ἔπι
φεύγωμεν, ᾗπερ δεῦρ' ἐναυστολήσαμεν.
Πυ φεύγειν μὲν οὐκ ἀνεκτὸν οὐδ' εἰώθαμεν,
τὸν τοῦ θεοῦ δὲ χρησμὸν οὐ κακιστέον·
ναοῦ δ' ἀπαλλαχθέντε κρύψωμεν δέμας
κατ' ἄντρ' ἃ πόντος νοτίδι διακλύζει μέλας,

Py Ich sehe seinen Rand vom roten Blut verfärbt.
Or Und siehst du unterm Dach die Waffen aufgehängt?
Py Es ist den toten Fremden abgenommnes Gut.
Or Nun hefte wieder rings umher den Späherblick!

O Phoibos, welche Schlinge legte mir dein Spruch,
Da ich mit Muttermord des Vaters Blut vergalt.
Die Furien lud ich auf mich, floh von Ort zu Ort,
Durchirrte viel gewundne Wege heimatlos.
Da kam ich zu dir, frug, wie ich die Wahnsinnsfahrt
Zum Ende brächte und die vielen schweren Mühn,
Und du befahlst mir, in der Taurer Land zu gehn,
Zu den Altären deiner Schwester Artemis,
Und dort das Götterbild zu holen, das dereinst
Vom Himmel in dies Heiligtum herniederfiel.
Bestünd ich die Gefahr, gewänn ich mir das Bild
Mit List, mit Glück, so sollt ich in athenisch Land
Es bringen. Weiter sagte nichts dein Seherspruch,
Nur daß die Tat Erlösung brächte meinem Wahn.
So kam ich, treulich folgend deinem Wort, hierher
In unbekanntes fremdenfeindlichs Land.
O sag,
Mein Pylades, du treuer Beistand meiner Fahrt,
Was kann geschehn? Du siehst der Tempelmauern Wall.
Kann man mit Leitern übersteigen unvermerkt?
Die ehrnen Riegel sprengend mit der Hebel Wucht,
Ins dunkle Innre dringen? Werden wir gefaßt,
Wenn wir uns Eintritt schaffen durchs erbrochne Tor,
Sind wir des Todes. Drum, bevor wir sterben, laßt
Uns fliehen auf das Schiff, das uns hierhergebracht.

Py Flucht ist vom Übel, auch nicht unsre Art,
Und nicht zu mäkeln ist am Spruch des Gotts.
Verlassen wir den Tempel, bergen wir
Uns in den Höhlen dort am dunklen Meer

νεὼς ἄπωθεν, μή τις εἰσιδὼν σκάφος
βασιλεῦσιν εἴπῃ κᾆτα ληφθῶμεν βίᾳ.
ὅταν δὲ νυκτὸς ὄμμα λυγαίας μόλῃ,
τολμητέον τοι ξεστὸν ἐκ ναοῦ λαβεῖν
ἄγαλμα πάσας προσφέροντε μηχανάς.
ὅρα δέ γ' εἴσω τριγλύφων ὅποι κενὸν
δέμας καθεῖναι· τοὺς πόνους γὰρ ἀγαθοὶ
τολμῶσι, δειλοὶ δ' εἰσὶν οὐδὲν οὐδαμοῦ.
Ορ οὔ τοι μακρὸν μὲν ἤλθομεν κώπῃ πόρον,
ἐκ τερμάτων δὲ νόστον ἀροῦμεν πάλιν.
ἀλλ' εὖ γὰρ εἶπας, πειστέον· χωρεῖν χρεὼν
ὅποι χθονὸς κρύψαντε λήσομεν δέμας.
οὐ γὰρ τὸ τοῦ θεοῦ γ' αἴτιον γενήσεται
πεσεῖν ἄχρηστον θέσφατον· τολμητέον·
μόχθος γὰρ οὐδεὶς τοῖς νέοις σκῆψιν φέρει.

Χορός

εὐφαμεῖτ', ὦ — an^2
πόντου δισσὰς συγχωρούσας — an^4
πέτρας Ἀξείνου ναίοντες. — an^4

ὦ παῖ τᾶς Λατοῦς, — an^2–
Δίκτυνν' οὐρεία, — an^2–
πρὸς σὰν αὐλάν, εὐστύλων — $an^4\wedge$
ναῶν χρυσήρεις θριγκούς,
πόδα παρθένιον ὅσιον ὁσίας
κληδούχου δούλα πέμπω,

Abseits vom Schiff, daß man es nicht entdeckt
Und uns der König dann gewaltsam fängt.
Doch schlägt die dunkle Nacht ihr Auge auf,
Dann auf zur Tat. Das Bild muß unser sein
Und jedes Mittel sei von uns erprobt.
Sieh dort die Lücke im Gebälk, genug
Für einen Menschen. Alles wagt, wer taugt.
Die Feigen gelten nirgends, gelten nichts.

Or Trug uns der Ruder Schlag so weiten Weg,
So winkt am Ziel auch noch die Wiederkehr.
Ja, du sprachst recht und gabst den besten Rat:
Wir wollen gehn, uns bergen im Versteck.
Nie läßt ein Gott Orakel unerfüllt.
Es sei gewagt! Die Jugend will Gefahr!

Sie gehen ab

EINZUGSLIED

Wechsellied

Chor

Stimmt zur Weihe
Eure Herzen,
Die ihr wohnt am Felsentore
Fernen Nordmeers!

Letos Tochter, du
Jagdfrohe Göttin der Berge!
Deinem heiligen Hof,
Goldenen Mauern
Säulengeschmückten Tempels
Nahen wir Mädchen den heiligen Schritt,
Heiliger Priesterin Ehrengeleit.

Ἑλλάδος εὐίππου πύργους
καὶ τείχη χόρτων τ᾽ εὐδένδρων an^{4}
ἐξαλλάξασ᾽ Εὐρώπαν, an$^{4}\wedge$
πατρῴων οἴκων ἕδρας. an$^{4}\wedge$

ἔμολον· τί νέον; τίνα φροντίδ᾽ ἔχεις; an^{4}
τί με πρὸς ναοὺς ἄγαγες ἄγαγες,
ὦ παῖ τοῦ τᾶς Τροίας πύργους
ἐλθόντος κλεινᾷ σὺν κώπᾳ
χιλιοναύτᾳ μυριοτευχεῖ,
τέκος Ἀτρειδᾶν τῶν κλεινῶν;

Ιφ ἰὼ δμωαί,
δυσθρηνήτοις ὡς θρήνοις
ἔγκειμαι, τᾶς οὐκ εὐμούσου
μολπᾶς ἀλύροις ἐλέγοις, αἰαῖ,
αἰαῖ, κηδείοις οἴκτοισιν·
αἵ μοι συμβαίνουσ᾽ ἆται,
σύγγονον ἁμὸν κατακλαιομένα
ζωᾶς, οἵαν οἵαν ἰδόμαν
ὄψιν ὀνείρων
νυκτός, τᾶς ἐξῆλθ᾽ ὄρφνα.

ὀλόμαν ὀλόμαν·
οὐκ εἴσ᾽ οἶκοι πατρῷοι·
οἴμοι μοι φροῦδος γέννα.
φεῦ φεῦ τῶν Ἄργει μόχθων.

Burgen und Städte
Rossefrohen griechischen Landes,
Fruchtreiche Gärten,
Prangend in Europiens Auen,
Ließ ich zurück,
Meines Vaterhauses Sitz.

während Iphigenie heraustritt

Hier bin ich. Was willst du? Was kümmert den Sinn?
Was riefst du, was riefst du zum Tempel uns her?
Kind des Feldherrn, der zu Trojas Mauern
Fuhr mit mächtigem Ruderschlag,
Tausend Mannen, tausend Schiffen,
Sproß des großen
Hauses des Atreus!

Iphigenie

Weh, ihr Mägde!
Welche Klagen,
Mißgesänge, kaum zu tragen,
Schrillen Sanges
Rauhe Lieder
Dröhnen aus der Seele wider,
Trauerrufe,
Wehe, wehe,
Unheil, das mir widerfuhr,
Da ich tot den Bruder sehe,
Ausgelöscht die Spur.
Traumgebild der Nacht
Hat dies Dunkel uns gebracht.

Verloren bin ich, verloren,
Verfallen meines Vaters Haus,
Zerstoben, wehe, zerstoben
Mein Geschlecht.
Zum Himmel schreit Mykenäs Leid.

ἰὼ δαῖμον,
μόνον ὅς με κασίγνητον συλᾷς
Ἀίδᾳ πέμψας, ᾧ τάσδε χοὰς
μέλλω κρατῆρά τε τὸν φθιμένων
ὑδραίνειν γαίας ἐν νώτοις
πηγάς τ' οὐρείων ἐκ μόσχων
Βάκχου τ' οἰνηρὰς λοιβὰς
ξουθᾶν τε πόνημα μελισσᾶν,
ἃ νεκροῖς θελκτήρια κεῖται.

ἀλλ' ἔνδος μοι πάγχρυσον
τεῦχος καὶ λοιβὰν Ἅιδα.

ὦ κατὰ γαίας Ἀγαμεμνόνιον
θάλος, ὡς φθιμένῳ τάδε σοι πέμπω·
δέξαι δ'· οὐ γὰρ πρὸς τύμβον σοι
ξανθὰν χαίταν, οὐ δάκρυ' οἴσω.
τηλόσε γὰρ δὴ σᾶς ἀπενάσθην
πατρίδος καὶ ἐμᾶς, ἔνθα δοκήμασι
κεῖμαι σφαχθεῖσ' ἁ τλάμων.

Χο ἀντιψάλμους ᾠδὰς ὕμνων τ'
Ἀσιητᾶν σοι βάρβαρον ἀχὰν
δεσποίνᾳ γ' ἐξαυδάσω,
τὰν ἐν θρήνοισιν μοῦσαν
νέκυσι μελομέναν, τὰν ἐν μολπαῖς
Ἅιδας ὑμνεῖ δίχα παιάνων.
οἴμοι, τῶν Ἀτρειδᾶν οἴκων

Dämon des Unheils, o Dämon,
Raubst mir den einzigen Bruder,
Schickst ihn zu des Hades Tor,
Daß ich diese Spenden ihm
Bringen muß,
Totenkrug, zu netzen der Erde Rücken,
Der Bergrinder Quell,
Spendeguß aus Bakchos' Trauben
Und der goldenen Bienen Werk,
Labsal der Toten.

Reichet den goldenen Krug,
Schöpfet die Spende!

Auf die Erde, darin du hausest,
Sproß des großen Königs,
Fließe sie nieder!
Nimm sie auf, denn nicht vermag ich
Goldene Locke, nicht der Tränen Flut
Deinem Grabe zu weihn:
Fern der Heimat
Hause ich, deiner und meiner,
Wo man geschlachtet mich wähnt,
Mich Unselige.

Ch Wilden Barbarensang
Will ich als Gegenklang,
Asiens Weisen,
Singen der Herrin,
Wie die Muse sie stöhnt
Am Lager der Toten,
Wie Hades sie dröhnt
Im Reiche der Toten,
Im freudlosen Reigen der Lieder.
Weh, daß ich sehe,
Wie dem Atridenhaus,

ἔρρει φῶς σκήπτρων, οἴμοι,
πατρῴων οἴκων ἀκτίς,
καὶ τῶν εὐόλβων Ἄργει
βασιλέων ἀρχά,

μόχθος δ' ἐκ μόχθων ᾄσσει
δινευούσαις ἵπποις πταναῖς·
ἀλλάξας δ' ἐξ ἕδρας ἤλασεν
ἱερᾶς ὄμμ' αὐγᾶς an^2–
ἅλιος. ἄλλαις δ' ἄλλα προσέβα
χρυσέας ἀρνὸς μελάθροις ὀδύνα,
φόνος ἐπὶ φόνῳ, ἄχεα τ' ἄχεσιν. an^3

ἔνθεν τῶν πρόσθεν δμαθέντων
Τανταλιδᾶν ἐκβαίνει ποινά γ'
εἰς οἴκους, σπεύδει δ' ἀσπούδαστ'
ἐπὶ σοὶ δαίμων.

Ιφ ἐξ ἀρχᾶς μοι δυσδαίμων
δαίμων τᾶς ματρὸς ζώνας
καὶ νυκτὸς κείνας· ἐξ ἀρχᾶς
λόχιαι στερρὰν παιδείαν
Μοῖραι ξυντείνουσιν θεαί,
τᾷ μναστευθείσᾳ 'ξ Ἑλλάνων,
ἃν πρωτόγονον θάλος ἐν θαλάμοις
Λήδας ἁ τλάμων κούρα
σφάγιον πατρῴᾳ λώβᾳ
καὶ θῦμ' οὐκ εὐγάθητον
ἔτεκεν, ἔτρεφεν εὐκταίαν· an^3
ἱππείοις δ' ἐν δίφροισι

Wie deines Vaters Haus
Wird zunicht
Helles Licht
Ruhmreichen Herrscherstabs,
Ferner Geschlechter Glanz
Uraltes Erbe.

Unheil auf Unheil
Wirbelt im Flügelgespann
Auf dieses Haus,
Seit Helios aus alter Spur den Wagen lenkte
Und sein heiliges Auge wandte.
Unheil auf Unheil
Brachte dem Hause
Goldenes Schaf:
Kette der Morde, Kette der Leiden.

Seither ruft das Blut
Erschlagener Tantalskinder
Rache diesem Hause
Und der Unheilsdämon
Fällt dich an, Mykenä.

Iph Unstern war von Anbeginn
Stern am Lager meiner Mutter,
Stern der Nacht, die mich erzeugt.
Unfruchtbaren Schoß verhängten
Mir von Anbeginn die Parzen,
Schon am Tag, der mich gebar.
Mich, den ersten Sproß des Hauses,
Um den Heldensöhne warben,
Zog als Opfertier nur groß
Ledas unglückselge Tochter
Für den Schimpf, den eigner Vater
Mir verhängte, freudenlos
Hingeopfert, als der Wagen

ψαμάθων Αὐλίδος ἐπέβασαν
νύμφαν, οἴμοι, δύσνυμφον
τῷ τᾶς Νηρέως κούρας, αἰαῖ.

νῦν δ' ἀξείνου πόντου ξείνα
δυσχόρτους οἴκους ναίω,
ἄγαμος ἄτεκνος ἄπολις ἄφιλος, an^3
οὐ τὰν Ἄργει μέλπουσ' Ἥραν
οὐδ' ἱστοῖς ἐν καλλιφθόγγοις
κερκίδι Παλλάδος Ἀτθίδος εἰκὼ
καὶ Τιτάνων ποικίλλουσ', ἀλλ'
αἱμόρραντον δυσφόρμιγγα
ξείνων αἱμάσσουσ' ἄταν βωμούς, an^4–
οἰκτράν τ' αἰαζόντων αὐδὰν
οἰκτρόν τ' ἐκβαλλόντων δάκρυον.

καὶ νῦν κείνων μέν μοι λάθα,
τὸν δ' Ἄργει δμαθέντα κλαίω
σύγγονον, ὃν ἔλιπον ἐπιμαστίδιον,
ἔτι βρέφος, ἔτι νέον, ἔτι θάλος an^3
ἐν χερσὶν ματρὸς πρὸς στέρνοις τ'
Ἄργει σκηπτοῦχον Ὀρέσταν.

Χο καὶ μὴν ὅδ' ἀκτὰς ἐκλιπὼν θαλασσίους
βουφορβὸς ἥκει σημανῶν τί σοι νέον.

Braut nach Aulis' Strand entführte,
Unbraut für der Meermaid Sohn.

Wehe, am Gastlosen Meer
Bin ich Gast nun geworden
In kahler Behausung,
Ehelos, kinderlos,
Heimlos, freundlos;
Singe nicht am Fest der heimischen Hera,
Webe nicht ins heilige Kleid der Göttin
Zum Klang des Webschiffs mit der Nadel
Kampf der Pallas und Titanen –
Nein, mit blutbeflecktem
Dumpftönendem Mord der Fremden
Röt ich der Göttin Altäre,
Blut der Fremden, die Wehe rufen,
Blut der Fremden, die bitter weinen.

Nun denk ich ihrer nicht mehr,
Beweine den Bruder, der
In der Heimat mir starb,
Den als winziges Knäblein ich
In der Heimat verließ,
Säugling, im Arm, an den Brüsten der Mutter,
Erbe mykenischen Szepters,
Orestes.

ERSTE HAUPTSZENE

Chor

Mit raschen Schritten kommt vom Strand herauf
Ein Hirte, der uns neue Nachricht bringt.

Βουκόλος

Ἀγαμέμνονός τε καὶ Κλυταιμήστρας τέκνον,
ἄκουε καινῶν ἐξ ἐμοῦ κηρυγμάτων.

Ιφ τί δ' ἔστι τοῦ παρόντος ἐκπλῆσσον λόγου;
Βο ἥκουσιν ἐς γῆν, κυανέαν Συμπληγάδα
πλάτῃ φυγόντες, δίπτυχοι νεανίαι,
θεᾷ φίλον πρόσφαγμα καὶ θυτήριον
Ἀρτέμιδι. χέρνιβας δὲ καὶ κατάργματα
οὐκ ἂν φθάνοις ἂν εὐτρεπῆ ποιουμένη.
Ιφ ποδαποί; τίνος γῆς ὄνομ' ἔχουσιν οἱ ξένοι;
Βο Ἕλληνες· ἓν τοῦτ' οἶδα κοὐ περαιτέρω.
Ιφ οὐδ' ὄνομ' ἀκούσας οἶσθα τῶν ξένων φράσαι;
Βο Πυλάδης ἐκλῄζεθ' ἅτερος πρὸς θατέρου.
Ιφ τοῦ ξυζύγου δὲ τοῦ ξένου τί τοὔνομ' ἦν;
Βο οὐδεὶς τόδ' οἶδεν· οὐ γὰρ εἰσηκούσαμεν.
Ιφ πῶς δ' εἴδετ' αὐτοὺς κἀντυχόντες εἵλετε;
Βο ἄκραις ἐπὶ ῥηγμῖσιν ἀξένου πόρου.
Ιφ καὶ τίς θαλάσσης βουκόλοις κοινωνία;
Βο βοῦς ἤλθομεν νίψοντες ἐναλίᾳ δρόσῳ.
Ιφ ἐκεῖσε δὴ 'πάνελθε, πῶς νιν εἵλετε
τρόπῳ θ' ὁποίῳ· τοῦτο γὰρ μαθεῖν θέλω.
χρόνιοι γὰρ ἥκουσ'· οὐδέ πω βωμὸς θεᾶς
Ἑλληνικαῖσιν ἐξεφοινίχθη ῥοαῖς.
Βο ἐπεὶ τὸν ἐσρέοντα διὰ Συμπληγάδων
βοῦς ὑλοφορβοὺς πόντον εἰσεβάλλομεν,
ἦν τις διαρρὼξ κυμάτων πολλῷ σάλῳ
κοιλωπὸς ἀγμός, πορφυρευτικαὶ στέγαι.
ἐνταῦθα δισσοὺς εἶδέ τις νεανίας
βουφορβὸς ἡμῶν, κἀπεχώρησεν πάλιν
ἄκροισι δακτύλοισι πορθμεύων ἴχνος.
ἔλεξε δ'· Οὐχ ὁρᾶτε; δαίμονές τινες
θάσσουσιν οἵδε. θεοσεβὴς δ' ἡμῶν τις ὢν
ἀνέσχε χεῖρα καὶ προσηύξατ' εἰσιδών·

Hirte

Agamemnons und der Klytämnestra Kind!
Vernimm die Botschaft, die mein Mund dir sagt!

Iphigenie

Was ist es, das uns hier erstaunen soll?
Hi Es kam durchs dunkle Meer des Felsentors
In dieses Land geschifft ein Jünglingspaar,
Willkommnes Opfer unsrer Artemis.
So rüste eilig Opferkorn und Krug!

Iph Was sinds für Leute? Welchem Land entstammt?
Hi Dem Land der Griechen, soviel ist gewiß.
Iph Und hast der Fremden Namen du gehört?
Hi Der eine rief den andern Pylades.
Iph Und welchen Namen gibt der andre ihm?
Hi Den weiß man nicht, man hat ihn nicht gehört.
Iph Wo habt ihr sie getroffen und gefaßt?
Hi Wo sich die Brandung bricht des wüsten Meers.
Iph Was hat der Hirte mit der See zu tun?
Hi Wir wuschen unsre Rinder in der Flut.
Iph Erzähle ganz genau, wo ihr sie fingt
Und wie es zuging, denn von Griechenblut
Ward der Altar schon lange nicht gefärbt.

Hi Des Waldes Rinder trieben wir ins Meer,
Das durch des Felsentores Enge strömt,
Nah einer Grotte, die, vom Wogenprall genagt,
Den Purpurfischern ein zerklüftet Obdach leiht.
Und einer von uns Hirten sah da plötzlich drin
Ein Jünglingspaar gelagert, kehrte schnell zurück,
Auf Zehenspitzen leis verfolgend eigne Spur,
Und sagte: „Schaut! Das müssen Meeresgötter sein!“
Und ein ganz Frommer hob die Hände zum Gebet:

Ὦ ποντίας παῖ Λευκοθέας, νεῶν φύλαξ,
δέσποτα Παλαῖμον, ἵλεως ἡμῖν γενοῦ,
εἴτ' οὖν ἐπ' ἀκταῖς θάσσετον Διοσκόρω,
ἢ Νηρέως ἀγάλμαθ', ὃς τὸν εὐγενῆ
ἔτικτε πεντήκοντα Νηρῄδων χορόν.
ἄλλος δέ τις μάταιος, ἀνομίᾳ θρασύς,
ἐγέλασεν εὐχαῖς, ναυτίλους δ' ἐφθαρμένους
θάσσειν φάραγγ' ἔφασκε τοῦ νόμου φόβῳ,
κλύοντας ὡς θύοιμεν ἐνθάδε ξένους.
ἔδοξε δ' ἡμῶν εὖ λέγειν τοῖς πλείοσι,
θηρᾶν τε τῇ θεῷ σφάγια τἀπιχώρια.
κἀν τῷδε πέτραν ἅτερος λιπὼν ξένοιν
ἔστη κάρα τε διετίναξ' ἄνω κάτω
κἀπεστέναξεν ὠλένας τρέμων ἄκρας,
μανίαις ἀλαίνων, καὶ βοᾷ κυναγὸς ὥς·
Πυλάδη, δέδορκας τήνδε; τήνδε δ' οὐχ ὁρᾷς
Ἅιδου δράκαιναν, ὥς με βούλεται κτανεῖν
δειναῖς ἐχίδναις εἰς ἔμ' ἐστομωμένη;
ἣ δ' ἐκ χιτώνων πῦρ πνέουσα καὶ φόνον
πτεροῖς ἐρέσσει, μητέρ' ἀγκάλαις ἐμὴν
ἔχουσα, πέτρινον ὄχθον, ὡς ἐπεμβάλῃ.
οἴμοι, κτενεῖ με· ποῖ φύγω; – παρῆν δ' ὁρᾶν
οὐ ταῦτα μορφῆς σχήματ', ἀλλ' ἠλλάσσετο
φθογγάς τε μόσχων καὶ κυνῶν ὑλάγματα,
ἃ ᾽φασκ' Ἐρινῦς ἱέναι μιμήματα.
ἡμεῖς δὲ συσταλέντες, ὡς θανούμενοι,
σιγῇ καθήμεθ'· ὃ δὲ χερὶ σπάσας ξίφος,
μόσχους ὀρούσας ἐς μέσας λέων ὅπως,
παίει σιδήρῳ λαγόνας ἐς πλευράς θ' ἱείς,
δοκῶν Ἐρινῦς θεὰς ἀμύνεσθαι τάδε,
ὡς αἱματηρὸν πέλαγος ἐξανθεῖν ἁλός.
κἀν τῷδε πᾶς τις, ὡς ὁρᾷ βουφόρβια
πίπτοντα καὶ πορθούμεν', ἐξωπλίζετο,
κόχλους τε φυσῶν συλλέγων τ' ἐγχωρίους·
πρὸς εὐτραφεῖς γὰρ καὶ νεανίας ξένους
φαύλους μάχεσθαι βουκόλους ἡγούμεθα.

„Sohn der Leukothea, der Schiffe Hort,
Meergott Palaimon, steh uns gnädig bei,
Ob hier die Dioskuren lagern, ob
Zwei Nereuskinder aus der Nixen Chor.“

Ein Nichtsnutz aber, frech und ohne Scheu,
Verhöhnt ihn, sagt, zwei Schiffer seiens nur,
Gestrandet, in der Kluft aus Angst versteckt,
Weil sie von unserm blutgen Brauch gehört.
Das schien den meisten richtig, man beschloß
Die Jagd auf unsrer Göttin Beutegut.
Da sprang der eine von den Fremden auf,
Warf hoch und senkte wieder jäh sein Haupt,
Bis in die Glieder zitternd, stöhnte laut,
Vom Wahn geschüttelt, schrie mit schrillem Ruf:
„Siehst du das Weib, mein Pylades? O sieh
Das Hadesscheusal, das sich auf mich stürzt,
Die wilde Schlangenbrut auf mich gezückt!
Und die geflammte mit dem Flügelschlag
Des Todes, meine Mutter auf dem Arm,
Den Steinblock, der mich ganz zermalmen soll?
Schon trifft sie, hilf mir!“ – Doch wir sahen nichts
Von den Gestalten, sondern jener hielt
Der Rinder Brüllen und das Hundsgekläff
In seinem Wahn für der Erinyen Schrei.
Wir saßen, bis zum Tod erschrocken, still,
Als wir ihn sahen. Doch er zieht sein Schwert,
Springt wie ein Löwe in der Rinder Schar,
Gräbt in der Tiere Weichen seinen Stahl,
Der Furien sich zu wehren, wie er wähnt,
Und färbt die Brandung mit der Rinder Blut.
Da macht sich jeder, der das Morden sah
Und seiner Tiere Sterben, kampfbereit,
Man bläst die Muscheln, ruft die Nachbarn auf,
Denn wir sind schlichte Hirten, keiner glaubt,
Daß er das edle Heldenpaar bestehen kann.

πολλοὶ δ᾽ ἐπληρώθημεν οὐ μακρῷ χρόνῳ.
πίπτει δὲ μανίας πίτυλον ὁ ξένος μεθείς,
στάζων ἀφρῷ γένειον· ὡς δ᾽ ἐσείδομεν
προύργου πεσόντα, πᾶς ἀνὴρ ἔσχεν πόνον
βάλλων ἀράσσων. ἅτερος δὲ τοῖν ξένοιν
ἀφρόν τ᾽ ἀπέψη σώματός τ᾽ ἐτημέλει
πέπλων τε προυκάλυπτεν εὐπήνους ὑφάς,
καραδοκῶν μὲν τἀπιόντα τραύματα,
φίλον δὲ θεραπείαισιν ἄνδρ᾽ εὐεργετῶν.
ἔμφρων δ᾽ ἀνᾴξας ὁ ξένος πεσήματος
ἔγνω κλύδωνα πολεμίων προσκείμενον
καὶ τὴν παροῦσαν συμφορὰν αὐτοῖν πέλας,
ᾤμωξέ θ᾽· ἡμεῖς δ᾽ οὐκ ἀνίεμεν πέτροις
βάλλοντες, ἄλλος ἄλλοθεν προσκείμενοι.
οὗ δὴ τὸ δεινὸν παρακέλευσμ᾽ ἠκούσαμεν·
Πυλάδη, θανούμεθ᾽, ἀλλ᾽ ὅπως θανούμεθα
κάλλισθ᾽· ἕπου μοι, φάσγανον σπάσας χερί.
ὡς δ᾽ εἴδομεν δίπαλτα πολεμίων ξίφη,
φυγῇ λεπαίας ἐξεπίμπλαμεν νάπας.
ἀλλ᾽, εἰ φύγοι τις, ἅτεροι προσκείμενοι
ἔβαλλον αὐτούς· εἰ δὲ τούσδ᾽ ὠσαίατο,
αὖθις τὸ νῦν ὑπεῖκον ἤρασσεν πέτροις.
ἀλλ᾽ ἦν ἄπιστον· μυρίων γὰρ ἐκ χερῶν
οὐδεὶς τὰ τῆς θεοῦ θύματ᾽ εὐτύχει βαλών.
μόλις δέ νιν τόλμῃ μὲν οὐ χειρούμεθα,
κύκλῳ δὲ περιβαλόντες ἐξεκλέψαμεν
πέτροισι χειρῶν φάσγαν᾽, ἐς δὲ γῆν γόνυ
καμάτῳ καθεῖσαν. πρὸς δ᾽ ἄνακτα τῆσδε γῆς
κομίζομέν νιν. ὃ δ᾽ ἐσιδὼν ὅσον τάχος
ἐς χέρνιβάς τε καὶ σφαγεῖ᾽ ἔπεμπέ σοι.
εὔχου δὲ τοιάδ᾽, ὦ νεᾶνί, σοι ξένων
σφάγια παρεῖναι· κἂν ἀναλίσκῃς ξένους
τοιούσδε, τὸν σὸν Ἑλλὰς ἀποτείσει φόνον
δίκας τίνουσα τῆς ἐν Αὐλίδι σφαγῆς.
Χο θαυμάστ᾽ ἔλεξας τὸν μανένθ᾽, ὅστις ποτὲ
Ἕλληνος ἐκ γῆς πόντον ἦλθεν ἄξενον.

Bald ist Verstärkung da, ein großer Hauf.
Da stürzt der Fremde, den der Krampf verläßt,
Schaum vor dem Munde. Kaum daß wir ihn sahn,
Hilflos am Boden, legt ein jeder los
Mit Stein und Schleuder. Und der andre Mann
Nimmt sich des Kranken an, entfernt den Schaum,
Deckt ihn mit seines Mantels dichtem Rand,
Wehrt selbst die Wunden, die der Steinwurf droht,
Dennoch mit Sorgfalt schützend seinen Freund.
Der kommt zu Sinnen, hebt sich von dem Fall,
Erkennt den Knäul der Feinde ringsumher
Und die Gefahr, die beiden näher kommt.
Tief seufzt er, denn wir schleudern unentwegt
Und setzen ihm von allen Seiten zu.
Da hörten wir auf einmal seinen lauten Ruf:
„Wir sind des Todes, Pylades, doch soll der Tod
Nicht ruhmlos sein. Mir nach und zieh dein blankes Schwert!“
Als wir auf uns gezückt die beiden Schwerter sahn,
Erfüllten wir des Berges Hang mit jäher Flucht.
Der eine Haufen wich zurück, der andre drang
Mit Steinen wieder vor, und ward er abgewehrt,
So ging der andere, der wich, aufs neue vor.
Und seltsam: keiner von den tausend Steinen hat
Die Opfer unsrer Göttin je zu Fall gebracht.
So konnten wir im freien Kampf sie nicht bestehn,
Doch wurden sie umzingelt, unser Steinwurf stahl
Die Schwerter ihren Händen, und es sank ihr Knie
Erschöpft zu Boden. Vor den Herrscher dieses Lands
Verbrachten wir die Beute, der sie sah und dir
Zu schnellster Opferhandlung und zur Schlachtung schickt.
Die Götter preise, Jungfrau, für den guten Fang:
An solchen Griechen rächst du Aulis' blutgen Mord.

Ch Wer auch von Hellas her zum rauhen Nordmeer kam:
Erstaunlich ist die Kunde von dem Rasenden.

Ιφ εἶέν· σὺ μὲν κόμιζε τοὺς ξένους μολών,
τὰ δ' ἐνθάδ' ἡμεῖς ὅσια φροντιούμεθα.

ὦ καρδία τάλαινα, πρὶν μὲν ἐς ξένους
γαληνὸς ἦσθα καὶ φιλοικτίρμων ἀεί,
ἐς θοὐμόφυλον ἀναμετρουμένη δάκρυ,
Ἕλληνας ἄνδρας ἡνίκ' ἐς χέρας λάβοις.
νῦν δ' ἐξ ὀνείρων οἶσιν ἠγριώμεθα,
δοκοῦσ' Ὀρέστην μηκέθ' ἥλιον βλέπειν,
δύσνουν με λήψεσθ', οἵτινές ποθ' ἥκετε.
καὶ τοῦτ' ἄρ' ἦν ἀληθές, ᾐσθόμην, φίλαι·
οἱ δυστυχεῖς γὰρ τοῖσιν εὐτυχεστέροις
αὐτοὶ κακῶς πράξαντες οὐ φρονοῦσιν εὖ.
ἀλλ' οὔτε πνεῦμα Διόθεν ἦλθε πώποτε,
οὐ πορθμίς, ἥτις διὰ πέτρας Συμπληγάδας
Ἑλένην ἀπήγαγ' ἐνθάδ', ἥ μ' ἀπώλεσεν,
Μενέλεών θ', ἵν' αὐτοὺς ἀντετιμωρησάμην,
τὴν ἐνθάδ' Αὖλιν ἀντιθεῖσα τῆς ἐκεῖ,
οὗ μ' ὥστε μόσχον Δαναΐδαι χειρούμενοι
ἔσφαζον, ἱερεὺς δ' ἦν ὁ γεννήσας πατήρ.
οἴμοι· κακῶν γὰρ τῶν τότ' οὐκ ἀμνημονῶ,
ὅσας γενείου χεῖρας ἐξηκόντισα
γονάτων τε τοῦ τεκόντος ἐξαρτωμένη,
λέγουσα τοιάδ'· Ὦ πάτερ, νυμφεύομαι
νυμφεύματ' αἰσχρὰ πρὸς σέθεν· μήτηρ δ' ἐμὲ
σέθεν κατακτείνοντος Ἀργεῖαί τε νῦν
ὑμνοῦσιν ὑμεναίοισιν, αὐλεῖται δὲ πᾶν
μέλαθρον· ἡμεῖς δ' ὀλλύμεσθα πρὸς σέθεν.
Ἅιδης Ἀχιλλεὺς ἦν ἄρ', οὐχ ὁ Πηλέως,
ὅν μοι προσεῖπας πόσιν, ἐν ἁρμάτων ὄχοις
ἐς αἱματηρὸν γάμον ἐπόρθμευσας δόλῳ.
ἐγὼ δὲ λεπτῶν ὄμμα διὰ καλυμμάτων
ἔχουσ', ἀδελφόν τ' οὐκ ἀνειλόμην χεροῖν,
ὃς νῦν ὄλωλεν, οὐ κασιγνήτῃ στόμα
συνῆψ' ὑπ' αἰδοῦς, ὡς ἰοῦσ' ἐς Πηλέως

Iph Genug. Nun bringe mir die beiden Fremden her,
Die Opferbräuche seien wohl von uns besorgt.

Hirte ab

Mein armes Herz, wie schlugst du einst so sanft,
Voll Mitleid für die fremden Opfer und
Voll Tränen für das angestammte Blut,
Wenn Griechenvolk in deine Hände fiel.
Nun hat das Traumbild mich so hart gemacht,
Daß jeder Fremde nur die Feindin trifft.
Wie wahr, ihr Frauen, fand ich dieses Wort:
Der Unglücksmensch liebt keinen Glücklichen.

Ach trieb ein Wind des Zeus durchs Felsentor
Die Helena, die alles Unheil schuf,
Und ihren Gatten! Rache übt ich dann,
Ein zweites Aulis setzend für den Tag,
An dem ich wie ein Kalb geschlachtet ward,
An dem der eigne Vater Schlächter war.

O nie vergeß ich diesen Schreckenstag.
Des Vaters Knie umfassend, flehte ich,
Zu seinem Kinn die Rechte ausgestreckt:
„Mein Vater, welches böse Hochzeitsfest
Bereitest du der Tochter, die hier stirbt!
Indes die Mutter und die Frauen dort
Die Hochzeitslieder singen, Haus ertönt
Vom Flötenspiel, erschlägst du eignes Kind.
Hades, nicht Peleus' Sohn ist mein Achill,
Den du mir vorbestimmt, als trügerisch
Der Wagen mich zu blutgem Brautfest fuhr."
Da deckte Schleiertuch mein Angesicht.
Ich herzte nicht den Bruder, der heut starb,
Und küßte nicht das Schwesterchen, aus Scham,
Weil ich als Braut zu fremdem Manne fuhr,

μέλαθρα· πολλὰ δ' ἀπεθέμην ἀσπάσματα
ἐς αὖθις, ὡς ἥξουσ' ἐς Ἄργος αὖ πάλιν.
ὦ τλῆμον, εἰ τέθνηκας, ἐξ οἵων καλῶν
ἔρρεις, Ὀρέστα, καὶ πατρὸς ζηλωμάτων.
τὰ τῆς θεοῦ δὲ μέμφομαι σοφίσματα,
ἥτις βροτῶν μὲν ἤν τις ἅψηται φόνου, 381
βωμῶν ἀπείργει, μυσαρὸν ὡς ἡγουμένη, 383
αὐτὴ δὲ θυσίαις ἥδεται βροτοκτόνοις.
οὐκ ἔσθ' ὅπως ἔτεκεν ἂν ἡ Διὸς δάμαρ
Λητὼ τοσαύτην ἀμαθίαν. ἐγὼ μὲν οὖν
τὰ Ταντάλου θεοῖσιν ἑστιάματα
ἄπιστα κρίνω, παιδὸς ἡσθῆναι βορᾷ,
τοὺς δ' ἐνθάδ', αὐτοὺς ὄντας ἀνθρωποκτόνους,
ἐς τὴν θεὸν τὸ φαῦλον ἀναφέρειν δοκῶ·
οὐδένα γὰρ οἶμαι δαιμόνων εἶναι κακόν.

Χο κυάνεαι — ch — στρ.
κυάνεαι σύνοδοι θαλάσσας, — hem ba
ἵν' οἶστρος ὁ ποτώμενος Ἀργόθεν ἄ- — ia^2 hem
ξενον ἐπ' οἶδμα διεπέρασε τὰν βοῦν — cr ia^2 ba
Ἀσιήτιδα γαῖαν — .gl^
Εὐρώπας διαμείψας. — gl^

τίνες ποτ' ἄρα τὸν εὔυδρον δονακόχλοον — ia^6
λιπόντες Εὐρώταν ἢ — ia^2 sp–
ῥεύματα σεμνὰ Δίρκας — ch ba

ἢ καὶ λοχείας ἢ νεκροῦ θίγῃ χεροῖν, 382

Und tausend Liebeszeichen schob ich auf
Zum Tage meiner Rückkehr in das Haus.
Es war ein glücklich Haus, aus dem du schiedst,
Ärmster Orest, und Glanz ging von ihm aus.
Doch meiner Göttin Zunge preis ich nicht:
Sie hält den Mörder vom Altare fern,
Tut ihn in Acht wie schmutzbefleckten Tier,
Und freut sich doch am Menschenmord! Nein, nie
Hat Leto, Zeus' Gemahlin, solch Geschöpf
Geboren! Daß den Göttern Tantalos
Den eignen Sohn als Speise vorgesetzt,
Ist Fabel! Hierzuland liebt man den Mord
Und schiebt der Göttin böse Bräuche zu,
Wo kein Olympier je Böses tat.

ab in den Tempel

ERSTES STANDLIED

Chor

Strophe

Schwärzliche,
Schwärzliche
Tore des Meerespfads,
Wo einst von Argos die schwirrende Bremse
Scheuchte durch wogende Fluten die Kuh,
Europien tauschend
Mit Asiens Fluren.

Wer sind sie, die ließen
Des Eurotas
Lieblich Strömen,
Grünend Rohrschilf,
Oder der Dirke ehrwürdige Fluten?

ἔβασαν ἔβασαν ἄμεικτον αἶαν, ἔνθα κούρᾳ ⏑hem ia^2 ba
δίᾳ τέγγει sp^2
βωμοὺς καὶ περικίονας gl
ναοὺς αἷμα βρότειον; gl‸

ἦ ῥοθίοις ἀντ.
εἰλατίνας δικρότοισι κώπας
ἔπλευσαν ἐπὶ πόντια κύματα, νά-
ιον ὄχημα λινοπόροις αὔραις, cr ia^2 sp
φιλόπλουτον ἅμιλλαν
αὔξοντες μελάθροισιν;

φίλα γὰρ ἐλπὶς ἐπί τε πήμασιν βροτῶν
ἄπληστος ἀνθρώποις, ὄλ-
βου βάρος οἳ φέρονται
πλάνητες ἐπ' οἶδμα πόλεις τε βαρβάρους περῶντες,
κοινᾷ δόξᾳ·
γνώμα δ' οἷς μὲν ἄκαιρος ὄλ-
βου, τοῖς δ' ἐς μέσον ἥκει.

πῶς πέτρας τὰς συνδρομάδας, sp^2 ch στρ.
πῶς Φινεϊδᾶν ἀΰ- ‸gl
πνους ἀκτὰς ἐπέρασαν gl‸
παρ' ἅλιον

Fuhren, fuhren zur gastlosen Stätte,
Wo die Altäre der göttlichen Jungfrau,
Die Tempelhäuser,
Prangend im Schmucke
Der goldenen Säulen,
Triefen vom Blute
Sterblicher Menschen?

Gegenstrophe

Brachte sie
Fichtenes
Klatschen des Ruderschlags,
Brachte sie segelerfüllende Brise
Über die Wogen des Meeres im Schiff,
Zu mehren den Wettstreit
Der häuslichen Güter?

Denn Sinnen auf Reichtum,
Altgewohntes,
Wird Verhängnis,
Schmerzenreiches,
Unersättliches Trachten der Menschen,
Die, des Goldes Last zu erlangen,
Meere durchschweifen und feindliche Städte
In eitlem Wahne.
Maßlos ist vielen
Das Sinnen auf Reichtum,
Andern ist goldene
Mitte beschieden.

Zweite Strophe

Wie konnten sie das Felsentor,
Wie des Phineus schlummerlose
Küsten überwinden,
Entlang dem Gestade

αἰγιαλὸν ἐπ' Ἀμφιτρί-	ia^{4}⏑–
τας ῥοθίῳ δραμόντες,	ch ba
ὅπου πεντήκοντα κορᾶν	ba×ch
Νηρῄδων χοροὶ	sp ia^{2}
μέλπουσιν ἐγκύκλιοι;	sp×ch
ἢ πλησιστίοισι πνοαῖς	sp–⏑ch
συριζόντων κατὰ πρύμναν	sp–ch–
εὐναίων πηδαλίων	sp–ch
αὔραισιν νοτίαις	sp ch
ἢ πνεύμασι Ζεφύρου,	sp×ch
τὰν πολυόρνιθον ἐπ' αἶ-	ch^{2}
αν, λευκὰν ἀκτάν, Ἀχιλῆ-	sp^{2} ch
ος δρόμους καλλισταδίους,	cr–ch
ἄξεινον κατὰ πόντον;	gl^

εἴθ' εὐχαῖσιν δεσποσύνοις ἀντ.
Λήδας Ἑλένα φίλα
παῖς ἐλθοῦσα τύχοι τὰν
Τρῳάδα λι-
ποῦσα πόλιν, ἵν' ἀμφὶ χαί-
τᾳ δρόσον αἱματηρὰν
ἑλιχθεῖσα λαιμοτόμῳ
δεσποίνας χερὶ θάνοι
ποινὰς δοῦσ' ἀντιπάλους.
ἁδίσταν δ' ἂν ἀγγελίαν
δεξαίμεσθ', Ἑλλάδος ἐκ γᾶς
πλωτήρων εἴ τις ἔβα,
δουλείας ἐμέθεν
δειλαίας παυσίπονος·
κἀν γὰρ ὀνείροισι συνεί-
ην δόμοις πόλει τε πατρῴ- cr⏑ch
ᾳ, τερπνῶν ὕμνων ἀπόλαυ- sp^{2} ch
σιν, κοινὰν χάριν ὄλβου.

Des Meers auf Amphitrites Rücken
Eilig gleitend,
Wo die Chöre der fünfzig Nixen,
Die Töchter des Nereus,
Reigenumflochtene Lieder singen?
Die Segel vom Winde gebläht,
Daß am Heck in seinen Angeln
Steuerruder knirschte,
Von Südwinds Hauche
Oder des Wests getrieben, wie kamen
Sie zum Nordmeer,
Her zum Lande der tausend Vögel,
Zur Weißen Küste,
Wo selig Achill sich zum Wettlauf rüstet?

Gegenstrophe

Ach käme nach der Herrin Wunsch
Hélena, der Leda Tochter,
In dies Land verschlagen
Von Trojas Gestade!
Daß ihre goldenen Locken färbe
Tau des Blutes!
Daß die zarte Kehle durchschneide
Die Hand meiner Herrin!
Daß sie bezahle für ihre Sünden!
Die Botschaft, wie wäre sie süß:
Schiffer von der Griechen Küsten
Seien hier gelandet,
Um uns zu erlösen
Von diesem elenden Joch der Knechtschaft.
Wärs im Traum nur:
Schauen will ich das Land der Väter,
Die Lieder hören
Und schwelgen im Glanz meines alten Glückes.

ἀλλ᾽ οἵδε χέρας δεσμοῖς δίδυμοι an[4]
συνερεισθέντες χωροῦσι, νέον
πρόσφαγμα θεᾶς· σιγᾶτε, φίλαι.
τὰ γὰρ Ἑλλήνων ἀκροθίνια δὴ
ναοῖσι πέλας τάδε βαίνει·
οὐδ᾽ ἀγγελίας ψευδεῖς ἔλακεν
βουφορβὸς ἀνήρ.

ὦ πότνι᾽, εἴ σοι τάδ᾽ ἀρεσκόντως
πόλις ἥδε τελεῖ, δέξαι θυσίας,
ἃς ὁ παρ᾽ ἡμῖν νόμος οὐχ ὁσίας
Ἕλλησι διδοὺς ἀναφαίνει.

Ιφ εἶέν·
τὰ τῆς θεοῦ μὲν πρῶτον ὡς καλῶς ἔχῃ ia[6]
φροντιστέον μοι. μέθετε τῶν ξένων χέρας,
ὡς ὄντες ἱεροὶ μηκέτ᾽ ὦσι δέσμιοι.
ναοῦ δ᾽ ἔσω στείχοντες εὐτρεπίζετε
ἃ χρὴ ᾽πὶ τοῖς παροῦσι καὶ νομίζεται.
φεῦ·
τίς ἆρα μήτηρ ἡ τεκοῦσ᾽ ὑμᾶς ποτε
πατήρ τ᾽; ἀδελφή τ᾽, εἰ γεγῶσα τυγχάνει,
οἵων στερεῖσα διπτύχων νεανιῶν
ἀνάδελφος ἔσται. τὰς τύχας τίς οἶδ᾽ ὅτῳ

ZWEITE HAUPTSZENE: ERSTER TEIL

Orestes und Pylades werden gefesselt herangeführt

Chor

Sieh da kommen die beiden,
Die Hände in Fesseln verschnürt, ein neues
Schlachtopfer der Göttin.
  Schweigt, ihr Lieben,
  Denn schon naht
  Erlauchteste Griechenbeute
  Unserem Tempel
  Und wahre Botschaft hat gebracht der
  Rinderweidende Mann.
  Himmlische Göttin, wenn diese Stadt
  Dir je willkommene Opfer feiert,
  Nimm sie gnädig an, obschon sie
  Unser heimischer Brauch den Griechen
  Als Greuel verwehrt
  Und ächtet.

Iphigenie *tritt wieder aus dem Tempel*

So solls geschehn!
Was unsrer Göttin ziemt, das soll getreu
Von mir besorgt sein. Löst der Fremden Arm,
Im Heiligtum geziemt die Fessel nicht.
Ihr Diener geht hinein und macht bereit,
Was unser Opfer und der Brauch erheischt.

Weh ihr Armen!
Wer ist die Mutter, die euch einst gebar?
Der Vater? Lebt euch eine Schwester, die
Nun ganz verwaist das edle Bruderpaar
Betrauert? Hat ein Mensch gewußt, was ihm

τοιαίδ' ἔσονται; πάντα γὰρ τὰ τῶν θεῶν
ἐς ἀφανὲς ἕρπει, κοὐδὲν οἶδ' οὐδεὶς κακόν·
ἡ γὰρ τύχη παρήγαγ' ἐς τὸ δυσμαθές.
πόθεν ποθ' ἥκετ', ὦ ταλαίπωροι ξένοι;
ὡς διὰ μακροῦ μὲν τήνδ' ἐπλεύσατε χθόνα,
μακρὸν δ' ἀπ' οἴκων χρόνον ἔσεσθ' ἀεὶ κάτω.

Ορ τί ταῦτ' ὀδύρῃ, κἀπὶ τοῖς μέλλουσι νῷν
κακοῖσι λυπεῖς, ἥτις εἶ ποτ', ὦ γύναι;
οὔτοι νομίζω σοφόν, ὃς ἂν μέλλων κτενεῖν
οἴκτῳ τὸ δεῖμα τοὐλέθρου νικᾶν θέλῃ,
οὐχ ὅστις Ἅιδην ἐγγὺς ὄντ' οἰκτίζεται
σωτηρίας ἄνελπις· ὡς δύ' ἐξ ἑνὸς
κακὼ συνάπτει, μωρίαν τ' ὀφλισκάνει
θνῄσκει θ' ὁμοίως· τὴν τύχην δ' ἐᾶν χρεών.
ἡμᾶς δὲ μὴ θρήνει σύ· τὰς γὰρ ἐνθάδε
θυσίας ἐπιστάμεσθα καὶ γιγνώσκομεν.
Ιφ πότερος ἄρ' ὑμῶν ἐνθάδ' ὠνομασμένος
Πυλάδης κέκληται; τόδε μαθεῖν πρῶτον θέλω.
Ορ ὅδ', εἴ τι δή σοι τοῦτ' ἐν ἡδονῇ μαθεῖν.
Ιφ ποίας πολίτης πατρίδος Ἕλληνος γεγώς;
Ορ τί δ' ἂν μαθοῦσα τόδε πλέον λάβοις, γύναι;
Ιφ πότερον ἀδελφὼ μητρός ἐστον ἐκ μιᾶς;
Ορ φιλότητί γ'· ἐσμὲν δ' οὐ κασιγνήτω, γύναι.
Ιφ σοὶ δ' ὄνομα ποῖον ἔθεθ' ὁ γεννήσας πατήρ;
Ορ τὸ μὲν δίκαιον Δυστυχὴς καλοίμεθ' ἄν.
Ιφ οὐ τοῦτ' ἐρωτῶ· τοῦτο μὲν δὸς τῇ τύχῃ.
Ορ ἀνώνυμοι θανόντες οὐ γελῴμεθ' ἄν.
Ιφ τί δὲ φθονεῖς τοῦτο; ἦ φρονεῖς οὕτω μέγα;
Ορ τὸ σῶμα θύσεις τοὐμόν, οὐχὶ τοὔνομα.
Ιφ οὐδ' ἂν πόλιν φράσειας ἥτις ἐστί σοι;
Ορ ζητεῖς γὰρ οὐδὲν κέρδος, ὡς θανουμένῳ.
Ιφ χάριν δὲ δοῦναι τήνδε κωλύει τί σε;
Ορ τὸ κλεινὸν Ἄργος πατρίδ' ἐμὴν ἐπεύχομαι.

Bevorsteht? Immer, was der Gott verhängt,
Verharrt im Dunkel, keiner kennt sein Los,
Denn schwer zu deuten bleibt des Schicksals Pfad.
Unselge Fremde, sagt, wo kommt ihr her?
Ein langer Weg hat euch in dieses Land geführt,
Und lange Zeit nimmt euch die fremde Erde auf.

Orestes

Wer du auch seist, o Fremde, was bekümmerts dich?
Was fügst du noch zu allen unsern Leiden Schmerz?
Den nenn ich niemals weise, der zum Mord bereit,
Sein armes Opfer noch durch Mitleid trösten will,
Und wer am Tor des Hades steht, der bleibe stumm,
Wo nichts mehr hilft! Wer klagt, verdoppelt selber nur
Die Übel: denn er deckt die eigne Torheit auf
Und muß doch sterben. Laß dem Schicksal seinen Lauf!
Verschone uns mit Klagen, denn wir wissen längst,
Was hier für Opfersitte herrscht, und sind bereit.
Iph Sag, welcher von euch beiden nennt sich Pylades?

Or Der hier, wenn dieses Wissen dich erfreuen kann.
Iph Wo steht dein Vaterhaus, in welcher Griechenstadt?
Or Was kann es helfen, wenn du meine Heimat kennst?
Iph Und seid ihr Brüder aus dem gleichen Elternstamm?
Or Die Freundschaft eint uns, nicht der gleichen Mutter Schoß.
Iph Und welchen Namen hat dein Vater dir erteilt?
Or Von Rechtes wegen würd ich Unglücksmann genannt.
Iph Nicht frag ich nach dem Namen, den dein Schicksal gab.
Or Wir sterben namenlos und bleiben ohne Spott.
Iph Und nur dein großer Stolz schlägt diese Antwort ab?
Or Den Körper kannst du töten, meinen Namen nicht.
Iph Auch deine Vaterstadt gibst du mir nicht bekannt?
Or Nutzlose Fragen stellst du, sterben muß ich doch.
Iph Die Bitte zu erfüllen – fällt es dir so schwer?
Or So wisse: Argos ist mein schönes Vaterland.

Ιφ προς θεῶν, ἀληθῶς, ὦ ξέν', εἶ κεῖθεν γεγώς;
Ορ ἐκ τῶν Μυκηνῶν, αἵ ποτ' ἦσαν ὄλβιαι.
Ιφ φυγὰς δ' ἀπῆρας πατρίδος, ἢ ποίᾳ τύχῃ;
Ορ φεύγω τρόπον γε δή τιν' οὐχ ἑκὼν ἑκών.
Ιφ ἆρ' ἄν τί μοι φράσειας ὧν ἐγὼ θέλω;
Ορ ὡς ἐν παρέργῳ τῆς ἐμῆς δυσπραξίας.
Ιφ καὶ μὴν ποθεινός γ' ἦλθες ἐξ Ἄργους μολών.
Ορ οὔκουν ἐμαυτῷ γ'· εἰ δὲ σοί, σὺ τοῦτ' ἔρα.
Ιφ Τροίαν ἴσως οἶσθ', ἧς ἁπανταχοῦ λόγος.
Ορ ὡς μήποτ' ὤφελόν γε μηδ' ἰδὼν ὄναρ.
Ιφ φασίν νιν οὐκέτ' οὖσαν οἴχεσθαι δορί.
Ορ ἔστιν γὰρ οὕτως οὐδ' ἄκραντ' ἠκούσατε.
Ιφ Ἑλένη δ' ἀφῖκται δῶμα Μενέλεω πάλιν;
Ορ ἥκει, κακῶς γ' ἐλθοῦσα τῶν ἐμῶν τινι.
Ιφ καὶ ποῦ 'στι; κἀμοὶ γάρ τι προυφείλει κακόν.
Ορ Σπάρτῃ ξυνοικεῖ τῷ πάρος ξυνευνέτῃ.
Ιφ ὦ μῖσος εἰς Ἕλληνας, οὐκ ἐμοὶ μόνῃ.
Ορ ἀπέλαυσα κἀγὼ δή τι τῶν κείνης γάμων.
Ιφ νόστος δ' Ἀχαιῶν ἐγένεθ', ὡς κηρύσσεται;
Ορ ὡς πάνθ' ἅπαξ με συλλαβοῦσ' ἀνιστορεῖς.
Ιφ πρὶν γὰρ θανεῖν σε, τοῦδ' ἐπαυρέσθαι θέλω.
Ορ ἔλεγχ', ἐπειδὴ τοῦδ' ἐρᾷς· λέξω δ' ἐγώ.
Ιφ Κάλχας τις ἦλθε μάντις ἐκ Τροίας πάλιν;
Ορ ὄλωλεν, ὡς ἦν ἐν Μυκηναίοις λόγος.
Ιφ ὦ πότνι', ὡς εὖ. – τί γὰρ ὁ Λαέρτου γόνος;
Ορ οὔπω νενόστηκ' οἶκον, ἔστι δ', ὡς λόγος.
Ιφ ὄλοιτο, νόστου μήποτ' ἐς πάτραν τυχών.
Ορ μηδὲν κατεύχου· πάντα τἀκείνου νοσεῖ.
Ιφ Θέτιδος δ' ὁ τῆς Νηρῆδος ἔστι παῖς ἔτι;
Ορ οὐκ ἔστιν· ἄλλως λέκτρ' ἔγημ' ἐν Αὐλίδι.
Ιφ δόλια γάρ, ὡς ἴσασιν οἱ πεπονθότες.
Ορ τίς εἶ ποθ'; ὡς εὖ πυνθάνῃ τἀφ' Ἑλλάδος.
Ιφ ἐκεῖθέν εἰμι· παῖς ἔτ' οὖσ' ἀπωλόμην.
Ορ ὀρθῶς ποθεῖς ἄρ' εἰδέναι τἀκεῖ, γύναι.
Ιφ τί δ' ὁ στρατηγός, ὃν λέγουσ' εὐδαιμονεῖν;
Ορ τίς; οὐ γὰρ ὅν γ' ἐγῷδα τῶν εὐδαιμόνων.

Iph Bei allen Göttern! Wirklich, Argos sagtest du?
Or Ich stamme von Mykenäs altem Herrschersitz.
Iph Und bist Verbannter? Welches Schicksal trieb dich fort?
Or Freiwilliger Verbannter, Flüchtling eigner Art.
Iph Noch andres muß ich hören; sprichst du noch zu mir?
Or Als kleines Übel an dem großen Unglückstag.
Iph Aus deiner Vaterstadt kamst du uns sehr gewünscht!
Or Mir nicht; wenn du es lobst, so frag ich nichts danach.
Iph Du kennst den Namen Troja? Alle nennen ihn.
Or O hätt ich auch im Traum niemals von ihm gehört.
Iph Man spricht vom Untergang der Stadt; sie sei zerstört.
Or Was ihr vernommen habt, ist reine Wirklichkeit.
Iph Und Menelaos brachte Helena zurück?
Or Zum Schaden meiner Lieben kehrte sie dorthin.
Iph Wo steckt sie? Schweres Unheil brachte sie auch mir!
Or In Sparta teilt sie ihres ersten Gatten Bett.
Iph O Abscheu aller Griechen, nicht nur mir verhaßt!
Or Von ihren Ehgeschichten trag ich auch mein Teil.
Iph Zur Heimat kehrten die Achäer, wie es heißt?
Or In dieser Frage hast du viel in eins gefaßt.
Iph Laß mich es nützen, daß du noch am Leben bist.
Or Da du es willst, so frage. Rede steh ich dir.
Iph Kam auch der Seher Kalchas aus der Stadt zurück?
Or Tot ist er längst, wie die Mykener mir erzählt.
Iph Gott sei gepriesen! Und was macht Laertes' Sohn?
Or Er ist noch nicht zurück, doch sagt man, daß er lebt.
Iph Wär er des Todes! Säh er nie sein Heimatland!
Or O spare deinen Fluch, er ist gestraft genug.
Iph Und lebt der Sohn der Meeresgöttin Thetis noch?
Or Er ist dahin. Umsonst hat Aulis ihn vermählt.
Iph Wie die Erfahrnen wissen, war es bloßer Schein.
Or Wer bist du, Wohlbewanderte im Griechenland?
Iph Ich bin von dort, als kleines Mädchen kam ich fort.
Or So staun ich über deine vielen Fragen nicht.
Iph Was macht der stolze Feldherr, den man glücklich pries?
Or Der Feldherr, den ich kenne, ist so glücklich nicht.

Ιφ 'Ατρέως ἐλέγετο δή τις 'Αγαμέμνων ἄναξ.
Ορ οὐκ οἶδ'· ἄπελθε τοῦ λόγου τούτου, γύναι.
Ιφ μὴ πρὸς θεῶν, ἀλλ' εἴφ', ἵν' εὐφρανθῶ, ξένε.
Ορ τέθνηχ' ὁ τλήμων, πρὸς δ' ἀπώλεσέν τινα.
Ιφ τέθνηκε; ποίᾳ συμφορᾷ; τάλαιν' ἐγώ.
Ορ τί δ' ἐστέναξας τοῦτο; μῶν προσῆκέ σοι;
Ιφ τὸν ὄλβον αὐτοῦ τὸν πάροιθ' ἀναστένω.
Ορ δεινῶς γὰρ ἐκ γυναικὸς οἴχεται σφαγείς.
Ιφ ὦ πανδάκρυτος ἡ κτανοῦσα χὠ θανών.
Ορ παῦσαί νυν ἤδη μηδ' ἐρωτήσῃς πέρα.
Ιφ τοσόνδε γ', εἰ ζῇ τοῦ ταλαιπώρου δάμαρ.
Ορ οὐκ ἔστι· παῖς νιν ὃν ἔτεχ', οὗτος ὤλεσεν.
Ιφ ὦ συνταραχθεὶς οἶκος. ὡς τί δὴ θέλων;
Ορ πατρὸς θανόντος τήνδε τιμωρούμενος.
Ιφ φεῦ·
ὡς εὖ κακὸν δίκαιον εἰσεπράξατο.
Ορ ἀλλ' οὐ τὰ πρὸς θεῶν εὐτυχεῖ δίκαιος ὤν.
Ιφ λείπει δ' ἐν οἴκοις ἄλλον 'Αγαμέμνων γόνον;
Ορ λέλοιπεν 'Ηλέκτραν γε παρθένον μίαν.
Ιφ τί δέ; σφαγείσης θυγατρὸς ἔστι τις λόγος;
Ορ οὐδείς γε, πλὴν θανοῦσαν οὐχ ὁρᾶν φάος.
Ιφ τάλαιν' ἐκείνη χὠ κτανὼν αὐτὴν πατήρ.
Ορ κακῆς γυναικὸς χάριν ἄχαριν ἀπώλετο.
Ιφ ὁ τοῦ θανόντος δ' ἔστι παῖς ῎Αργει πατρός;
Ορ ἔστ', ἄθλιός γε, κοὐδαμοῦ καὶ πανταχοῦ.
Ιφ ψευδεῖς ὄνειροι, χαίρετ'· οὐδὲν ἦτ' ἄρα.
Ορ οὐδ' οἱ σοφοί γε δαίμονες κεκλημένοι
πτηνῶν ὀνείρων εἰσὶν ἀψευδέστεροι.
πολὺς ταραγμὸς ἔν τε τοῖς θείοις ἔνι
κἀν τοῖς βροτείοις· ἓν δὲ λυπεῖται μόνον,
ὃς οὐκ ἄφρων ὢν μάντεων πεισθεὶς λόγοις
ὄλωλεν – ὡς ὄλωλε τοῖσιν εἰδόσιν.
Χο φεῦ φεῦ· τί δ' ἡμεῖς οἵ τ' ἐμοὶ γεννήτορες;
ἆρ' εἰσίν; ἆρ' οὐκ εἰσί; τίς φράσειεν ἄν;
Ιφ ἀκούσατ'· ἐς γὰρ δή τιν' ἱκόμην λόγον,
ὑμῖν τ' ὄνησιν, ὦ ξένοι, σπεύδουσ' ἅμα

Iph Da war ein König Agamemnon, Atreus' Sohn.
Or Ich weiß es nicht. – O keine Frage mehr nach ihm!
Iph Bei allen Göttern, Fremder, sprich und spende Trost!
Or Tot ist er, und er riß noch andre in sein Grab.
Iph Tot sagst du? Wie geschah es? Weh, ich Ärmste, weh!
Or Was macht dich stöhnen? Bist du denn mit ihm verwandt?
Iph Ich klage um des alten Fürstenhauses Glanz.
Or Grausam geschlachtet von der Gattin sank er hin.
Iph O unglückselge Frau! O unglückselger Mann!
Or Halt ein jetzt, laß dies deine letzte Frage sein.
Iph Nur noch die eine: lebt des Ärmsten Gattin noch?
Or Tot ist sie, hingestreckt von eignen Sohnes Hand!
Iph O ganz zerrüttet Haus! Was stachelte den Sohn?
Or Die Rache rief ihn für des Vaters teures Blut.
Iph O weh, welch Unheil brachte sein gerechter Sinn.

Or Kein Gott hat jemals den gerechten Mann belohnt.
Iph Ließ Agamemnon noch ein andres Kind zurück?
Or Elektra, einzge Tochter, blieb in seinem Haus.
Iph Von jener, die geopfert wurde, spricht man nie?
Or Man zählt sie nicht, sie starb und sieht das Licht nicht mehr.
Iph Unselges Kind und ganz unselge Vaterhand!
Or Dem bösen Weib zulieb so unlieb sank sie hin.
Iph Lebt noch im Hause toten Vaters treuer Sohn?
Or Er lebt, im Unheil, überall und nirgendwo.
Iph Fahrt hin, ihr falschen Träume! Ach ihr wart nur Dunst!
Or Ja, auch die Götter, die man doch so weise nennt,
Sind nicht wahrhafter als das leichte Traumgespinst.
Im Himmel herrscht Verwirrung wie im Menschenreich.
Traurig genug: wer fromm den Sehersprüchen folgt,
Muß untergehen. Dieses weiß, wem es geschah.

Ch Weh uns, so sanken unsre Eltern auch dahin?
Ob tot, ob noch am Leben? niemand sagts uns an.
Iph Vernehmt, ihr Fremden, was mein Sinn erdacht
Zu eurem Nutzen und dem meinen auch:

κἀμοί. τὸ δ' εὖ μάλιστά γ' οὕτω γίγνεται,
εἰ πᾶσι ταὐτὸν πρᾶγμ' ἀρεσκόντως ἔχει.
θέλοις ἄν, εἰ σῴσαιμί σ', ἀγγεῖλαί τί μοι
πρὸς Ἄργος ἐλθὼν τοῖς ἐμοῖς ἐκεῖ φίλοις,
δέλτον τ' ἐνεγκεῖν, ἥν τις οἰκτίρας ἐμὲ
ἔγραψεν αἰχμάλωτος, οὐχὶ τὴν ἐμὴν
φονέα νομίζων χεῖρα, τοῦ νόμου δ' ὕπο
θνῄσκειν τὰ τῆς θεοῦ, τάδε δίκαι' ἡγουμένης;
οὐδένα γὰρ εἶχον ὅστις Ἀργόθεν μολὼν
ἐς Ἄργος αὖθις, τὰς ἐμὰς ἐπιστολὰς
πέμψειε σωθεὶς τῶν ἐμῶν φίλων τινί.
σὺ δ' – εἶ γάρ, ὡς ἔοικας, οὔτε δυσγενὴς
καὶ τὰς Μυκήνας οἶσθα χοὓς κἀγὼ φιλῶ –
σώθητι, καὶ σὺ μισθὸν οὐκ αἰσχρὸν λαβών,
κούφων ἕκατι γραμμάτων σωτηρίαν.
οὗτος δ', ἐπείπερ πόλις ἀναγκάζει τάδε,
θεᾷ γενέσθω θῦμα χωρισθεὶς σέθεν.

Ορ καλῶς ἔλεξας τἆλλα πλὴν ἕν, ὦ ξένη·
τὸ γὰρ σφαγῆναι τόνδε μοι βάρος μέγα.
ὁ ναυστολῶν γάρ εἰμ' ἐγὼ τὰς συμφοράς,
οὗτος δὲ συμπλεῖ τῶν ἐμῶν μόχθων χάριν.
οὔκουν δίκαιον ἐπ' ὀλέθρῳ τῷ τοῦδ' ἐμὲ
χάριν τίθεσθαι καὐτὸν ἐκδῦναι κακῶν.
ἀλλ' ὣς γενέσθω· τῷδε μὲν δέλτον δίδου·
πέμψει γὰρ Ἄργος, ὥστε σοι καλῶς ἔχειν·
ἡμᾶς δ' ὁ χρῄζων κτεινέτω. τὰ τῶν φίλων
αἴσχιστον ὅστις καταβαλὼν ἐς ξυμφορὰς
αὐτὸς σέσωσται. τυγχάνει δ' ὅδ' ὢν φίλος,
ὃν οὐδὲν ἧσσον ἢ 'μὲ φῶς ὁρᾶν θέλω.

Ιφ ὦ λῆμ' ἄριστον, ὡς ἀπ' εὐγενοῦς τινος
ῥίζης πέφυκας τοῖς φίλοις τ' ὀρθῶς φίλος.
τοιοῦτος εἴη τῶν ἐμῶν ὁμοσπόρων
ὅσπερ λέλειπται. καὶ γὰρ οὐδ' ἐγώ, ξένοι,
ἀνάδελφός εἰμι, πλὴν ὅσ' οὐχ ὁρῶσά νιν.
ἐπεὶ δὲ βούλῃ ταῦτα, τόνδε πέμψομεν
δέλτον φέροντα, σὺ δὲ θανῇ· πολλή δέ τις

Was jeder billigt, bürgt für den Erfolg.

Willst du, wenn ich dich rette, Bote sein
Zu meinen Lieben in Mykenä? Schrift
Verbringen, die ein Grieche eingeritzt
In eine Tafel, mich beklagend, die
Ich ja nicht morde, nur den Brauch vollzieh.
Noch fand ich keinen aus der Heimat, den
Ich retten konnte, senden mit der Schrift.

Du scheinst mir edel, kennst auch Land und Haus,
So sei befreit und nimm als stolzen Lohn
Für leichte Brieflast deine Rettung an.

Der andre aber, da die Stadt mich zwingt,
Muß ohne dich hier fallen am Altar.

Or Gut ist dein Vorschlag bis auf Eines, Frau:
Mich träfe schwerstes Leid bei seinem Tod.
Ich bin der Schiffsherr dieser Unglücksfahrt,
Er mein Begleiter, Beistand meiner Müh.
Wie unrecht wär es, wenn aus seinem Tod
Ich Vorteil zöge, Rettung aus der Not.
Drum sei es so: gib ihm die Tafel mit,
Er bringt sie treulich in dein Vaterhaus.
Mich töte, wer da will. Abscheulich ist,
Den Freund ins Unheil stürzen, das man flieht.
Ich will das Licht nicht schauen ohne ihn.

Iph O hoher Sinn: aus edler Wurzel wuchs
Ein edles Reis, dem Freunde treu wie Gold!
Ein solcher möge auch mein Bruder sein,
Der mir verblieb. Ich bin nicht bruderlos,
Ihr Fremden; freilich sieht mein Aug ihn nicht.
Da du es willst, so geben wir dem Freund

προθυμία σε τοῦδ' ἔχουσα τυγχάνει.
Ορ θύσει δὲ τίς με καὶ τὰ δεινὰ τλήσεται;
Ιφ ἐγώ· θεᾶς γὰρ τήνδε προστροπὴν ἔχω.
Ορ ἄζηλά γ', ὦ νεᾶνι, κοὐκ εὐδαίμονα.
Ιφ ἀλλ' εἰς ἀνάγκην κείμεθ', ἣν φυλακτέον.
Ορ αὐτὴ ξίφει θύουσα θῆλυς ἄρσενας;
Ιφ οὔκ, ἀλλὰ χαίτην ἀμφὶ σὴν χερνίψομαι.
Ορ ὁ δὲ σφαγεὺς τίς; εἰ τάδ' ἱστορεῖν με χρή.
Ιφ ἔσω δόμων τῶνδ' εἰσὶν οἷς μέλει τάδε.
Ορ τάφος δὲ ποῖος δέξεταί μ', ὅταν θάνω;
Ιφ πῦρ ἱερὸν ἔνδον χάσμα τ' εὐρωπὸν πέτρας.
Ορ φεῦ·
πῶς ἄν μ' ἀδελφῆς χεὶρ περιστείλειεν ἄν;
Ιφ μάταιον εὐχήν, ὦ τάλας, ὅστις ποτ' εἶ,
ηὔξω· μακρὰν γὰρ βαρβάρου ναίει χθονός.
οὐ μήν, ἐπειδὴ τυγχάνεις Ἀργεῖος ὤν,
ἀλλ' ὧν γε δυνατὸν οὐδ' ἐγὼ λείψω χάριν.
πολύν τε γάρ σοι κόσμον ἐνθήσω τάφῳ,
ξανθῷ τ' ἐλαίῳ σῶμα σὸν κατασβέσω,
καὶ τῆς ὀρείας ἀνθεμόρρυτον γάνος
ξουθῆς μελίσσης ἐς πυρὰν βαλῶ σέθεν.
ἀλλ' εἶμι δέλτον τ' ἐκ θεᾶς ἀνακτόρων
οἴσω· τὸ μέντοι δυσμενὲς μὴ 'μοὶ λάβῃς.

φυλάσσετ' αὐτούς, πρόσπολοι, δεσμῶν ἄτερ.
ἴσως ἄελπτα τῶν ἐμῶν φίλων τινὶ
πέμψω πρὸς Ἄργος, ὃν μάλιστ' ἐγὼ φιλῶ,
καὶ δέλτος αὐτῷ ζῶντας οὓς δοκεῖ θανεῖν
λέγουσα πιστὰς ἡδονὰς ἀπαγγελεῖ.

Die Tafel und du stirbst. Wie liebst du ihn!
Or Wer opfert mich? Wer wagt das grause Werk?
Iph Ich selbst. Die Göttin gab mir dieses Amt.
Or Ein bittres Amt, das niemand freuen kann.
Iph Vom Zwang verliehen, den ich achten muß.
Or Erschlägt die Jungfrau Männer mit dem Schwert?
Iph Mit heilgem Wasser netz ich nur dein Haar.
Or Und darf ich wissen, wer der Schlächter ist?
Iph Den Tempeldienern drinnen liegt es ob.
Or Und welches Grab nimmt dann den Toten auf?
Iph Geheiligt Feuer und des Felsens Spalt.
Or Weh mir!
O brächte Schwesterhand mich fromm zu Grab!
Iph Dein Wunsch ist leerer Wunsch, wer du auch seist,
Fern wohnt die Schwester vom Barbarenland.
Doch weil du meiner Heimatstadt entstammst,
Will ich es selber tun, so gut ich kann,
Will häufen reichen Schmuck auf deinem Grab,
Den Leib dir salben mit dem blonden Öl,
Und goldner Bergesbiene Blütentrunk
Soll auf der Scheiter Glut gegossen sein.
Die Tafel bring ich jetzt vom Tempelhaus.
Eröffne keine Feindschaft gegen mich!

zu den Dienern:

Bewacht sie ungefesselt, wie sie sind! –
Wohl unverhoffter Bote trifft dich bald,
O Liebster meiner Lieben, dort im Haus,
Und bringt die Freudenkunde, daß am Licht,
Die ihr gestorben und begraben glaubt.

ab

Χο	κατολοφύρομαι σὲ τὸν χερνίβων	do^2
	ῥανίσι μελόμενον αἱμακταῖς.	ia^2 ba–
Ορ	οἶκτος γὰρ οὐ ταῦτ', ἀλλὰ χαίρετ', ὦ ξέναι.	ia^6
Χο	σὲ δὲ τύχας μάκαρος, ὦ	cr^2
	νεανία, σεβόμεθ', ἐς	ia^2 cr
	πάτραν ὅτι ποτ' ἐπεμβάσῃ.	ia^2 ba–
Πυ	ἄζηλά τοι φίλοισι, θνῃσκόντων φίλων.	ia^6
Χο	ὦ σχέτλιοι πομπαί.	do
	φεῦ φεῦ, διόλλυσαι.	sp ia^2
	αἰαῖ αἰαῖ. πότερος ὁ μᾶλλον;	sp^2 ia^2–
	ἔτι γὰρ ἀμφίλογα δίδυμα μέμονε φρήν,	do^2
	σὲ πάρος ἢ σὲ ἀναστενάξω γόοις.	do^2

WECHSELLIED

Strophe

Chor *an Orestes*

Bitter beklagen wir dich,
Den überm Becken
Die blutigen Tropfen
Bald benetzen werden!

Orestes

Kein Jammer hat hier Platz. Getrost, ihr fremden Fraun!

Gegenstrophe

Chor *an Pylades*

Dich aber, Liebling des Glücks,
Preisen wir selig,
Der bald in die Heimat
Lenken wird die Schritte!

Pylades

Wie bitter für die Freunde, stirbt der Freund dahin.

Chor *an beide*

Ja, bitter die Heimkehr!
Und du bist des Todes!
Dreimal Wehe!
Welchen schlägt schwerer das Schicksal?
Immer noch auf und ab
Schwankt mir der Sinn;
Soll ich dich, soll ich dich
Umseufzen mit Klagen?

Ορ Πυλάδη, πέπονθας ταὐτὸ πρὸς θεῶν ἐμοί; ia^6

Πυ οὐκ οἶδ'· ἐρωτᾷς οὐ λέγειν ἔχοντά με.
Ορ τίς ἐστὶν ἡ νεᾶνις; ὡς Ἑλληνικῶς
ἀνήρεθ' ἡμᾶς τούς τ' ἐν Ἰλίῳ πόνους
νόστον τ' Ἀχαιῶν τόν τ' ἐν οἰωνοῖς σοφὸν
Κάλχαντ' Ἀχιλλέως τ' ὄνομα, καὶ τὸν ἄθλιον
Ἀγαμέμνον' ὡς ᾤκτιρ' ἀνηρώτα τέ με
γυναῖκα παῖδάς τε. ἔστιν ἡ ξένη γένος
ἐκεῖθεν Ἀργεία τις· οὐ γὰρ ἄν ποτε
δέλτον τ' ἔπεμπε καὶ τάδ' ἐξεμάνθανεν,
ὡς κοινὰ πράσσουσ', Ἄργος εἰ πράσσει καλῶς.
Πυ ἔφθης με μικρόν· ταὐτὰ δὲ φθάσας λέγεις,
πλὴν ἕν· τὰ γὰρ τῶν βασιλέων παθήματα
ἴσασι πάντες, ὧν ἐπιστροφή τις ἦν.
ἀτὰρ διῆλθον χἄτερον λόγον τινά.
Ορ τίν'; ἐς τὸ κοινὸν δοὺς ἄμεινον ἂν μάθοις.
Πυ αἰσχρὸν θανόντος σοῦ βλέπειν ἡμᾶς φάος·
κοινῇ τ' ἔπλευσα, δεῖ με καὶ κοινῇ θανεῖν.
καὶ δειλίαν γὰρ καὶ κάκην κεκτήσομαι
Ἄργει τε Φωκέων τ' ἐν πολυπτύχῳ χθονί,
δόξω δὲ τοῖς πολλοῖσι – πολλοὶ γὰρ κακοί –
προδοὺς σεσῶσθαί σ' αὐτὸς εἰς οἴκους μόνος
ἢ καὶ φονεύσας ἐπὶ νοσοῦσι δώμασι
ῥάψαι μόρον σοι σῆς τυραννίδος χάριν,
ἔγκληρον ὡς δὴ σὴν κασιγνήτην γαμῶν.
ταῦτ' οὖν φοβοῦμαι καὶ δι' αἰσχύνης ἔχω,
κοὐκ ἔσθ' ὅπως οὐ χρὴ συνεκπνεῦσαί μέ σοι
καὶ σὺν σφαγῆναι καὶ πυρωθῆναι δέμας,
φίλον γεγῶτα καὶ φοβούμενον ψόγον.

ZWEITE HAUPTSZENE: MITTELTEIL

Orestes

Ihr Götter! Pylades, ergeht es dir wie mir?

Pylades

Ich weiß nicht, Liebster, was ich hier noch sagen soll.
Or Wer ist die Jungfrau? Wie ganz heimatlich
Hat nach dem Trojakrieg sie uns befragt,
Der Griechen Heimkehr, nach dem Deuter selbst
Des Vogelfluges Kalchas, nach Achill!
Wie hat den toten König sie beklagt!
Mich ausgeforscht nach seiner Gattin und
Den Kindern! Von Mykenä stammt sie her!
Wie schickte sie sonst Botschaft, nähme so
An allem teil, als wärs ihr eignes Los?
Py Du nahmst mir aus dem Munde, was mir selber schien.
Bedenke aber Eins: der Könige Geschick
Ist allen sichtbar, allen ringsum wohlbekannt.
Doch andre Sorge liegt mir noch am Herzen, Freund.
Or Und welche Sorge? Schaff dir Klarheit, mach sie kund!
Py Wie kann nach deinem Tode ich das Licht noch schaun!
Ich teilte deine Fahrt, so teil ich auch dein Los.
Mykenä und der Phoker schluchtenreiches Land,
Sie würfen mir die allerschlimmste Feigheit vor.
Sie würden sagen – böse Zungen gibt es viel:
Der brachte sich allein in Sicherheit, verriet,
Ja tötete den Freund, des Haus es schlecht erging,
Spann seinen Mord, zu erben seinen Thron,
Des Anwart er durch seine Schwester war.
So haben Furcht und Scham es fest bestimmt:
Ich teile Tod und Schlachtung und dein Grab,
Entrückt dem Vorwurf und ein treuer Freund.

Ορ εὔφημα φώνει· τἀμὰ δεῖ φέρειν κακά,
ἁπλᾶς δὲ λύπας ἐξόν, οὐκ οἴσω διπλᾶς.
ὃ γὰρ σὺ λυπρὸν κἀπονείδιστον λέγεις,
ταὔτ' ἔστιν ἡμῖν, εἴ σε συμμοχθοῦντ' ἐμοὶ
κτενῶ· τὸ μὲν γὰρ εἰς ἔμ' οὐ κακῶς ἔχει,
πράσσονθ' ἃ πράσσω πρὸς θεῶν, λῦσαι βίον.
σὺ δ' ὄλβιός τ' εἶ, καθαρά τ', οὐ νοσοῦντ', ἔχεις
μέλαθρ', ἐγὼ δὲ δυσσεβῆ καὶ δυστυχῆ.
σωθεὶς δέ, παῖδας ἐξ ἐμῆς ὁμοσπόρου
κτησάμενος, ἣν ἔδωκά σοι δάμαρτ' ἔχειν,
ὄνομά τ' ἐμοῦ γένοιτ' ἄν, οὐδ' ἄπαις δόμος
πατρῷος οὑμὸς ἐξαλειφθείη ποτ' ἄν.
ἀλλ' ἕρπε καὶ ζῆ καὶ δόμους οἴκει πατρός.
ὅταν δ' ἐς Ἑλλάδ' ἵππιόν τ' Ἄργος μόλῃς,
πρὸς δεξιᾶς σε τῆσδ' ἐπισκήπτω τάδε·
τύμβον τε χῶσον κἀπίθες μνημεῖά μοι,
καὶ δάκρυ' ἀδελφὴ καὶ κόμας δότω τάφῳ.
ἄγγελλε δ' ὡς ὄλωλ' ὑπ' Ἀργείας τινὸς
γυναικός, ἀμφὶ βωμὸν ἁγνισθεὶς φόνῳ.
καὶ μὴ προδῷς μου τὴν κασιγνήτην ποτέ,
ἔρημα κήδη καὶ δόμους ὁρῶν πατρός.
καὶ χαῖρ'· ἐμῶν γὰρ φίλτατόν σ' ηὗρον φίλων,
ὦ συγκυναγὲ καὶ συνεκτραφεὶς ἐμοί,
ὦ πόλλ' ἐνεγκὼν τῶν ἐμῶν ἄχθη κακῶν.
ἡμᾶς δ' ὁ Φοῖβος μάντις ὢν ἐψεύσατο·
τέχνην δὲ θέμενος ὡς προσώταθ' Ἑλλάδος
ἀπήλασ', αἰδοῖ τῶν πάρος μαντευμάτων.
ᾧ πάντ' ἐγὼ δοὺς τἀμὰ καὶ πεισθεὶς λόγοις,
μητέρα κατακτὰς αὐτὸς ἀνταπόλλυμαι.

Πυ ἔσται τάφος σοι, καὶ κασιγνήτης λέχος
οὐκ ἂν προδοίην, ὦ τάλας, ἐπεί σ' ἐγὼ
θανόντα μᾶλλον ἢ βλέπονθ' ἕξω φίλον.
ἀτὰρ τὸ τοῦ θεοῦ σ' οὐ διέφθορέν γέ πω
μάντευμα· καίτοι γ' ἐγγὺς ἕστηκας φόνου.
ἀλλ' ἔστιν, ἔστιν, ἡ λίαν δυσπραξία
λίαν διδοῦσα μεταβολάς, ὅταν τύχῃ.

Or O sprich nicht so! Ich trage meine Last;
Warum sie doppeln? Laß sie einfach sein!
Denn was dich traurig oder Vorwurf dünkt,
Das trifft auch mich, reiß ich dich in den Tod.
Nach allem, was die Götter mir verhängt,
Ist mir das Todeslos kein traurig Los.
Du stehst im Glück; dein Haus ist hell und rein,
So wie das meine schwarz und ganz verrucht.
Bleib leben, zeug aus meiner Schwester Schoß
Dir Kinder, wecke meinen Namen auf,
So wird mein Haus nicht klanglos ausgelöscht.

Fahr wohl! Bewohne meines Vaters Burg,
Und kommst du heim ins rossereiche Land:
Mit diesem Handschlag leg ich dirs ans Herz,
Den Hügel schütte für mein Grabmal auf
Und meine Schwester weihe Trän und Haar.
Und sag ihr, daß mich eine Priesterin
Aus unsrer Stadt geweiht hat am Altar.
Niemals verlaß die Schwester; vor dir steht
Verwaist des Schwagers, meiner Väter Haus!
Noch einmal: lebe wohl, du liebster Freund,
Von Kindheit mir vertraut als Jagdgenoß,
Als treuer Träger aller meiner Qual!
Wie hat Apoll vollendet seinen Sehertrug:
Heimtückisch schickte er mich bis zum Rand der Welt,
Nicht zu erröten über seinen alten Spruch.
Ich gab ihm alles hin, gehorchte seinem Wort,
Erschlug die Mutter und – erleide nun den Tod.
Py Das Grab wird dir nicht fehlen, und der Schwester Bett
Verrat ich nie, du Ärmster, Liebster, auch im Tod
Bist du mir teuer, teurer noch als je im Licht.
Doch hat der Spruch des Gotts, stehst du auch unterm Beil,
Dir noch nicht Untergang gebracht! Das Unheil schlägt
Oft maßlos aus bis an den letzten Rand und schwingt
Auch, wenn es sein soll, wieder jäh zurück zum Glück.

Ορ σίγα· τὰ Φοίβου δ' οὐδὲν ὠφελεῖ μ' ἔπη·
γυνὴ γὰρ ἥδε δωμάτων ἔξω περᾷ.

Ιφ ἀπέλθεθ' ὑμεῖς καὶ παρευτρεπίζετε
τἄνδον μολόντες τοῖς ἐφεστῶσι σφαγῇ.
δέλτου μὲν αἵδε πολύθυροι διαπτυχαί,
ξένοι, πάρεισιν· ἃ δ' ἐπὶ τοῖσδε βούλομαι,
ἀκούσατ'. οὐδεὶς αὑτὸς ἐν πόνοις τ' ἀνὴρ
ὅταν τε πρὸς τὸ θάρσος ἐκ φόβου πέσῃ.
ἐγὼ δὲ ταρβῶ μὴ ἀπονοστήσας χθονὸς
θῆται παρ' οὐδὲν τὰς ἐμὰς ἐπιστολὰς
ὁ τήνδε μέλλων δέλτον εἰς Ἄργος φέρειν.

Ορ τί δῆτα βούλῃ; τίνος ἀμηχανεῖς πέρι;
Ιφ ὅρκον δότω μοι τάσδε πορθμεύσειν γραφὰς
πρὸς Ἄργος, οἷσι βούλομαι πέμψαι φίλων.
Ορ ἦ κἀντιδώσεις τῷδε τοὺς αὐτοὺς λόγους;
Ιφ τί χρῆμα δράσειν ἢ τί μὴ δράσειν; λέγε.
Ορ ἐκ γῆς ἀφήσειν μὴ θανόντα βαρβάρου.
Ιφ δίκαιον εἶπας· πῶς γὰρ ἀγγείλειεν ἄν;
Ορ ἦ καὶ τύραννος ταῦτα συγχωρήσεται;
Ιφ ναί.
πείσω σφε, καὐτὴ ναὸς εἰσβήσω σκάφος.
Ορ ὄμνυ· σὺ δ' ἔξαρχ' ὅρκον ὅστις εὐσεβής.
Ιφ δώσειν, λέγειν χρή, τήνδε τοῖς ἐμοῖς φίλοις.
Πυ τοῖς σοῖς φίλοισι γράμματ' ἀποδώσω τάδε.
Ιφ κἀγὼ σὲ σώσω κυανέας ἔξω πέτρας.
Πυ τίν' οὖν ἐπόμνυς τοισίδ' ὅρκιον θεῶν;
Ιφ Ἄρτεμιν, ἐν ἧσπερ δώμασιν τιμὰς ἔχω.
Πυ ἐγὼ δ' ἄνακτά γ' οὐρανοῦ, σεμνὸν Δία.
Ιφ εἰ δ' ἐκλιπὼν τὸν ὅρκον ἀδικοίης ἐμέ;
Πυ ἄνοστος εἴην· τί δὲ σύ, μὴ σώσασά με;
Ιφ μήποτε κατ' Ἄργος ζῶσ' ἴχνος θείην ποδός.

Or O schweige! Nichts mehr gilt Apollons schöner Spruch,
Denn schon verläßt die Priesterin das Tempelhaus.

Iphigenie *tritt mit der Tafel aus dem Tempel*

Geht ihr hinein und richtet drinnen alles her
Und helft den Opferdienern bei dem blutgen Tun.

Die Diener gehen hinein

Hier ist der Schreibetafel reiches Bündelwerk,
Ihr fremden Männer, und vernehmt noch einen Wunsch.
Der Mann, den heute noch im Unglück Furcht erfüllt,
Ist morgen nicht derselbe, atmet wieder frei.
So trag ich Sorge, daß der Bote dieser Schrift
Sich nicht mehr um sie kümmert, wenn er glücklich fort.
Or Was soll mit ihr geschehen? Wohin zielt dein Sinn?
Iph Es schwöre dieser Bote, daß er treu die Schrift
Dem übergebe, dem ich sie bestimmen will.
Or Und du? Willst selber du vergelten Schwur mit Schwur?
Iph Was soll verboten und was soll beschworen sein?
Or Daß lebend dieser Bote dieses Land verläßt.
Iph So recht wie billig. Könnte er sonst Bote sein?
Or Stimmt auch der König dieser deiner Sendung zu?
Iph Ich will ihn überreden, gehe mit aufs Schiff.

Or So schwöre Pylades zuerst den heilgen Eid:
Iph Die Tafel treu zu überliefern meinem Haus!
Py Ich bringe deinen Lieben diese deine Schrift!
Iph Und ich entlasse sicher dich durchs Felsentor.
Py Bei welcher Gottheit schwurst du diesen guten Eid?
Iph Bei meiner Herrin Artemis, als Priesterin,
Py Und ich den meinen bei dem Himmelsfürsten Zeus.
Iph Was soll mit dir geschehen, brichst du diesen Eid?
Py Nie kehr ich heim ins Land! – Und wenn du mich verrätst?
Iph Nie setz ich selber dann nach Argos meinen Fuß!

Πυ ἄκουε δή νυν ὃν παρήλθομεν λόγον.
Ιφ ἀλλ' οὔτις ἔστ' ἄκαιρος, ἢν καλῶς ἔχῃ.
Πυ ἐξαίρετόν μοι δὸς τόδ', ἤν τι ναῦς πάθῃ,
χἠ δέλτος ἐν κλύδωνι χρημάτων μέτα
ἀφανὴς γένηται, σῶμα δ' ἐκσώσω μόνον,
τὸν ὅρκον εἶναι τόνδε μηκέτ' ἔμπεδον.
Ιφ ἀλλ' οἶσθ' ὃ δράσω; πολλὰ γὰρ πολλῶν κυρεῖ·
τἀνόντα κἀγγεγραμμέν' ἐν δέλτου πτυχαῖς
λόγῳ φράσω σοι πάντ' ἀναγγεῖλαι φίλοις.
ἐν ἀσφαλεῖ γάρ· ἢν μὲν ἐκσώσῃς γραφήν,
αὐτὴ φράσει σιγῶσα τἀγγεγραμμένα·
ἢν δ' ἐν θαλάσσῃ γράμματ' ἀφανισθῇ τάδε,
τὸ σῶμα σώσας τοὺς λόγους σώσεις ἐμοί.
Πυ καλῶς ἔλεξας τῶν τε σῶν ἐμοῦ θ' ὕπερ.
σήμαινε δ' ᾧ χρὴ τάσδ' ἐπιστολὰς φέρειν
πρὸς Ἄργος ὅ τι τε χρὴ κλύοντα σοῦ λέγειν.
Ιφ ἄγγελλ' Ὀρέστῃ, παιδὶ τῷ Ἀγαμέμνονος·
Ἡ 'ν Αὐλίδι σφαγεῖσ' ἐπιστέλλει τάδε
ζῶσ' Ἰφιγένεια, τοῖς ἐκεῖ δ' οὐ ζῶσ' ἔτι.
Ορ ποῦ δ' ἔστ' ἐκείνη; κατθανοῦσ' ἥκει πάλιν;
Ιφ ἥδ' ἣν ὁρᾷς σύ· μὴ λόγοις ἔκπλησσέ με.
Κόμισαί μ' ἐς Ἄργος, ὦ σύναιμε, πρὶν θανεῖν,
ἐκ βαρβάρου γῆς καὶ μετάστησον θεᾶς
σφαγίων, ἐφ' οἶσι ξενοφόνους τιμὰς ἔχω.
Ορ Πυλάδη, τί λέξω; ποῦ ποτ' ὄνθ' ηὑρήμεθα;
Ιφ Ἦ σοῖς ἀραία δώμασιν γενήσομαι,
Ὀρέσθ', ἵν' αὖθις ὄνομα δὶς κλύων μάθῃς.
Ορ ὦ θεοί.
Ιφ τί τοὺς θεοὺς ἀνακαλεῖς ἐν τοῖς ἐμοῖς;
Ορ οὐδέν· πέραινε δ'· ἐξέβην γὰρ ἄλλοσε.
τάχ' οὐκ ἐρωτῶν σ' εἰς ἄπιστ' ἀφίξομαι.
Ιφ λέγ' οὕνεκ' ἔλαφον ἀντιδοῦσά μου θεὰ
Ἄρτεμις ἔσωσέ μ', ἣν ἔθυσ' ἐμὸς πατήρ,
δοκῶν ἐς ἡμᾶς ὀξὺ φάσγανον βαλεῖν,
ἐς τήνδε δ' ᾤκισ' αἶαν. αἵδ' ἐπιστολαί,
τάδ' ἐστὶ τἀν δέλτοισιν ἐγγεγραμμένα.

Py Noch eines höre an, was wir noch nicht bedacht.
Iph Ein gutes Wort kommt immer noch zur rechten Zeit.
Py Der Fall sei ausgenommen, daß mein Schiff zerbricht
Und daß die Tafel in dem Wogensturz der See
Samt anderm Gut verschwindet, nur mein Leben bleibt.
Dann soll auch dieser Schwur nicht mehr geschworen sein.
Iph So hört mich, denn für vieles gibt es Rat.
Was auf der Tafel aufgezeichnet steht,
Sagt dir mein Mund, daß dus berichten kannst.
So gehn wir sicher. Rettest du die Schrift,
So sagt sie selber lautlos, was sie birgt.
Wird sie vom Meer verschlungen, rettest du
Mit deinem Leben meine Worte auch.
Py Dein Rat ist gut, für dich und auch für mich.
Laß hören, wem die Schrift ich bringen soll
Und was sie dem Empfänger von dir sagt.
Iph Bestell Orestes, Agamemnons Sohn:
„Iphigeneia schickt dir diese Schrift.
Sie lebt, die ihr seit Aulis tot geglaubt."
Or Wo ist sie? Stehen Tote wieder auf?
Iph Leibhaftig steht sie vor dir, unterbrich mich nicht.
„Bring mich, bevor ich in der Fremde sterben muß,
Zur Heimat wieder. Löse mich vom schweren Fluch
Der Fremdenopfer, von dem grauenvollen Dienst."
Or Was hör ich, Pylades? Sind wir im Märchenland?
Iph „Wenn du nicht kommst, so bring ich deinem Hause Fluch,
Orestes!" Hör den Namen wieder, präg ihn ein!
Or Ihr Götter!
Iph Rufst du sie ob meiner Botschaft an?
Or An andres mußt ich denken; fahre ruhig fort!
(Auch ohne Fragen führst du uns ins Zauberreich.)
Iph Sag: „Eine Hirschkuh schob die Göttin ein,
Ihr Blut vergoß mein Vater in dem Wahn,
Sein spitzes Schwert durchschneide meinen Hals.
Mich selbst hat sie in dieses Land gebracht." –
Das ists, was in der Schrift verzeichnet steht.

Πυ ὦ ῥᾳδίοις ὅρκοισι περιβαλοῦσά με,
κάλλιστα δ' ὀμόσασ', οὐ πολὺν σχήσω χρόνον,
τὸν δ' ὅρκον ὃν κατώμοσ' ἐμπεδώσομεν.
ἰδού, φέρω σοι δέλτον ἀποδίδωμί τε,
Ὀρέστα, τῆσδε σῆς κασιγνήτης πάρα.
Ορ δέχομαι· παρεὶς δὲ γραμμάτων διαπτυχὰς
τὴν ἡδονὴν πρῶτ' οὐ λόγοις αἱρήσομαι.
ὦ φιλτάτη μοι σύγγον', ἐκπεπληγμένος
ὅμως σ' ἀπιστῳ περιβαλὼν βραχίονι
ἐς τέρψιν εἶμι, πυθόμενος θαυμάστ' ἐμοί.
Χο ξέν', οὐ δικαίως τῆς θεοῦ τὴν πρόσπολον
χραίνεις ἀθίκτοις περιβαλὼν πέπλοις χέρα.
Ορ ὦ συγκασιγνήτη τε κἀκ ταὐτοῦ πατρὸς
Ἀγαμέμνονος γεγῶσα, μή μ' ἀποστρέφου,
ἔχουσ' ἀδελφόν, οὐ δοκοῦσ' ἕξειν ποτέ.
Ιφ ἐγώ σ' ἀδελφὸν τὸν ἐμόν; οὐ παύσῃ λέγων;
τὸ δ' Ἄργος αὐτοῦ μεστὸν ἥ τε Ναυπλία.
Ορ οὐκ ἔστ' ἐκεῖ σός, ὦ τάλαινα, σύγγονος.
Ιφ ἀλλ' ἡ Λάκαινα Τυνδαρίς σ' ἐγείνατο;
Ορ Πέλοπός γε παιδὶ παιδός, οὗ 'κπέφυκ' ἐγώ.
Ιφ τί φῄς; ἔχεις τι τῶνδέ μοι τεκμήριον;
Ορ ἔχω· πατρῴων ἐκ δόμων τι πυνθάνου.
Ιφ οὐκοῦν λέγειν μὲν χρὴ σέ, μανθάνειν δ' ἐμέ.
Ορ λέγοιμ' ἂν ἀκοῇ πρῶτον Ἠλέκτρας τάδε·
Ἀτρέως Θυέστου τ' οἶσθα γενομένην ἔριν;
Ιφ ἤκουσα· χρυσῆς ἀρνὸς ἦν νείκη πέρι.
Ορ ταῦτ' οὖν ὑφήνασ' οἶσθ' ἐν εὐπήνοις ὑφαῖς;
Ιφ ὦ φίλτατ', ἐγγὺς τῶν ἐμῶν κάμπτεις φρενῶν.
Ορ εἰκώ τ' ἐν ἱστοῖς ἡλίου μετάστασιν;
Ιφ ὕφηνα καὶ τόδ' εἶδος εὐμίτοις πλοκαῖς.
Ορ καὶ λούτρ' ἐς Αὖλιν μητρὸς ἀνεδέξω πάρα;
Ιφ οἶδ'· οὐ γὰρ ὁ γάμος ἐσθλὸς ὤν μ' ἀφείλετο.
Ορ τί γάρ; κόμας σὰς μητρὶ δοῦσα σῇ φέρειν;
Ιφ μνημεῖά γ' ἀντὶ σώματος τοὐμοῦ τάφῳ.
Ορ ἃ δ' εἶδον αὐτός, τάδε φράσω τεκμήρια·
Πέλοπος παλαιὰν ἐν δόμοις λόγχην πατρός,

Py Wie leichten Eid hast du mir auferlegt
Mit schönstem Gegenschwur. Ich lös ihn rasch
Und mache, was ich kaum geschworen, wahr.
Sieh her, Orest, hier reich ich dir die Schrift,
Von deiner Schwester sei sie überbracht.
Or Ich nehm sie an und lasse sie zugleich,
Vor lautem Jubel schweigt die stille Schrift.
O Schwester! Tief erschüttert nah ich doch,
Ungläubger Arm schließt freudig sich um dich,
Da Wunder über Wunder ich vernahm.
Ch Halt ein, du frevelst an der Priesterin,
Befleckst mit frechem Griff ihr reines Kleid.
Or Echtbürtge Schwester, Agamemnons Kind
So wie ich selber, wende dich nicht ab
Vom Bruder, den du ganz verloren gabst.
Iph Du seist mein Bruder? Sagst du es noch oft?
Mykenä birgt ihn doch und Nauplia.
Or Nein, Liebste, dort ist heut dein Bruder nicht.
Iph Gebar dich Tyndars Tochter, die Lakonerin?
Or Dem Enkelsohn des Pelops; diesem stamm ich ab.
Iph Ists möglich? Wie verbürgst du dieses Wort?
Or Ich kann es. Frage nach dem Elternhaus!
Iph An dir ist der Bericht, ich höre zu.
Or Vernimm erst, was Elektra mir erzählt.
Du weißt vom Streit des Atreus und Thyest?
Iph Daß er entbrannte um ein goldnes Schaf.
Or Das webtest du in kostbar Fadenwerk.
Iph O Liebster, tief erregst du meinen Sinn.
Or Der Sonne Umkehr fügtest du hinzu?
Iph Mit schönen Fäden wob ich dieses Bild.
Or Für Aulis gab die Mutter dir ein Bad.
Iph Ich weiß. Doch wartete kein echter Bund.
Or Und sandtest du der Mutter nicht dein Haar?
Iph Es war die Spende für mein leeres Grab.
Or Noch nenn ich Zeichen, die ich selber sah:
Des Pelops alten Speer im Vaterhaus,

ἣν χερσὶ πάλλων παρθένον Πισάτιδα
ἐκτήσαθ' Ἱπποδάμειαν, Οἰνόμαον κτανών,
ἐν παρθενῶσι τοῖσι σοῖς κεκρυμμένην.

Ιφ ὦ φίλτατ', οὐδὲν ἄλλο, φίλτατος γὰρ εἶ, ia^6
ἔχω σ', Ὀρέστα, τηλύγετον ἀπὸ πατρίδος ia^6
Ἀργόθεν, ὦ φίλος. do

Ορ κἀγώ σε τὴν θανοῦσαν, ὡς δοξάζεται. ia^6
κατὰ δὲ δάκρυ, κατὰ δὲ γόος ἅμα χαρᾷ do^2
τὸ σὸν νοτίζει βλέφαρον, ὡσαύτως δ' ἐμόν. ia^6

Ιφ τόδ' ἔτι βρέφος ἔλιπον, do
ἔλιπον ἀγκάλαισι νεαρὸν τροφοῦ do^2
νεαρὸν ἐν δόμοις. do
ὦ κρεῖσσον ἢ λόγοισιν εὐτυχοῦσά μου ia^6
ψυχά, τί φῶ; θαυμάτων sp do^2
πέρα καὶ λόγου πρόσω τάδ' ἐπέβα. do^2
Ορ τὸ λοιπὸν εὐτυχοῖμεν ἀλλήλων μέτα. ia^6
Ιφ ἄτοπον ἁδονὰν ἔλαβον, ὦ φίλαι· do^2
δέδοικα δ' ἐκ χερῶν με μὴ πρὸς αἰθέρα ia^6
ἀμπτάμενος φύγῃ· do
ἰὼ Κυκλωπὶς ἑστία· ἰὼ πατρίς, ia^6
Μυκήνα φίλα, do
χάριν ἔχω ζόας, χάριν ἔχω τροφᾶς, do^2

Den er einst gegen Oinomaos schwang,
Als er die Tochter und den Thron gewann.
Er war in deiner Kammer streng verwahrt!

WECHSELGESANG

Iphigenie

Du bist es, Lieber, allerliebster du!
  Hab ich dich wieder, Orestes,
  Vielgeliebter, gekommen
  Vom lieben Vaterland,
  Von Argos, mein Teurer!

Orestes

Und ich das totgeglaubte Schwesterherz.
  Ach bittre Tränen, süße Tränen,
  Sie strömen uns
  Zugleich aus unsren Lidern, dir und mir.
Iph Ach da ließ ich, da ließ ich das Kindlein zurück,
Das Knäblein, das Knäblein im Arme der Amme.
Und sieh, dieser Fund unsäglichen Glücks!
O Seele, wie nenn ichs?
Ja, über Wunder und alle Vernunft
Schritt weit dies hinaus.
Or Wir beide wollen ewig glücklich sein.
Iph Wunderlich Freudenglück
Füllt mich, ihr Lieben!
Ich fürchte, daß zum Äther er aus meinem Arm
Plötzlich entschwebe.
Kyklopische Burg, Väterburg,
Liebstes Mykenä,
Dank: du gebarst mich,
Dank: du bewahrst mich,

	ὅτι μοι συνομαίμονα τόνδε δόμοις	an^4
	ἐξεθρέψω φάος.	cr^2
Ορ	γένει μὲν εὐτυχοῦμεν, ἐς δὲ συμφοράς,	ia^6
	ὦ σύγγον᾽, ἡμῶν δυστυχὴς ἔφυ βίος.	ia^6
Ιφ	ἐγῷδ᾽ ἁ μέλεος, οἶδ᾽, ὅτε φάσγανον	do^2
	δέρᾳ θῆκέ μοι μελεόφρων πατήρ.	do^2
Ορ	οἴμοι. δοκῶ γὰρ οὐ παρών σ᾽ ὁρᾶν ἐκεῖ.	ia^6
Ιφ	ἀνυμέναιος, ὦ σύγγον᾽, Ἀχιλλέως	do^2
	ἐς κλισίαν λέκτρων	do
	δόλι᾽ ὅτ᾽ ἀγόμαν·	do
	παρὰ δὲ βωμὸν ἦν δάκρυα καὶ γόοι.	do^2
	φεῦ φεῦ χερνίβων τῶν ἐκεῖ.	do cr
Ορ	ᾤμωξα κἀγὼ τόλμαν ἣν ἔτλη πατήρ.	ia^6
Ιφ	ἀπάτορ᾽ ἀπάτορα πότμον ἔλαχον.	ia^4
	ἄλλα δ᾽ ἐξ ἄλλων κυρεῖ	cr ia^2
	δαίμονος τύχᾳ τινός.	cr ia^2 867
Ορ	εἰ σόν γ᾽ ἀδελφόν, ὦ τάλαιν᾽, ἀπώλεσας.	ia^6 866
Ιφ	ὦ μελέα δεινᾶς τόλμας. δείν᾽ ἔτλαν	do^2
	δείν᾽ ἔτλαν, ὤμοι σύγγονε. παρὰ δ᾽ ὀλίγον	do^2
	ἀπέφυγες ὄλεθρον ἀνόσιον ἐξ ἐμᾶν	do^2
	δαϊχθεὶς χερῶν.	do
	ἁ δ᾽ ἐπ᾽ αὐτοῖσι τίς τελευτά;	cr^2 ba
	τίς τύχα μοι συγχωρήσει;	cr do
	τίνα σοι πόρον εὑρομένα	an^3
	πάλιν ἀπὸ πόλεως, ἀπὸ φόνου πέμψω	do^2
	πατρίδ᾽ ἐς Ἀργείαν,	do

Zogst auch den Bruder groß,
Deiner Halle helles Licht.

Or Von Abkunft sind wir glücklich, Schwester. Doch
Es ward uns schlimmster Lebensweg bestimmt.
Iph Ich Ärmste erfuhrs,
Als der ärmste Vater
Setzte das Schwert an meine Kehle.
Or Weh mir, vor Augen schwebt mir euer Bild.
Iph Als sie ohne Hochzeitslieder, Bruder,
Zum Zelt, zum Lager des Achill mich
Trügerisch führten,
Doch blutger Altar wars,
Tränen und Klagen.
Wehe, wehe der Weihegüsse!
Or O wie beklag auch ich des Vaters Tat!
Iph Vaterlos, vaterlos
Ward dann mein Schicksal.
Leid wuchs aus Leid.
Or Schon hob sich deine Hand zum Brudermord!
Iph Ach ich Ärmste
Schlimmster Werke!
Schreckliches, Schreckliches
Nahm ich auf mich,
Weh mir, mein Bruderherz!
Nur um wenig bist du entronnen
Unheiligem Untergang,
Von Schwesterhänden zerfleischt.
Und wie soll dies
Alles enden?
Wird das Schicksal
Sich noch wenden?
Welchen Pfad find ich dir,
Dich zu erretten vor dieser Stadt,
Vor ihrem Mörderstahl
Ins heimatliche Mykenä,

πρὶν ἐπὶ ξίφος αἵματι σῷ πελάσαι; an^4
τόδε τόδε σόν, ὦ μελέα ψυχά, cr do
χρέος ἀνευρίσκειν. do
πότερον κατὰ χέρσον, οὐχὶ ναΐ, an^2 ia^2⏑
ἀλλὰ ποδῶν ῥιπᾷ; do
θανάτῳ πελάσεις ἄρα βάρβαρα φῦλα an^4⏑
καὶ δι' ὁδοὺς ἀνόδους στείχων· διὰ κυανέας μὴν da^6
στενοπόρου πέτρας μακρὰ κέλευθα να- do^2
ΐοισιν δρασμοῖς. do
τάλαινα, τάλαινα. do
τίς ἄρ' οὖν, τάλαν, ἢ θεὸς ἢ βροτὸς ἢ an^4
τί τῶν ἀδοκήτων do
πόρον εὔπορον ἐξανύσας an^3
δυοῖν τοῖν μόνοιν Ἀτρείδαιν φανεῖ do^2
κακῶν ἔκλυσιν; do

Χο ἐν τοῖσι θαυμαστοῖσι καὶ μύθων πέρα
τάδ' εἶδον αὐτὴ κοὐ κλύουσ' ἀπαγγελῶ.

Πυ τὸ φίλους ἐλθόντας εἰς ὄψιν φίλων,
Ὀρέστα, χειρῶν περιβολὰς εἰκὸς λαβεῖν·
λήξαντα δ' οἴκτων κἀπ' ἐκεῖν' ἐλθεῖν χρεών,
ὅπως τὸ κλεινὸν ὄνομα τῆς σωτηρίας
λαβόντες ἐκ γῆς βησόμεσθα βαρβάρου.
σοφῶν γὰρ ἀνδρῶν ταῦτα, μὴ 'κβάντας τύχης,
καιρὸν λαβόντας, ἡδονὰς ἄλλας λαβεῖν.

Bevor das Schwert sich
Mit deinem Blut färbt?
Das mußt du, armes Herz,
Jetzt dir ersinnen.
Vielleicht auf dem Festland,
Nicht mit dem Schiffe,
Mit Fußes Schnelle?
Da gehst du dem sicheren Tode entgegen,
Durch wilde Stämme
Und weglose Wege.
Und durchs dunkle
Felsentor steht endlose Straße
Fliehendem Schiffe bevor.
Weh ich Arme, weh du Armer!
Wer wird da, ein Gott oder Mensch,
Oder ein niemals Erwartetes,
Gangbaren Gang bereiten,
Den letzten beiden Atriden
Lösung aus Nöten?

ZWEITE HAUPTSZENE: DRITTER TEIL

Chor

Das Wunderbare, das noch nie berichtet ward,
Sah ich mit Augen, hört ich nicht aus fremdem Mund.

Pylades

Wenn Menschen ihre Lieben wiedersehn,
Da legt sich stets aufs neue Brust an Brust.
Doch muß des Jubels auch ein Ende sein,
Daß wir, den Stern der Rettung fest im Aug,
Den Ausweg finden aus dem fremden Land.
Der Kluge nimmt Gebot der Stunde wahr;
Sind neue Freuden reif, so pflückt er sie.

Ορ καλῶς ἔλεξας· τῇ τύχῃ δ' οἶμαι μέλειν
τοῦδε ξὺν ἡμῖν· ἢν δέ τις πρόθυμος ῇ,
σθένειν τὸ θεῖον μᾶλλον εἰκότως ἔχει.

Ιφ οὐδέν μ' ἐπίσχει γ' οὐδ' ἀποστήσει λόγου,
πρῶτον πυθέσθαι τίνα ποτ' 'Ηλέκτρα πότμον
εἴληχε βιότου· φίλα γὰρ εἶχε πάντ' ἐμοί.
Ορ τῷδε ξυνοικεῖ βίον ἔχουσ' εὐδαίμονα.
Ιφ οὗτος δὲ ποδαπὸς καὶ τίνος πέφυκε παῖς;
Ορ Στρόφιος ὁ Φωκεὺς τοῦδε κλῄζεται πατήρ.
Ιφ ὁ δ' ἐστί γ' 'Ατρέως θυγατρός, ὁμογενὴς ἐμός;
Ορ ἀνεψιός γε, μόνος ἐμοὶ σαφὴς φίλος.
Ιφ οὐκ ἦν τόθ' οὗτος ὅτε πατὴρ ἔκτεινέ με.
Ορ οὐκ ἦν· χρόνον γὰρ Στρόφιος ἦν ἄπαις τινά.
Ιφ χαῖρ' ὦ πόσις μοι τῆς ἐμῆς ὁμοσπόρου.
Ορ κἀμός γε σωτήρ, οὐχὶ συγγενὴς μόνον.
Ιφ τὰ δεινὰ δ' ἔργα πῶς ἔτλης μητρὸς πέρι;
Ορ σιγῶμεν αὐτά· πατρὶ τιμωρῶν ἐμῷ.
Ιφ ἡ δ' αἰτία τίς ἀνθ' ὅτου κτείνει πόσιν;
Ορ ἔα τὰ μητρός· οὐδὲ σοὶ κλύειν καλόν.
Ιφ σιγῶ· τὸ δ' Ἄργος πρὸς σὲ νῦν ἀποβλέπει;
Ορ Μενέλαος ἄρχει· φυγάδες ἐσμὲν ἐκ πάτρας.
Ιφ οὔ που νοσοῦντας θεῖος ὕβρισεν δόμους;
Ορ οὔκ, ἀλλ' 'Ερινύων δεῖμά μ' ἐκβάλλει χθονός.
Ιφ ταῦτ' ἆρ' ἐπ' ἀκταῖς κἀνθάδ' ἠγγέλης μανείς;
Ορ ὤφθημεν οὐ νῦν πρῶτον ὄντες ἄθλιοι.
Ιφ ἔγνωκα· μητρός σ' οὕνεκ' ἠλάστρουν θεαί.
Ορ ὥσθ' αἱματηρὰ στόμι' ἐπεμβαλεῖν ἐμοί.
Ιφ τί γάρ ποτ' ἐς γῆν τήνδ' ἐπόρθμευσας πόδα;
Ορ Φοίβου κελευσθεὶς θεσφάτοις ἀφικόμην.
Ιφ τί χρῆμα δράσειν; ῥητὸν ἢ σιγώμενον;
Ορ λέγοιμ' ἄν· ἀρχαὶ δ' αἵδε μοι πολλῶν πόνων.

Orestes

Recht hast du. Doch das Schicksal, glaube mir,
Steht nun bei uns und wer sich ganz bemüht,
Der stärkt die Götterkraft, die ihn beschützt.

Iphigenie

So wird mich nichts mehr hindern, ungesäumt
Zu fragen, welches Los Elektra fiel,
Der Schwester, die so innig mir vertraut.
Or Sie lebt im Glück als Gattin dieses Manns.
Iph Und wer ist dieser? Welchen Mannes Sohn?
Or Strophios den Phoker nennt sein Vater sich.
Iph Des Atreus' Tochtersohn, uns nah verwandt.
Or Geschwisterkind, mein einzger treuer Freund.
Iph Er war noch nicht am Leben, als ich schied.
Or Damals war Strophios noch kinderlos.
Iph Der lieben Schwester Gatte, sei gegrüßt!
Or Nicht nur verwandt: mein Retter in der Not.
Iph Wie nahmst du solche bittre Tat auf dich?
Or O still davon! Es rief des Vaters Blut.
Iph Und warum schlug sie unsern Vater tot?
Or O laß! Am besten hörst du nichts davon.
Iph So schweig ich. Und Mykenä ist dir untertan?
Or Ich bin geflohen. Menelaos herrscht jetzt dort.
Iph So hat er dir zur Not noch Unbill zugefügt?
Or Nicht er, der Schreck der Rachegeister trieb mich fort.
Iph Auch hier am Strand hat dich die Qual erfaßt?
Or Man hat sie nicht zum erstenmal geschaut!
Iph Die Mutter sandte dir die Geisterschar?
Or Mit Zaum und Zügel, der mich blutig riß.
Iph Wie hast du deine Fahrt hieher gelenkt?
Or Phoibos' Orakelsprüche wiesen mir dies Ziel.
Iph Zu welcher Tat? Verschwiegen oder offenbar?
Or Ich will sie künden, Urquell vieler schwerer Mühn.

ἐπεὶ τὰ μητρὸς ταῦθ' ἃ σιγῶμεν κακὰ
ἐς χεῖρας ἦλθε, μεταδρομαῖς Ἐρινύων
ἠλαυνόμεσθα φυγάδες, ἔνθεν μοι πόδα
ἐς τὰς Ἀθήνας δῆτ' ἔπεμψε Λοξίας,
δίκην παρασχεῖν ταῖς ἀνωνύμοις θεαῖς.
ἔστιν γὰρ ὁσία ψῆφος, ἣν Ἄρει ποτὲ
Ζεὺς εἵσατ' ἔκ του δὴ χερῶν μιάσματος.
ἐλθὼν δ' ἐκεῖσε, πρῶτα μέν μ' οὐδεὶς ξένων
ἑκὼν ἐδέξαθ', ὡς θεοῖς στυγούμενον·
οἳ δ' ἔσχον αἰδῶ, ξένια μονοτράπεζά μοι
παρέσχον, οἴκων ὄντες ἐν ταὐτῷ στέγει,
σιγῇ δ' ἐτεκτήναντ' ἀπόφθεγκτόν μ', ὅπως
δαιτός γενοίμην πώματός τ' αὐτοῖς δίχα,
ἐς δ' ἄγγος ἴδιον ἴσον ἅπασι βακχίου
μέτρημα πληρώσαντες εἶχον ἡδονήν.
κἀγὼ 'ξελέγξαι μὲν ξένους οὐκ ἠξίουν,
ἤλγουν δὲ σιγῇ κἀδόκουν οὐκ εἰδέναι,
μέγα στενάζων οὕνεκ' ἦ μητρὸς φονεύς.
κλύω δ' Ἀθηναίοισι τἀμὰ δυστυχῆ
τελετὴν γενέσθαι, κἄτι τὸν νόμον μένειν,
χοῆρες ἄγγος Παλλάδος τιμᾶν λεών.
ὡς δ' εἰς Ἄρειον ὄχθον ἧκον, ἐς δίκην
ἔστην, ἐγὼ μὲν θάτερον λαβὼν βάθρον,
τὸ δ' ἄλλο πρέσβειρ' ἥπερ ἦν Ἐρινύων.
εἰπὼν δ' ἀκούσας θ' αἵματος μητρὸς πέρι,
Φοῖβός μ' ἔσωσε μαρτυρῶν, ἴσας δέ μοι
ψήφους διηρίθμησε Παλλὰς ὠλένῃ·
νικῶν δ' ἀπῆρα φόνια πειρατήρια.
ὅσαι μὲν οὖν ἕζοντο πεισθεῖσαι δίκῃ,
ψῆφον παρ' αὐτὴν ἱερὸν ὡρίσαντ' ἔχειν·
ὅσαι δ' Ἐρινύων οὐκ ἐπείσθησαν νόμῳ,
δρόμοις ἀνιδρύτοισιν ἠλάστρουν μ' ἀεί,
ἕως ἐς ἁγνὸν ἦλθον αὖ Φοίβου πέδον,
καὶ πρόσθεν ἀδύτων ἐκταθείς, νῆστις βορᾶς,
ἐπώμοσ' αὐτοῦ βίον ἀπορρήξειν θανών,
εἰ μή με σώσει Φοῖβος, ὅς μ' ἀπώλεσεν.

Als jenes dunkle Unheil um die Mutter, ach,
Zur Tat gedieh, ward ewig von den Furien
Ich hin und her getrieben, bis ich meinen Fuß
Auf das Geheiß Apollons setzte nach Athen
Und Rede stand den unbenannten hehren Fraun
Vor heiligem Gerichtshof, den für Ares einst
Und seine Bluttat Zeus der Stadt gestiftet hat.
Als ich dorthin kam, nahm kein einzger Gastfreund mich
Freiwillig auf, so galt ich allen gottverhaßt,
Und die sich schämten, setzten die Bewirtung mir
Auf einen eignen Tisch, wennschon im gleichen Saal,
Und richteten sie schweigend, sprachen mich nicht an,
So daß ich Speis und Trank für mich allein genoß,
Und schenkten jedem auch in einem kleinen Krug
Das gleiche Maß der Gottesgabe zum Gelag.
Ich konnte meine Wirte nicht zur Rede ziehn,
Saß traurig da und schien dies alles nicht zu sehn,
Schwer seufzend unter meines Muttermordes Last.
Wie ich vernehme, wurde dies mein Mißgeschick
Bei den Athenern fester Brauch und immer noch
Ehrt Pallas' Volk am Kannenfest den kleinen Krug.
Am Areshügel droben trat ich vor Gericht,
Betrat den einen der zwei Redeplätze dort,
Den andern nahm der Rachegeister Älteste.
Dann mußt ich Rede stehen ob der Mutter Mord,
Und Phoibos' Zeugnis sprach mich frei, auch hat die Hand
Der Pallas gleichgemacht der Richtersteine Zahl.
So ging ich siegreich aus dem Blutgericht hervor.
Die Geister, die zufrieden waren mit dem Spruch,
Die gründeten am Hügel selbst ein Heiligtum.
Die andern Rachegeister höhnten das Gesetz,
Und jagten wieder mich auf ruhelosen Pfad,
Bis nochmals ich zu Phoibos' heilger Schwelle trat.
Vor dem Orakel hingestreckt, der Speise bar,
Schwur ich, dem Jammerleben setze ich sein Ziel,
Wenn mich der Gott, der mich verdarb, nicht rettete.

ἐντεῦθεν αὐδὴν τρίποδος ἐκ χρυσοῦ λακὼν
Φοῖβός μ' ἔπεμψε δεῦρο, διοπετὲς λαβεῖν
ἄγαλμ' Ἀθηνῶν τ' ἐγκαθιδρῦσαι χθονί.
ἀλλ' ἥνπερ ἡμῖν ὥρισεν σωτηρίαν,
σύμπραξον· ἢν γὰρ θεᾶς κατάσχωμεν βρέτας,
μανιῶν τε λήξω καὶ σὲ πολυκώπῳ σκάφει
στείλας Μυκήναις ἐγκαταστήσω πάλιν.
ἀλλ', ὦ φιληθεῖσ' ὦ κασίγνητον κάρα,
σῶσον πατρῷον οἶκον, ἔκσωσον δ' ἐμέ·
ὡς τἄμ' ὄλωλε πάντα καὶ τὰ Πελοπιδῶν,
οὐράνιον εἰ μὴ ληψόμεσθα θεᾶς βρέτας.
Χο δεινή τις ὀργὴ δαιμόνων ἐπέζεσε
τὸ Ταντάλειον σπέρμα διὰ πόνων τ' ἄγει.
Ιφ τὸ μὲν πρόθυμον, πρίν σε δεῦρ' ἐλθεῖν, ἔχω
Ἄργει γενέσθαι καὶ σέ, σύγγον', εἰσιδεῖν.
θέλω δ' ἅπερ σύ, σέ τε μεταστῆσαι πόνων
νοσοῦντά τ' οἶκον, οὐχὶ τῷ κτανόντι με
θυμουμένη, πατρῷον ὀρθῶσαι θέλω·
σφαγῆς τε γὰρ σῆς χεῖρ' ἀπαλλάξαιμεν ἂν
σώσαιμί τ' οἴκους. τὴν θεὸν δ' ὅπως λάθω
δέδοικα καὶ τύραννον, ἡνίκ' ἂν κενὰς
κρηπῖδας εὕρῃ λαΐνας ἀγάλματος.
πῶς δ' οὐ θανοῦμαι; τίς δ' ἔνεστί μοι λόγος;
ἀλλ', εἰ μὲν ἕν τι ταὔθ' ὁμοῦ γενήσεται,
ἄγαλμά τ' οἴσεις κἄμ' ἐπ' εὐπρύμνου νεὼς
ἄξεις, τὸ κινδύνευμα γίγνεται καλόν·
τούτου δὲ χωρισθεῖσ', ἐγὼ μὲν ὄλλυμαι,
σὺ δ' ἂν τὸ σαυτοῦ θέμενος εὖ νόστου τύχοις.
οὐ μήν τι φεύγω γ', οὐδέ σ' εἰ θανεῖν χρεὼν
σώσασαν· οὐ γὰρ ἀλλ' ἀνὴρ μὲν ἐκ δόμων
θανὼν ποθεινός, τὰ δὲ γυναικὸς ἀσθενῆ.
Ορ οὐκ ἂν γενοίμην σοῦ τε καὶ μητρὸς φονεύς·
ἅλις τὸ κείνης αἷμα· κοινόφρων δὲ σοὶ
καὶ ζῆν θέλοιμ' ἂν καὶ θανὼν λαχεῖν ἴσον.
ἄξω δέ σ', ἤνπερ μαὐτὸς ἐνταυθοῖ πέσω,
πρὸς οἶκον, ἢ σοῦ κατθανὼν μενῶ μέτα.

Und Phoibos tat vom goldnen Dreifuß aus den Spruch,
Ich soll von hier das Bild, das einst vom Himmel fiel,
Fortholen, neu es gründen im Athener Land.
Jetzt mußt du bei der Rettung, die der Gott bestimmt,
Mithelfen: ist das Götterbild in unsrer Hand,
So endet meine Krankheit und ich kann im Schiff
Dich nach Mykenä bringen in dein altes Haus.
Du Vielgeliebte, meiner Schwester teures Haupt,
Vom Untergang errette Vaterhaus und mich!
Es stürzt mit mir des Pelops altes Haus in Nacht,
Fällt heute nicht das Götterbild in unsre Hand.
Ch Schwer fiel der Zorn der Götter auf des Tantalos
Geschlecht und reißt es in ein Meer von bittrer Not.
Iph Schon eh du zu uns kamst, stand immer mir der Sinn
Auf Wiedersehen mit der Heimat und mit dir.
Dein Wille ist der meine: Enden deine Qual,
Und meines immer treu geliebten Vaters Haus
Erretten aus der Not und vor dem Untergang.
Ich kann von deinem Blut enthalten meine Hand,
Kann dich von hier entlassen. Aber kann ich auch
Die Göttin täuschen? Und den König, wenn er sieht
Den leeren Sockelstein des alten Götterbilds?
Was dann ihm sagen? Ist mir nicht der Tod gewiß?
Nur wenn dies beides dir auf einen Streich gelingt,
Der Raub des Bilds und daß du mich auf schnellem Schiff
Entführst, seh ich ein gutes Ende der Gefahr.
Ich bin verloren, wenn ich ausgeschlossen bin,
Doch du kehrst heil und gutverrichter Sache heim.
Bei Gott, ich bleibe, ist es auch mein sichrer Tod.
Sei du gerettet! Schwer zu tragen ist dem Haus
Des Mannes Untergang. Der Frauen Tod wiegt leicht.
Or Der Mutter Mörder will nicht Schwestermörder sein,
Ihr Blut ist schon genug. Mit dir will treu vereint
Ich teilen wie des Lebens so des Todes Los.
Fall ich nicht vorher am Altar, so will ich dich
Zur Heimat bringen oder sterben neben dir.

γνώμης δ᾽ ἄκουσον· εἰ πρόσαντες ἦν τόδε
Ἀρτέμιδι, πῶς ἂν Λοξίας ἐθέσπισε
κομίσαι μ᾽ ἄγαλμα θεᾶς πόλισμ᾽ ἐς Παλλάδος
καὶ σὸν πρόσωπον εἰσιδεῖν; ἅπαντα γὰρ
συνθεὶς τάδ᾽ εἰς ἓν νόστον ἐλπίζω λαβεῖν.
Ιφ πῶς οὖν γένοιτ᾽ ἂν ὥστε μήθ᾽ ἡμᾶς θανεῖν,
λαβεῖν θ᾽ ἃ βουλόμεσθα; τῇδε γὰρ νοσεῖ
νόστος πρὸς οἴκους· ἡ δὲ βούλησις πάρα.
Ορ ἆρ᾽ ἂν τύραννον διολέσαι δυναίμεθ᾽ ἄν;
Ιφ δεινὸν τόδ᾽ εἶπας, ξενοφονεῖν ἐπήλυδας.
Ορ ἀλλ᾽, εἰ σὲ σώσει κἀμέ, κινδυνευτέον.
Ιφ οὐκ ἂν δυναίμην· τὸ δὲ πρόθυμον ᾔνεσα.
Ορ τί δ᾽, εἴ με ναῷ τῷδε κρύψειας λάθρα;
Ιφ εἴσ᾽ ἔνδον ἱεροὶ φύλακες, οὓς οὐ λήσομεν.
Ορ οἴμοι, διεφθάρμεσθα· πῶς σωθεῖμεν ἄν;
Ιφ ἔχειν δοκῶ μοι καινὸν ἐξεύρημά τι.
Ορ ποῖόν τι; δόξης μετάδος, ὡς κἀγὼ μάθω.
Ιφ ταῖς σαῖσι μανίαις χρήσομαι σοφίσμασι.
Ορ δειναὶ γὰρ αἱ γυναῖκες εὑρίσκειν τέχνας.
Ιφ φονέα σε φήσω μητρὸς ἐξ Ἄργους μολεῖν.
Ορ χρῆσαι κακοῖσι τοῖς ἐμοῖς, εἰ κερδανεῖς.
Ιφ ὡς οὐ θέμις γε λέξομεν θύειν θεᾷ,
Ορ τίν᾽ αἰτίαν ἔχουσ᾽; ὑποπτεύω τι γάρ.
Ιφ οὐ καθαρὸν ὄντα· τὸ δ᾽ ὅσιον δώσω φόνῳ.
Ορ τί δῆτα μᾶλλον θεᾶς ἄγαλμ᾽ ἁλίσκεται;
Ιφ πόντου σε πηγαῖς ἁγνίσαι βουλήσομαι,
Ορ ἔτ᾽ ἐν δόμοισι βρέτας, ἐφ᾽ ᾧ πεπλεύκαμεν.
Ιφ κἀκεῖνο νίψαι, σοῦ θιγόντος ὥς, ἐρῶ.
Ορ ποῖ δῆτα; πόντου νοτερὸν εἶπας ἔκβολον;
Ιφ οὗ ναῦς χαλινοῖς λινοδέτοις ὁρμεῖ σέθεν.
Ορ σὺ δ᾽ ἤ τις ἄλλος ἐν χεροῖν οἴσει βρέτας;
Ιφ ἐγώ· θιγεῖν γὰρ ὅσιόν ἐστ᾽ ἐμοὶ μόνῃ.
Ορ Πυλάδης δ᾽ ὅδ᾽ ἡμῖν ποῦ τετάξεται πόνου;

Ιφ ὡς δὴ σκότον λαβόντες ἐκσωθεῖμεν ἄν;
Ορ κλεπτῶν γὰρ ἡ νύξ, τῆς δ᾽ ἀληθείας τὸ φῶς.

Die Göttin, wisse, ist nicht gegen dieses Werk,
Sonst hätte Phoibos' Spruch es mir nicht auferlegt,
Mich nicht in deinen Arm geführt. Bedenke ich
Dies alles, strahlt der schöne Stern der Heimkehr auf.

Iph Wie aber kanns geschehn, daß wir dem Tod entfliehn
Und doch gewinnen, was wir brauchen? Darin liegt
Der Heimkehr Frage. Guter Wille reicht nicht aus.
Or Erschlagen wir den König! Ist das nicht ein Weg?
Iph Grausamer Rat: die Fremden morden ihren Wirt!
Or Kann es uns beide retten, sei es doch gewagt!
Iph Ich staun ob deines Muts, doch lehnt mein Sinn ihn ab.
Or Verstecke heimlich mich in diesem Tempelhaus!
Iph Den Tempelwächtern drinnen kann es nicht entgehn.
Or So sind wir ganz verloren, weißt du keinen Rat.
Iph Ich habe eben, glaub ich, guten Fund getan.
Or Laß mich ihn wissen, gib den neuen Plan bekannt!
Iph Als guter Vorwand diene deine Raserei.
Or Wie sind die Frauen listig, wie erfinderisch!
Iph Ich sag, dich hat zu Hause Muttermord befleckt.
Or Gebrauche du mein Unglück, wie dir immer scheint.
Iph Der Göttin, sag ich, zieme solches Opfer nicht.
Or Aus welchem Grund? Schon dämmert mir die Lösung auf
Iph Unreines Opfer müßte erst gereinigt sein.
Or Und wie gelangt das Götterbild in unsre Hand?
Iph Entsühnen, sag ich, müsse dich des Meeres Flut.
Or Noch immer bleibt das Bild, um das es geht, am Ort!
Iph Auch dies, von dir berührt, bedarf des Wasserbads.
Or Da, wo die Brandung eure Küste überspült?
Iph Und wo dein Schiff an seinen Haltetauen liegt!
Or Trägst du es selber oder tuts ein anderer?
Iph Des Bilds Berührung ist nur mir allein erlaubt.
Or Und wie wird Pylades in dieses Werk gereiht?

Ιφ ταὐτὸν χεροῖν σοὶ λέξεται μίασμ' ἔχων.
Ορ λάθρα δ' ἄνακτος ἢ εἰδότος δράσεις τάδε;
Ιφ πείσασα μύθοις· οὐ γὰρ ἂν λάθοιμί γε.
Ορ καὶ μὴν νεώς γε πίτυλος εὐήρης πάρα.
Ιφ σοὶ δὴ μέλειν χρὴ τἄλλ' ὅπως ἕξει καλῶς.
Ορ ἑνὸς μόνου δεῖ, τάσδε συγκρύψαι τάδε.
ἀλλ' ἀντίαζε καὶ λόγους πειστηρίους
εὕρισκ'· ἔχει τοι δύναμιν εἰς οἶκτον γυνή.
τὰ δ' ἄλλ' ἴσως ἂν πάντα συμβαίη καλῶς.

Ιφ ὦ φίλταται γυναῖκες, εἰς ὑμᾶς βλέπω,
καὶ τἄμ' ἐν ὑμῖν ἐστιν ἢ καλῶς ἔχειν
ἢ μηδὲν εἶναι καὶ στερηθῆναι πάτρας
φίλου τ' ἀδελφοῦ φιλτάτης τε συγγόνου.
καὶ πρῶτα μέν μοι τοῦ λόγου τάδ' ἀρχέτω·
γυναῖκές ἐσμεν, φιλόφρον ἀλλήλαις γένος
σῴζειν τε κοινὰ πράγματ' ἀσφαλέσταται.
σιγήσαθ' ἡμῖν καὶ συνεκπονήσατε
φυγάς. καλόν τοι γλῶσσ' ὅτῳ πιστὴ παρῇ.
ὁρᾶτε δ' ὡς τρεῖς μία τύχη τοὺς φιλτάτους,
ἢ γῆς πατρῴας νόστον ἢ θανεῖν ἔχει.
σωθεῖσα δ', ὡς ἂν καὶ σὺ κοινωνῇς τύχης,
σώσω σ' ἐς Ἑλλάδ'. ἀλλὰ πρός σε δεξιᾶς
σὲ καὶ σὲ ἱκνοῦμαι, σὲ δὲ φίλης παρηίδος,
γονάτων τε καὶ τῶν ἐν δόμοισι φιλτάτων
μητρὸς πατρός τε καὶ τέκνων ὅτῳ κυρεῖ.
τί φατέ; τίς ὑμῶν φησιν ἢ τίς οὐ θέλει,
φθέγξασθε, ταῦτα; μὴ γὰρ αἰνουσῶν λόγους
ὄλωλα κἀγὼ καὶ κασίγνητος τάλας.
Χο θάρσει, φίλη δέσποινα, καὶ σῴζου μόνον·
ὡς ἔκ γ' ἐμοῦ σοι πάντα σιγηθήσεται –
ἴστω μέγας Ζεύς – ὧν ἐπισκήπτεις πέρι.
Ιφ ὄναισθε μύθων καὶ γένοισθ' εὐδαίμονες.
σὸν ἔργον ἤδη καὶ σὸν ἐσβαίνειν δόμους·
ὡς αὐτίχ' ἥξει τῆσδε κοίρανος χθονός,
θυσίαν ἐλέγχων εἰ κατείργασται ξένων.

Iph Er sei durch gleiche Tat befleckt, dein Schuldgenoß.
Or Soll es der König wissen? Soll es heimlich sein?
Iph Ich überred ihn. Heimlich kann es nicht geschehn.
Or Mein Schiff ist fahrtbereit, die Ruder warten schon.
Iph Und alles andere muß dir befohlen sein.
Or Nur eines ist noch not: der Fraun Verschwiegenheit.
O geh sie an mit deiner ganzen Redekunst,
Denn in der Rührung war die Frau stets Meisterin.
Sind sie gewonnen, ist das schöne Ziel nicht weit.

Iph Ihr liebsten Fraun, nun schau ich ganz auf euch!
In euren Händen liegt mein Wohlergehn,
Mein Sein und Nichtsein, Heimkehr in mein Land,
Des Bruders Heil, der Schwester Wiedersehn.
Am Anfang aller Bitten stehe dies:
Wir sind ja Fraun, einander wohlgesinnt,
In Frauendingen hilfreich und bewährt.
So schweigt, leiht eure Hilfe bei der Flucht.
Verschwiegne Zunge ist ein hohes Gut.
Ihr seht, gemeinsam Schicksal ist uns drein
Verhängt: die Heimkehr oder sichrer Tod.
Mein Rettungsglück ist euer eignes Heil:
Ich führ euch heim! Die liebe Hand erfaß
Ich, und auch deine! Deine Wange auch,
Dein Knie; bei deinen Lieben bitt ich dich,
Bei Vater, Mutter, Kindern, wer sie hat.
Was sagt ihr? Euer Ja und euer Nein,
O sprecht es aus! Und ist es nicht ein Ja,
Bin ich verloren, ist mein Bruder tot.
Ch Sei nur getrost, o Herrin, rette dich.
Daß alles, was dir so am Herzen liegt,
Von uns verschwiegen wird, das wisse Zeus!
Iph Seis euch vergolten! Mögt ihr glücklich sein!
Nun tretet beide in das Tempelhaus.
Der Herr des Landes kommt sogleich hieher,
Zu fragen nach der Fremden Opferung.

ὦ πότνι', ἥπερ μ' Αὐλίδος κατὰ πτυχὰς
δεινῆς ἔσωσας ἐκ πατροκτόνου χερός,
σῶσόν με καὶ νῦν τούσδε τ'· ἢ τὸ Λοξίου
οὐκέτι βροτοῖσι διὰ σὲ ἐτήτυμον στόμα.
ἀλλ' εὐμενὴς ἔκβηθι βαρβάρου χθονὸς
ἐς τὰς Ἀθήνας· καὶ γὰρ ἐνθάδ' οὐ πρέπει
ναίειν, παρόν σοι πόλιν ἔχειν εὐδαίμονα.

Χο ὄρνις, ἃ παρὰ πετρίνας — gl — στρ.
πόντου δειράδας, ἀλκυών, — gl
ἔλεγον οἶτον ἀείδεις, — gl∧
εὐξύνετον ξυνετοῖς βοάν, — hem⏑–
ὅτι πόσιν κελαδεῖς ἀεὶ μολπαῖς, — gl sp
ἐγώ σοι παραβάλλομαι — .gl
θρήνους, ἄπτερος ὄρνις, — gl∧
ποθοῦσ' Ἑλλάνων ἀγόρους, — ba–ch
ποθοῦσ' Ἄρτεμιν λοχίαν, — ba⏑ch
ἃ παρὰ Κύνθιον ὄχθον οἰ- — hem⏑–
κεῖ φοίνικά θ' ἁβροκόμαν — sp–⏑ch
δάφναν τ' εὐερνέα καὶ — sp–ch
γλαυκᾶς θαλλὸν ἱερὸν ἐλαί- — sp–⏑ch
ας, Λατοῦς ὠδῖνα φίλαν, — sp^2 ch
λίμναν θ' εἱλίσσουσαν ὕδωρ — sp^2 ch
κύκλιον, ἔνθα κύκνος μελῳ- — gl
δὸς Μούσας θεραπεύει. — gl∧

O Göttin, die in Aulis' Schluchten mich
Gerettet von des Vaters blutger Hand,
Rett uns auch heute! Daß nicht deinethalb
Der Mensch bezweifle Phoibos' hohes Wort!
Zieh gnädig fort aus dem Barbarenland,
Fort nach Athen von diesem schnöden Sitz!
Dir winkt ruhmreiche Stadt als schönstes Ziel.

Sie geht in den Tempel

ZWEITES STANDLIED

Chor

Strophe

Vogel, der du am Felsenriff
Traurig rufend dein Klaglied singst,
Meeresvogel Halkyon,
Wohl versteht dich verstehendes Ohr:
Immerzu klagst du den Gatten im Lied,
Halkyon.
In dein Rufen flechte ich
Flügelloser Vogel
Meine Klagen;
Seufze nach meiner Heimat Gefilden,
Nach unsrer Artemis helfender Stätte,
Die am Kynthoshügel wohnt,
Bei der Palme mit üppigem Laube,
Bei jenem fröhlich sprießenden Lorbeer,
Grünen Ölbaums heilgem Zweig,
Ort, da Leto
Selig gebar,
Und beim See, der sein Wasser sendet
Rings im Kreis, wo mit Liedersang der
Schwäne Schwarm den Musen dient.

ὦ πολλαὶ δακρύων λιβάδες, ἀντ.
αἳ παρηίδας εἰς ἐμὰς
ἔπεσον, ἁνίκα πύργων
ὀλλυμένων ἐπὶ ναῦς ἔβαν
πολεμίων ἐρετμοῖσι καὶ λόγχαις.
ζαχρύσου δὲ δι' ἐμπολᾶς gl
νᾶσον βάρβαρον ἦλθον,
ἔνθα τᾶς ἐλαφοκτόνου gl
θεᾶς ἀμφίπολον κόραν .gl
παῖδ' Ἀγαμεμνονίαν λατρεύ-
ω βωμούς τ' οὐ μηλοθύτας, sp^2 ch
ζηλοῦσ' ἄταν διὰ παν-
τὸς δυσδαίμον'· ἐν γὰρ ἀνάγ-
καις οὐ κάμνει σύντροφος ὤν,
μεταβάλλει δυσδαιμονία·
τὸ δὲ μετ' εὐτυχίας κακοῦ-
σθαι θνατοῖς βαρὺς αἰών.

καὶ σὲ μέν, πότνι', Ἀργεία gl στρ.
πεντηκόντορος οἶκον ἄξει· gl–
συρίζων θ' ὁ κηροδέτας sp–⏑ch
κάλαμος οὐρείου Πανὸς cr sp^2
κώπαις ἐπιθωΰξει, ‸gl
ὁ Φοῖβός θ' ὁ μάντις ἔχων ba⏑ch
κέλαδον ἑπτατόνου λύρας gl
ἀείδων ἄξει λιπαρὰν ba–ch
εὖ σ' Ἀθηναίων ἐπὶ γᾶν. cr×ch

Gegenstrophe

Da ich bei unsrer Mauern Fall
Auf die feindlichen Schiffe ging,
Welche Fluten der Tränen
Stürzten auf meine Wangen herab,
Feind schlug die Ruder im Lanzengeklirr,
O Tränen!
Kam verkauft um rotes Gold
Hier in diese Insel
Der Barbaren,
Wo ich der hirschejagenden Göttin
Waltende Priesterin dienend umgebe,
Agamemnons edles Kind,
Und Altäre mit blutigen Opfern,
Preisend ein Los, das ganz nur aus Unglück
Ward gewoben. In der Not
Kann nicht sinken
Alter Genoß
Ewigen Unheils, das ewig wechselt –
Aber nach glücklichen Tagen ins Unglück
Fallen: das ist schweres Los.

Zweite Strophe

Herrin, dich bringt mit den fünfzig Rudern
Argivisches Schiff in der Heimat Land,
Und den Ton der Schalmei
Wird das wachsverbundene Rohr des
Bergdurchschweifenden göttlichen Pan
Zujubeln den Rudern.
Phoibos der Seher
Hält in Händen
Klang der siebentönigen Leier,
Singend wird er dich führen
Ins schimmernde Land der Athener.

ἐμὲ δ' αὐτοῦ προλιποῦσα gl^
βήσῃ ῥοθίοισι πλάταις· -hem
ἀέρι δὲ πρότονοι κατὰ πρῷραν ὑ- da^4
πὲρ στόλον ἐκπετάσουσι πόδας da^4^
ναὸς ὠκυπόμπου. cr ba

λαμπροὺς ἱπποδρόμους βαίην, ἀντ.
ἔνθ' εὐάλιον ἔρχεται πῦρ·
οἰκείων δ' ὑπὲρ θαλάμων
πτέρυγας ἐν νώτοις ἁμοῖς
λήξαιμι θοάζουσα·
χοροῖς δ' ἑσταίην, ὅθι καὶ
παρθένος, εὐδοκίμων γάμων, hem⏑–
παρὰ πόδ' εἱλίσσουσα φίλας
ματρὸς ἡλίκων θιάσους,
ἐς χαρίτων ἁμίλλας, ch ba
χαίτας ἁβρόπλουτον ἔριν,
ὀρνυμένα, πολυποίκιλα φάρεα
καὶ πλοκάμους περιβαλλομένα
γένυσιν ἐσκίαζον.

Θόας

ποῦ 'σθ' ἡ πυλωρὸς τῶνδε δωμάτων γυνὴ
Ἑλληνίς; ἤδη τῶν ξένων κατήρξατο;
ἀδύτοις ἐν ἁγνοῖς σῶμα λάμπονται πυρί;

Χο ἥδ' ἐστίν, ἥ σοι πάντ', ἄναξ, ἐρεῖ σαφῶς.
Θο ἔα·

Du fährst mir davon mit den rauschenden Rudern,
Wind füllt die Segel, gespannt von den Tauen
Über den Bug und den Schnabel
Sausenden Schiffes.

Gegenstrophe

Könnt ich die himmlische Bahn durchfliegen,
Wo Helios' leuchtendes Feuer rollt!
Überm heimischen Dach
Ließ ich ab, meine Flügel zu schlagen,
Nieder glitt ich zum Tanz, den ich schritt
Als Kind mit Gespielen
Edler Geburten.
O wie wand ich
Unterm Auge der liebsten Mutter
Reigen der lieben Gespielen!
Zum Wettstreit mich stellend der Anmut,
Zum Wettkampf der üppigen fliegenden Haare,
Warf ich beschattend die buntesten Schleier,
Kinnumzüngelnde Locken
Auf meine Schultern.

DRITTE HAUPTSZENE

Thoas

Wo ist das Griechenweib, das diesem Tempel dient?
Hat sie die beiden Fremden schon zum Tod geweiht?
Und schmort hier drinnen schon in Feuersglut ihr Leib?

Chor

Da kommt sie, Herr, die alles dir berichten kann.

Tho Oho!

τί τόδε μεταίρεις ἐξ ἀκινήτων βάθρων,
Ἀγαμέμνονος παῖ, θεᾶς ἄγαλμ' ἐν ὠλέναις;
Ιφ ἄναξ, ἔχ' αὐτοῦ πόδα σὸν ἐν παραστάσιν.
Θο τί δ' ἔστιν, Ἰφιγένεια, καινὸν ἐν δόμοις;
Ιφ ἀπέπτυσ'· Ὁσίᾳ γὰρ δίδωμ' ἔπος τόδε.
Θο τί φροιμιάζῃ νεοχμόν; ἐξαύδα σαφῶς.
Ιφ οὐ καθαρά μοι τὰ θύματ' ἠγρεύσασθ', ἄναξ.
Θο τί τοὐκδιδάξαν τοῦτό σ'; ἢ δόξαν λέγεις;
Ιφ βρέτας τὸ τῆς θεοῦ πάλιν ἕδρας ἀπεστράφη.
Θο αὐτόματον, ἤ νιν σεισμὸς ἔστρεψε χθονός;
Ιφ αὐτόματον· ὄψιν δ' ὀμμάτων ξυνήρμοσεν.
Θο ἡ δ' αἰτία τίς; ἦ τὸ τῶν ξένων μύσος;
Ιφ ἤδ', οὐδὲν ἄλλο· δεινὰ γὰρ δεδράκατον.
Θο ἀλλ' ἦ τιν' ἔκανον βαρβάρων ἀκτῆς ἔπι;
Ιφ οἰκεῖον ἦλθον τὸν φόνον κεκτημένοι.
Θο τίν'; εἰς ἔρον γὰρ τοῦ μαθεῖν πεπτώκαμεν.
Ιφ μητέρα κατειργάσαντο κοινωνῷ ξίφει.
Θο Ἄπολλον, οὐδ' ἐν βαρβάροις ἔτλη τις ἄν.
Ιφ πάσης διωγμοῖς ἠλάθησαν Ἑλλάδος.
Θο ἦ τῶνδ' ἕκατι δῆτ' ἄγαλμ' ἔξω φέρεις;
Ιφ σεμνόν γ' ὑπ' αἰθέρ', ὡς μεταστήσω φόνου.
Θο μίασμα δ' ἔγνως τοῖν ξένοιν ποίῳ τρόπῳ;
Ιφ ἤλεγχον, ὡς θεᾶς βρέτας ἀπεστράφη πάλιν.
Θο σοφήν σ' ἔθρεψεν Ἑλλάς, ὡς ᾔσθου καλῶς.
Ιφ καὶ μὴν καθεῖσαν δέλεαρ ἡδύ μοι φρενῶν.
Θο τῶν Ἀργόθεν τι φίλτρον ἀγγέλλοντέ σοι;
Ιφ τὸν μόνον Ὀρέστην ἐμὸν ἀδελφὸν εὐτυχεῖν.
Θο ὡς δή σφε σώσαις ἡδοναῖς ἀγγελμάτων.
Ιφ καὶ πατέρα γε ζῆν καὶ καλῶς πράσσειν ἐμόν.
Θο σὺ δ' ἐς τὸ τῆς θεοῦ γ' ἐξένευσας εἰκότως.
Ιφ πᾶσάν γε μισοῦσ' Ἑλλάδ', ἥ μ' ἀπώλεσεν.
Θο τί δῆτα δρῶμεν, φράζε, τοῖν ξένοιν πέρι;
Ιφ τὸν νόμον ἀνάγκη τὸν προκείμενον σέβειν.
Θο οὔκουν ἐν ἔργῳ χέρνιβες ξίφος τε σόν;
Ιφ ἁγνοῖς καθαρμοῖς πρῶτά νιν νίψαι θέλω.
Θο πηγαῖσιν ὑδάτων ἢ θαλασσίᾳ δρόσῳ;

Du hobst das Götterbild vom Sockelstein,
Agamemnons Kind, und trägsts in deinem Arm!
Iph Nicht weiter, König! Bleib im Vorhaus stehn!
Tho Was gibts denn plötzlich Neues hier im Haus?
Iph Abscheulichstes, was jeden Brauch befleckt.
Tho Was folgt auf dieses Vorspiel? Sprich dich aus!
Iph Die Opfer, die ihr einfingt, sind nicht rein!
Tho Erfuhrst dus? Oder bildest dirs nur ein?
Iph Das Bild der Göttin hat sich abgewandt.
Tho Von selber? Hats ein Erdstoß umgedreht?
Iph Von selbst, und machte seine Augen zu.
Tho Warum? Aus Ekel vor den Fremden hier?
Iph Das ists. Nichts andres! Schlimmste Frevler sinds.
Tho Erschlugen sie am Strand mir einen meines Volks?
Iph Sie luden in der Heimat schwersten Mord auf sich.
Tho Und welchen? Alles will ich wissen. Rück heraus!
Iph Sie hieben mit dem gleichen Schwert die Mutter tot.
Tho Apollon! Solchen Frevel wagte kein Barbar!
Iph Sie wurden ausgestoßen aus der Griechen Land.
Tho Und deshalb trägst du dieses Götterbild heraus?
Iph Es atme Gottes Luft! Es sei vom Morde rein!
Tho Wie kamst du hinter dieser Fremden Freveltat?
Iph Ich überführte sie, als sich das Bild gewandt.
Tho O kluges Griechenweib! Verborgen bleibt dir nichts.
Iph Dann suchten sie mit List zu ködern meinen Sinn.
Tho Sie brachten gute Botschaft aus dem Heimatland?
Iph Mein einzger Bruder sei am Leben, sei im Glück.
Tho Die süße Nachricht sollte ihre Rettung sein!
Iph Und auch dem lieben Vater soll es wohlergehn.
Tho Doch du hast auf der Göttin Seite dich geneigt?
Iph Die Griechen hassend, die an meinem Unglück schuld.
Tho Doch sag, was soll mit diesen Fremden jetzt geschehn?
Iph Der festgesetzte Brauch, er muß vollzogen sein.
Tho Ist nicht dein Becken und dein Schwert zum Werk bereit?
Iph Sie müssen erst gereinigt sein mit heilger Flut.
Tho Mit Wasser aus der Quelle? Mit des Meeres Tau?

Ιφ θάλασσα κλύζει πάντα τἀνθρώπων κακά.
Θο ὁσιώτερον γοῦν τῇ θεῷ πέσοιεν ἄν.
Ιφ καὶ τἀμά γ' οὕτω μᾶλλον ἂν καλῶς ἔχοι.
Θο οὔκουν πρὸς αὐτὸν ναὸν ἐκπίπτει κλύδων;
Ιφ ἐρημίας δεῖ· καὶ γὰρ ἄλλα δράσομεν.
Θο ἄγ' ἔνθα χρῄζεις· οὐ φιλῶ τἄρρηθ' ὁρᾶν.
Ιφ ἁγνιστέον μοι καὶ τὸ τῆς θεοῦ βρέτας.
Θο εἴπερ γε κηλὶς ἔβαλέ νιν μητροκτόνος.
Ιφ οὐ γάρ ποτ' ἄν νιν ἠράμην βάθρων ἄπο.
Θο δίκαιος ηὐσέβεια καὶ προμηθία.
Ιφ οἶσθά νυν ἅ μοι γενέσθω;
Θο σὸν τὸ σημαίνειν τόδε. $\mathrm{tr}^{8}_{\wedge}$
Ιφ δεσμὰ τοῖς ξένοισι πρόσθες.
Θο ποῖ δέ σ' ἐκφύγοιεν ἄν;
Ιφ πιστὸν Ἑλλὰς οἶδεν οὐδέν.
Θο ἴτ' ἐπὶ δεσμά, πρόσπολοι.
Ιφ κἀκκομιζόντων δὲ δεῦρο τοὺς ξένους.
Θο ἔσται τάδε.
Ιφ κρᾶτα κρύψαντες πέπλοισιν –
Θο ἡλίου πρόσθεν φλογός.
Ιφ σῶν τέ μοι σύμπεμπ' ὀπαδῶν.
Θο οἵδ' ὁμαρτήσουσί σοι.
Ιφ καὶ πόλει πέμψον τιν' ὅστις σημανεῖ –
Θο ποίας τύχας;
Ιφ ἐν δόμοις μίμνειν ἅπαντας.
Θο μὴ συναντῷεν φόνῳ;
Ιφ μυσαρὰ γὰρ τὰ τοιάδ' ἐστί.
Θο στεῖχε καὶ σήμαινε σύ.
Ιφ καὶ φίλων γ' οὓς δεῖ μάλιστα –
Θο τοῦτ' ἔλεξας εἰς ἐμέ. 1213
Ιφ μηδέν' εἰς ὄψιν πελάζειν.
Θο εὖ γε κηδεύεις πόλιν. 1212
Ιφ σὺ δὲ μένων αὐτοῦ πρὸ ναῶν τῇ θεῷ –
Θο τί χρῆμα δρῶ;

ὡς εἰκότως σε πᾶσα θαυμάζει πόλις. 1214

Iph Das Meer spült alle Flecken von den Menschen ab.
Tho Dann fallen sie als reine Opfer am Altar.
Iph Und besser ist es um mich selber dann bestellt.
Tho Es wogt die Brandung ja so nahe diesem Haus.
Ioh Der Platz muß einsam sein, es muß noch mehr geschehn.
Tho Such dir ihn aus, geheimer Anblick lockt mich nicht.
Iph Auch dieses Bild bedarf der gleichen Reinigung!
Tho Weil es des Muttermordes gleiche Flecken trägt.
Iph Wie hätt ichs sonst von seinem Sockelstein entfernt?
Tho Gepriesen sei dein frommer Sinn, der es bedacht!
Iph Eine Bitte noch erfülle!
Tho Sprich, sie ist dir schon gewährt.
Iph Leg in Fesseln diese Fremden!
Tho Wohin könnten sie entfliehn?
Iph Keinem Griechen ist zu trauen.
Tho Leget ihnen Fesseln an!
Iph Und nun schafft heraus die Fremden!
Tho Augenblicklich solls geschehn.
Iph Doch verhüllet ihre Häupter...
Tho Vor der Sonne Angesicht!
Iph Gib Gefolge auf den Weg mir!
Tho Diese sind dazu bestimmt.
Iph Einer soll der Stadt verkünden...
Tho Welches gottgegebne Wort?
Iph Jeder bleib in seinem Hause!
Tho Der Befleckung zu entgehn.
Iph Schwer beschmutzen solche Greuel!
Tho *zu seinem Begleiter* Gehe du und sag es an!
Iph Und besonders von den Freunden...
Tho Dieses sagtest du zu mir!
Iph Nahe keiner! Spähe keiner!
Tho Trefflich sorgst du für die Stadt.
Iph Bleibe du beim Tempelhause!
Tho Und was muß ich hier vollziehn?

Ιφ ἅγνισον πυρσῷ μέλαθρον.
Θο καθαρὸν ὡς μόλῃς πάλιν.
Ιφ ἡνίκ' ἂν δ' ἔξω περῶσιν οἱ ξένοι –
Θο τί χρή με δρᾶν;
Ιφ πέπλον ὀμμάτων προθέσθαι.
Θο μὴ παλαμναῖον λάβω.
Ιφ ἢν δ' ἄγαν δοκῶ χρονίζειν –
Θο τοῦδ' ὅρος τίς ἐστί μοι;
Ιφ θαυμάσῃς μηδέν.
Θο τὰ τῆς θεοῦ πρᾶσσ', ἐπεὶ σχολή, καλῶς.
Ιφ εἰ γὰρ ὡς θέλω καθαρμὸς ὅδε πέσοι.
Θο συνεύχομαι.
Ιφ τούσδ' ἄρ' ἐκβαίνοντας ἤδη
δωμάτων ὁρῶ ξένους
καὶ θεᾶς κόσμους νεογνούς τ'
ἄρνας, ὡς φόνῳ φόνον
μυσαρὸν ἐκνίψω, σέλας τε
λαμπάδων τά τ' ἄλλ' ὅσα
προυθέμην ἐγὼ ξένοισι
καὶ θεᾷ καθάρσια.
ἐκποδὼν δ' αὐδῶ πολίταις
τοῦδ' ἔχειν μιάσματος,
εἴ τις ἢ ναῶν πυλωρὸς
χεῖρας ἁγνεύει θεοῖς
ἢ γάμον στείχει συνάψων
ἢ τόκοις βαρύνεται,
φεύγετ', ἐξίστασθε, μή τῳ
προσπέσῃ μύσος τόδε.
ὦ Διὸς Λητοῦς τ' ἄνασσα
παρθέν', ἢν νίψω φόνον
τῶνδε καὶ θύσωμεν οὗ χρή,
καθαρὸν οἰκήσεις δόμον,
εὐτυχεῖς δ' ἡμεῖς ἐσόμεθα.
τἄλλα δ' οὐ λέγουσ', ὅμως
τοῖς τὰ πλείον' εἰδόσιν θεοῖς
σοί τε σημαίνω, θεά.

Iph Laß das Haus mit Fackeln räuchern!
Tho Daß du rein es wieder triffst.
Iph Treten aus der Tür die Fremden...
Tho Nahen sie, was soll geschehn?
Iph So verhülle deine Augen!
Tho Vor der Mordtat, die befleckt.
Iph Wenn die Rückkehr sich verzögert...
Tho Welche Frist ist hier bestimmt?
Iph Niemals werde ungeduldig!
Tho Üb in Ruhe deinen Dienst!
Iph Mög die Sühnung mir gelingen!
Tho Dieses flehe ich mit dir.
Iph Schon erblicke ich die Fremden
Schreitend aus der Tempeltür,
Das Gerät, die jungen Lämmer,
Daß ich wasche Blut mit Blut,
Fackelglanz und was zur Sühnung
Der Befleckung ich befahl.
Laut verkünd ich: Aus dem Wege
Trete jeder diesem Fluch,
Sei es, wer als Tempelhüter
Reine Hand zum Gott erhebt,
Oder Ehebund beschlossen
Oder Frucht des Leibes trägt.
Fliehet, fliehet, tretet ferne,
Daß kein Makel auf euch fällt.
Zeus' und Letos Tochter, Herrin!
Wasch ich diese rein vom Mord,
Opfern wir an rechter Stelle,
Dann bewohnst du reines Haus
Und kein Unheil kann uns treffen.
Von dem andern red ich nicht –
Legs den Göttern, die allwissend,
Leg es, Göttin, dir ans Herz!

Der Zug entfernt sich, Thoas geht in den Tempel

Χο	εὔπαις ὁ Λατοῦς γόνος,	ia^2 cr	στρ.
	τόν ποτε Δηλιὰς ἐν καρποφόροις γυάλοις	hem^2	
	ἔτικτε, χρυσοκόμαν	ba ch	
	ἐν κιθάρᾳ σοφόν, ἅ τ' ἐπὶ τόξων	da^4	
	εὐστοχίᾳ γάνυται·		
	φέρε δ' αὐτά	da^4	
	νιν ἀπὸ δειράδος εἰναλίας,	⏑⏑⏑hem	
	λοχεῖα κλεινὰ λιποῦσ',	⏑–⏑ch	
	ἀστάκτων μάτηρ ὑδάτων	sp^2 ch	
	τὰν βακχεύουσαν Διονύ-	sp^2 ch	
	σῳ Παρνάσιον κορυφάν·	sp–⏑ch	
	ὅθι ποικιλόνωτος οἰ-	.gl	
	νωπὸς δράκων,	ia^2	
	σκιερᾷ κατάχαλκος εὐ-	.gl	
	φύλλῳ δάφνᾳ,	ia^2	
	γᾶς πελώριον τέρας, ἄμφεπε μαντεῖ-	cr⏑hem–	
	ον Χθόνιον.	cr	
	ἔτι μιν ἔτι βρέφος, ἔτι φίλας	ia^4	
	ἐπὶ ματέρος ἀγκάλαισι θρῴσκων	.gl ba	
	ἔκανες, ὦ Φοῖβε, μαν-	cr^2	
	τείων δ' ἐπέβας ȝαθέων,	–hem	
	τρίποδί τ' ἐν χρυσέῳ θάσσεις,	gl	
	ἐν ἀψευδεῖ θρόνῳ	ba cr	
	μαντείας βροτοῖς θεσφάτων νέμων	–ia^2–ia^2	
	ἀδύτων ὕπο, Κασταλίας ῥεέθρων	an^4	
	γείτων, μέσον	ia^2	
	γᾶς ἔχων μέλαθρον.	cr ba	

DRITTES STANDLIED

Chor

Strophe

Schöner Knabe,
Letos Sproß,
Den ihr Delos' grünender Hügel gebar,
Den goldengelockten
Meister der Leier samt der Schwester,
Treffenden Bogens Freundin!
Ihn verbrachte die Mutter
Vom Rücken der Insel,
Vom strahlenden Ort ihrer Wehen,
Hinauf zu Parnassos'
Quellenreicher Bergesspitze,
Die Dionýsos
Rauschende Feste feiert,
Wo gepanzert im Schatten üppigen Lorbeers
Rötlich schillernde Schlange,
Erdentsprossnes riesenleibiges Scheusal,
Das Orakel der Gaia bewacht.

Winzig Knäblein, noch auf deiner
Lieben Mutter Armen hüpfend,
Trafst du, o Phoibos, das Tier. Und du betratest
Heiligen Spalt des Orakels,
Sitzest auf goldenem Dreifuß,
Untrüglichem Throne,
Kündest Sprüche den Menschen
Aus der Kammer
Bei Kastalias rauschender Quelle,
Im Nabelhaus
Der weiten Erde.

Θέμιν δ' ἐπεὶ γᾶς ἰὼν ἀντ.
παῖδ' ἀπενάσσατο Πυθῶνος ἀπὸ ζαθέων
χρηστηρίων, νύχια sp⏑ch
Χθὼν ἐτεκνώσατο φάσματ' ὀνείρων,
οἳ πολέσιν μερόπων τά τε πρῶτα, τά τ'
ἔπειθ', ὅσσα τ' ἔμελλε τυχεῖν, ⏑–hem
ὕπνου κατὰ δνοφερὰς εὐ- ⏑–⏑ch–
νὰς ἔφραζον· Γαῖα δὲ τὰν
μαντεῖον ἀφείλετο τι- –hem
μὰν Φοῖβον, φθόνῳ θυγατρός.

ταχύπους δ' ἐς Ὄλυμπον ὁρ-
μαθεὶς ἄναξ
χέρα παιδνὸν ἕλιξεν ἐκ
Διὸς θρόνων
Πυθίων δόμων χθονίαν ἀφελεῖν μῆ-
νιν θεᾶς νυχίους τ' ἐνοπάς. –⏑hem

γέλασε δ', ὅτι τέκος ἄφαρ ἔβα
πολύχρυσα θέλων λατρεύματα σχεῖν·
ἐπὶ δ' ἔσεισεν κόμαν,
παῦσαι νυχίους ἐνοπάς,
ἀπὸ δὲ λαθοσύναν νυκτω-
πὸν ἐξεῖλεν βροτῶν,
καὶ τιμὰς πάλιν θῆκε Λοξίᾳ,
πολυάνορι δ' ἐν ξενόεντι θρόνῳ
θάρση βροτοῖς
θεσφάτων ἀοιδαῖς.

Gegenstrophe

Als der Knabe
Gaias Kind
Vom hochheilgen Sitz der Orakel vertrieb,
Die Priesterin Themis,
Sandte die Erde Traumgebilde,
Nächtlichem Schoß entstammend,
Die den sterblichen Menschen
Von ältester Vorzeit
Künden und fernerm Geschehen
Im Dunkel des Schlafes.
Zürnend ob vertriebener Tochter
Stahl sie dem Phoibos
Würde und Ruhm des Orakels.

Hurtig sprang zum Olymp der göttliche Knabe,
Hob zu Zeus seine Hände,
Gaias Groll vom pythischen Hause zu wenden,
Zu vertreiben die Stimmen der Nacht.

Und Zeus lachte, als das Kind kam,
Als es heischte goldnen Wohnsitz,
Nickte Verheißung ihm zu, die Locken flogen,
Hemmte die nächtlichen Träume,
Nahm von den sterblichen Häuptern
Des Dunkels Entrücktheit,
Schenkte die Würden wieder
Seinem Sohne,
Bei dem männerumdrängten Thronsitz
Verleiht er Trost
In Liedersprüchen.

Ἄγγελος

ὦ ναοφύλακες βώμιοί τ᾽ ἐπιστάται,
Θόας ἄναξ γῆς τῆσδε ποῦ κυρεῖ βεβώς;
καλεῖτ᾽ ἀναπτύξαντες εὐγόμφους πύλας
ἔξω μελάθρων τῶνδε κοίρανον χθονός.

Χο τί δ᾽ ἔστιν, εἰ χρὴ μὴ κελευσθεῖσαν λέγειν;
Αγ βεβᾶσι φροῦδοι δίπτυχοι νεανίαι
Ἀγαμεμνονείας παιδὸς ἐκ βουλευμάτων
φεύγοντες ἐκ γῆς τῆσδε καὶ σεμνὸν βρέτας
λαβόντες ἐν κόλποισιν Ἑλλάδος νεώς.
Χο ἄπιστον εἶπας μῦθον· ὃν δ᾽ ἰδεῖν θέλεις
ἄνακτα χώρας, φροῦδος ἐκ ναοῦ συθείς.
Αγ ποῖ; δεῖ γὰρ αὐτὸν εἰδέναι τὰ δρώμενα.
Χο οὐκ ἴσμεν· ἀλλὰ στεῖχε καὶ δίωκέ νιν
ὅπου κυρήσας τούσδ᾽ ἀπαγγελεῖς λόγους.
Αγ ὁρᾶτ᾽, ἄπιστον ὡς γυναικεῖον γένος·
μέτεστι χὐμῖν τῶν πεπραγμένων μέρος.
Χο μαίνῃ· τί δ᾽ ἡμῖν τῶν ξένων δρασμοῦ μέτα;
οὐκ εἶ κρατούντων πρὸς πύλας ὅσον τάχος;
Αγ οὔ, πρίν γ᾽ ἂν εἴπῃ τοὔπος ἑρμηνεὺς ὅδε,
εἴτ᾽ ἔνδον εἴτ᾽ οὐκ ἔνδον ἀρχηγὸς χθονός.
ὠή, χαλᾶτε κλῇθρα, τοῖς ἔνδον λέγω,
καὶ δεσπότῃ σημήναθ᾽ οὕνεκ᾽ ἐν πύλαις
πάρειμι, καινῶν φόρτον ἀγγέλλων κακῶν.

Θο τίς ἀμφὶ δῶμα θεᾶς τόδ᾽ ἵστησιν βοήν,
πύλας ἀράξας καὶ ψόφον πέμψας ἔσω;

SCHLUSSZENE

Bote

Ihr Wächter, Hüter dieses Heiligtums,
Wohin hat König Thoas sich gewandt?
Macht dieses Hauses feste Tore auf
Und ruft den Herrscher dieses Lands heraus!

Chor

Was gibts, wenn ungefragt ich reden darf?
Bo Fort ist das Paar, des Agamemnon Kind
Verhalf mit List zur Flucht; das Götterbild
Entführt das Griechenschiff in seinem Schoß.

Ch O unerhörtes Wort! Doch, den du suchst,
Der König ging von diesem Tempel fort.
Bo Wohin? Er muß erfahren, was geschah!
Ch Wir wissens nicht. So geh und spür ihn auf
Und bringe deine Botschaft an den Mann!
Bo Seht ihr, wie man den Weibern trauen kann!
Ihr steckt ja sicher hinter alledem!
Ch Bist du verrückt? Schert uns der Fremden Flucht?
Lauf zum Palast, o lauf, so schnell du kannst!
Bo Nicht, eh mir einer klar und deutlich sagt,
Ob unser König hier im Tempel ist.
Halloh!
Ist jemand drinnen? Macht die Riegel auf
Und meldet schnell dem König, daß ich hier
Im Vorhaus bin mit böser Botenfracht.

Thoas *tritt heraus*

He! Wer vollführt vorm Tempel solch Geschrei?
Wer rüttelt hier am Tor und lärmt hinein?

Αγ φεῦ.
πῶς ἔλεγον αἵδε, καί μ' ἀπήλαυνον δόμων,
ὡς ἐκτὸς εἴης· σὺ δὲ κατ' οἶκον ἦσθ' ἄρα.
Θο τί προσδοκῶσαι κέρδος ἢ θηρώμεναι;
Αγ αὖθις τὰ τῶνδε σημανῶ· τὰ δ' ἐν ποσὶ
παρόντ' ἄκουσον. ἡ νεᾶνις ἣ 'νθάδε
βωμοῖς παρίστατ', Ἰφιγένει', ἔξω χθονὸς
σὺν τοῖς ξένοισιν οἴχεται, σεμνὸν θεᾶς
ἄγαλμ' ἔχουσα· δόλια δ' ἦν καθάρματα.
Θο πῶς φῄς; τί πνεῦμα συμφορᾶς κεκτημένη;
Αγ σῴζουσ' Ὀρέστην· τοῦτο γὰρ σὺ θαυμάσῃ.
Θο τὸν ποῖον; ἆρ' ὃν Τυνδαρὶς τίκτει κόρη;
Αγ ὃν τοῖσδε βωμοῖς θεὰ καθωσιώσατο.
Θο ὢ θαῦμα – πῶς σε μεῖζον ὀνομάσας τύχω;
Αγ μὴ 'νταῦθα τρέψῃς σὴν φρέν', ἀλλ' ἄκουέ μου·
σαφῶς δ' ἀθρήσας καὶ κλύων ἐκφρόντισον
διωγμὸς ὅστις τοὺς ξένους θηράσεται.
Θο λέγ'· εὖ γὰρ εἶπας· οὐ γὰρ ἀγχίπλουν πόρον
φεύγουσιν, ὥστε διαφυγεῖν τοὐμὸν δόρυ.
Αγ ἐπεὶ πρὸς ἀκτὰς ἤλθομεν θαλασσίας,
οὗ ναῦς Ὀρέστου κρύφιος ἦν ὡρμισμένη,
ἡμᾶς μέν, οὓς σὺ δεσμὰ συμπέμπεις ξένων
ἔχοντας, ἐξένευσ' ἀποστῆναι πρόσω
Ἀγαμέμνονος παῖς, ὡς ἀπόρρητον φλόγα
θύουσα καὶ καθαρμὸν ὃν μετῴχετο,
αὐτὴ δ' ὄπισθε δέσμ' ἔχουσα τοῖν ξένοιν
ἔστειχε χερσί. καὶ τάδ' ἦν ὕποπτα μέν,
ἤρεσκε μέντοι σοῖσι προσπόλοις, ἄναξ.
χρόνῳ δ', ἵν' ἡμῖν δρᾶν τι δὴ δοκοῖ πλέον,
ἀνωλόλυξε καὶ κατῇδε βάρβαρα
μέλη μαγεύουσ', ὡς φόνον νίζουσα δή.
ἐπεὶ δὲ δαρὸν ἧμεν ἥμενοι χρόνον,
ἐσῆλθεν ἡμᾶς μὴ λυθέντες οἱ ξένοι
κτάνοιεν αὐτὴν δραπέται τ' οἰχοίατο.
φόβῳ δ' ἃ μὴ χρῆν εἰσορᾶν καθήμεθα
σιγῇ· τέλος δὲ πᾶσιν ἦν αὑτὸς λόγος

Bo Sieh da!
Die Falschen schickten mich vom Tempel fort,
Du seist nicht drinnen – und du warst im Haus!
Tho Und was versprachen sie sich von dem Trug?
Bo Von diesen später wieder. Höre, was jetzt drängt:
Iphigenie, die Priesterin, floh aus dem Land
Mit diesen Fremden, nahm das Götterbild mit sich,
Die ganze Sühnefeier war nur Lug und Trug.

Tho Was sagst du? Welcher Windstoß fiel sie plötzlich an?
Bo Sie wollte den Orestes retten. Staune nur!
Tho Welchen Orestes? Doch nicht Tyndars Enkelsohn?
Bo Den hier die Göttin schon als Opfer sich erkor.
Tho O Wunder! Oder geht darüber noch ein Wort?
Bo Halt dich nicht auf mit Staunen! Hör mir lieber zu,
Und hast du alles klar gesehen und gehört,
So denke der Verfolgung, hol die Fremden ein.
Tho Ein guter Rat. Berichte! Keine kurze Fahrt
Bringt sie ans ferne Ziel, entrückt sie meinem Speer.
Bo Wir waren an dem Strand des Meeres angelangt,
Wo heimlich des Orestes Schiff verankert lag,
Und hielten in den Händen noch auf dein Geheiß
Der Fremden Stricke. Agamemnons Tochter winkt
Uns da hinweg, wir sollten alle abseits stehn,
Geheimer Opferbräuche wegen, die sie hielt;
Sie übernahm der Fesseln Ende, hielt sie selbst,
Die Fremden vor sich treibend. Dieses fiel uns auf,
Doch stimmten deine Diener allem ruhig zu.
Nach einer Zeit – es mußte doch etwas geschehn! –
Schrie laut sie auf und schien nach der Barbaren Art
Mit Zauberweisen zu entsühnen jenen Mord.
Wir saßen in der Ferne schon geraume Zeit,
Da kam es uns, die Fremden könnten sich befrein,
Die Jungfrau töten und entrinnen durch die Flucht.
Die Angst vor unerlaubtem Blick hielt lang uns still,
Am Ende aber war es allen ausgemacht,

στείχειν ἵν᾽ ἦσαν, καίπερ οὐκ ἐωμένοις.
κἀνταῦθ᾽ ὁρῶμεν Ἑλλάδος νεὼς σκάφος
ταρσῷ κατήρει πίτυλον ἐπτερωμένον,
ναύτας τε πεντήκοντ᾽ ἐπὶ σκαλμῶν πλάτας
ἔχοντας, ἐκ δεσμῶν δὲ τοὺς νεανίας
ἐλευθέρους πρύμνηθεν ἑστῶτας νεώς.
κοντοῖς δὲ πρῷραν εἶχον, οἱ δ᾽ ἐπωτίδων
ἄγκυραν ἐξανῆπτον· οἱ δέ, κλίμακας
σπεύδοντες, ἦγον διὰ χερῶν πρυμνήσια,
πόντῳ δὲ δόντες τοῖν ξένοιν καθίεσαν.
ἡμεῖς δ᾽ ἀφειδήσαντες, ὡς ἐσείδομεν
δόλια τεχνήματ᾽, εἰχόμεσθα τῆς ξένης
πρυμνησίων τε, καὶ δι᾽ εὐθυντηρίας
οἴακας ἐξῃροῦμεν εὐπρύμνου νεώς.
λόγοι δ᾽ ἐχώρουν· Τίνι λόγῳ πορθμεύετε
κλέπτοντες ἐκ γῆς ξόανα καὶ θυηπόλους;
τίνος τίς ὢν σὺ τήνδ᾽ ἀπεμπολᾷς χθονός;
ὁ δ᾽ εἶπ᾽· Ὀρέστης, τῆσδ᾽ ὅμαιμος, ὡς μάθῃς,
Ἀγαμέμνονος παῖς, τήνδ᾽ ἐμὴν κομίζομαι
λαβὼν ἀδελφήν, ἣν ἀπώλεσ᾽ ἐκ δόμων.
ἀλλ᾽ οὐδὲν ἧσσον εἰχόμεσθα τῆς ξένης
καὶ πρὸς σὲ ἕπεσθαι διεβιαζόμεσθά νιν·
ὅθεν τὰ δεινὰ πλήγματ᾽ ἦν γενειάδων.
κεῖνοί τε γὰρ σίδηρον οὐκ εἶχον χεροῖν
ἡμεῖς τε· πυγμαί τ᾽ ἦσαν ἐγκροτούμεναι,
καὶ κῶλ᾽ ἀπ᾽ ἀμφοῖν τοῖν νεανίαιν ἅμα
ἐς πλευρὰ καὶ πρὸς ἧπαρ ἠκοντίζετο,
ὡς τῷ ξυνάπτειν καὶ συναποκαμεῖν μέλη.
δεινοῖς δὲ σημάντροισιν ἐσφραγισμένοι
ἐφεύγομεν πρὸς κρημνόν, οἱ μὲν ἐν κάρᾳ
κάθαιμ᾽ ἔχοντες τραύμαθ᾽, οἱ δ᾽ ἐν ὄμμασιν·
ὄχθοις δ᾽ ἐπισταθέντες εὐλαβεστέρως
ἐμαρνάμεσθα καὶ πέτρους ἐβάλλομεν.
ἀλλ᾽ εἶργον ἡμᾶς τοξόται πρύμνης ἔπι
σταθέντες ἰοῖς, ὥστ᾽ ἀναστεῖλαι πρόσω.
κἀν τῷδε – δεινὸς γὰρ κλύδων ὤκειλε ναῦν

Auch ungeheißen an den heilgen Ort zu gehn.
Da sahen wir ganz nah ein Griechenschiff
Mit hurtgem Ruderschlag herbeigebracht
Von fünfzig Mannen, die am Haltepflock
Die Ruder drehten, und die Fremden frei
Von Fesseln nah dem Heck am Ufer stehn.
Das Vorschiff hielten Stangen, aufgehängt
War schon der Anker und zum Wurf bereit
Die Taue, die zur Leiter festgeknüpft;
Man ließ sie für die Fremden in das Meer.
Und wir nicht faul: als wir den ganzen Plan
Durchschauten, packten wir die Priesterin,
Hielten das Hecktau fest und suchten auch
Das Steuerblatt aus seinem Griff zu ziehn.
Und Reden fielen da: „Was fällt euch ein!
Ihr kommt hierher, raubt Bild und Priesterin!
Wer ist der Weiberhändler und wo stammt er her?"
Und er: „Ich bin Orestes, Bruder dieser Frau,
Sohn Agamemnons, und ich hole nur zurück
Die eigne Schwester, die dem Haus verlorenging."
Doch unerschüttert hielten wir die Fremde fest
Und wollten mit Gewalt sie vor dein Antlitz ziehn;
Das brachte unsern Kiefern manchen schweren Hieb,
Denn scharfe Waffen hatten weder wir noch sie.
So fuhren wir im Faustkampf aufeinander los;
Mit gutgezielten Tritten wurden wir gespeist
Von diesen beiden, in die Seiten, in den Bauch,
Daß wir zusammenbrachen, ganz erschöpft.
Mit bittren Siegelzeichen auf dem Leib
Flohn wir nach oben, der ein Loch im Kopf,
Der andre blutig-unterlaufnen Augs.
Und auf dem Hügel stehend, hatten wir
Ein leichter Kämpfen, warfen manchen Stein.
Doch hinderten die Schützen, die vom Heck
Mit Pfeilen schossen; drängten uns zurück.
Da trug ein Wogensturz das Schiff ans Land,

πρὸς γῆν, φόβος δ' ἦν . . . . τέγξαι πόδα –
λαβὼν Ὀρέστης ὦμον εἰς ἀριστερόν,
βὰς ἐς θάλασσαν κἀπὶ κλίμακος θορών,
ἔθηκ' ἀδελφὴν ἐντὸς εὐσήμου νεώς,
τό τ' οὐρανοῦ πέσημα, τῆς Διὸς κόρης
ἄγαλμα. ναὸς δ' ἐκ μέσης ἐφθέγξατο
βοή τις· Ὦ γῆς Ἑλλάδος ναῦται, νεὼς
λάβεσθε κώπης ῥόθιά τ' ἐκλευκαίνετε·
ἔχομεν γὰρ ὧνπερ οὕνεκ' ἄξενον πόρον
Συμπληγάδων ἔσωθεν εἰσεπλεύσαμεν.
οἱ δὲ στεναγμὸν ἡδὺν ἐκβρυχώμενοι
ἔπαισαν ἅλμην. ναῦς δ', ἕως μὲν ἐντὸς ἦν
λιμένος, ἐχώρει, στόμια διαπερῶσα δὲ
λάβρῳ κλύδωνι συμπεσοῦσ' ἠπείγετο·
δεινὸς γὰρ ἐλθὼν ἄνεμος ἐξαίφνης νεὼς
ὠθεῖ παλίμπρυμν' ἱστί'· οἱ δ' ἐκαρτέρουν
πρὸς κῦμα λακτίζοντες· ἐς δὲ γῆν πάλιν
κλύδων παλίρρους ἦγε ναῦν. σταθεῖσα δὲ
Ἀγαμέμνονος παῖς ηὔξατ'· Ὦ Λητοῦς κόρη
σῶσόν με τὴν σὴν ἱερέαν πρὸς Ἑλλάδα
ἐκ βαρβάρου γῆς καὶ κλοπαῖς σύγγνωθ' ἐμαῖς.
φιλεῖς δὲ καὶ σὺ σὸν κασίγνητον, θεά·
φιλεῖν δὲ κἀμὲ τοὺς ὁμαίμονας δόκει.
ναῦται δ' ἐπευφήμησαν εὐχαῖσιν κόρης
παιᾶνα, γυμνὰς ἐκ πέπλων ἐπωμίδας
κώπῃ προσαρμόσαντες ἐκ κελεύσματος.
μᾶλλον δὲ μᾶλλον πρὸς πέτρας ᾔει σκάφος·
χὠ μέν τις ἐς θάλασσαν ὡρμήθη ποσίν,
ἄλλος δὲ πλεκτὰς ἐξανῆπτεν ἀγκύλας.
κἀγὼ μὲν εὐθὺς πρὸς σὲ δεῦρ' ἀπεστάλην,
σοὶ τὰς ἐκεῖθεν σημανῶν, ἄναξ, τύχας.
ἀλλ' ἕρπε, δεσμὰ καὶ βρόχους λαβὼν χεροῖν·
εἰ μὴ γὰρ οἶδμα νήνεμον γενήσεται,
οὐκ ἔστιν ἐλπὶς τοῖς ξένοις σωτηρίας.
πόντου δ' ἀνάκτωρ Ἴλιόν τ' ἐπισκοπεῖ
σεμνὸς Ποσειδῶν, Πελοπίδαις ἐναντίος,

Und rasch ergreift Orest die Priesterin,
Springt in das Meer, gewinnt das Leiterseil,
Setzt seine Schwester in das Schiff mitsamt
Des Himmels Gabe, unsrer Göttin Bild.

Und aus des Schiffes Mitte tönt ein Ruf:
„Ihr Schiffer, packt die Ruder, schlagt die Flut,
Denn wir besitzen, was zum fernen Meer
Des Doppelfelsentors uns hergeführt!"
Da jauchzten alle laut mit hellem Ruf
Und fuhren los.
Solang das Schiff noch in der Bucht,
Ging alles gut. Doch bei der engen Ausfahrt fiel
Ein mächtger Wogensturz mit Wucht die Planken an.
Ein starker Sturm war plötzlich aufgewacht und trieb
Das Fahrzeug wieder heckwärts. Zwar das Rudervolk
Hielt dieser Welle stand, doch neuer Wogenprall
Trieb wiederum das Schiff zum Land. Da steht sie auf,
Die Tochter Agamemnons, fleht zu Artemis:
„Errette deine Priesterin aus fernem Land
Zur Heimat! Blicke gnädig her auf diesen Raub!
Auch du hast, hohe Göttin, deinen Bruder lieb –
So sei mir Armen auch mein Bruderherz vergönnt!"
Und es bestärkten das Gebet mit lautem Sang
Die Schiffer, nackte Schultern stemmten sie gewandt
An ihre Ruder zu des Flötenspielers Takt.
Doch zu den Felsen trieb nur mehr und mehr das Schiff.
Da sprangen wir mit bloßen Füßen in das Meer
Und andere verknoteten das Haltetau.
Ich selber aber rannte schleunigst her zu dir,
O Herr, dir alles zu berichten, was geschah.
Brich schleunig auf, nimm Fesseln und nimm Stricke mit!
Wenn diese Brandung nicht ganz unverhofft sich legt,
So gibt es für die Fremden keine Hoffnung mehr.
Es denkt der hohe Herr des Meers an Ilion,
Poseidon haßt die Pelopiden noch und noch

καὶ νῦν παρέξει τὸν Ἀγαμέμνονος γόνον
σοὶ καὶ πολίταις, ὡς ἔοικεν, ἐν χεροῖν
λαβεῖν, ἀδελφήν θ', ἣ φόνον τὸν Αὐλίδι
ἀμνημόνευτον θεᾷ προδοῦσ' ἁλίσκεται.

Χο ὦ τλῆμον Ἰφιγένεια, συγγόνου μέτα
θανῇ πάλιν μολοῦσα δεσποτῶν χέρας.
Θο ὦ πάντες ἀστοὶ τῆσδε βαρβάρου χθονός,
οὐκ εἶα πώλοις ἐμβαλόντες ἡνίας
παράκτιοι δραμεῖσθε κἀκβολὰς νεὼς
Ἑλληνίδος δέξεσθε, σὺν δὲ τῇ θεῷ
σπεύδοντες ἄνδρας δυσσεβεῖς θηράσετε,
οἱ δ' ὠκυπομποὺς ἕλξετ' ἐς πόντον πλάτας;
ὡς ἐκ θαλάσσης ἔκ τε γῆς ἱππεύμασι
λαβόντες αὐτοὺς ἢ κατὰ στύφλου πέτρας
ῥίψωμεν, ἢ σκόλοψι πήξωμεν δέμας.
ὑμᾶς δὲ τὰς τῶνδ' ἵστορας βουλευμάτων,
γυναῖκες, αὖθις, ἡνίκ' ἂν σχολὴν λάβω,
ποινασόμεσθα· νῦν δὲ τὴν προκειμένην
σπουδὴν ἔχοντες οὐ μενοῦμεν ἥσυχοι.

Ἀθηνᾶ

ποῖ ποῖ διωγμὸν τόνδε πορθμεύεις, ἄναξ
Θόας; ἄκουσον τῆσδ' Ἀθηναίας λόγους.
παῦσαι διώκων ῥεῦμά τ' ἐξορμῶν στρατοῦ·
πεπρωμένος γὰρ θεσφάτοισι Λοξίου
δεῦρ' ἦλθ' Ὀρεστης, τόν τ' Ἐρινύων χόλον
φεύγων ἀδελφῆς τ' Ἄργος ἐσπέμψων δέμας
ἄγαλμά θ' ἱερὸν εἰς ἐμὴν ἄξων χθόνα.
πρὸς μὲν σὲ ὅδ' ἡμῖν μῦθος· ὃν δ' ἀποκτενεῖν
δοκεῖς Ὀρέστην ποντίῳ λαβὼν σάλῳ,

τῶν νῦν παρόντων πημάτων ἀναψυχάς. 1441b

Nun spielt er Agamemnons Sohn euch in die Hand
Und seine Schwester, die der Göttin Rettungstat
An Aulis' Küste ganz vergaß und schnöd verriet.

Ch Ach, Iphigenie, fällst du wieder in die Hand
Des Königs, ist es dein und deines Bruders Tod.
Tho Ihr Bürger dieses Taurerlandes! Zäumt
Die Fohlen, galoppiert zur Küste! Laßt
Euch dieses Griechenstrandgut nicht entgehn!
Die Göttin fängt euch diese Frevler ein!
Und zieht auch schnelle Boote in das Meer!
Jagt sie zu Land und Wasser, daß wir sie
Vom Felsen stürzen, pfählen ihren Leib!

Euch aber, die ihr wußtet um den Plan,
Will ich bestrafen, wenn mir Muße bleibt;
Gebot der Stunde läßt uns keine Zeit.

Athena

erscheint überm Tempel

Wohin denn nur dies ganze Aufgebot, wohin,
O König Thoas? Höre auf Athenas Wort!
Laß die Verfolgung, ziehe dieses Heer zurück.
Gehorsam dem Orakelspruch des Phoibos kam
Orest hieher, der Rachegötter Groll zu fliehn,
Die Schwester nach Mykenä heimzuführen und
Das heilge Bild zu bringen in mein attisch Land.
Vernimm mein Wort: Orest, den du zu fangen wähnst

ἤδη Ποσειδῶν χάριν ἐμὴν ἀκύμονα
πόντου τίθησι νῶτα πορθμεύειν πλάτῃ.

μαθὼν δ', Ὀρέστα, τὰς ἐμὰς ἐπιστολάς –
κλύεις γὰρ αὐδὴν καίπερ οὐ παρὼν θεᾶς –
χώρει λαβὼν ἄγαλμα σύγγονόν τε σήν.
ὅταν δ' Ἀθήνας τὰς θεοδμήτους μόλῃς,
χῶρός τις ἔστιν Ἀτθίδος πρὸς ἐσχάτοις
ὅροισι, γείτων δειράδος Καρυστίας,
ἱερός, Ἁλάς νιν οὑμὸς ὀνομάζει λεώς·
ἐνταῦθα τεύξας ναὸν ἵδρυσαι βρέτας,
ἐπώνυμον γῆς Ταυρικῆς πόνων τε σῶν,
οὓς ἐξεμόχθεις περιπολῶν καθ' Ἑλλάδα
οἴστροις Ἐρινύων. Ἄρτεμιν δέ νιν βροτοὶ
τὸ λοιπὸν ὑμνήσουσι Ταυροπόλον θεάν.
νόμον τε θὲς τόνδ'· ὅταν ἑορτάζῃ λεώς,
τῆς σῆς σφαγῆς ἄποιν' ἐπισχέτω ξίφος
δέρῃ πρὸς ἀνδρὸς αἷμά τ' ἐξανιέτω,
ὁσίας ἕκατι θεά θ' ὅπως τιμὰς ἔχῃ.
σὲ δ' ἀμφὶ σεμνάς, Ἰφιγένεια, κλίμακας
Βραυρωνίας δεῖ τῇδε κληδουχεῖν θεᾷ·
οὗ καὶ τεθάψῃ κατθανοῦσα, καὶ πέπλων
ἄγαλμά σοι θήσουσιν εὐπήνους ὑφάς,
ἃς ἂν γυναῖκες ἐν τόκοις ψυχορραγεῖς
λίπωσ' ἐν οἴκοις. τάσδε δ' ἐκπέμπειν χθονὸς
Ἑλληνίδας γυναῖκας ἐξεφίεμαι. 1468
ἀλλ' ἐκκομίζου σὴν κασιγνήτην χθονός, 1473
Ἀγαμέμνονος παῖ. καὶ σὺ μὴ θυμοῦ, Θόας.

γνώμης δικαίας οὕνεκ', ἐκσώσασα δὲ 1469
καὶ πρίν σ' Ἀρείοις ἐν πάγοις ψήφους ἴσας
κρίνασ', Ὀρέστα· καὶ νόμισμ' ἔσται τόδε,
νικᾶν ἰσήρεις ὅστις ἂν ψήφους λάβῃ.

In wilder Meeresbrandung, schifft schon ruhig fort,
Poseidon hat auf meinen Wunsch das Meer gestillt.

In die Ferne sprechend

Vernimm auch du, Orestes, mein Gebot,
Der Göttin Stimme reicht zu deinem Ohr:
Zieh mit der Schwester, mit dem heilgen Bild,
Und kommst du zu dem Götterbau Athen,
So findest du am Rande Attikas,
Da wo es an Karystos' Klippen grenzt,
Ein Heiligtum, das Halai nennt mein Volk.
Dort gründe einen Tempel für das Bild.
Zum Angedenken an das Taurerland
Und an dein rastlos Fliehn von Pol zu Pol
Wird Tauropolos dort dies Bild benannt.

Setz diesen Brauch: die Priestrin ritz am Fest
Die Kehle eines Jünglings mit dem Schwert;
Als Wergeld deiner Schlachtung soll dies Blut
Den Brauch bewahren und der Göttin Recht.
Du, Iphigenie, werde Priesterin
An Braurons Felsenstieg! An deinem Grab
Wird manches schöne Kleid dir dargebracht
Aus der verstorbnen Wöchnerinnen Gut. –

Auch diese Frauen heimzusenden, sei verfügt. –
Nun führe glücklich deine Schwester mit,
Agamemnons Sohn! Du, Thoas, zürne nicht!

Θο ἄνασσ᾽ Ἀθάνα, τοῖσι τῶν θεῶν λόγοις
ὅστις κλύων ἄπιστος, οὐκ ὀρθῶς φρονεῖ.
ἐγὼ δ᾽ Ὀρέστῃ τ᾽, εἰ φέρων βρέτας θεᾶς
βέβηκ᾽, ἀδελφῇ τ᾽ οὐχὶ θυμοῦμαι· τί γὰρ
πρὸς τοὺς σθένοντας θεοὺς ἁμιλλᾶσθαι καλόν;
ἴτωσαν ἐς σὴν σὺν θεᾶς ἀγάλματι
γαῖαν, καθιδρύσαιντό τ᾽ εὐτυχῶς βρέτας.
πέμψω δὲ καὶ τάσδ᾽ Ἑλλάδ᾽ εἰς εὐδαίμονα
γυναῖκας, ὥσπερ σὸν κέλευσμ᾽ ἐφίεται.
παύσω δὲ λόγχην ἣν ἐπαίρομαι ξένοις
ναῶν τ᾽ ἐρετμά, σοὶ τάδ᾽ ὡς δοκεῖ, θεά.

Αθ αἰνῶ· τὸ γὰρ χρεὼν σοῦ τε καὶ θεῶν κρατεῖ.
ἴτ᾽, ὦ πνοαί, ναυσθλοῦσθε τὸν Ἀγαμέμνονος
παῖδ᾽ εἰς Ἀθήνας· συμπορεύσομαι δ᾽ ἐγὼ
σῴζουσ᾽ ἀδελφῆς τῆς ἐμῆς σεμνὸν βρέτας.

Χο ἴτ᾽ ἐπ᾽ εὐτυχίᾳ τῆς σῳζομένης an^{4}
μοίρας εὐδαίμονες ὄντες.
ἀλλ᾽, ὦ σεμνὴ παρά τ᾽ ἀθανάτοις
καὶ παρὰ θνητοῖς, Παλλὰς Ἀθάνα,
δράσομεν οὕτως ὡς σὺ κελεύεις.
μάλα γὰρ τερπνὴν κἀνέλπιστον
φήμην ἀκοαῖσι δέδεγμαι.

ὦ μέγα σεμνὴ Νίκη, τὸν ἐμὸν
βίοτον κατέχοις
καὶ μὴ λήγοις στεφανοῦσα.

Tho Herrin Athena! Frevler nenn ich den,
Der sich der Götter Wort nicht gläubig beugt.
Ich will Orest, der mit dem Bild entfloh,
Und seiner Schwester nicht mehr feindlich sein.
Wie käm ich gegen Götterkräfte auf?
Sie mögen friedlich ziehen in dein Land,
Dem Bild der Göttin gründen neuen Sitz.
Auch diese Frauen will ich, dir getreu,
Geleiten ins gepriesne Griechenland.
Die Schiffe, die ich jenen nachgesandt,
Die Speere kehren auf dein Wort zurück.

Er geht mit seinem Gefolge ab

Ath Gut so, das Schicksal will es, das auch uns befiehlt.
Weht sanft, ihr Winde! Schaukelt Agamemnons Sohn
Zu meiner Stadt. Ich werde sein Geleiter sein
Und schütze meiner Schwester altehrwürdig Bild.

Sie verschwindet

Chor

Ziehet mit Glück,
Freut euch der Rettung,
Glückliches Paar!
Ja, du Hohe, bei den Unsterblichen,
Bei den Menschen geehrt,
Pallas Athene,
Alles geschehe nach deinem Gebot!
Freudiges Wort,
Unverhofftes,
Klang an mein Ohr.
Große erhabene Göttin des Sieges,
Walte du immer
Meines Lebens,
Werde nie müde,
Kränze des Sieges zu spenden!

Der Chor zieht ab

ORESTES

ΟΡΕΣΤΗΣ

Τὰ τοῦ δράματος πρόσωπα

Ἠλέκτρα · Ἑλένη · Χορός · Ὀρέστης
Μενέλαος · Τυνδάρεως · Πυλάδης · Ἄγγελος
Ἑρμίονη · Φρύξ · Ἀπόλλων

Ἠλέκτρα

Οὐκ ἔστιν οὐδὲν δεινὸν ὧδ' εἰπεῖν ἔπος
οὐδὲ πάθος οὐδὲ ξυμφορὰ θεήλατος,
ἧς οὐκ ἂν ἄραιτ' ἄχθος ἀνθρώπου φύσις.
ὁ γὰρ μακάριος – κοὐκ ὀνειδίζω τύχας –
Διὸς πεφυκώς, ὡς λέγουσι, Τάνταλος
κορυφῆς ὑπερτέλλοντα δειμαίνων πέτρον
ἀέρι ποτᾶται· καὶ τίνει ταύτην δίκην,
ὡς μὲν λέγουσιν, ὅτι θεοῖς ἄνθρωπος ὢν
κοινῆς τραπέζης ἀξίωμ' ἔχων ἴσον,
ἀκόλαστον ἔσχε γλῶσσαν, αἰσχίστην νόσον.
οὗτος φυτεύει Πέλοπα, τοῦ δ' Ἀτρεὺς ἔφυ,
ᾧ στέμματα ξήνασ' ἐπέκλωσεν θεὰ

ORESTES

Personen des Dramas

Elektra, *Tochter Agamemnons*
Helena, *Gattin des Menelaos*
Chor *der Frauen von Argos*
Orestes, *Sohn Agamemnons*
Menelaos, *Bruder Agamemnons*
Tyndareos, *Vater der Klytaimestra und der Helena*
Pylades, *Vetter und Freund des Orestes*
Bote, *Bauer*
Hermione, *Tochter des Menelaos und der Helena*
Ein Phryger, *Sklave der Helena*
Apollon

Die Szene ist vor dem Königspalast von Argos.
Das Stück wurde 408 v. Chr. aufgeführt.

VORSZENE

Elektra

Dies Wort besteht: es gibt kein hartes Los,
Kein gottverhängtes Leid, kein Mißgeschick,
Das sich der Mensch nicht auf den Nacken lädt.
Der selge, nie von mir geschmähte Fürst,
Den Zeus, so sagt man, zeugte, Tantalos,
Schwebt in den Lüften, zittert vor dem Fels
Zu seinen Häupten, weil er schwer gefehlt:
Es geht die Sage, daß er hochgeehrt
Als einzger Mensch am Göttertische saß
Und doch die böse Schmähsucht nicht begrub.
Von Pelops, seinem Sohn, stammt Atreus ab.
Ihm spann die Fadenwirkerin den Streit

ἔριν, Θυέστῃ πόλεμον ὄντι συγγόνῳ
θέσθαι. τί τἄρρητ' ἀναμετρήσασθαί με δεῖ;
ἔδαισε δ' οὖν νιν τέκν' ἀποκτείνας 'Ατρεύς.
'Ατρέως δέ – τὰς γὰρ ἐν μέσῳ σιγῶ τύχας –
ὁ κλεινός, εἰ δὴ κλεινός, 'Αγαμέμνων ἔφυ
Μενέλεώς τε Κρήσσης μητρὸς 'Αερόπης ἄπο.
γαμεῖ δ' ὃ μὲν δὴ τὴν θεοῖς στυγουμένην
Μενέλαος 'Ελένην, ὃ δὲ Κλυταιμήστρας λέχος
ἐπίσημον εἰς Ἕλληνας 'Αγαμέμνων ἄναξ·
ᾧ παρθένοι μὲν τρεῖς ἔφυμεν ἐκ μιᾶς,
Χρυσόθεμις 'Ιφιγένειά τ' 'Ηλέκτρα τ' ἐγώ,
ἄρσην δ' 'Ορέστης, μητρὸς ἀνοσιωτάτης,
ἣ πόσιν ἀπείρῳ περιβαλοῦσ' ὑφάσματι
ἔκτεινεν· ὧν δ' ἕκατι, παρθένῳ λέγειν
οὐ καλόν· ἐῶ τοῦτ' ἀσαφὲς ἐν κοινῷ σκοπεῖν.
Φοίβου δ' ἀδικίαν μὲν τί δεῖ κατηγορεῖν;
πείθει δ' 'Ορέστην μητέρ' ἥ σφ' ἐγείνατο
κτεῖναι, πρὸς οὐχ ἅπαντας εὔκλειαν φέρον.
ὅμως δ' ἀπέκτειν' οὐκ ἀπειθήσας θεῷ·
κἀγὼ μετέσχον, οἷα δὴ γυνή, φόνου. 32
ἐντεῦθεν ἀγρίᾳ σῶμα συντακεὶς νόσῳ 34
τλήμων 'Ορέστης ὅδε πεσὼν ἐν δεμνίοις
κεῖται, τὸ μητρὸς δ' αἷμά νιν τροχηλατεῖ
μανίαισιν· ὀνομάζειν γὰρ αἰδοῦμαι θεὰς
Εὐμενίδας, αἳ τόνδ' ἐξαμιλλῶνται φόβῳ.
ἕκτον δὲ δὴ τόδ' ἦμαρ ἐξ ὅτου σφαγαῖς
θανοῦσα μήτηρ πυρὶ καθήγνισται δέμας,
ὧν οὔτε σῖτα διὰ δέρης ἐδέξατο,
οὐ λούτρ' ἔδωκε χρωτί· χλανιδίων δ' ἔσω
κρυφθείς, ὅταν μὲν σῶμα κουφισθῇ νόσου,
ἔμφρων δακρύει, ποτὲ δὲ δεμνίων ἄπο
πηδᾷ δρομαῖος, πῶλος ὣς ὑπὸ ζυγοῦ.
ἔδοξε δ' Ἄργει τῷδε μήθ' ἡμᾶς στέγαις,
μὴ πυρὶ δέχεσθαι, μήτε προσφωνεῖν τινα

Πυλάδης θ', ὃς ἡμῖν συγκατείργασται τάδε. 33

Mit seinem eignen Bruder zu, Thyest.
Zähl ich es auf, was jeden Mund verstummt –
Des Atreus Kindermord und greulich Mahl?
Von Atreus stammt – und viel bleibt ungesagt –
Agamémnons stolze, wenig stolze Macht
Und Menelas, vom gleichen Kreterweib.
Der nahm die gottverhaßte Helena
Zur Gattin. Agamemnon selbst gewann
Der Klytaimestra vielbesprochnes Bett.
In diesem wurde Iphigenie
Gezeugt, Chrysothemis, ich selber auch,
Elektra, und als einzger Sohn Orest;
Vier Kinder einer ganz verruchten Frau,
Die ihren Mann im Garn fing und erschlug.
Was war der Grund? Als Mädchen hüll ich ihn
In eine Nacht, die jeder leicht durchspäht.
Wer würde Phoibos eines Unrechts zeihn?
Doch trieb er selbst Orest zum Muttermord.
Das trug dem Jüngling wenig Ehren ein,
Doch tat ers treu dem göttlichen Gebot,
Mit meinem Beistand, schwachen Weibes Kraft.
Seitdem verzehrt die Seuche seinen Leib.
Streckt kläglich ihn aufs Lager, bis das Blut
Der Mutter ihn zu wilden Tänzen reißt.
Was ihn so hart verfolgt, ich wag es kaum
Zu nennen, ist der Eumeniden Zorn.
Sechs Tage ist der toten Mutter Leib
Von reiner Feuersglut verzehrt, doch weist
Er immer noch jedwede Speise ab
Und jede Waschung. Gibt der Anfall ihm
Die Sinne frei, so weint er vor sich hin;
Dann springt er plötzlich aus den Decken auf,
Besessen wie ein Fohlen unterm Joch.
Argos beschloß, den Muttermördern Haus
Und Herd zu weigern und mit keinem Wort

μητροκτονοῦντας· κυρία δ' ἥδ' ἡμέρα,
ἐν ᾗ διοίσει ψῆφον 'Αργείων πόλις,
εἰ χρὴ θανεῖν νὼ λευσίμῳ πετρώματι.
ἐλπίδα δὲ δή τιν' ἔχομεν ὥστε μὴ θανεῖν·
ἥκει γὰρ ἐς γῆν Μενέλεως Τροίας ἄπο,
λιμένα δὲ Ναυπλίειον ἐκληρῶν πλάτῃ
ἀκταῖσιν ὁρμεῖ, δαρὸν ἐκ Τροίας χρόνον
ἄλαισι πλαγχθείς· τὴν δὲ δὴ πολύστονον
'Ελένην, φυλάξας νύκτα, μή τις εἰσιδὼν
μεθ' ἡμέραν στείχουσαν, ὧν ὑπ' 'Ιλίῳ
παῖδες τεθνᾶσιν, ἐς πέτρων ἔλθῃ βολάς,
προύπεμψεν ἐς δῶμ' ἡμέτερον· ἔστιν δ' ἔσω
κλαίουσ' ἀδελφὴν συμφοράν τε δωμάτων.
ἔχει δὲ δή τιν' ἀλγέων παραψυχήν·
ἣν γὰρ κατ' οἴκους ἔλιφ', ὅτ' ἐς Τροίαν ἔπλει,
παρθένον ἐμῇ τε μητρὶ παρέδωκεν τρέφειν
Μενέλαος ἀγαγὼν 'Ερμιόνην Σπάρτης ἄπο,
ταύτῃ γέγηθε κἀπιλήθεται κακῶν.
  βλέπω δὲ πᾶσαν εἰς ὁδόν, πότ' ὄψομαι
Μενέλαον ἥκονθ'· ὡς τά γ' ἄλλ' ἐπ' ἀσθενοῦς
ῥώμης ὀχούμεθ', ἤν τι μὴ κείνου πάρα
σωθῶμεν. ἄπορον χρῆμα δυστυχῶν δόμος.

'Ελένη

ὦ παῖ Κλυταιμήστρας τε καὶ 'Αγαμέμνονος,
παρθένε μακρὸν δὴ μῆκος 'Ηλέκτρα χρόνου,
πῶς, ὦ τάλαινα, σύ τε κασίγνητός τε σὸς
τλήμων 'Ορέστης μητρὸς ὅδε φονεὺς ἔχει;
προσφθέγμασιν γὰρ οὐ μιαίνομαι σέθεν,
ἐς Φοῖβον ἀναφέρουσα τὴν ἁμαρτίαν.
καίτοι στένω γε τὸν Κλυταιμήστρας μόρον,
ἐμῆς ἀδελφῆς, ἥν, ἐπεὶ πρὸς Ἴλιον
ἔπλευσ' ὅπως ἔπλευσα θεομανεῖ πότμῳ,
οὐκ εἶδον, ἀπολειφθεῖσα δ' αἰάζω τύχας.

ἢ φάσγανον θήξαντ' ἐπ' αὐχένος βαλεῖν.

Sie anzureden. Heute ist der Tag,
Wo aller Bürger Stimmstein es beschließt,
Ob wir gesteinigt werden oder nicht.
Doch winkt noch eine Rettung vor dem Tod:
Von Troja kehrte Menelas zurück,
Die Schiffe landen schon in Nauplia
Nach langer Irrfahrt seit dem Fall der Stadt.
Die Unglückshelena hat er im Schutz
Der Nacht vorausgeschickt, daß keiner, dem
Vor Troja Söhne fielen, sie bei Tag
Heimkehren sieht und Steine nach ihr wirft.
Schon ist sie drin im Hause und beklagt
Die Schwester und des Hauses Untergang.
Doch traf sie einen, der sie trösten kann;
Hermione, ihr Kind, das Menelas
Beim Abschied meiner Mutter übergab,
Ist ihre Freude und ihr Herzenslicht.

Die Straße such ich ab nach Menelas.
Wir treiben mit der letzten Kraft dahin,
Wenn er nicht heute noch die Rettung bringt:
Wie öde steht ein glückverlaßnes Haus!

Helena *tritt heraus*

Agamémnons Tochter, Klytaimestras Kind,
Elektra, Mädchen schon so reifer Zeit,
Wie stehts um dich? Um deinen Bruder hier,
Den armen Muttermörder, den Orest?
Ein Gruß, ein Wort an dich befleckt mich nicht –
Ich weiß, Apollon trägt an allem Schuld.
Doch jammert mich der Schwester jähes Los.
Ich sah sie nicht, seit ich nach Troja fuhr
– In gottverhängtem Wahne fuhr ich hin; –
Nun bleibt mir nur die Klage ihres Tods.

Ηλ 'Ελένη, τί σοι λέγοιμ' ἂν ἅ γε παροῦσ' ὁρᾷς; 81
ἐγὼ μὲν ἄυπνος πάρεδρος ἀθλίῳ νεκρῷ 83
– νεκρὸς γὰρ οὗτος οὕνεκα σμικρᾶς πνοῆς –
θάσσω· τὰ τούτου δ' οὐκ ὀνειδίζω κακά. 85
σὺ δ' εἶ μακαρία μακάριός θ' ὁ σὸς πόσις. 86
Ελ πόσον χρόνον δ' ἐν δεμνίοις πέπτωχ' ὅδε; 88
Ηλ ἐξ οὗπερ αἷμα γενέθλιον κατήνυσεν.
Ελ ὦ μέλεος· ἡ τεκοῦσά θ', ὡς διώλετο. 90
Ηλ οὕτως ἔχει τάδ', ὥστ' ἀπείρηκεν κακοῖς.
Ελ πρὸς θεῶν, πίθοι' ἂν δῆτά μοί τι, παρθένε;
Ηλ ὡς ἄσχολός γε συγγόνου προσεδρίᾳ.
Ελ βούλῃ τάφον μοι πρὸς κασιγνήτης μολεῖν;
Ηλ μητρὸς κελεύεις τῆς ἐμῆς; τίνος χάριν; 95
Ελ κόμης ἀπαρχὰς καὶ χοὰς φέρουσ' ἐμάς.
Ηλ σοὶ δ' οὐχὶ θεμιτὸν πρὸς φίλων στείχειν τάφον;
Ελ δεῖξαι γὰρ 'Αργείοισι σῶμ' αἰσχύνομαι.
Ηλ ὀψέ γε φρονεῖς εὖ, τότε λιποῦσ' αἰσχρῶς δόμους.
Ελ ὀρθῶς ἔλεξας, οὐ φίλως δ' ἐμοὶ λέγεις. 100
Ηλ αἰδὼς δὲ δὴ τίς σ' ἐς Μυκηναίους ἔχει;
Ελ δέδοικα πατέρας τῶν ὑπ' 'Ιλίῳ νεκρῶν.
Ηλ δεινὸν γὰρ Ἄργει γ' ἀναβοᾷ διὰ στόμα.
Ελ σύ νυν χάριν μοι τὸν φόβον λύσασα δός.
Ηλ οὐκ ἂν δυναίμην μητρὸς ἐσβλέψαι τάφον. 105
Ελ αἰσχρόν γε μέντοι προσπόλους φέρειν τάδε.
Ηλ τί δ' οὐχὶ θυγατρὸς 'Ερμιόνης πέμπεις δέμας;
Ελ ἐς ὄχλον ἕρπειν παρθένοισιν οὐ καλόν.
Ηλ καὶ μὴν τίνοι γ' ἂν τῇ τεθνηκυίᾳ τροφάς.
Ελ ὀρθῶς ἔλεξας, πείθομαί τέ σοι, κόρη. 110
ὦ τέκνον, ἔξελθ', 'Ερμιόνη, δόμων πάρος 112

καὶ λαβὲ χοὰς τάσδ' ἐν χεροῖν κόμας τ' ἐμάς·
ἐλθοῦσα δ' ἀμφὶ τὸν Κλυταιμήστρας τάφον

ἐν συμφοραῖσι τὸν 'Αγαμέμνονος γόνον 82
ἥκετον ἐφ' ἡμᾶς ἀθλίως πεπραγότας 87
καὶ πέμψομέν γε θυγατέρ'· εὖ γάρ τοι λέγεις. 111

El Muß ich berichten, was du selber siehst?
Ich halte schlummerlose Totenwacht
Bei einem, den der letzte Hauch verläßt,
Und er erduldet, was kein Wort benennt.
Doch du bist selig, selig dein Gemahl!
He Wie lange fesselt ihn dies Sterbebett?
El Seit er des eignen Ursprungs Blut vergoß.
He Unselger Mann! Unselger Tod der Frau!
El Nun hat er alles dieses hinter sich.
He Ich flehe: tu mir einen großen Dienst!
El Wenn dieses Krankenbett mich ziehen läßt.
He Geh du für mich an meiner Schwester Grab!
El Und meiner Mutter Grab! Was soll ich dort?
He Bring meine Locke und den Weiheguß!
El Kommt dieser Grabgang nicht der Schwester zu?
He Wie tret ich offen vor die Bürger hin!
El Bei deinem Abschied warst du nicht so klug!
He Ich weiß es. Mahne nicht an jenen Tag!
El Und welche Mykenäer fürchtest du?
He Die Väter derer, die der Krieg verschlang.
El Weiß Gott, dein Name ist der Stadt verhaßt!
He Nimm mir die Furcht und tu es, mir zulieb!
El Der Mutter Grab ist meinem Blick verwehrt!
He Und Mägde schickt man nicht zu solchem Dienst!
El Wie stehts mit deinem Kind Hermione?
He Vom Volksgewühl hält man die Mädchen fern.
El Doch hat die Tote treu für sie gesorgt!
He Weiß Gott, sie tat es, und ich folge dir.
Hermione, mein Liebes, komm vors Tor.

sie kommt heraus

Nimm diese Spenden! Und die Lockenschur!
Geh hin zu Klytaimestras Grab und gieß

μελίκρατ' ἄφες γάλακτος οἰνωπόν τ' ἄχνην,
καὶ στᾶσ' ἐπ' ἄκρου χώματος λέξον τάδε·
'Ελένη σ' ἀδελφὴ ταῖσδε δωρεῖται χοαῖς,
φόβῳ προσελθεῖν μνῆμα σόν, ταρβοῦσά τε
'Αργεῖον ὄχλον. πρευμενῆ δ' ἄνωγέ νιν
ἐμοί τε καὶ σοὶ καὶ πόσει γνώμην ἔχειν
τοῖν τ' ἀθλίοιν τοῖνδ', οὓς ἀπώλεσεν θεός.
ἃ δ' εἰς ἀδελφὴν καιρὸς ἐκπονεῖν ἐμέ,
ἅπανθ' ὑπισχνοῦ νερτέρων δωρήματα.
ἴθ' ὦ τέκνον μοι, σπεῦδε καὶ χοὰς τάφῳ
δοῦσ' ὡς τάχιστα τῆς πάλιν μέμνησ' ὁδοῦ.

Ηλ ὦ φύσις, ἐν ἀνθρώποισιν ὡς μέγ' εἶ κακόν,
σωτήριόν τε τοῖς καλῶς κεκτημένοις.
εἴδετε παρ' ἄκρας ὡς ἀπέθρισεν τρίχας,
σῴζουσα κάλλος; ἔστι δ' ἡ πάλαι γυνή.
θεοί σε μισήσειαν, ὥς μ' ἀπώλεσας
καὶ τόνδε πᾶσάν θ' 'Ελλάδα.
                                        ὦ τάλαιν' ἐγώ·
αἵδ' αὖ πάρεισι τοῖς ἐμοῖς θρηνήμασι
φίλαι ξυνῳδοί· τάχα μεταστήσουσ' ὕπνου
τόνδ' ἡσυχάζοντ', ὄμμα δ' ἐκτήξουσ' ἐμὸν
δακρύοις, ἀδελφὸν ὅταν ὁρῶ μεμηνότα.

ὦ φίλταται γυναῖκες, ἡσύχῳ ποδὶ
χωρεῖτε, μὴ ψοφεῖτε, μηδ' ἔστω κτύπος.
φιλία γὰρ ἡ σὴ πρευμενὴς μέν, ἀλλ' ἐμοὶ
τόνδ' ἐξεγεῖραι συμφορὰ γενήσεται.

Den Trank von Milch und Honig und den Schaum
Der Traube, stell dich obenauf und sprich:
„So ehrt dich deine Schwester Helena!
Sie wagt sich selbst nicht her und fürchtet sich
Vor Argos' Volk." Erflehe ihre Gunst
Für mich und dich und meinen Ehgemahl
Und für das arme gottverratne Paar!
Versprich ihr jede Spende, alles, was
Die Schwester ihrer Schwester schuldig ist!
Beeile dich, mein Kind, mit deinem Werk
Und kehre schnell den gleichen Weg zurück!

beide ab

El Natur, du bist des Einen Untergang,
Des Andern Rettung, der dich klug benützt.
Saht ihr, wie ängstlich sie die Locken schor?
Die Schönheit wahrte? Ganz die Alte blieb?
Straft sie, ihr Götter, sie hat mich und ihn
Vernichtet und ganz Griechenland!

O weh,
Sie kommen wieder, meines Klagelieds
Treulich Gefolge, ach, sie wecken mir
Den Schläfer auf und lösen mir das Aug
In Tränen, wenn der Wahnsinn ihn erfaßt.

Χορός

σῖγα σῖγα, λεπτὸν ἴχνος ἀρβύλης hyp do στρ. α'
τίθετε, μὴ κτυπεῖτ'. do

Ηλ ἀποπρὸ βᾶτ' ἐκεῖσ', ἀποπρό μοι κοίτας. do²
Χο ἰδού, πείθομαι. do
Ηλ ἆ ἆ σύριγγος ὅπως πνοὰ ba do
λεπτοῦ δόνακος, ὦ φίλα, φώνει μοι. do²

Χο ἴδ', ἀτρεμαῖον ὡς ὑπόροφον φέρω do²
βοάν.
Ηλ ναί, οὕτως· do
κάταγε κάταγε, πρόσιθ' ἀτρέμας, ἀτρέμας ἴθι· do²
λόγον ἀπόδος ἐφ' ὅ τι χρέος ἐμόλετέ ποτε. do²
χρόνια γὰρ πεσὼν ὅδ' εὐνάζεται. do²

Χο πῶς ἔχει; λόγου μετάδος, ὦ φίλα· ἀντ. α'
τίνα τύχαν εἴπω; τίνα δὲ συμφοράν; do²

EINZUGSLIED

Wechsellied

Strophe

Chor

Leise, ganz leise!
Setzt leicht nur
Die Spur eurer Schuhe,
Macht keinen Lärm!

Elektra

Fort, fort, tretet weg von der Bahre!
Ch Sieh her, wir gehorchen!
El Sanft, sanft, wie der Hauch der Schalmei
Dem zartesten Rohr,
So entschwebe die Stimme, ihr Lieben, dem Mund!
Ch Hör, wie leise verdecken,
Wie dämpfen wir den Laut!
El Ihr tut es, ich sehs.
So tretet leise hinzu!
Noch leiser! Noch stiller! Ganz lautlos!
Nun sagt, wozu seid ihr gekommen?
Liegt er doch endlich gestreckt,
Und Schlummer umfaßt ihn.

Gegenstrophe

Ch Liebste, steh Rede:
Wie ist ihm?
Wie heißt nun sein Schicksal?
Wie fiel sein Los?

Ηλ ἔτι μὲν ἐμπνέει, βραχὺ δ' ἀναστένει.
Χο τί φῄς; ὦ τάλας.
Ηλ ὀλεῖς, εἰ βλέφαρα κινήσεις
ὕπνου γλυκυτάταν φερομένῳ χάριν.

Χο μέλεος ἐχθίστων θεόθεν ἐργμάτων,
τάλας.
Ηλ φεῦ μόχθων.
ἄδικος ἄδικα τότ' ἄρ' ἔλακεν ἔλακεν, ἀπό-
φονον ὅτ' ἐπὶ τρίποδι Θέμιδος ἄρ' ἐδίκασε
φόνον ὁ Λοξίας ἐμᾶς ματέρος.

Χο ὁρᾷς; ἐν πέπλοισι κινεῖ δέμας. do^2 στρ. β'
Ηλ σὺ γάρ νιν, ὦ τάλαινα, ia^{2}ba
θωΰξασ' ἔβαλες ἐξ ὕπνου. ba do
Χο εὕδειν μὲν οὖν ἔδοξα. ia^2 ba
Ηλ οὐκ ἀφ' ἡμῶν, οὐκ ἀπ' οἴκων tr^4
πάλιν ἀνὰ πόδα σὸν εἱλίξεις ⏑⏑⏑⏑do
μεθεμένα κτύπου; do
Χο ὑπνώσσει.
Ηλ λέγεις εὖ. ba^2
πότνια, πότνια νύξ, do
ὑπνοδότειρα τῶν πολυπόνων βροτῶν, do^2
ἐρεβόθεν ἴθι, μόλε μόλε κατάπτερος do^2
τὸν 'Αγαμεμνόνιον ἐπὶ δόμον. ba do
ὑπὸ γὰρ ἀλγέων ὑπό τε συμφορᾶς do^2
διοιχόμεθ', οἰχόμεθα. κτύπον ἠγάγετ'· οὐχὶ σῖγα ⏑da^4 cr⏑
σῖγα φυλασσομένα στόματος da^3⏑

El Er atmet, doch kurz sind die Züge!
Ch Was sagst du? Der Arme!
El O weh, wenn ihr wieder dem Mann
Die Lider erweckt,
Der des Schlafes so selige Gabe empfängt!
Ch Ärmster Täter des Werkes,
Das Götter ihm verhängt.
El O seht seinen Schmerz!
Ein ungerechter Apoll
Sprach Unrecht, sprach Unrecht, rief Untat,
Als hart er vom Dreifuß der Themis
Diesen zum Mörder berief
Der eigenen Mutter.

Zweite Strophe

Ch Sieh, wie die Decke sich regt!
El Nun hat ihn euer Geheul
Aus dem Schlummer gerissen!
Ch Wir dachten, er schliefe so tief!
El Ach, wollt ihr, ich bitt euch, die Schritte
Nicht rückwärts wenden von uns,
Vom Haus und enden euren Lärm?
Ch Er schläft ganz fest.
El Zu eurem Glück!
Hohe Göttin der Nacht,
Du nur spendest den Schlaf
An alle Beladnen:
So eile, so eile auf Flügeln
Herauf aus den Tiefen
Zu dem Haus Agamemnons,
Denn von Schmerzen und Leiden
Vergehn wir Armen, vergehn wir!
Schon wieder das Lärmen, ach könnt ihr
Nicht leise, nicht leise
Verhalten die Stimme,

ἀνακέλαδον ἀπὸ λέχεος ἥ- ia^4
συχον ὕπνου χάριν παρέξεις, φίλα; do^2

Χο θρόει τίς κακῶν τελευτὰ μένει. ἀντ. β'
Ηλ θανεῖν θανεῖν, τί δ' ἄλλο;
οὐδὲ γὰρ πόθον ἔχει βορᾶς. cr do
Χο πρόδηλος ἄρ' ὁ πότμος.
Ηλ ἐξέθυσ' ὁ Φοῖβος ἡμᾶς
μέλεον ἀπόφονον αἷμα δοὺς
πατροφόνου ματρός.
Χο δίκᾳ μέν.
Ηλ καλῶς δ' οὔ.
ἔκανες ἔθανες, ὦ
τεκομένα με μᾶτερ, ἀπὸ δ' ὤλεσας
πατέρα τέκνα τε τάδε σέθεν ἀφ' αἵματος·
ὀλόμεθ' ἰσονέκυες, ὀλόμεθα.
σύ τε γὰρ ἐν νεκροῖς, τό τ' ἐμὸν οἴχεται
βίου τὸ πλέον μέρος ἐν στοναχαῖσί τε καὶ γόοισι
δάκρυσί τ' ἐννυχίοις, ἄγαμος
ἐπὶ δ' ἄτεκνος ἅτε βίοτον ἁ
μέλεος ἐς τὸν αἰὲν ἕλκω χρόνον.

Χο ὅρα παροῦσα, παρθέν' 'Ηλέκτρα, πέλας,
μὴ κατθανών σε σύγγονος λέληθ' ὅδε·
οὐ γάρ μ' ἀρέσκει τῷ λίαν παρειμένῳ.

Tretend vom Bett
Ruhige Gabe des Schlafs
Ihm gönnen, ihr Lieben?

Gegenstrophe

Ch Sag, was dem Kranken noch bleibt!
El Der Tod, der Tod, was denn sonst?
Er verweigert die Speise!
Ch So sehn wir sein Los schon erfüllt!
El Apollon, er hat uns geopfert,
Er lieh uns das mordende Blut
Der Mutter, die den Vater traf.
Ch Dein Tun war gut!
El Doch grauenvoll!
Mutter, die uns gebar,
Deine Tat und dein Tod
Hat alle vernichtet,
Den Vater und die du geboren!
O seht uns vergehen,
Wie die Toten vergingen!
Denn du bist schon ein Toter,
Mir selber schwand schon die Hälfte
Des Lebens in Seufzen und Klagen,
In nächtlichen Tränen.
Ich bin ohne Gatten,
Bin ohne Kind,
Schleppe für ewige Zeit
Mein elendes Leben.

ERSTE HAUPTSZENE

Chorführerin

Sieh zu, Elektra, die du bei ihm stehst,
Ob nicht dein Bruder unbemerkt verschied!
Er liegt so reglos, daß ich fürchten muß.

’Ορέστης

ὦ φίλον ὕπνου θέλγητρον, ἐπίκουρον νόσου,
ὡς ἡδύ μοι προσῆλθες – ἐν δέοντί γε.
ὦ πότνια Λήθη τῶν κακῶν, ὡς εἶ σοφὴ
καὶ τοῖσι δυστυχοῦσιν εὐκταία θεός.
πόθεν ποτ’ ἦλθον δεῦρο; πῶς δ’ ἀφικόμην;
ἀμνημονῶ γάρ, τῶν πρὶν ἀπολειφθεὶς φρενῶν.

Ηλ ὦ φίλταθ’ ὥς μ’ ηὔφρανας εἰς ὕπνον πεσών.
βούλῃ θίγω σου κἀνακουφίσω δέμας;
Ορ λαβοῦ λαβοῦ δῆτ’, ἐκ δ’ ὄμορξον ἀθλίου
στόματος ἀφρώδη πέλανον ὀμμάτων τ’ ἐμῶν.
Ηλ ἰδού· τὸ δούλευμ’ ἡδύ, κοὐκ ἀναίνομαι
ἀδέλφ’ ἀδελφῇ χειρὶ θεραπεύειν μέλη.
Ορ ὑπόβαλε πλευροῖς πλευρά, καὐχμώδη κόμην
ἄφελε προσώπου· λεπτὰ γὰρ λεύσσω κόραις.
Ηλ ὦ βοστρύχων πινῶδες ἄθλιον κάρα,
ὡς ἠγρίωσαι διὰ μακρᾶς ἀλουσίας.
Ορ κλῖνόν μ’ ἐς εὐνὴν αὖθις· ὅταν ἀνῇ νόσος
μανίας, ἄναρθρός εἰμι κἀσθενῶ μέλη.
Ηλ ἰδού. φίλον τοι τῷ νοσοῦντι δέμνιον,
ἀνιαρὸν ὂν τὸ κτῆμ’, ἀναγκαῖον δ’ ὅμως.
Ορ αὖθίς μ’ ἐς ὀρθὸν στῆσον, ἀνακύκλει δέμας·
δυσάρεστον οἱ νοσοῦντες ἀπορίας ὕπο.
Ηλ ἦ κἀπὶ γαίας ἁρμόσαι πόδας θέλεις,
χρόνιον ἴχνος θείς; μεταβολὴ πάντων γλυκύ.
Ορ μάλιστα· δόξαν γὰρ τόδ’ ὑγιείας ἔχει.
κρεῖσσον δὲ τὸ δοκεῖν, κἂν ἀληθείας ἀπῇ.
Ηλ ἄκουε δὴ νῦν, ὦ κασίγνητον κάρα,
ἕως ἐῶσί σ’ εὖ φρονεῖν ’Ερινύες.
Ορ λέξεις τι καινόν· κεἰ μὲν εὖ, χάριν φέρεις·
εἰ δ’ ἐς βλάβην τιν’, ἅλις ἔχω τὸ δυστυχεῖν.
Ηλ Μενέλαος ἥκει, σοῦ κασίγνητος πατρός,

Orestes *erwacht langsam*

Wie hast du mich gestärkt, du Zauberschlaf,
Wie kamst du süß zu mir, zur rechten Zeit!
Gott des Vergessens, o du weiser Gott,
Dich rufen alle Schmerzenskinder an.
Wo bin ich und wie kam ich in dies Haus?
Der Wahnsinn nahm mir die Erinnerung.

Elektra

Mein Herz, wie hat mich doch dein Schlaf erfreut!
Nun helf ich dir, nun richte ich dich auf.
Or Greif zu, greif zu und wische mir vom Aug,
Vom armen Mund den schon erstarrten Schaum!
El Sieh nur, wie gern verricht ich diesen Dienst!
Die Schwesterhand ist für den Bruder da!
Or Stütz meine Seite! Streich mir vom Gesicht
Das wilde Haar, das meinen Blick verhängt!
El Du armes Haupt, vom Haare ganz verklebt,
Verwildert, lange ohne jedes Bad!
Or Nun leg mich wieder! Hat der Wahn getobt,
Sind meine Glieder leer und ohne Kraft.
El Nun liegst du. Jeder Kranke liebt sein Bett,
Den lästigen, doch schwer vermißten Freund.
Or Nein, heb mich wieder! Dreh mich wieder um!
Des Kranken Launen werden schwer erfüllt.
El Willst du die Füße nicht nach langer Zeit
Zu Boden setzen? Wechsel tut so gut!
Or Das wollen wir. Man hält sich für gesund,
Und schon der blinde Glauben richtet auf.
El Nun hör mich an, mein Bruderhaupt, solang
Die Geisterschar dir nicht den Sinn verwirrt!
Or Das Neue sei willkommen, wenn es gut:
Wenn nicht: ich bin an jedes Leid gewohnt.
El Der Bruder deines Vaters, Menelas,

ἐν Ναυπλίᾳ δὲ σέλμαθ' ὥρμισται νεῶν.
Ορ πῶς εἶπας; ἥκει φῶς ἐμοῖς καὶ σοῖς κακοῖς
ἀνὴρ ὁμογενὴς καὶ χάριτας ἔχων πατρός;
Ηλ ἥκει – τὸ πιστὸν τόδε λόγων ἐμῶν δέχου –
'Ελένην ἀγόμενος Τρωικῶν ἐκ τειχέων.
Ορ εἰ μόνος ἐσώθη, μᾶλλον ἂν ζηλωτὸς ἦν·
εἰ δ' ἄλοχον ἄγεται, κακὸν ἔχων ἥκει μέγα.
Ηλ ἐπίσημον ἔτεκε Τυνδάρεως ἐς τὸν ψόγον
γένος θυγατέρων δυσκλεές τ' ἀν' 'Ελλάδα.

Ορ σύ νυν διάφερε τῶν κακῶν· ἔξεστι γάρ·
καὶ μὴ μόνον λέγ', ἀλλὰ καὶ φρόνει τάδε.
Ηλ οἴμοι, κασίγνητ', ὄμμα σὸν ταράσσεται,
ταχὺς δὲ μετέθου λύσσαν, ἄρτι σωφρονῶν.
Ορ ὦ μῆτερ, ἱκετεύω σε, μὴ 'πίσειέ μοι
τὰς αἱματωποὺς καὶ δρακοντώδεις κόρας.
αὗται γὰρ αὗται πλησίον θρῴσκουσί μου.
Ηλ μέν', ὦ ταλαίπωρ', ἀτρέμα σοῖς ἐν δεμνίοις·
ὁρᾷς γὰρ οὐδὲν ὧν δοκεῖς σάφ' εἰδέναι.
Ορ ὦ Φοῖβ', ἀποκτενοῦσί μ' αἱ κυνώπιδες
γοργῶπες, ἐνέρων ἱέρεαι, δειναὶ θεαί.
Ηλ οὔτοι μεθήσω· χεῖρα δ' ἐμπλέξασ' ἐμὴν
σχήσω σε πηδᾶν δυστυχῆ πηδήματα.
Ορ μέθες· μί' οὖσα τῶν ἐμῶν 'Ερινύων
μέσον μ' ὀχμάζεις, ὡς βάλῃς ἐς Τάρταρον.

Ηλ οἳ 'γὼ τάλαινα, τίν' ἐπικουρίαν λάβω,
ἐπεὶ τὸ θεῖον δυσμενὲς κεκτήμεθα;
Ορ δὸς τόξα μοι κερουλκά, δῶρα Λοξίου,
οἷς μ' εἶπ' 'Απόλλων ἐξαμύνασθαι θεάς,
εἴ μ' ἐκφοβοῖεν μανιάσιν λυσσήμασιν.
βεβλήσεταί τις θεῶν βροτησίᾳ χερί,
εἰ μὴ 'ξαμείψει χωρὶς ὀμμάτων ἐμῶν.
οὐκ εἰσακούετ'; οὐχ ὁρᾶθ' ἑκηβόλων

Steht mit den Schiffen schon in Nauplia.
Or Ists möglich? Strahlt ein Licht in unser Leid,
Ein Oheim, der dem Vater dankbar ist?
El Er ist gekommen, glaub es mir aufs Wort,
Und brachte Helena von Trojas Burg.
Or O wär er glücklich ohne sie gekehrt!
Ein großes Unheil führt er im Geleit.
El Verschrieen ist die Saat des Tyndaros,
Die Töchter sind ganz Griechenland verhaßt.

Orestes wird rückfällig

Or Fort, fort, von diesem Lager! Noch ist Zeit!
Sag nicht nur Ja! Bedenke, was geschieht!
El O weh, mein Bruder! Kaum bei Sinnen, fällst
Du wirren Augs in deinen Wahn zurück!
Or O Mutter, hör mich! Halte sie zurück,
Die Schlangengeister mit dem Mörderblick!
Da sind sie! Da! In nächster Nähe! Steht!
El Bleib unbesorgt auf deinem Ruhebett!
Was du zu sehen glaubst, das gibt es nicht!
Or Mich jagt die Meute mit dem Drachenblick,
Des Hades Priesterinnen töten mich!
El Ich laß dich nicht, umklammre deinen Leib!
Und halte deine wilden Sprünge auf!
Or Auch du bist eine aus der bösen Schar!
Du packst mich, wirfst mich in den Tartaros!

reißt sich los

El Ich Ärmste weiß nicht, wer mir helfen soll,
Da wir die Götter uns zum Feind gemacht!
Or Gib mir die Wehr aus Horn, Apolls Geschenk,
Mit der ich diese Geister scheuchen soll,
Wenn sie mich jagen bis zur Raserei.
Seht, diese Menschenhände treffen euch,
Wenn ihr nicht schnellstens meine Augen flieht!
Hört keine? Seht ihr nicht den schnellen Pfeil

τόξων πτερωτὰς γλυφίδας ἐξορμωμένας;
ἃ ἅ.
τί δῆτα μέλλετ'; ἐξακρίζετ' αἰθέρα
πτεροῖς· τὰ Φοίβου δ' αἰτιᾶσθε θέσφατα.

ἔα·
τί χρῆμ' ἀλύω, πνεῦμ' ἀνεὶς ἐκ πλευμόνων;
ποῖ ποῖ ποθ' ἡλάμεσθα δεμνίων ἄπο;
ἐκ κυμάτων γὰρ αὖθις αὖ γαλήν' ὁρῶ.
σύγγονε, τί κλαίεις κρᾶτα θεῖσ' ἔσω πέπλων;
αἰσχύνομαί σε, μεταδιδοὺς πόνων ἐμῶν
ὄχλον τε παρέχων παρθένῳ νόσοις ἐμαῖς.
μὴ τῶν ἐμῶν ἕκατι συντήκου κακῶν·
σὺ μὲν γὰρ ἐπένευσας τάδ', εἴργασται δ' ἐμοὶ
μητρῷον αἷμα· Λοξίᾳ δὲ μέμφομαι,
ὅστις μ' ἐπάρας ἔργον ἀνοσιώτατον,
τοῖς μὲν λόγοις ηὔφρανε, τοῖς δ' ἔργοισιν οὔ.
οἶμαι δὲ πατέρα τὸν ἐμόν, εἰ κατ' ὄμματα
ἐξιστόρουν νιν, μητέρ' εἰ κτεῖναι χρεών,
πολλὰς γενείου τοῦδ' ἂν ἐκτεῖναι λιτὰς
μήποτε τεκούσης ἐς σφαγὰς ὦσαι ξίφος,
εἰ μήτ' ἐκεῖνος ἀναλαβεῖν ἔμελλε φῶς,
ἐγώ θ' ὁ τλήμων τοιάδ' ἐκπλήσειν κακά.
καὶ νῦν ἀνακάλυπτ', ὦ κασιγνήτη, κάρα,
ἐκ δακρύων τ' ἄπελθε, κεἰ μάλ' ἀθλίως
ἔχομεν. ὅταν δὲ τἄμ' ἀθυμήσαντ' ἴδῃς,
σύ μου τὸ δεινὸν καὶ διαφθαρὲν φρενῶν
ἴσχναινε παραμυθοῦ θ'. ὅταν δὲ σὺ στένῃς,
ἡμᾶς παρόντας χρή σε νουθετεῖν φίλα·
ἐπικουρίαι γὰρ αἵδε τοῖς φίλοις καλαί.
ἀλλ', ὦ τάλαινα, βᾶσα δωμάτων ἔσω
ὕπνῳ τ' ἄυπνον βλέφαρον ἐκταθεῖσα δός,
σίτων τ' ὄρεξαι λουτρά τ' ἐπιβαλοῦ χροΐ.
εἰ γὰρ προλείψεις ἢ προσεδρείᾳ νόσον
κτήσῃ τιν', οἰχόμεσθα· σὲ γὰρ ἔχω μόνην

Auf meinem sichern Bogen, flugbereit?
Ah, ah!
Was säumt ihr? Schwingt euch zu den höchsten Höhn
Des Äthers! Phoibos hat die Tat gewollt!

er kommt zu sich

Still, still!
Was keucht die Lunge, warum tobt mein Geist?
Was trieb mich, trieb mich nur vom Lager auf!
Nun hat die wilde Brandung ausgetobt. –
Ach, Schwester, weine nicht, verhüllten Haupts!
Ich schäme mich der Mühsal, armes Kind,
Die ich dir auflud, aller Plackerei.
Laß meine Leiden nicht die deinen sein!
Du hast nur zugestimmt, das Blut vergoß
Ich ganz allein! Apollon klag ich an,
Der, als er mich zur größten Untat trieb,
Mir nur mit Worten, nicht mit Taten half.
Ich glaube, hätt ich meinen Vater Aug
In Aug befragt, ob ich sie töten soll,
Er hätte mich auf Knien angefleht,
Nie zu durchbohren meiner Mutter Brust,
Da ihm die Tat kein neues Leben gab
Und ich die schwersten Strafen auf mich lud.
Enthülle, Schwester, wieder dein Gesicht
Und laß die Tränen, obs uns noch so schlecht
Ergeht, und wenn du mich verzweifelt siehst,
So stille du mein aufgewühltes Herz
Mit deiner Tröstung; wenn du selber klagst,
So bin ich da mit meinem treuen Rat,
Ein guter Freund, bei seinem guten Freund.
Nun aber geh, du Ärmste, ins Gemach,
Und gib dein schlaflos Lid dem Schlummer hin,
Nimm Speise zu dir, gönne dir ein Bad:
Wenn du versagst, der schwere Dienst dich bricht,
Bin ich verloren, denn du ganz allein

ἐπίκουρον, ἄλλων, ὡς ὁρᾷς, ἔρημος ὤν.
Ηλ οὐκ ἔστι· σὺν σοὶ καὶ θανεῖν αἱρήσομαι
καὶ ζῆν· ἔχει γὰρ ταὐτόν· ἢν σὺ κατθάνῃς,
γυνὴ τί δράσω; πῶς μόνη σωθήσομαι,
ἀνάδελφος ἀπάτωρ ἄφιλος; εἰ δὲ σοὶ δοκεῖ,
δρᾶν χρὴ τάδ'. ἀλλὰ κλῖνον εἰς εὐνὴν δέμας,
καὶ μὴ τὸ ταρβοῦν κἀκφοβοῦν σ' ἐκ δεμνίων
ἄγαν ἀποδέχου, μένε δ' ἐπὶ στρωτοῦ λέχους.
κἂν μὴ νοσῇς γάρ, ἀλλὰ δοξάζῃς νοσεῖν,
κάματος βροτοῖσιν ἀπορία τε γίγνεται.

Χο αἰαῖ, sp στρ.
δρομάδες ὦ πτεροφόροι cr^2
ποτνιάδες θεαί, do
ἀβάκχευτον αἳ θίασον ἐλάχετ' ἐν do^2
δάκρυσι καὶ γόοις, do
μελάγχρωτες Εὐμενίδες, αἵτε τὸν do^2
ταναὸν αἰθέρ' ἀμπάλλεσθ', αἵματος do^2
τινύμεναι δίκαν, τινύμεναι φόνον, do^2
καθικετεύομαι καθικετεύομαι, do^2

τὸν 'Αγαμέμνονος do
γόνον ἐάσατ' ἐκλαθέσθαι λύσσας do^2
μανιάδος φοιταλέου. φεῦ μόχθων, do^2
οἵων, ὦ τάλας, ὀρεχθεὶς ἔρρεις, do^2
τρίποδος ἄπο φάτιν, ἃν ὁ Φοῖβος ἔλακε, δε- ia^6

Bist meine Hilfe, keiner steht mir bei.
El Nie laß ich dich, im Leben oder Tod.
Mir gilt das gleiche: wenn du stirbst, was soll
Ich Ärmste noch? Ich bin allein, mir hilft
Kein Vater, Bruder oder Freund. Dein Wort
Befolg ich, doch du bette deinen Leib
Und laß von keiner Angst und keinem Schrecken
Dich hier verscheuchen, bleibe, wo du bist!
Und lebt die Krankheit nur in deinem Wahn,
Sie schafft die gleiche Mühe, gleiche Pein.

sie geht hinein

ERSTES STANDLIED

Chor

Strophe

Ach, ach,
Hohe Frauen,
Ihr schnellen geflügelten Geister,
Ewiger Reigen, doch nie des Jubels,
Nur der Tränen und Klagen,
Ihr dunkeln, ihr Segnenden Geister,
Ihr, die ihr, immerzu schwebend
In des Äthers Weiten,
Die Schuld bestraft, den Mörder straft,
Wir flehen, wir flehen, wir flehen:
Agamemnons Sohn,
O laßt ihn genesen vom Sturm
Des rasenden Taumels!
Ach der furchtbaren Last,
Die du Armer den Schultern gebürdet,
Als klar du vom Dreifuß
Apollons Weisung empfingst,

ξάμενος ἀνὰ δάπεδον, do
ἵνα μεσόμφαλοι λέγονται μυχοί. do^2

ἰὼ Ζεῦ, ba ἀντ.
τίς ἔλεος, τίς ὅδ' ἀγὼν
φόνιος ἔρχεται,
θοάζων σε τὸν μέλεον, ᾧ δάκρυα
δάκρυσι συμβάλλει
πορεύων τις ἐς δόμον ἀλαστόρων
ματέρος αἷμα σᾶς, ὅ σ' ἀναβακχεύει;
ὁ μέγας ὄλβος οὐ μόνιμος ἐν βροτοῖς·
κατολοφύρομαι κατολοφύρομαι.

ἀνὰ δὲ λαῖφος ὥς
τις ἀκάτου θοᾶς τινάξας δαίμων
κατέκλυσεν δεινῶν πόνων ὡς πόντου
λάβροις ὀλεθρίοισιν ἐν κύμασιν.
τίνα γὰρ ἔτι πάρος οἶκον ἕτερον ἢ τὸν ἀπὸ
θεογόνων γάμων,
τὸν ἀπὸ Ταντάλου, σέβεσθαί με χρή;

Χο καὶ μὴν βασιλεὺς ὅδε δὴ στείχει, an^4
Μενέλαος ἄναξ, πολλῇ ἁβροσύνῃ
δῆλος ὁρᾶσθαι
τῶν Τανταλιδῶν ἐξ αἵματος ὤν.
ὦ χιλιόναυν στρατὸν ὁρμήσας
ἐς γῆν 'Ασίαν,
χαῖρ', εὐτυχίᾳ δ' αὐτὸς ὁμιλεῖς,
θεόθεν πράξας ἅπερ ηὔχου.

Auf gefeiertem Grund,
In des Nabelsteins Kammern!

Gegenstrophe

Oh, Zeus,
Wann ist Mitleid,
Wann Ende des blutigen Wettstreits,
Rastloser Jagd dieses armen Menschen,
Dem nur Tränen mit Tränen
Ein Fluchgeist im Winkel des Hauses
Mischt aus dem Blut seiner Mutter,
Das ihn ewig umtreibt!
Das Glück bleibt keinem Hause treu.
Wir klagen, wir klagen, wir klagen:
Wie des Seglers Tuch,
So schleudert ein Daimon es hoch
Und schwemmt es hinunter
In die Ängste des Meers,
In den Abgrund der drohenden Wogen,
Dies Haus aller Häuser,
Von Zeusgeburten entstammt,
Des Tantalos Haus,
Über alle gepriesen!

ZWEITE HAUPTSZENE

Chorführerin

Schaut auf, da naht sich der König,
Meneláos, der Fürst, Man erkennt schon am Prunk
Des Tantaloshauses erlesenen Sproß.

zu Menelaos

Der mit tausend Schiffen nach Asien zog,
Habe Glück, und selber bezeugst du das Glück,
Da die Götter dir alles erfüllten.

Μενέλαος

ὦ δῶμα, τῇ μέν σ' ἡδέως προσδέρκομαι
Τροίαθεν ἐλθών, τῇ δ' ἰδὼν καταστένω·
κύκλῳ γὰρ εἱλιχθεῖσαν ἀθλίως κακοῖς
οὐπώποτ' ἄλλην μᾶλλον εἶδον ἑστίαν.
'Αγαμέμνονος μὲν γὰρ τύχας ἠπιστάμην
καὶ θάνατον, οἵῳ πρὸς δάμαρτος ὤλετο,
Μαλέᾳ προσίσχων πρῷραν· ἐκ δὲ κυμάτων
ὁ ναυτίλοισι μάντις ἐξήγγειλέ μοι
Νηρέως προφήτης Γλαῦκος, ἀψευδὴς θεός,
ὅς μοι τόδ' εἶπεν ἐμφανῶς κατασταθείς·
Μενέλαε, κεῖται σὸς κασίγνητος θανών,
λουτροῖσιν ἀλόχου περιπεσὼν πανυστάτοις.
δακρύων δ' ἔπλησεν ἐμέ τε καὶ ναύτας ἐμοὺς
πολλῶν. ἐπεὶ δὲ Ναυπλίας ψαύω χθονός,
ἤδη δάμαρτος ἐνθάδ' ἐξορμωμένης,
δοκῶν 'Ορέστην παῖδα τὸν 'Αγαμέμνονος
φίλαισι χερσὶ περιβαλεῖν καὶ μητέρα,
ὡς εὐτυχοῦντας, ἔκλυον ἁλιτύπων τινὸς
τῆς Τυνδαρείας παιδὸς ἀνόσιον φόνον.
καὶ νῦν ὅπου 'στὶν εἴπατ', ὦ νεάνιδες,
Ἀγαμέμνονος παῖς, ὃς τὰ δείν' ἔτλη κακά.
βρέφος γὰρ ἦν τότ' ἐν Κλυταιμήστρας χεροῖν,
ὅτ' ἐξέλειπον μέλαθρον ἐς Τροίαν ἰών,
ὥστ' οὐκ ἂν αὐτὸν γνωρίσαιμ' ἂν εἰσιδών.

Ορ ὅδ' εἴμ' 'Ορέστης, Μενέλεως, ὃν ἱστορεῖς.
ἑκὼν ἐγώ σοι τἀμὰ μηνύσω κακά.
τῶν σῶν δὲ γονάτων πρωτόλεια θιγγάνω
ἱκέτης, ἀφύλλου στόματος ἐξάπτων λιτάς·
σῶσόν μ'· ἀφῖξαι δ' αὐτὸς ἐς καιρὸν κακῶν.
Με ὦ θεοί, τί λεύσσω; τίνα δέδορκα νερτέρων;
Ορ εὖ γ' εἶπας· οὐ γὰρ ζῶ κακοῖς, φάος δ' ὁρῶ.

Menelaos *mit Gefolge*

Mit Freude grüß ich dich, mein altes Haus,
Von Troja kehrend, aber auch mit Schmerz;
So elend sah ich keinen andern Herd
Vom Rad des Unglücks je hinabgewälzt.
Das Schicksal Agamemnons und den Tod
Von seines Weibes Hand vernahm ich schon
Beim Landen in Maléa. Aus der Flut
Tat Nereus' Bote Glaukos, der Prophet,
Der Schiffer, der noch niemals trog, es kund.
Leibhaftig trat er vor mich hin und sprach:
„Fürst Menelas, dein Bruder sank dahin
Im letzten Bad, von seinem eignen Weib."
Wieviele Tränen haben wir geweint,
Ich und die Schiffer! Dann in Nauplia
Gelandet, schickte ich mein Weib voraus
Und hoffte, Agamemnons Sohn Orest
Umschlösse samt der Mutter froh mein Arm
Im vollen Glück, bis ich aus Fischers Mund
Der Tyndarstochter grausen Tod vernahm.
Nun sagt mir, wo sich Agamemnons Sohn
Aufhält, der diese schwere Tat gewagt!
Er war ein Kind auf Klytaimestras Arm,
Als ich nach Troja zog, und wäre mir,
Wenn ich ihn heute säh, ein fremder Mann.

Orestes *tritt vor*

Hier steht Orest, mein Fürst, nach dem du fragst,
Und weiht dich selbst in seine Leiden ein!
Sieh mich als ersten knien, der Hilfe fleht,
Zwar ohne Ölzweig, nur mit Mundes Ruf:
„Du kamst als Retter in der höchsten Not!"
Me Ihr Götter! Stiegst du aus dem Totenreich?
Or Ja, ich bin tot, doch schau ich noch das Licht.

Με ὡς ἠγρίωσαι πλόκαμον αὐχμηρόν, τάλας.
Ορ οὐχ ἡ πρόσοψίς μ’, ἀλλὰ τἄργ’ αἰκίζεται.
Με δεινὸν δὲ λεύσσεις ὀμμάτων ξηραῖς κόραις.
Ορ τὸ σῶμα φροῦδον· τὸ δ’ ὄνομ’ οὐ λέλοιπέ μοι.
Με ὦ παρὰ λόγον μοι σὴ φανεῖσ’ ἀμορφία.
Ορ ὅδ’ εἰμὶ μητρὸς τῆς ταλαιπώρου φονεύς.
Με ἤκουσα, φείδου δ’· ὀλιγάκις λέγειν κακά.
Ορ φειδόμεθ’· ὁ δαίμων δ’ ἐς ἐμὲ πλούσιος κακῶν.
Με τί χρῆμα πάσχεις; τίς σ’ ἀπόλλυσιν νόσος;
Ορ ἡ σύνεσις, ὅτι σύνοιδα δείν’ εἰργασμένος.
Με πῶς φῄς; σοφόν τοι τὸ σαφές, οὐ τὸ μὴ σαφές.
Ορ λύπη μάλιστά γ’ ἡ διαφθείρουσά με –
Με δεινὴ γὰρ ἡ θεός, ἀλλ’ ὅμως ἰάσιμος.
Ορ μανίαι τε, μητρὸς αἵματος τιμωρίαι.
Με ἤρξω δὲ λύσσης πότε; τίς ἡμέρα τότ’ ἦν;
Ορ ἐν ᾗ τάλαιναν μητέρ’ ἐξώγκουν τάφῳ.
Με πότερα κατ’ οἴκους ἢ προσεδρεύων πυρᾷ;
Ορ νυκτὸς φυλάσσων ὀστέων ἀναίρεσιν.
Με παρῆν τις ἄλλος, ὃς σὸν ὤρθευεν δέμας;
Ορ Πυλάδης, ὁ συνδρῶν αἷμα καὶ μητρὸς φόνον.
Με ἐκ φασμάτων δὲ τάδε νοσεῖς· ποίων ὕπο;
Ορ ἔδοξ’ ἰδεῖν τρεῖς νυκτὶ προσφερεῖς κόρας.
Με οἶδ’ ἃς ἔλεξας, ὀνομάσαι δ’ οὐ βούλομαι.
Ορ σεμναὶ γάρ· εὐπαίδευτα δ’ ἀπετρέπου λέγειν.
Με αὗταί σε βακχεύουσι συγγενῆ φόνον;
Ορ οἴμοι διωγμῶν, οἷς ἐλαύνομαι τάλας.
Με οὐ δεινὰ πάσχειν δεινὰ τοὺς εἰργασμένους.
Ορ ἀλλ’ ἔστιν ἡμῖν ἀναφορὰ τῆς συμφορᾶς.
Με μὴ θάνατον εἴπῃς· τοῦτο μὲν γὰρ οὐ σοφόν.
Ορ Φοῖβος, κελεύσας μητρὸς ἐκπρᾶξαι φόνον.
Με ἀμαθέστερός γ’ ὢν τοῦ καλοῦ καὶ τῆς δίκης.
Ορ δουλεύομεν θεοῖς, ὅ τι ποτ’ εἰσὶν οἱ θεοί.
Με κᾆτ’ οὐκ ἀμύνει Λοξίας τοῖς κακοῖς;
Ορ μέλλει· τὸ θεῖον δ’ ἐστὶ τοιοῦτον φύσει.
Με πόσον χρόνον δὲ μητρὸς οἴχονται πνοαί;
Ορ ἕκτον τόδ’ ἦμαρ· ἔτι πυρὰ θερμὴ τάφου.

Me Die Haare struppig und die Züge wild!
Or Nicht dieser Anblick, Taten schänden mich!
Me O wildes Feuer aus verzehrtem Aug!
Or Mein Leib ist schon dahin, der Name blieb.
Me Wer hätte solche Ungestalt geglaubt!
Or Ein Muttermörder steht vor deinem Aug!
Me „Vom Bösen schweigen!" heißt es. Schone dein!
Or So schweig ich, doch mein Maß ist übervoll.
Me Was hast du? Welche Krankheit fiel dich an?
Or Die Reue! Ich bereue, was ich tat!
Me Sprich deutlich! Dunkle Worte sind nicht klug.
Or Der Schmerz hat mich von innen aufgezehrt!
Me Er ist ein starker Gott, doch heilt man ihn.
Or Der Wahnsinn war des Muttermordes Sold.
Me An welchem Tag fielst du in Raserei?
Or Am Tag, da man der Mutter Grab gewölbt.
Me Beim Scheiterhaufen oder im Palast?
Or Beim Sammeln der Gebeine in der Nacht.
Me Wer war zugegen, hat dich da gestützt?
Or Mein Helfer bei der Mordtat, Pylades.
Me Und welche Geister raubten deinen Sinn?
Or Ich sah drei Mädchen, dunkel wie die Nacht.
Me Ich weiß von ihnen und verschweige sie.
Or Die Hohen Frauen! Ja, man nennt sie nicht.
Me Sie rächen solchen Mord mit Raserei?
Or Die wilde Jagd verfolgt mich Tag und Nacht.
Me Auf schwere Tat folgt immer schweres Leid!
Or Doch gibt es einen Retter aus der Not.
Me Sag nicht: den Tod. Das wäre Unvernunft.
Or Nein: Phoibos, der den Muttermord befahl.
Me Da war er ohne Güte, ohne Recht.
Or Wie sie auch sind, die Götter sind die Herrn.
Me Und Phoibos wehrt dir keine Übel ab?
Or Er säumt, wie es die Götter gerne tun.
Me Wann gab die Mutter ihre Seele auf?
Or Sechs Tage sinds. Noch glimmt der Scheiterstoß.

Με ὡς ταχὺ μετῆλθόν σ' αἷμα μητέρος θεαί.
Ορ οὐ σοφός, ἀληθὴς δ' ἐς φίλους ἔφυν φίλος.
Με πατρὸς δὲ δή τι σ' ὠφελεῖ τιμωρία;
Ορ οὔπω· τὸ μέλλον δ' ἴσον ἀπραξίᾳ λέγω.
Με τὰ πρὸς πόλιν δὲ πῶς ἔχεις δράσας τάδε;
Ορ μισούμεθ' οὕτως ὥστε μὴ προσεννέπειν.
Με οὐδ' ἥγνισαι σὸν αἷμα κατὰ νόμον χεροῖν;
Ορ ἐκκλῄομαι γὰρ δωμάτων ὅποι μόλω.
Με τίνες πολιτῶν ἐξαμιλλῶνταί σε γῆς;
Ορ Οἴαξ, τὸ Τροίας μῖσος ἀναφέρων πατρί.
Με συνῆκα· Παλαμήδους σε τιμωρεῖ φόνου.
Ορ οὗ γ' οὐ μετῆν μοι· διὰ τριῶν δ' ἀπόλλυμαι.
Με τίς δ' ἄλλος; ἦ που τῶν ἀπ' Αἰγίσθου φίλων;
Ορ οὗτοί μ' ὑβρίζουσ', ὧν πόλις τὰ νῦν κλύει.
Με 'Αγαμέμνονος δὲ σκῆπτρ' ἐᾷ σ' ἔχειν πόλις;
Ορ πῶς, οἵτινες ζῆν οὐκ ἐῶσ' ἡμᾶς ἔτι;
Με τί δρῶντες ὅ τι καὶ σαφὲς ἔχεις εἰπεῖν ἐμοί;
Ορ ψῆφος καθ' ἡμῶν οἴσεται τῇδ' ἡμέρᾳ.
Με φεύγειν πόλιν τήνδ'; ἢ θανεῖν ἢ μὴ θανεῖν;
Ορ θανεῖν ὑπ' ἀστῶν λευσίμῳ πετρώματι.
Με κᾆτ' οὐχὶ φεύγεις γῆς ὑπερβαλὼν ὅρους;
Ορ κύκλῳ γὰρ εἰλισσόμεθα παγχάλκοις ὅπλοις
Με ἰδίᾳ πρὸς ἐχθρῶν ἢ πρὸς 'Αργείας χερός;
Ορ πάντων πρὸς ἀστῶν, ὡς θάνω· βραχὺς λόγος.
Με ὦ μέλεος, ἥκεις συμφορᾶς ἐς τοὔσχατον.
Ορ ἐς σὲ ἐλπὶς ἡμὴ καταφυγὰς ἔχει κακῶν.
ἀλλ' ἀθλίως πράσσουσιν εὐτυχὴς μολὼν
μετάδος φίλοισι σοῖσι σῆς εὐπραξίας,
καὶ μὴ μόνος τὸ χρηστὸν ἀπολαβὼν ἔχε,
ἀλλ' ἀντιλάζου καὶ πόνων ἐν τῷ μέρει,
χάριτας πατρῴας ἐκτίνων ἐς οὕς σε δεῖ.
ὄνομα γάρ, ἔργον δ' οὐκ ἔχουσιν οἱ φίλοι
οἱ μὴ 'πὶ ταῖσι συμφοραῖς ὄντες φίλοι.
Χο καὶ μὴν γέροντι δεῦρ' ἁμιλλᾶται ποδὶ
ὁ Σπαρτιάτης Τυνδάρεως, μελάμπεπλος
κουρᾷ τε θυγατρὸς πενθίμῳ κεκαρμένος.

Me Die Rachegeister waren schnell zur Hand!
Or Ich war nicht klug, doch meinen Lieben treu.
Me Des Vaters Rächung hat dich nichts genützt?
Or Noch nichts bis heute. Zukunft zähl ich nicht.
Me Wie steht die Stadt zu dieser deiner Tat?
Or Wir sind verhaßt und niemand spricht uns an.
Me Hat keiner deine Hand vom Blut entsühnt?
Or Wohin ich geh, verschließt man mir das Haus.
Me Und welche Bürger haben dich verfemt?
Or Oiax, des Vaters Feind von Troja her.
Me Für Palamedes' Tod bestraft er dich.
Or Ganz ohne Grund. Zwei andre stehn ihm bei.
Me Wer sind sie? Alte Freunde des Ägisth?
Or Die neuen Herrn der Stadt verfolgen mich.
Me Und Agamemnons Szepter ist nicht dein?
Or Man gönnt uns kaum die nackte Lebensfrist.
Me Was plant man? Weißt du nichts Genaueres?
Or An diesem Tag wird über uns gestimmt.
Me Ob Acht und Bann? Ob Leben oder Tod?
Or Ob wir gesteinigt werden oder nicht.
Me Da läßt du nicht die Grenzen hinter dir?
Or Rings sind wir von Bewaffneten umstellt.
Me Von euren Feinden? Von dem Heer der Stadt?
Or Das ganze Volk besteht auf unserm Tod.
Me Dann bist du deinem Untergang geweiht!
Or In dir erschien der letzte Hoffnungsstern.
O teile von dem Glanz, in dem du stehst,
Auch deinen schwer bedrängten Freunden mit
Und wiegst du dich in deinem sichern Glück,
Nimm auch der Sorge einen Teil auf dich!
Was dir mein Vater tat, vergelte mir!
Wer sich im Unglück nicht als Freund bewährt,
Trägt nur den Namen, aber ist es nicht.
Chf Auf alten Füßen müht sich Tyndaros,
Der Fürst aus Sparta, her, im schwarzen Kleid
Und kurzen Haar: er trauert um sein Kind.

Ορ ἀπωλόμην, Μενέλαε· Τυνδάρεως ὅδε
στείχει πρὸς ἡμᾶς, οὗ μάλιστ' αἰδώς μ' ἔχει
ἐς ὄμματ' ἐλθεῖν τοῖσιν ἐξειργασμένοις.
καὶ γάρ μ' ἔθρεψε σμικρὸν ὄντα, πολλὰ δὲ
φιλήματ' ἐξέπλησε, τὸν Ἀγαμέμνονος
παῖδ' ἀγκάλαισι περιφέρων, Λήδα θ' ἅμα,
τιμῶντέ μ' οὐδὲν ἧσσον ἢ Διοσκόρω·
οἷς, ὦ τάλαινα καρδία ψυχή τ' ἐμή,
ἀπέδωκ' ἀμοιβὰς οὐ καλάς. τίνα σκότον
λάβω προσώπῳ; ποῖον ἐπίπροσθεν νέφος
θῶμαι, γέροντος ὀμμάτων φεύγων κόρας;

Τυνδάρεως

ποῦ ποῦ θυγατρὸς τῆς ἐμῆς ἴδω πόσιν,
Μενέλαον; ἐπὶ γὰρ τῷ Κλυταιμήστρας τάφῳ
χοὰς χεόμενος ἔκλυον ὡς ἐς Ναυπλίαν
ἥκοι σὺν ἀλόχῳ πολυετὴς σεσῳσμένος.
ἄγετέ με· πρὸς γὰρ δεξιὰν αὐτοῦ θέλω
στὰς ἀσπάσασθαι, χρόνιος εἰσιδὼν φίλον.
Με ὦ πρέσβυ, χαῖρε, Ζηνὸς ὁμόλεκτρον κάρα.
Τυ ὦ χαῖρε καὶ σύ, Μενέλεως, κήδευμ' ἐμόν.

ἔα· τὸ μέλλον ὡς κακὸν τὸ μὴ εἰδέναι.
ὁ μητροφόντης ὅδε πρὸ δωμάτων δράκων
στίλβει νοσώδεις ἀστραπάς, στύγημ' ἐμόν.
Μενέλαε, προσφθέγγῃ νιν, ἀνόσιον κάρα;
Με τί γάρ; φίλου μοι πατρός ἐστιν ἔκγονος.
Τυ κείνου γὰρ ὅδε πέφυκε, τοιοῦτος γεγώς;
Με πέφυκεν· εἰ δὲ δυστυχεῖ, τιμητέος.
Τυ βεβαρβάρωσαι, χρόνιος ὢν ἐν βαρβάροις.
Με Ἑλληνικόν τοι τὸν ὁμόθεν τιμᾶν ἀεί.
Τυ καὶ τῶν νόμων γε μὴ πρότερον εἶναι θέλειν.
Με πᾶν τοὐξ ἀνάγκης δοῦλόν ἐστ' ἐν τοῖς σοφοῖς.
Τυ κέκτησό νυν σὺ τοῦτ', ἐγὼ δ' οὐ κτήσομαι.

Or Ich bin verloren, diesem Tyndaros,
Der hier erscheint, kann ich nach allem, was
Ich tat, am wenigsten ins Auge schaun.
Er hat mich aufgezogen, immer mich
Liebkost, hat Agamemnons Kind im Arm
Getragen, er und Leda haben mich
Mit ihren Dioskuren gleichgeliebt.
Wie hast du, meine Seele, armes Herz,
Es ihnen schlecht gelohnt! In welche Nacht
Hüll ich mein Antlitz, welche Wolke schieb
Ich vor, daß mich des Alten Blick verschont?

Tyndareos

Wo, wo ist Menelas, mein Tochtermann?
Ich spendete auf Klytaimestras Grab,
Da hört ich: glücklich ging er mit der Frau
Nach langer Fahrt in Nauplia ans Land.
Führt mich in seine Arme, denn ich will
Ihn küssen, nach so langer, langer Zeit.
Me Des Zeus Genosse, Alter, sei gegrüßt!
Ty Gegrüßt auch du, mein Eidam Menelas!

er sieht Orestes

Doch hier, ein bitter unverhofftes Bild!
Der blutge Drache, mir ins Mark verhaßt,
Schnaubt seine bösen Flammen vor dem Haus!
Wie kannst du mit ihm reden, Menelas?
Me Warum? Sein Vater war mein nächster Freund.
Ty Von solchem Vater stammt ein solcher Sohn?
Me Und darf im Unglück nicht verstoßen sein!
Ty Die Fremde nahm dir deinen Griechensinn.
Me Der Grieche achtet das verwandte Blut.
Ty Und stellt sich niemals über das Gesetz.
Me Der Weise unterwirft sich der Natur.
Ty Mit solchen Lehren bleibe mir vom Leib!

Με ὀργὴ γὰρ ἅμα σου καὶ τὸ γῆρας οὐ σοφόν.
Τυ πρὸς τόνδε σοφίας τίς ἂν ἀγὼν ἥκοι πέρι;
εἰ τὰ καλὰ πᾶσι φανερὰ καὶ τὰ μὴ καλά,
τούτου τίς ἀνδρῶν ἐγένετ' ἀσυνετώτερος,
ὅστις τὸ μὲν δίκαιον οὐκ ἐσκέψατο
οὐδ' ἦλθεν ἐπὶ τὸν κοινὸν Ἑλλήνων νόμον;
ἐπεὶ γὰρ ἐξέπνευσεν Ἀγαμέμνων βίον
πληγεὶς θυγατρὸς τῆς ἐμῆς ὑπαὶ κάρα,
αἴσχιστον ἔργον – οὐ γὰρ αἰνέσω ποτέ –
χρῆν αὐτὸν ἐπιθεῖναι μὲν αἵματος δίκην,
ὁσίαν διώκοντ', ἐκβαλεῖν τε δωμάτων
μητέρα· τὸ σῶφρόν τ' ἔλαβεν ἀντὶ συμφορᾶς
καὶ τοῦ νόμου τ' ἂν εἴχετ' εὐσεβής τ' ἂν ἦν.
νῦν δ' ἐς τὸν αὐτὸν δαίμον' ἦλθε μητέρι.
κακὴν γὰρ αὐτὴν ἐνδίκως ἡγούμενος,
αὐτὸς κακίων μητέρ' ἐγένετο κτανών.
ἐρήσομαι δέ, Μενέλεως, τοσόνδε σε·
εἰ τόνδ' ἀποκτείνειεν ὁμόλεκτρος γυνή,
χὠ τοῦδε παῖς αὖ μητέρ' ἀνταποκτενεῖ,
κἄπειθ' ὁ κείνου γενόμενος φόνῳ φόνον
λύσει, πέρας δὴ ποῖ κακῶν προβήσεται;
καλῶς ἔθεντο ταῦτα πατέρες οἱ πάλαι·
ἐς ὀμμάτων μὲν ὄψιν οὐκ εἴων περᾶν
οὐδ' εἰς ἀπάντημ', ὅστις αἷμ' ἔχων κυροῖ,
φυγαῖσι δ' ὁσιοῦν, ἀνταποκτείνειν δὲ μή.
αἰεὶ γὰρ εἷς ἔμελλ' ἐνέξεσθαι φόνῳ,
τὸ λοίσθιον μίασμα λαμβάνων χεροῖν.
ἐγὼ δὲ μισῶ μὲν γυναῖκας ἀνοσίους,
πρώτην δὲ θυγατέρ', ἣ πόσιν κατέκτανεν·
Ἑλένην τε, τὴν σὴν ἄλοχον, οὔποτ' αἰνέσω
οὐδ' ἂν προσείποιμ'· οὐδὲ σὲ ζηλῶ, κακῆς
γυναικὸς ἐλθόνθ' οὕνεκ' ἐς Τροίας πέδον.
ἀμυνῶ δ', ὅσονπερ δυνατός εἰμι, τῷ νόμῳ,
τὸ θηριῶδες τοῦτο καὶ μιαιφόνον
παύων, ὃ καὶ γῆν καὶ πόλεις ὄλλυσ' ἀεί.

Me Dein Zorn und graues Haar verblenden dich!
Ty Kann hier von Weisheit noch die Rede sein?
Wo jeder weiß, was gut ist und was nicht,
Frug dieser Mann im reinen Unverstand
Nicht nach Gesetz und altem Griechenrecht.
Als Agamemnon einst sein Leben ließ
Von meiner Tochter Beilhieb auf sein Haupt
(Der Untat, die ich nicht beschönen kann),
Mußt er sie rufen vor ein Blutgericht
Und Sühne heischen und sie aus dem Haus
Verstoßen. Maß statt Willkür, gutes Recht
Hätt er geübt und gälte allen fromm.
Nun rief er ihren eignen Daimon an.
Und der mit Recht der Mutter Bosheit schalt,
Hat mit dem Muttermord sie noch besiegt.
Noch dieses Eine höre, Menelas:
Erschlüge diesen Mann sein Eheweib
Und dann sein Sohn die mörderische Frau,
Und sühnte dann sein Enkel Mord mit Mord,
Wo fände dieses Töten je sein Ziel?
So setzten unsre Väter guten Brauch:
Kein Blutbefleckter kommt uns zu Gesicht
Noch sprechen wir ihn an; mit Acht und Bann
Hält man ihn fern und nicht mit frischem Blut,
Sonst wäre jeder neuem Tod geweiht,
Der seine Hand zuletzt in Blut getaucht.
Ich hasse jedes frevelhafte Weib,
Voran die Tochter, die den Mann erschlug;
Auch Helena, dein Weib, die wenig taugt,
Sprech ich nicht an und schwer bedaur ich dich,
Daß du für solche Frau nach Troja fuhrst.
Mit ganzen Kräften helf ich dem Gesetz
Und will nicht, daß man wilden Tieren gleich
Im Blutdurst Stadt und Land zur Öde macht.

ἐπεὶ τίν' εἶχες, ὦ τάλας, ψυχὴν τότε,
ὅτ' ἐξέβαλλε μαστὸν ἱκετεύσά σε
μήτηρ; ἐγὼ μὲν οὐκ ἰδὼν τἀκεῖ κακά,
δακρύοις γέροντ' ὀφθαλμὸν ἐκτήκω τάλας.
ἓν οὖν λόγοισι τοῖς ἐμοῖς ὁμορροθεῖ· 530
μισῇ γε πρὸς θεῶν καὶ τίνεις μητρὸς δίκας,
μανίαις ἀλαίνων καὶ φόβοις. τί μαρτύρων
ἄλλων ἀκούειν δεῖ μ', ἅ γ' εἰσορᾶν πάρα;

ὡς οὖν ἂν εἰδῇς, Μενέλεως, τοῖσιν θεοῖς
μὴ πρᾶσσ' ἐναντί', ὠφελεῖν τοῦτον θέλων, 535
ἔα δ' ὑπ' ἀστῶν καταφονευθῆναι πέτροις.
ἢ μὴ 'πίβαινε Σπαρτιάτιδος χθονός.
θυγάτηρ δ' ἐμὴ θανοῦσ' ἔπραξεν ἔνδικα·
ἀλλ' οὐχὶ πρὸς τοῦδ' εἰκὸς ἦν αὐτὴν θανεῖν.
ἐγὼ δὲ τἄλλα μακάριος πέφυκ' ἀνήρ, 540
πλὴν ἐς θυγατέρας· τοῦτο δ' οὐκ εὐδαιμονῶ.
Χο ζηλωτὸς ὅστις εὐτύχησεν ἐς τέκνα
καὶ μὴ 'πισήμους συμφορὰς ἐκτήσατο.
Ορ ὦ γέρον, ἐγώ τοι πρὸς σὲ δειμαίνω λέγειν,
ὅπου σὲ μέλλω σήν τε λυπήσειν φρένα. 545
ἀπελθέτω δὴ τοῖς λόγοισιν ἐκποδὼν 548
τὸ γῆρας ἡμῖν τὸ σόν, ὅ μ' ἐκπλήσσει λόγου, 549
καὶ καθ' ὁδὸν εἶμι· νῦν δὲ σὴν ταρβῶ τρίχα. 550
ἐγῷδ', ἀνόσιός εἰμι μητέρα κτανών, 546
ὅσιος δέ γ' ἕτερον ὄνομα, τιμωρῶν πατρί. 547
τί χρῆν με δρᾶσαι; δύο γὰρ ἀντίθες δυοῖν· 551
πατὴρ μὲν ἐφύτευσέν με, σὴ δ' ἔτικτε παῖς,
τὸ σπέρμ' ἄρουρα παραλαβοῦσ' ἄλλου πάρα·
ἄνευ δὲ πατρὸς τέκνον οὐκ εἴη ποτ' ἄν.
ἐλογισάμην οὖν τῷ γένους ἀρχηγέτῃ 555
μᾶλλόν με φῦναι τῆς ὑποστάσης τροφάς.
ἡ σὴ δὲ θυγάτηρ – μητέρ' αἰδοῦμαι λέγειν –
ἰδίοισιν ὑμεναίοισι κοὐχὶ σώφροσιν

zu Orestes

Unseliger, wie war dir da ums Herz,
Als deine Mutter flehend ihre Brust
Darbot? Ich hab es nicht mit angesehn,
Doch schmolz in Tränen mir das alte Aug.
Schon dies macht alle meine Worte wahr:
Die Götter hassen und verdammen dich!
Und schlagen dich mit Angst und Wahnsinn. Braucht
Es einen Zeugen, wo du vor mir stehst?

zu Menelaos

So höre: trotze diesen Göttern nicht!
Und steh ihm nicht zur Seite, Menelas!
Laß von den Bürgern ihn gesteinigt sein,
Sonst bleibe meinem Sparta ewig fern!
Hat meine Tochter schon den Tod verdient,
So sicher nicht von seiner Mörderhand.
Das Glück hat all mein Leben gut bestellt –
Nur nicht mit Töchtern! Da verließ es mich.

Chf Wohl dem, der Freude an den Kindern hat
Und nicht durch sie zum Spott der Leute wird!

Or Vor meiner Antwort trag ich selber Furcht,
Da sie dein Herz nur tief betrüben kann.
Stünd nicht dein Alter vor mir, das den Mund
Mir zügelt, ging ich meinen freien Weg;
So aber scheue ich dein weißes Haar.
Als Muttermörder bin ich zwar verfemt,
Als Vaters Rächer zeig ich keinen Fehl.
Was sollt ich tun? Versteh den Gegensatz:
Mein Vater schuf mich, deine Tochter trug,
Womit ein Fremder ihre Flur bepflanzt,
Sein Same nur verhalf ihr zur Geburt,
Ich glaubte, dem Bewirker dieser Frucht
Mehr zu entstammen als der Nährerin.
Und soll dein Kind noch meine Mutter sein,
Die frech der Ehe Heiligkeit entweiht?

ἐς ἀνδρὸς ᾖει λέκτρ'· ἐμαυτόν, ἣν λέγω
κακῶς ἐκείνην, ἐξερῶ· λέξω δ' ὅμως.
Αἴγισθος ἦν ὁ κρυπτὸς ἐν δόμοις πόσις.
τοῦτον κατέκτειν', ἐπὶ δ' ἔθυσα μητέρα,
ἀνόσια μὲν δρῶν, ἀλλὰ τιμωρῶν πατρί.
ἐφ' οἷς δ' ἀπειλεῖς ὡς πετρωθῆναί με χρή,
ἄκουσον ὡς ἅπασαν 'Ελλάδ' ὠφελῶ.
εἰ γὰρ γυναῖκες ἐς τόδ' ἥξουσιν θράσους,
ἄνδρας φονεύειν, καταφυγὰς ποιούμεναι
ἐς τέκνα, μαστοῖς τὸν ἔλεον θηρώμεναι,
παρ' οὐδὲν αὐταῖς ἦν ἂν ὀλλύναι πόσεις
ἐπίκλημ' ἐχούσαις ὅ τι τύχοι. δράσας δ' ἐγὼ
δείν', ὡς σὺ κομπεῖς, τόνδ' ἔπαυσα τὸν νόμον.
μισῶν δὲ μητέρ' ἐνδίκως ἀπώλεσα,
ἥτις μεθ' ὅπλων ἄνδρ' ἀπόντ' ἐκ δωμάτων
πάσης ὑπὲρ γῆς 'Ελλάδος στρατηλάτην
προύδωκε κοὐκ ἔσωσ' ἀκήρατον λέχος·
ἐπεὶ δ' ἁμαρτοῦσ' ᾔσθετ', οὐχ αὑτῇ δίκην
ἐπέθηκεν, ἀλλ', ὡς μὴ δίκην δοίη πόσει,
ἐζημίωσε πατέρα κἀπέκτειν' ἐμόν.
πρὸς θεῶν – ἐν οὐ καλῷ μὲν ἐμνήσθην θεῶν,
φόνον δικάζων – εἰ δὲ δὴ τὰ μητέρος
σιγῶν ἐπῄνουν, τί μ' ἂν ἔδρασ' ὁ κατθανών;
οὐκ ἄν με μισῶν ἀνεχόρευ' 'Ερινύσιν;
ἢ μητρὶ μὲν πάρεισι σύμμαχοι θεαί,
τῷ δ' οὐ πάρεισι, μᾶλλον ἠδικημένῳ;
σύ τοι φυτεύσας θυγατέρ', ὦ γέρον, κακὴν
ἀπώλεσάς με· διὰ τὸ γὰρ κείνης θράσος
πατρὸς στερηθεὶς ἐγενόμην μητροκτόνος.
ὁρᾷς, 'Οδυσσέως ἄλοχον οὐ κατέκτανε
Τηλέμαχος· οὐ γὰρ ἐπεγάμει πόσει πόσιν,
μένει δ' ἐν οἴκοις ὑγιὲς εὐνατήριον.
ὁρᾷς δ' 'Απόλλων', ὃς μεσομφάλους ἕδρας
ναίων βροτοῖσι στόμα νέμει σαφέστατον,
ᾧ πειθόμεσθα πάνθ' ὅσ' ἂν κεῖνος λέγῃ·
τούτῳ πιθόμενος τὴν τεκοῦσαν ἔκτανον.

Wenn ich sie schmähe, schmähe ich mich selbst,
Doch solls gesagt sein: heimlicher Gemahl
Im Hause war Aigisthos. Diesen schlug
Ich tot, die Mutter folgte hinterdrein.
Wars Unrecht, war es doch die Sohnespflicht.
Du hast mich mit der Steinigung bedroht,
Wo meine Tat ganz Griechenland befreit!
Wenn sich das Frauenvolk so weit versteigt,
Die Männer mordet, zu den Kindern flieht
Und Mitleid fordert mit entblößter Brust,
Ist Gattenmord bald eine Kleinigkeit;
Ein Vorwand findet sich. Mit meiner Tat,
Die dich empört, beend ich solchen Brauch.
Mit Recht erschlug ich das verhaßte Weib,
Das einen Gatten, der in Waffen stand,
Den Führer des gesamten Griechenheers,
Verriet und nicht sein Bett in Ehren hielt.
Als sie es einsah, hat sie nicht sich selbst
Gerichtet, nein, dem Urteil zu entgehn,
Hat sie den Mann gestraft und umgebracht.
Ihr Götter (wenn ihr einen Mörder hört),
Wie sollt ich dulden dieser Mutter Tat?
Wie konnt ich fliehen vor des Toten Groll,
Vor seiner Rachegeister wilder Jagd?
Stehn diese Rächer nur der Mutter bei,
Nicht ihm, der größres Unrecht litt als sie?
Du hast die üble Tochter selbst gezeugt,
Die mich verdarb, die mir den Vater nahm
Und mich zum Muttermörder werden ließ.
Odysseus' Gattin fiel nicht von der Hand
Des Telemach: im unbefleckten Bett
Nahm sie zum Manne keinen Mann hinzu.
Sieh auf Apollon, der am Nabelstein
Aus wahrstem Mund die Menschen unterweist.
Und dem wir jeden Glauben schuldig sind:
Auf sein Geheiß schlug ich die Mutter tot.

ἐκεῖνον ἡγεῖσθ' ἀνόσιον καὶ κτείνετε·
ἐκεῖνος ἥμαρτ', οὐκ ἐγώ. τί χρῆν με δρᾶν;
ἢ οὐκ ἀξιόχρεως ὁ θεὸς ἀναφέροντί μοι
μίασμα λῦσαι; ποῖ τις οὖν ἔτ' ἂν φύγοι,
εἰ μὴ ὁ κελεύσας ῥύσεταί με μὴ θανεῖν;
ἀλλ' ὡς μὲν οὐκ εὖ μὴ λέγ' εἴργασται τάδε,
ἡμῖν δὲ τοῖς δράσασιν οὐκ εὐδαιμόνως.
γάμοι δ' ὅσοις μὲν εὖ καθεστᾶσιν βροτῶν,
μακάριος αἰών· οἷς δὲ μὴ πίπτουσιν εὖ,
τά τ' ἔνδον εἰσὶ τά τε θύραζε δυστυχεῖς.
Χο αἰεὶ γυναῖκες ἐμποδὼν ταῖς συμφοραῖς
ἔφυσαν ἀνδρῶν πρὸς τὸ δυστυχέστερον.
Τυ ἐπεὶ θρασύνῃ κοὐχ ὑποστέλλῃ λόγῳ,
οὕτω δ' ἀμείβῃ μ' ὥστε μ' ἀλγῆσαι φρένα,
μᾶλλόν μ' ἀνάξεις ἐπὶ σὸν ἐξελθεῖν φόνον·
καλὸν πάρεργον δ' αὐτὸ θήσομαι πόνων
ὧν εἵνεκ' ἦλθον θυγατρὶ κοσμήσων τάφον.
μολὼν γὰρ εἰς ἔκκλητον 'Αργείων ὄχλον
ἑκοῦσαν οὐχ ἑκοῦσαν ἐπισείσω πόλιν
σοὶ σῇ τ' ἀδελφῇ, λεύσιμον δοῦναι δίκην.
μᾶλλον δ' ἐκείνη σοῦ θανεῖν ἐστ' ἀξία,
ἣ τῇ τεκούσῃ σ' ἠγρίωσ', ἐς οὖς ἀεὶ
πέμπουσα μύθους ἐπὶ τὸ δυσμενέστερον,
ὀνείρατ' ἀγγέλλουσα τὰ 'Αγαμέμνονος,
καὶ τοῦθ' ὃ μισήσειαν Αἰγίσθου λέχος
οἱ νέρτεροι θεοί· καὶ γὰρ ἐνθάδ' ἦν πικρόν·
ἕως ὑφῆψε δῶμ' ἀνηφαίστῳ πυρί.
Μενέλαε, σοὶ δὲ τάδε λέγω δράσω τε πρός·
εἰ τοὐμὸν ἔχθος ἐναριθμῇ κῆδός τ' ἐμόν,
μὴ τῷδ' ἀμύνειν φόνον ἐναντίον θεοῖς·
ἔα δ' ὑπ' ἀστῶν καταφονευθῆναι πέτροις,
ἢ μὴ 'πίβαινε Σπαρτιάτιδος χθονός.
τοσαῦτ' ἀκούσας ἴσθι, μηδὲ δυσσεβεῖς
ἕλῃ, παρώσας εὐσεβεστέρους φίλους·
ἡμᾶς δ' ἀπ' οἴκων ἄγετε τῶνδε, πρόσπολοι.

Er ist der Frevler, den ihr töten müßt,
Er hat gefehlt, nicht ich. Was konnt ich tun
Ich zeig auf ihn, dem Gotte fällt es zu,
Den Fleck zu tilgen! Wohin wend ich mich,
Wenn der Befehler nicht mein Retter ist?
Kein Mensch wird leugnen: diese Tat war gut,
Doch dem Vollstrecker brachte sie kein Glück!
Wes Haus in vollen Ehren steht, der führt
Ein selges Leben; wems zerrüttet ist,
Hat drin und draußen keinen guten Tag.

Chf Stets ist die Frau dem Mann das Hindernis,
Das schwere Tage ihm noch schwerer macht.

Ty Jetzt wirst du frech, gibst lose Antwort, die
Mich nur verletzt und nur von neuem treibt,
Dich mit dem Tod zu strafen. Ja, das wird
Das rechte Nachspiel meines Opfergangs,
Der schönste Schmuck für Klytaimestras Grab!
Ich trete selbst vor Argos' Bürgerrat
Und treib ihn, mag er wollen oder nicht,
Zu deiner und der Schwester Steinigung.
Noch mehr als du hat sie den Tod verdient!
Sie hetzte gegen eure Mutter, blies
Feindselig spitze Reden in dein Ohr
Von Agamemnons Traumbild, von Aigisths
Buhlschaft, die allen schon so bitter war
Und die im Hades ihren Lohn empfängt.
So schürte sie des Hauses finstre Glut.
O höre, Menelas, was ich beschloß:
willst du mein Freund und mein Verwandter sein,
So falle nicht den Göttern in den Arm,
Laß unser Volk die beiden steinigen,
Sonst bist von Sparta ewig du verbannt!
Vernimm es: wähle deine Freunde nicht
Aus Frevlern! Beßre stehen dir bereit!
Und nun geleitet mich aus diesem Haus!

mit Begleitern ab

Ορ στεῖχ', ὡς ἀθορύβως οὑπιὼν ἡμῖν λόγος
πρὸς τόνδ' ἵκηται, γῆρας ἀποφυγὼν τὸ σόν.
Μενέλαε, ποῖ σὸν πόδ' ἐπὶ συννοίᾳ κυκλεῖς,
διπλῆς μερίμνης διπτύχους ἰὼν ὁδούς;
Με ἔασον· ἐν ἐμαυτῷ τι συννοούμενος
ὅποι τράπωμαι τῆς τύχης ἀμηχανῶ.
Ορ μή νυν πέραινε τὴν δόκησιν, ἀλλ' ἐμοὺς
λόγους ἀκούσας πρόσθε, βουλεύου τότε.
Με λέγ'· εὖ γὰρ εἶπας· ἔστι δ' οὗ σιγὴ λόγου
κρείσσων γένοιτ' ἄν. ἔστι δ' οὗ σιγῆς λόγος.
Ορ λέγοιμ' ἂν ἤδη. τὰ μακρὰ τῶν σμικρῶν λόγων
ἐπίπροσθέν ἐστι καὶ σαφῆ μᾶλλον κλύειν.
ἐμοὶ σὺ τῶν σῶν, Μενέλεως, μηδὲν δίδου,
ἃ δ' ἔλαβες ἀπόδος πατρὸς ἐμοῦ λαβὼν πάρα.
οὐ χρήματ' εἶπον· χρήματ', ἢν ψυχὴν ἐμὴν
σώσῃς, ἅπερ μοι φίλτατ' ἐστὶ τῶν ἐμῶν.
ἀδικῶ· λαβεῖν χρή μ' ἀντὶ τοῦδε τοῦ κακοῦ
ἄδικόν τι παρὰ σοῦ· καὶ γὰρ 'Αγαμέμνων πατὴρ
ἀδίκως ἀθροίσας 'Ελλάδ' ἦλθ' ὑπ' Ἴλιον,
οὐκ ἐξαμαρτὼν αὐτός, ἀλλ' ἁμαρτίαν
τῆς σῆς γυναικὸς ἀδικίαν τ' ἰώμενος.
ἓν μὲν τόδ' ἡμῖν ἀνθ' ἑνὸς δοῦναί σε χρή.
ἀπέδοτο δ', ὡς χρὴ τοῖς φίλοισι τοὺς φίλους,
τὸ σῶμ' ἀληθῶς, σοὶ παρ' ἀσπίδ' ἐκπονῶν,
ὅπως σὺ τὴν σὴν ἀπολάβοις ξυνάορον.
ἀπότεισον οὖν μοι ταὐτὸ τοῦτ' ἐκεῖ λαβών,
μίαν πονήσας ἡμέραν, ἡμῶν ὕπερ
σωτήριος στάς, μὴ δέκ' ἐκπλήσας ἔτη.
ἃ δ' Αὐλὶς ἔλαβε σφάγι' ἐμῆς ὁμοσπόρου,
ἐῶ σ' ἔχειν ταῦθ'· 'Ερμιόνην μὴ κτεῖνε σύ.
δεῖ γάρ σ' ἐμοῦ πράσσοντος ὡς πράσσω τὰ νῦν
πλέον φέρεσθαι, κἀμὲ συγγνώμην ἔχειν.
ψυχὴν δ' ἐμὴν δὸς τῷ ταλαιπώρῳ πατρὶ
κἀμῆς ἀδελφῆς, παρθένου μακρὸν χρόνον·
θανὼν γὰρ οἶκον ὀρφανὸν λείψω πατρός.
ἐρεῖς· ἀδύνατον. αὐτὸ τοῦτο· τοὺς φίλους

Or So geh doch! Fern von deinem weißen Haar
Sprech ich mit Menelas ein ruhig Wort.
Wo lenkst du deine Schritte hin, wo du
So lang am Kreuzweg deiner Sorge standst?
Me Geduld! In meinem Innern bin ich noch
Nicht schlüssig, welchen Pfad ich ziehen soll.
Or Leg deinen Willen noch nicht fest und hör
Erst, was ich sage! Dann entschließe dich!
Me Sprich: Du hast recht: oft ist zwar Schweigen mehr
Als Worte, doch steht oft das Wort voran.
Or So red ich deutlich, denn der kurze Spruch
Versäumt zuviel, was längerer vermag.
Von dem, was dein ist, Menelas, will ich
Nichts haben, nur was dir mein Vater gab.
Nicht Geld! Wenn du mein Leben retten kannst,
Dann ist das mehr als alles Gold der Welt.
Ich tat ein Unrecht – dafür will ich jetzt
Von dir ein Unrecht. Agamemnon zog
Mit allen Griechen fort, auch dieses war
Ein Unrecht, doch nicht seine eigne Schuld:
Er tats für deines Weibes Frevelmut.
Nun mußt du mir vergelten, Zug um Zug!
Er setzte, wie ein Freund dem Freunde tut,
Sein Leben ein und sparte keinen Kampf,
Bis du die Gattin dir zurückgewannst.
Nun zahle, was du dort empfingst, an mich
Zurück, und mühe dich nur einen Tag
Um meine Rettung, nicht zehn Jahre lang!
Was Aulis mir mit meiner Schwester nahm –
Ich schenk es dir; dein Kind Hermione,
Behalt es ruhig! Warum soll es dir
Nicht besser gehen als mir armem Mann?
Doch mach mich selbst dem Vater zum Geschenk
Und meine Schwester, die noch unvermählt,
Sonst lassen wir sein Haus verwaist zurück.
Du sagst: unmöglich. Eben deshalb tus!

ἐν τοῖς κακοῖς χρὴ τοῖς φίλοισιν ὠφελεῖν·
ὅταν δ' ὁ δαίμων εὖ διδῷ, τί δεῖ φίλων;
ἀρκεῖ γὰρ αὐτὸς ὁ θεὸς ὠφελεῖν θέλων.
φιλεῖν δάμαρτα πᾶσιν Ἕλλησιν δοκεῖς·
κοὐχ ὑποτρέχων σε τοῦτο θωπείᾳ λέγω·
ταύτης ἱκνοῦμαί σ' ὢ μέλεος ἐμῶν κακῶν,
ἐς οἷον ἥκω. τί δέ; ταλαιπωρεῖν με δεῖ·
ὑπὲρ γὰρ οἴκου παντὸς ἱκετεύω τάδε.
ὦ πατρὸς ὅμαιμε θεῖε, τὸν κατὰ χθονὸς
θανόντ' ἀκούειν τάδε δόκει, ποτωμένην
ψυχὴν ὑπὲρ σοῦ, καὶ λέγειν ἃ ἐγὼ λέγω,
ταῦτ' ἔς τε δάκρυα καὶ γόους καὶ συμφοράς.
εἴρηκα κἀπῄτηκα τὴν σωτηρίαν,
θηρῶν ὃ πάντες κοὐκ ἐγὼ ζητῶ μόνος.
Χο κἀγώ σ' ἱκνοῦμαι καὶ γυνή περ οὖσ' ὅμως
τοῖς δεομένοισιν ὠφελεῖν· οἷός τε δ' εἶ.
Με 'Ορέστ', ἐγώ τοι σὸν καταιδοῦμαι κάρα
καὶ ξυμπονῆσαι σοῖς κακοῖσι βούλομαι·
καὶ χρὴ γὰρ οὕτω τῶν ὁμαιμόνων κακὰ
ξυνεκκομίζειν, δύναμιν ἣν διδῷ θεός,
θνῄσκοντα καὶ κτείνοντα τοὺς ἐναντίους·
τὸ δ' αὖ δύνασθαι πρὸς θεῶν χρῄζω τυχεῖν.
ἥκω γὰρ ἀνδρῶν συμμάχων κενὸν δόρυ
ἔχων, πόνοισι μυρίοις ἀλώμενος,
σμικρᾷ σὺν ἀλκῇ τῶν λελειμμένων φίλων.
μάχῃ μὲν οὖν ἂν οὐχ ὑπερβαλοίμεθα
Πελασγὸν Ἄργος· εἰ δὲ μαλθακοῖς λόγοις
δυναίμεθ', ἐνταῦθ' ἐλπίδος προσήκομεν.
σμικροῖσι μὲν γὰρ μεγάλα πῶς ἕλοι τις ἄν;
ὅταν γὰρ ἡβᾷ δῆμος εἰς ὀργὴν πεσών,
ὅμοιον ὥστε πῦρ κατασβέσαι λάβρον·
εἰ δ' ἡσύχως τις αὐτὸν ἐντείνοντι μὲν
χαλῶν ὑπείκοι καιρὸν εὐλαβούμενος,
ἴσως ἂν ἐκπνεύσειεν· ἢν δ' ἀνῇ πνοάς,

πόνοισιν; ἀμαθὲς καὶ τὸ βούλεσθαι τάδε.

Im schlimmsten Unglück hilft der Freund dem Freund!
Wem schon sein Daimon hilft, braucht keinen sonst,
Der Gott, der Glück bringt, ist schon Freund genug.
Denk an dein Weib! Man weiß, daß du sie liebst...
Ich sag das nicht, weil ich dir schmeicheln will...
Ich fleh bei ihr ... Ich ganz Unseliger!
Wohin gerat ich! ... Doch mit allem muß
Ich betteln gehn ... für mein ganzes Haus!
O, Vaters Bruder! Glaubst du nicht, daß uns
Der Tote drunten hört, und schwebt sein Geist
Nicht über dir und spricht aus meinem Wort
Und klagt und weint und jammert so wie ich?
Ich sprach und ging dich um das Leben an,
Das jeder liebhat und nicht ich allein.
Chf Das gleiche fleh ich, ob ich auch ein Weib:
Hilf dem, der Hilfe braucht! Du kannst es ja.
Me Orest, wie ehr ich dein bedrohtes Haupt!
Wie teil ich deine Leiden, treu der Pflicht,
Daß jeder, dem ein Gott die Macht verleiht,
Des Blutsverwandten Nöte von ihm nimmt,
Auch seine Feinde tötet, selber stirbt!
O gäben mir die Götter diese Macht!
Doch kehr ich leider ohne fremden Speer
Nach langer mühevoller Fahrt zurück.
Mit einem kleinen Häuflein, das mir blieb.
Wir können Argos nie in offner Schlacht
Besiegen; allenfalls mit sanftem Wort:
Nur diese eine Hoffnung bleibt uns noch.
Ward je das Kleine über Großes Herr?
Der Zorn des Volkes, ist er frisch entfacht,
Gleicht einem Brand, den niemand löschen kann.
Wer ihm, solang er anhält, mit Bedacht
Nachgibt und dann den Augenblick erspäht,
Löscht ihn vielleicht, und wenn der Hauch verglimmt,

τύχοις ἂν αὐτοῦ ῥᾳδίως ὅσον θέλεις.
ἔνεστι δʼ οἶκτος, ἔνι δὲ καὶ θυμὸς μέγας,
καραδοκοῦντι κτῆμα τιμιώτατον.
ἐλθὼν δὲ Τυνδάρεών τέ σοι πειράσομαι
πόλιν τε πεῖσαι τῷ λίαν χρῆσθαι καλῶς.
καὶ ναῦς γὰρ ἐνταθεῖσα πρὸς βίαν ποδὶ
ἔβαψεν, ἔστη δʼ αὖθις, ἢν χαλᾷ πόδα.
μισεῖ γὰρ ὁ θεὸς τὰς ἄγαν προθυμίας,
μισοῦσι δʼ ἀστοί· δεῖ δέ μʼ – οὐκ ἄλλως λέγω –
σῴζειν σε σοφίᾳ, μὴ βίᾳ τῶν κρεισσόνων.
ἀλκῇ δέ σʼ οὐκ ἄν, ᾗ σὺ δοξάζεις ἴσως,
σώσαιμʼ ἄν· οὐ γὰρ ῥᾴδιον λόγχῃ μιᾷ
στῆσαι τροπαῖα τῶν κακῶν ἅ σοι πάρα.
οὐ γάρ ποτʼ Ἄργους γαῖαν ἐς τὸ μαλθακὸν
προσηγόμεσθα· νῦν δʼ ἀναγκαίως ἔχει.

Ορ ὦ πλὴν γυναικὸς οὕνεκα στρατηλατεῖν 717
τἄλλʼ οὐδέν, ὦ κάκιστε τιμωρεῖν φίλοις,
φεύγεις ἀποστραφείς με, τὰ δʼ ʼΑγαμέμνονος
φροῦδʼ; ἄφιλος ἦσθʼ ἄρʼ, ὦ πάτερ, πράσσων κακῶς.
οἴμοι, προδέδομαι, κοὐκέτʼ εἰσὶν ἐλπίδες,
ὅποι τραπόμενος θάνατον ʼΑργείων φύγω·
οὗτος γὰρ ἦν μοι καταφυγὴ σωτηρίας.

ἀλλʼ εἰσορῶ γὰρ τόνδε φίλτατον βροτῶν
Πυλάδην δρόμῳ στείχοντα Φωκέων ἄπο,
ἡδεῖαν ὄψιν· πιστὸς ἐν κακοῖς ἀνὴρ
κρείσσων γαλήνης ναυτίλοισιν εἰσορᾶν.

Πυλάδης

θᾶσσον ἤ με χρῆν προβαίνων
ἱκόμην διʼ ἄστεως, tr$^{8}_{\wedge}$

δούλοισιν εἶναι τοῖς σοφοῖσι τῆς τύχης 716

Kannst mühlos du erreichen, was du willst.
Das Volk kennt Mitleid, hat ein großes Herz –
Wer warten kann, wird damit reich belohnt.
Ich geh und suche Tyndars starren Sinn
Zu lockern und der Bürger Heftigkeit.
Ein Schiff mit straffen Schoten taucht hinab;
Wenn man sie lockert, steht es wieder auf.
Der Hitzkopf ist bei Gott und Volk verhaßt.
So steht es fest: mit Klugheit muß ich dich
Erretten, nicht mit Waffen, wie du meinst.
Dein Unglück wird mit einer Lanze nicht
Besiegt. Nie hab ich sanft um Argos' Gunst
Gebuhlt, doch heut gebietet es die Not.

ab

Or Um Weiber führst du Krieg, sonst taugst du nichts!
Den Freund zu retten, bist du viel zu feig,
Du kehrst dich ab, gibst Agamemnon preis,
Im Unglück bleibt der Vater ohne Freund!
Ich bin verraten, ohne Hoffnung, daß
Ich Argos' Urteil noch entrinnen kann.
Er war der einzge Retter aus der Not.

Pylades erscheint

Doch hier kommt Pylades, der liebste Mensch,
Von Phokis kehrt er schnellen Laufs zurück.
O froher Anblick! Freunde in der Not
Begrüßt man wie der Schiffer stilles Meer.

Pylades

Schneller fast als Füße tragen,
Rannte ich durch diese Stadt,

σύλλογον πόλεως ἀκούσας,
τὸν δ' ἰδὼν αὐτὸς σαφῶς,
ἐπὶ σὲ σύγγονόν τε τὴν σήν,
ὡς κτενοῦντας αὐτίκα.
τί τάδε; πῶς ἔχεις; τί πράσσεις,
φίλταθ' ἡλίκων ἐμοὶ
καὶ φίλων καὶ συγγενείας;
πάντα γὰρ τάδ' εἶ σύ μοι.
Ορ οἰχόμεσθ', ὡς ἐν βραχεῖ σοι
τἀμὰ δηλώσω κακά.
Πυ συγκατασκάπτοις ἂν ἡμᾶς·
κοινὰ γὰρ τὰ τῶν φίλων.
Ορ Μενέλεως κάκιστος ἐς ἐμὲ
καὶ κασιγνήτην ἐμήν.
Πυ εἰκότως, κακῆς γυναικὸς
ἄνδρα γίγνεσθαι κακόν.
Ορ ὥσπερ οὐκ ἐλθὼν ἔμοιγε
ταὐτὸν ἀπέδωκεν μολών.
Πυ ἦ γάρ ἐστιν ὡς ἀληθῶς
τήνδ' ἀφιγμένος χθόνα;
Ορ χρόνιος· ἀλλ' ὅμως τάχιστα
κακὸς ἐφωράθη φίλοις.
Πυ καὶ δάμαρτα τὴν κακίστην
ναυστολῶν ἐλήλυθεν;
Ορ οὐκ ἐκεῖνος, ἀλλ' ἐκείνη
κεῖνον ἐνθάδ' ἤγαγεν.
Πυ ποῦ 'στιν ἣ πλείστους 'Αχαιῶν
ὤλεσεν γυνὴ μία;
Ορ ἐν δόμοις ἐμοῖσιν, εἰ δὴ
τούσδ' ἐμοὺς καλεῖν χρεών.
Πυ σὺ δὲ τίνας λόγους ἔλεξας
σοῦ κασιγνήτῳ πατρός;
Ορ μή μ' ἰδεῖν θανόνθ' ὑπ' ἀστῶν
καὶ κασιγνήτην ἐμήν.
Πυ πρὸς θεῶν, τί πρὸς τάδ' εἶπε;
τόδε γὰρ εἰδέναι θέλω.

Als ich von dem Rat der Bürger
Hörte, ihn mit Augen sah:
Über dich und deine Schwester
Sei ein jäher Tod verhängt!
Rasch, wie stehts um dich, wie geht es,
Mein Gespiele, treuster Freund,
Nahes Blut, denn alles dieses
Halt ich hier in meinem Arm!
Or Dein Orestes ist verloren,
Höre dieses eine Wort!
Py Dieses Wort begräbt mich selber,
Freunde teilen jedes Ding.
Or Gegen mich und meine Schwester
Steht der Feigling Menelas.
Py Kann der Mann des schlechten Weibes
Etwas andres sein als schlecht?
Or So als wär er nie gekommen,
Fielen seine Gaben aus.
Py Ist er wirklich und leibhaftig
In dies Land zurückgekehrt?
Or Spät genug, doch hat er schnellstens
Seinen Freunden mitgespielt.
Py Hat er seine üble Gattin
Auf den Schiffen mitgebracht?
Or Nein, das hat er nicht: sie selber
Hat den Gatten hergebracht.
Py Und wo steckt sie, die so vielen
Ganz allein den Tod verhing?
Or Hier in meinem Hause, wenn es
Als mein Haus noch gelten soll.
Py Und du selber, welche Bitten
Trugst du diesem Oheim vor?
Or Daß er mich und meine Schwester
Nicht vom Volke sterben läßt.
Py Laß mich hören, bei den Göttern,
Was hat er dazu gesagt?

Ορ εὐλαβεῖθ', ὃ τοῖς φίλοισι
δρῶσιν οἱ κακοὶ φίλοι.
Πυ σκῆψιν ἐς ποίαν προβαίνων;
τοῦτο πάντ' ἔχω μαθών.
Ορ οὗτος ἦλθ', ὁ τὰς ἀρίστας
θυγατέρας σπείρας πατήρ.
Πυ Τυνδάρεων λέγεις· ἴσως σοι
θυγατέρος θυμούμενος;
Ορ αἰσθάνῃ. τὸ τοῦδε κῆδος
μᾶλλον εἵλετ' ἢ πατρός.
Πυ κοὐκ ἐτόλμησεν πόνων σῶν
ἀντιλάζυσθαι παρών;
Ορ οὐ γὰρ αἰχμητὴς πέφυκεν,
ἐν γυναιξὶ δ' ἄλκιμος.
Πυ ἐν κακοῖς ἄρ' εἶ μεγίστοις·
καί σ' ἀναγκαῖον θανεῖν;
Ορ ψῆφον ἀμφ' ἡμῶν πολίτας
ἐπὶ φόνῳ θέσθαι χρεών.
Πυ ἣ κρινεῖ τί χρῆμα; λέξον·
διὰ φόβου γὰρ ἔρχομαι.
Ορ ἢ θανεῖν ἢ ζῆν· ὁ μῦθος
οὐ μακρὸς μακρῶν πέρι.
Πυ φεῦγέ νυν λιπὼν μέλαθρα
σὺν κασιγνήτῃ σέθεν.
Ορ οὐχ ὁρᾷς; φυλασσόμεσθα
φρουρίοισι πανταχῇ.
Πυ εἶδον ἄστεως ἀγυιὰς
τεύχεσιν πεφραγμένας.
Ορ ὡσπερεὶ πόλις πρὸς ἐχθρῶν
σῶμα πυργηρούμεθα.
Πυ κἀμὲ νῦν ἐροῦ τί πάσχω·
καὶ γὰρ αὐτὸς οἴχομαι.
Ορ πρὸς τίνος; τοῦτ' ἂν προσείη
τοῖς ἐμοῖς κακοῖς κακόν.
Πυ Στρόφιος ἤλασέν μ' ἀπ' οἴκων
φυγάδα θυμωθεὶς πατήρ.

Or Ungewisse Reden, wie man
Sie von falschen Freunden hört.
Py Welchen Vorwand konnt er bringen?
Dies noch, und ich weiß genug.
Or Jener Vater der zwei üblen
Töchter kam des Wegs daher.
Py Tyndaros! Und sicher wütend
Wegen seiner Tochter Tod!
Or Ja, so wars, und Tyndars Freundschaft
Zog er meinem Vater vor.
Py Keinen Kampf an deiner Seite?
Keine Mühe um dein Los?
Or Speerheld ist er nie gewesen,
Nur bei Weibern ist er Mann.
Py Und so bist du ganz verlassen?
Ist der Tod euch schon gewiß?
Or Heute wird im Rat der Bürger
Urteil meines Mords gefällt.
Py Worum geht es bei den Stimmen?
Sprich! Dies traf ins tiefste Herz!
Or Um den Tod, um lange Dinge,
Die ein kurzes Wort bestimmt.
Py Fliehe schnell aus diesem Hause!
Hol die Schwester! Auf und flieh!
Or Siehst du nicht, daß wir von Wachen
Rings im Kreis umzingelt sind?
Py Doch, ich sah schon alle Straßen
Von Bewaffneten besetzt.
Or Ja, mein Leib ist schwer belagert,
Wie von Feinden eine Stadt.
Py Frage jetzt, was mich betroffen!
Pylades ist auch dahin!
Or Du? Von wem? Dein eignes Unglück
Hat zu meinem noch gefehlt!
Py Strophios, mein Vater, hat mich
Zornig aus dem Haus verbannt!

Ορ ἴδιον ἢ κοινὸν πολίταις
ἐπιφέρων ἔγκλημά τι;
Πυ ὅτι συνηράμην φόνον σοι
μητρός, ἀνόσιον λέγων.
Ορ ὦ τάλας, ἔοικε καὶ σὲ
τἀμὰ λυπήσειν κακά.
Πυ οὐχὶ Μενέλεω τρόποισι
χρώμεθ'· οἰστέον τάδε.
Ορ οὐ φοβῇ μή σ' Ἄργος ὥσπερ
κἄμ' ἀποκτεῖναι θέλῃ;
Πυ οὐ προσήκομεν κολάζειν
τοῖσδε, Φωκέων δὲ γῇ.
Ορ δεινὸν οἱ πολλοί, κακούργους
ὅταν ἔχωσι προστάτας.
Πυ ἀλλ' ὅταν χρηστοὺς λάβωσι,
χρηστὰ βουλεύουσ' ἀεί.
Ορ εἶέν. ἐς κοινὸν λέγειν χρή.
Πυ τίνος ἀναγκαίου πέρι;
Ορ εἰ λέγοιμ' ἀστοῖσιν ἐλθὼν –
Πυ ὡς ἔδρασας ἔνδικα;
Ορ πατρὶ τιμωρῶν ἐμαυτοῦ.
Πυ μὴ λάβωσί σ' ἄσμενοι.
Ορ ἀλλ' ὑποπτήξας σιωπῇ κατθάνω;
Πυ δειλὸν τόδε.
Ορ πῶς ἂν οὖν δρῴην;
Πυ ἔχεις τιν', ἣν μένῃς, σωτηρίαν;
Ορ οὐκ ἔχω.
Πυ μολόντι δ' ἐλπίς ἐστι σωθῆναι κακῶν;
Ορ εἰ τύχοι, γένοιτ' ἄν.
Πυ οὐκοῦν τοῦτο κρεῖσσον ἢ μένειν.
Ορ ἀλλὰ δῆτ' ἔλθω.
Πυ θανὼν γοῦν ὧδε κάλλιον θανῇ.
Ορ εὖ λέγεις· φεύγω τὸ δειλὸν τῇδε.
Πυ μᾶλλον ἢ μένων. 783
Ορ καὶ τὸ πρᾶγμά γ' ἔνδικόν μοι.
Πυ τό γε δοκεῖν εὔχου μόνον. 782

Or Hast du dich an ihm versündigt
Oder an der Stadt verfehlt?
Py Mein Verbrechen ist ihm einzig,
Daß ich half beim Muttermord.
Or Weh, es scheint, mein eignes Unglück
Muß auch noch das deine sein!
Py Still, ich bin kein Meneláos,
Gerne trag ich dieses Los.
Or Glaubst du nicht, daß man in Argos
Dich zum gleichen Tod verdammt?
Py Niemand kann mich hier bestrafen,
Einzig Phokis spricht mein Recht!
Or Furchtbar sind die vielen Stimmen,
Wenn ein Bösewicht sie lenkt!
Py Wenn die guten Führer sprechen,
Wird ein guter Rat befolgt.
Or Gut, so wollen wir beraten ...
Py Über Hilfe in der Not?
Or Soll ich zu den Bürgern sprechen ...
Py Daß du gute Tat getan?
Or Daß ich meinen Vater rächte!
Py Alsbald nehmen sie dich fest!
Or Soll ich stumm den Tod erwarten?
Py Hingeduckt? Das wäre feig!
Or Doch was tun? Was kann geschehen?
Py Hilft es, wenn du hier verharrst?
Or Nein, es bringt mir keine Rettung.
Py Ist es besser, wenn du gehst?
Or Dort kann mich ein Glück erwarten.
Py Such es auf und ziehe hin!
Or Ist es auch mein Tod, ich gehe.
Py Selbst der Tod ist dort Gewinn.
Or Ja, da schilt mich keiner feige!
Py Weniger, als wenn du bleibst.
Or Und gerecht ist meine Sache!
Py Bete, daß es jeder glaubt!

Ορ καί τις ἄν γέ μ' οἰκτίσειε –
Πυ μέγα γὰρ ἡ εὐγένειά σου.
Ορ θάνατον ἀσχάλλων πατρῷον.
Πυ πάντα ταῦτ' ἐν ὄμμασιν.
Ορ ἰτέον, ὡς ἄνανδρον ἀκλεῶς κατθανεῖν.
Πυ αἰνῶ τάδε.
Ορ ἦ λέγωμεν οὖν ἀδελφῇ ταῦτ' ἐμῇ;
Πυ μὴ πρὸς θεῶν.
Ορ δάκρυα γοῦν γένοιτ' ἄν.
Πυ οὐκοῦν οὗτος οἰωνὸς μέγας.
Ορ δηλαδὴ σιγᾶν ἄμεινον.
Πυ τῷ χρόνῳ δὲ κερδανεῖς.
Ορ κεῖνό μοι μόνον πρόσαντες.
Πυ τί τόδε καινὸν αὖ λέγεις;
Ορ μὴ θεαί μ' οἴστρῳ κατάσχωσι.
Πυ ἀλλὰ κηδεύσω σ' ἐγώ.
Ορ δυσχερὲς ψαύειν νοσοῦντος ἀνδρός.
Πυ οὐκ ἔμοιγε σοῦ.
Ορ εὐλαβοῦ λύσσης μετασχεῖν τῆς ἐμῆς.
Πυ τόδ' οὖν ἴτω.
Ορ οὐκ ἄρ' ὀκνήσεις;
Πυ ὄκνος γὰρ τοῖς φίλοις κακὸν μέγα.
Ορ ἕρπε νυν οἴαξ ποδός μοι.
Πυ φίλα γ' ἔχων κηδεύματα.
Ορ καί με πρὸς τύμβον πόρευσον πατρός.
Πυ ὡς τί δὴ τόδε;
Ορ ὥς νιν ἱκετεύσω με σῶσαι.
Πυ τό γε δίκαιον ὧδ' ἔχει.
Ορ μητέρος δὲ μηδ' ἴδοιμι μνῆμα.
Πυ πολεμία γὰρ ἦν.
ἀλλ' ἔπειγ', ὡς μή σε πρόσθε
ψῆφος 'Αργείων ἕλῃ,
περιβαλὼν πλευροῖς ἐμοῖσι
πλευρὰ νωχελῆ νόσῳ·
ὡς ἐγὼ δι' ἄστεώς σε,
σμικρὰ φροντίζων ὄχλου,

Or Mancher wird mich dort beklagen ...
Py Und mit dir den hohen Stamm ...
Or Mancher Vaters Tod verdammen ...
Py Auf dies alles ist Verlaß.
Or Ruhmlos sterben wäre weibisch ...
Py Dazu sag ich Ja! Wir gehn.
Or Müssen wirs der Schwester sagen?
Py Bei den Göttern tu es nicht!
Or Kläglich wären ihre Tränen ...
Py Und ein übler Vorbeginn!
Or Besser also, wir verschweigen ...
Py Und gewinnen gute Zeit.
Or Eines mußt du mir noch sagen ...
Py Hast du neue Sorge? Sprich!
Or Daß die Geister mich befallen!
Py Dann versorgt dich meine Hand.
Or Willst du kranken Leib berühren?
Py Deiner ist der meinige!
Or Hüte dich vor meiner Tollheit!
Py Laß sie meine Sorge sein!
Or Und du wirst nicht lange zaudern?
Py Echter Freund bedenkt sich nicht.
Or Auf und steure meine Schritte!
Py Gern verricht ich dir den Dienst.
Or Bringe mich zu Vaters Hügel!
Py Was gedenkst du dort zu tun?
Or Um die Rettung will ich flehen.
Py Daß er hilft, ist nur gerecht.
Or Mutters Grab darf ich nicht sehen ...
Py Denn es ist ein Feindesgrab.
Aber schnell, daß dich das Urteil
Nicht zuvor gesprochen wird!
Lehne deine müde Seite
Ruhig an die meine an,
Daß ich dich durch Argos' Gassen,
Unbekümmert um das Volk,

οὐδὲν αἰσχυνθεὶς ὀχήσω.
ποῦ γὰρ ὢν δείξω φίλος,
εἴ σε μὴ ᾽ν δειναῖσιν ὄντα
συμφοραῖς ἐπαρκέσω;
Ορ τοῦτ᾽ ἐκεῖνο, κτᾶσθ᾽ ἑταίρους,
μὴ τὸ συγγενὲς μόνον·
ὡς ἀνὴρ ὅστις τρόποισι
συντακῇ, θυραῖος ὢν
μυρίων κρείσσων ὁμαίμων
ἀνδρὶ κεκτῆσθαι φίλος.

Χο	ὁ μέγας ὄλβος ἅ τ᾽ ἀρετὰ	tr^2 ch	στρ.
	μέγα φρονοῦσ᾽ ἀν᾽ Ἑλλάδα καὶ	tr^2 ch	
	παρὰ Σιμουντίοις ὀχετοῖς	tr^2 ch	
	πάλιν ἀνῆλθ᾽ ἐξ εὐτυχίας ᾽Ατρείδαις	tr^2 ch ba	
	πάλαι παλαιᾶς ἀπὸ συμφορᾶς δόμων,	ia^2 ch ia^2	
	ὁπότε χρυσείας ἔρις ἀρ-	tr^2 ch	
	νὸς ὕπερ ἦλθε Ταντάλίδαις,	tr^2 ch	
	οἰκτρότατα θοινάματα καὶ	tr^2 ch	
	σφάγια γενναίων τεκέων·	tr^2 ch	
	ὅθεν φόνῳ φόνος ἐξαμεί-	×gl	
	βων δι᾽ αἵματος οὐ προλεί-	gl	
	πει δισσοῖσιν ᾽Ατρείδαις.	gl$_\wedge$	

Ohne Scham und Schande, führe!
Wie erweist sich sonst der Freund,
Wenn er nicht in bösen Tagen
Dein getreuer Helfer ist?
Or Wieder zeigt sich: Habe Freunde,
Nicht verwandtes Blut allein!
Wer mit meinem Sinn verbunden,
Sei er auch von fremdem Stamm,
Wiegt mir tausend Blutsverwandte
Durch die treue Liebe auf.

beide ab

ZWEITES STANDLIED

Chor

Strophe

Goldner Reichtum und kühne Tat
Strahlten einst den Atriden
Durch Hellas und drüben
Am simuntischen Ufer.
Ihr Glück hat sich wieder gewendet
Zum alten Unheil
Des alten Geschlechts,
Als Streit um das Goldlamm
Tantals Söhne entzweite.
Furchtbare Mähler wurden bereitet,
Edelste Kinder geschlachtet,
Und nimmer verläßt
Mordtat im Wechsel des Mords
Das Haus der Atriden.

τὸ καλὸν οὐ καλόν, τοκέων ἀντ.
πυριγενεῖ τεμεῖν παλάμᾳ
χρόα, μελάνδετον δὲ φόνῳ
ξίφος ἐς αὐγὰς ἀελίοιο δεῖξαι·
τὸ δ’ εὖ κακουργεῖν ἀσέβεια ποικίλα
κακοφρόνων τ’ ἀνδρῶν παράνοι-
α. θανάτου γὰρ ἀμφὶ φόβῳ
Τυνδαρὶς ἰάχησε τάλαι-
να· Τέκνον, οὐ τολμᾷς ὅσια
κτείνων σὰν ματέρα· μὴ πατρῴ-
αν τιμῶν χάριν ἐξανά-
ψῃ δύσκλειαν ἐς αἰεί.

τίς νόσος ἢ τίνα δάκρυα καὶ	da^2 ch
τίς ἔλεος μείζων κατὰ γᾶν	tr^2 ch
ἢ ματροκτόνον αἷμα χειρὶ θέσθαι;	gl ba
οἷον ἔργον τελέσας	cr ch
βεβάκχευται μανίαις,	ba ch
Εὐμενίσι θήραμα, φόνον	tr^2 ch
δρομάσι δινεύων βλεφάροις,	tr^2 ch
’Αγαμεμνόνιος παῖς.	.gl‸
ὦ μέλεος, ματρὸς ὅτε	ch^2
χρυσεοπηνήτων φαρέων	ch–ch
μαστὸν ὑπερτέλλοντ’ ἐσιδὼν	ch–ch
σφάγιον ἔθετο ματέρα, πατρῴ-	tr^2 ch–
ων παθέων ἀμοιβάν.	ch ba

Gegenstrophe

Nennt es gut, doch es ist nicht gut;
Leib der Eltern verwunden
Mit stahlharten Streichen
Und die blutige Waffe
Den Strahlen des Sonnenlichts zeigen!
Daß Untat recht sei,
Ist schillernder Trug,
Ist Torheit der Schlechten.
Denn in Angst um ihr Leben
Schrie die unselge Tochter des Tyndar:
„Kind, du erschlägst deine Mutter
Mit frevelnder Hand,
Ehrst keine Eltern, entfachst
Dir ewige Schande!"

Schluß

Schmerz und Tränen und Elend,
Wer auf der Welt spürt sie mehr
Als der Mörder der Mutter?
Weil er solches getan,
Irrt er rasend umher,
Der Segnenden Beute, mit rollendem Aug,
Agamemnons Sohn,

Elender, dem seiner Mutter Brust
Aufstieg aus goldenfadigem Kleid!
Dir fiel sie als Opfer,
Bußgeld der Leiden des Vaters.

Ηλ γυναῖκες, ἦ που τῶνδ’ ἀφώρμηται δόμων
τλήμων ’Ορέστης θεομανεῖ λύσσῃ δαμείς;

Χο ἥκιστα· πρὸς δ’ ’Αργεῖον οἴχεται λεών,
ψυχῆς ἀγῶνα τὸν προκείμενον πέρι
δώσων, ἐν ᾧ ζῆν ἢ θανεῖν ὑμᾶς χρεών.
Ηλ οἴμοι· τί χρῆμ’ ἔδρασε; τίς δ’ ἔπεισέ νιν;
Χο Πυλάδης· ἔοικε δ’ οὐ μακρὰν ὅδ’ ἄγγελος
λέξειν τὰ κεῖθεν σοῦ κασιγνήτου πέρι.

Ἄγγελος

ὦ τλῆμον, ὦ δύστηνε τοῦ στρατηλάτου
’Αγαμέμνονος παῖ, πότνι’ ’Ηλέκτρα, λόγους
ἄκουσον οὓς σοι δυστυχεῖς ἥκω φέρων.
Ηλ αἰαῖ, διοιχόμεσθα· δῆλος εἶ λόγῳ.
κακῶν γὰρ ἥκεις, ὡς ἔοικεν, ἄγγελος.
Αγ ψήφῳ Πελασγῶν σὸν κασίγνητον θανεῖν
καὶ σέ, ὦ τάλαιν’, ἔδοξε τῇδ’ ἐν ἡμέρᾳ.
Ηλ οἴμοι· προσῆλθεν ἐλπίς, ἣν φοβουμένη
πάλαι τὸ μέλλον ἐξετηκόμην γόοις.
ἀτὰρ τίς ἀγών, τίνες ἐν ’Αργείοις λόγοι
καθεῖλον ἡμᾶς κἀπεκύρωσαν θανεῖν;
λέγ’, ὦ γεραιέ· πότερα λευσίμῳ χερὶ
ἢ διὰ σιδήρου πνεῦμ’ ἀπορρῆξαί με δεῖ,
κοινὰς ἀδελφῷ συμφορὰς κεκτημένην;
Αγ ἐτύγχανον μὲν ἀγρόθεν πυλῶν ἔσω
βαίνων, πυθέσθαι δεόμενος τά τ’ ἀμφὶ σοῦ
τά τ’ ἀμφ’ ’Ορέστου· σῷ γὰρ εὔνοιαν πατρὶ
ἀεί ποτ’ εἶχον, καί μ’ ἔφερβε σὸς δόμος

DRITTE HAUPTSZENE

Elektra *tritt heraus*

Ihr Frauen, ist Orest, von Raserei
Befallen, aus dem Hause fortgestürzt?

Chorführerin

Nein, ruhig brach er auf zum Rat des Volks
Und stellt sich zu dem festgesetzten Kampf
Der Stimmen über Leben oder Tod.
El Oh weh, was tat er? Wer hat ihn vermocht?
Chf Pylades wars, und dieser Bote hier
Wird schnell berichten, was er dort gesehn.

Bote

O unsres Feldherrn Agamemnon Kind,
Elektra, Fürstin ohne jedes Glück,
Vernimm aus meinem Mund Entsetzliches!
El Nun weiß ich, daß wir schon verloren sind
Und daß du uns die böse Botschaft bringst.
Bo Die Stimmen der Pelasger fielen so:
Du und dein Bruder sterben heute noch.
El Weh, nun erfüllt sich, was ich lange schon
Gefürchtet und bejammert und beweint.
Doch sage, welcher Wortkampf vor dem Volk
Das Todesurteil uns entschieden hat:
Ob ich gesteinigt werde oder ob
Das Eisen mir den letzten Hauch entreißt,
Getreulich teil ich meines Bruders Los.
Bo Von meinen Feldern kam ich in die Stadt,
Ich mußte hören, wie es euch ergeht,
Dir und Orest. Denn immer hing ich fest
Am Vater, dessen Haus mir Nahrung gab

πένητα μέν, χρῆσθαι δὲ γενναῖον φίλοις.
ὁρῶ δ' ὄχλον στείχοντα καὶ θάσσοντ' ἄκραν,
οὗ φασι πρῶτον Δαναὸν Αἰγύπτῳ δίκας
διδόντ' ἀθροῖσαι λαὸν ἐς κοινὰς ἕδρας.
ἀστῶν δὲ δή τιν' ἠρόμην ἄθροισμ' ἰδών·
Τί καινὸν Ἄργει; μῶν τι πολεμίων πάρα
ἄγγελμ' ἀνεπτέρωκε Δαναϊδῶν πόλιν;
ὃ δ' εἶπ'· 'Ορέστην κεῖνον οὐχ ὁρᾷς πέλας
στείχοντ', ἀγῶνα θανάσιμον δραμούμενον;
ὁρῶ δ' ἄελπτον φάσμ', ὃ μήποτ' ὤφελον,
Πυλάδην τε καὶ σὸν σύγγονον στείχονθ' ὁμοῦ,
τὸν μὲν κατηφῆ καὶ παρειμένον νόσῳ,
τὸν δ' ὥστ' ἀδελφὸν ἴσα φίλῳ λυπούμενον,
νόσημα κηδεύοντα παιδαγωγίᾳ.
ἐπεὶ δὲ πλήρης ἐγένετ' 'Αργείων ὄχλος,
κῆρυξ ἀναστὰς εἶπε· Τίς χρῄζει λέγειν,
πότερον 'Ορέστην κατθανεῖν ἢ μὴ χρεών,
μητροκτονοῦντα; κἀπὶ τῷδ' ἀνίσταται
Ταλθύβιος, ὃς σῷ πατρὶ συνεπόρθει Φρύγας.
ἔλεξε δ', ὑπὸ τοῖς δυναμένοισιν ὢν ἀεί,
διχόμυθα, πατέρα μὲν σὸν ἐκπαγλούμενος,
σὸν δ' οὐκ ἐπαινῶν σύγγονον, καλοὺς κακοὺς
λόγους ἑλίσσων, ὅτι καθισταίη νόμους
ἐς τοὺς τεκόντας οὐ καλούς· τὸ δ' ὄμμ' ἀεὶ
φαιδρωπὸν ἐδίδου τοῖσιν Αἰγίσθου φίλοις.
τὸ γὰρ γένος τοιοῦτον· ἐπὶ τὸν εὐτυχῆ
πηδῶσ' ἀεὶ κήρυκες· ὅδε δ' αὐτοῖς φίλος,
ὃς ἂν δύνηται πόλεος ἔν τ' ἀρχαῖσιν ᾖ.
ἐπὶ τῷδε δ' ἠγόρευε Διομήδης ἄναξ.
οὗτος κτανεῖν μὲν οὔτε σὲ οὔτε σύγγονον
εἴα, φυγῇ δὲ ζημιοῦντας εὐσεβεῖν.
ἐπερρόθησαν δ' οἳ μὲν ὡς καλῶς λέγοι,
οἳ δ' οὐκ ἐπῄνουν. κἀπὶ τῷδ' ἀνίσταται
ἀνήρ τις ἀθυρόγλωσσος, ἰσχύων θράσει,
'Αργεῖος οὐκ 'Αργεῖος, ἠναγκασμένος,
θορύβῳ τε πίσυνος κἀμαθεῖ παρρησίᾳ,

Als armem, aber treugesinntem Mann.
Da strömte alles Volk dem Hügel zu,
Wo Danaos, im Streit mit Aígyptos,
Zuerst des Volkes Richterspruch empfing.
Ich fragte einen Bürger: „Welch Gedräng!
Was gibt es Neues? Botschaft eines Feinds?
Wie hochgewirbelt ist die ganze Stadt!"
Da sprach er: „Siehst du nicht Orest, den Mann,
Bei dem es heut auf Tod und Leben geht?"
Ich sah ein Bild – o hätt ichs nie gesehn!
Dein Bruder kam heran mit Pylades,
Der eine ganz gebrochen und entstellt,
Der andre teilte brüderlich den Schmerz,
Umgab ihn wie der Arzt ein krankes Kind.
Und als die Menge ganz beisammen war,
Sprach laut der Herold: „Wer begehrt das Wort,
Ob dieser Muttermörder hier, Orest,
Den Tod verdient?" Talthybios, der einst
Mit deinem Vater gegen Troja lag,
Ein Herrenknecht, stand doppelzüngig auf
Und rühmte deinen Vater, doch die Tat
Des Sohnes focht er an, sprach gut und bös,
Bewies, er habe zweifelhaftes Recht
Der Eltern aufgestellt, und schielte stets
Hinüber zu den Freunden des Aigisth.
Das war schon immer Heroldsart: man läuft
Dem nach, der Glück hat; guter Freund ist nur,
Wer in der Stadt in Macht und Ehren steht.
Fürst Diomedes war der nächste. Er
Verlangte, daß ihr beide leben bleibt,
Doch ausgestoßen, nach dem alten Recht.
Viel Beifall wurde laut, doch hörte man
Auch manche Gegner. Dann stand einer auf,
Der mit der frechen Zunge alles macht,
Kein Mann von Argos, Argos aufgedrängt,
Ein Schreier, der mit seinem blinden Lärm

πιθανὸς ἔτ' αὐτοὺς περιβαλεῖν κακῷ τινι· 906
ὃς εἶπ' 'Ορέστην καὶ σὲ ἀποκτεῖναι πέτροις 914
βάλλοντας· ὑπὸ δ' ἔτεινε Τυνδάρεως λόγους. 915
ἄλλος δ' ἀναστὰς ἔλεγε τῷδ' ἐναντία, 917
μορφῇ μὲν οὐκ εὐωπός, ἀνδρεῖος δ' ἀνήρ,
ὀλιγάκις ἄστυ κἀγορᾶς χραίνων κύκλον,
αὐτουργός – οἵπερ καὶ μόνοι σῴζουσι γῆν – 920
ξυνετὸς δέ, χωρεῖν ὁμόσε τοῖς λόγοις θέλων,
ἀκέραιος, ἀνεπίπληκτον ἠσκηκὼς βίον·
ὃς εἶπ' 'Ορέστην παῖδα τὸν 'Αγαμέμνονος
στεφανοῦν, ὃς ἠθέλησε τιμωρεῖν πατρί,
κακὴν γυναῖκα κἄθεον κατακτανών, 925
ἣ κεῖν' ἀφῄρει, μήθ' ὁπλίζεσθαι χέρα
μήτε στρατεύειν ἐκλιπόντα δώματα,
εἰ τἄνδον οἰκουρήμαθ' οἱ λελειμμένοι
φθείρουσιν, ἀνδρῶν εὔνιδας λωβώμενοι.
καὶ τοῖς γε χρηστοῖς εὖ λέγειν ἐφαίνετο. 930
κοὐδεὶς ἔτ' εἶπε. σὸς δ' ἐπῆλθε σύγγονος,
ἔλεξε δ'· Ὦ γῆν 'Ινάχου κεκτημένοι, 932
ὑμῖν ἀμύνων οὐδὲν ἧσσον ἢ πατρὶ 934
ἔκτεινα μητέρ'. εἰ γὰρ ἀρσένων φόνος 935
ἔσται γυναιξὶν ὅσιος, οὐ φθάνοιτ' ἔτ' ἂν
θνῄσκοντες, ἢ γυναιξὶ δουλεύειν χρεών·
τοὐναντίον δὲ δράσετ' ἢ δρᾶσαι χρεών.
νῦν μὲν γὰρ ἡ προδοῦσα λέκτρ' ἐμοῦ πατρὸς

ὅταν γὰρ ἡδύς τις λόγοις φρονῶν κακῶς 907
πείθῃ τὸ πλῆθος, τῇ πόλει κακὸν μέγα·
ὅσοι δὲ σὺν νῷ χρηστὰ βουλεύουσ' ἀεί,
κἂν μὴ παραυτίκ', αὖθίς εἰσι χρήσιμοι 910
πόλει. θεᾶσθαι δ' ὧδε χρὴ τὸν προστάτην
ἰδόνθ'· ὅμοιον γὰρ τὸ χρῆμα γίγνεται
τῷ τοὺς λόγους λέγοντι καὶ τιμωμένῳ.

τῷ σφὼ κατακτείνοντι τοιούτους λέγειν. 916

πάλαι Πελασγοί, Δαναΐδαι δεύτερον 933

Die Bürger noch ins größte Unglück stürzt.
Er riet, Orest und dich zu steinigen,
Und Tyndaros stand hinter seinem Wort.
Ein anderer stand auf und widersprach,
Ein rauher Mann vom guten Schrot und Korn,
Der selten unsre Richtersitze streift,
Ein Bauer, wie der Staat sie nötig hat,
Verständig redend, ohne Winkelzug,
Der immer rein und ohne Falsch gelebt.
Er rief: „Orest, des Agamemnons Sohn,
Verdient den Kranz, der, seinem Vater treu,
Die üble gottverlaßne Frau erschlug,
Die es vereitelt, daß noch je ein Mann
Sich waffnet und ins Feld zieht, weil im Haus
Sich Leute stürzen auf das Frauenvolk
Und frech beschimpfen das verlaßne Bett!"
Dem stimmten alle Guten zu. Man sprach
Nicht mehr. Da trat dein Bruder vor sie hin
Und rief: „Die ihr den Inachos umwohnt,
Nicht nur für meinen Vater, auch für euch
Traf ich die Mutter. Wenn der Männermord
Den Frauen offensteht, stirbt keiner mehr
Von selber, nur wenn seine Frau es will,
Und euer Leben ist von Grund verkehrt.
Ihn hat sein Weib verraten, und sie fiel

τέθνηκεν· εἰ δὲ δὴ κατακτενεῖτ' ἐμέ,
ὁ νόμος ἀνεῖται, κοὐ φθάνοι θνῄσκων τις ἄν·
ὡς τῆς γε τόλμης οὐ σπάνις γενήσεται.
ἀλλ' οὐκ ἔπειθ' ὅμιλον, εὖ δοκῶν λέγειν.
νικᾷ δ' ἐκεῖνος ὁ κακὸς ἐν πλήθει λέγων,
ὃς ἠγόρευσε σύγγονον σέ τε κτανεῖν.
μόλις δ' ἔπεισε μὴ πετρουμένους θανεῖν
τλήμων 'Ορέστης· αὐτόχειρι δὲ σφαγῇ
ὑπέσχετ' ἐν τῇδ' ἡμέρᾳ λείψειν βίον
σὺν σοί. πορεύει δ' αὐτὸν ἐκκλήτων ἄπο
Πυλάδης δακρύων· σὺν δ' ὁμαρτοῦσιν φίλοι
κλαίοντες, οἰκτίροντες· ἔρχεται δέ σοι
πικρὸν θέαμα καὶ πρόσοψις ἀθλία.
ἀλλ' εὐτρέπιζε φάσγαν' ἢ βρόχον δέρῃ·
ὡς δεῖ λιπεῖν σε φέγγος· ἡ εὐγένεια δὲ
οὐδέν σ' ἐπωφέλησεν, οὐδ' ὁ Πύθιος
τρίποδα καθίζων Φοῖβος, ἀλλ' ἀπώλεσεν.

Ηλ κατάρχομαι στεναγμόν, ὦ Πελασγία, ia^6 στρ.
τιθεῖσα λευκὸν ὄνυχα διὰ παρηίδων, ia^6
αἱματηρὸν ἄταν, cr ba
κτύπον τε κρατός, ὃν ἔλαχ' ἁ κατὰ χθονὸς ia^6
νερτρέων Περσέφασσα καλλίπαις θεά. cr^2 ia^2⏑–

ἰαχείτω δὲ γᾶ Κυκλωπία, ba cr ia^2

Χο ὦ δυστάλαινα παρθέν', ὡς ξυνηρεφὲς 957
πρόσωπον εἰς γῆν σὸν βαλοῦσ' ἄφθογγος εἶ,
ὡς εἰς στεναγμοὺς καὶ γόους δραμουμένη.

Von meiner Hand; wenn ich da sterben muß,
Erlischt Gesetz: man stirbt nur mehr im Mord,
Und ungehindert blüht die freche Tat."
So gut er sprach, die Menge folgte nicht
Und ging mit jenem schlechten Mann, der ihr
Zu deiner Tötung und des Bruders riet.
Mit Müh gelangs Orest, die Steinigung
Euch zu erlassen; von dem eignen Schwert
Wollt er sein Leben enden, heute noch,
Mit dir. Vom Stimmplatz bringt ihn Pylades
Voll Tränen, und die Freunde folgen ihm
Mit lautem Seufzen. Bald erscheinen sie,
Ein bittrer Anblick, ach ein Jammerbild!
Nun sorge für ein Schwert, für einen Strick,
Denn sterben mußt du, und dein hoher Stamm
Hat nichts geholfen, noch der Pythier
Auf seinem Dreifuß: er ist euer Tod.

ab

ELEKTRAS KLAGELIED

Strophe

El Nun höre meinen Schrei, Pelasgerland!
Die weißen Nägel röten mein Gesicht
  Mit blutigen Spuren,
Und dumpfer Schlag des Haupts erfreut das Herz
  Der unteren Herrscherin
  Persephoneia.
  Stöhne mit mir, kyklopisches Land,

σίδαρον ἐπὶ κάρα τιθεῖσα κούριμον, ia^6
πήματ’ οἴκων. cr–
ἔλεος ἔλεος ὅδ’ ἔρχεται ia^4
τῶν θανουμένων ὕπερ, cr ia^2
στρατηλατᾶν ‘Ελλάδος ποτ’ ὄντων. ia^2 cr ba

βέβακε γὰρ βέβακεν, οἴχεται τέκνων ἀντ.
πρόπασα γέννα Πέλοπος ὅ τ’ ἐπὶ μακαρίοις
ζῆλος ὤν ποτ’ οἴκοις·
φθόνος νιν εἷλε θεόθεν, ἅ τε δυσμενὴς
φοινία ψῆφος ἐν πολίταις. cr^2 ba

ἰὼ ἰώ, πανδάκρυτ’ ἐφαμέρων
ἔθνη πολύπονα, λεύσσεθ’, ὡς παρ’ ἐλπίδας
μοῖρα βαίνει.
ἕτερα δ’ ἕτερος ἀμείβεται
πήματ’ ἐν χρόνῳ μακρῷ·
βροτῶν δ’ ὁ πᾶς ἀστάθμητος αἰών.

μόλοιμι τὰν οὐρανοῦ ia^2 cr
μέσον χθονός τε τεταμέναν ia^4
αἰωρήμασι πέτραν, ba cr
ἁλύσεσι χρυσέαισι φερομέναν διναι- ia^4 ba–
σι βῶλον ἐξ ’Ολύμπου, ia^2 ba
ἵν’ ἐν θρήνοισιν ἀναβοάσω ba cr ba
γέροντι πατρὶ Ταντάλῳ ia^4
ὃς ἔτεκεν ἔτεκε γενέτορας ἐμέθεν δόμων, ia^6
οἳ κατεῖδον ἄτας, cr ba
ποτανὸν μὲν δίωγμα πώλων ba cr ba

Schere die Locken vom Haupt
Um die Leiden des Fürstengeschlechts!
Jammer, Jammer brach herein
Uns todgeweihten
Kindern des Feldherrn,
Der Hellas gebot.

Gegenstrophe

Dahin, dahin ist unser ganzer Stamm,
Das stolze Haus aus Pelops' altem Blut,
Das alle bestaunten.
Der Neid der Götter raffte es hinweg
Und feindlicher, mordender
Stimmstein der Bürger.
Wehe du tränenvolles Geschlecht
Tagmüder Menschen! O seht,
Wie das Schicksal die Hoffnungen täuscht!
Leid löst nur die Leiden ab
In stetem Wechsel.
Leben der Menschen,
Wer wägt sein Gewicht?

Schluß

O käm ich zum Felsen,
Der zwischen Himmel und Erde
Schwebend hängt am Olympos,
Wirbelnder Block an goldenen Ketten!
Wie wollte ich Klagen um Klagen
Tantalos, dem alten Ahnherrn,
Stöhnen ins Ohr, der die Väter, die Väter
Des Hauses gezeugt hat,
Die Zeugen des Fluchs,
Seit Pelops in wilder Jagd
Das vierfache Flügelgespann

τεθριπποβάμονι στόλῳ Πέλοψ ὅτε — ia^6
πελάγεσι διεδίφρευσε, Μυρτίλου φόνον — ia^6
δικὼν ἐς οἶδμα πόντου, — ia^2 ba
λευκοκύμοσιν — hyp
πρὸς Γεραιστίαις — hyp
ποντίων σάλων — hyp
ᾐόσιν ἁρματεύσας. — ch ba
ὅθεν δόμοισι τοῖς ἐμοῖς — ia^4
ἦλθ' ἀρὰ πολύστονος, — cr ia^2
λόχευμα ποιμνίοισι Μαιάδος τόκου, — ia^6
τὸ χρυσόμαλλον ἀρνὸς ὁπότ' — ia^4
ἐγένετο τέρας ὀλοὸν ὀλοὸν — ia^4
'Ατρέος ἱπποβώτα· — cr ba
ὅθεν Ἔρις τό τε πτερωτὸν — tr^4
ἁλίου μετέβαλεν ἅρμα, — tr^4
τὰν πρὸς ἑσπέραν κέλευθον — tr^4
οὐρανοῦ προσαρμόσα- — tr^2 cr
σα μονόπωλον ἐς 'Αῶ, — tr^2 ba
ἑπταπόρου τε δράμημα Πελειάδος — da^4
εἰς ὁδὸν ἄλλαν Ζεὺς μεταβάλλει, — da^4
τῶνδέ τ' ἀμείβει θανάτους θανά- — ch da^2
των τά τ' ἐπώνυμα δεῖπνα Θυέστου — da^4
λέκτρα τε Κρήσσας 'Αερόπας δολί- — da^4
ας δολίοισι γάμοις· τὰ πανύστατα δ' — da^4
εἰς ἐμὲ καὶ γενέταν ἐμὸν ἤλυθε — da^4
δόμων πολυπόνοις ἀνάγκαις. — ba⏑tr^2

Χο καὶ μὴν ὅδε σὸς σύγγονος ἕρπει — an^4
ψήφῳ θανάτου κατακυρωθείς,
ὅ τε πιστότατος πάντων Πυλάδης,
ἰσάδελφος ἀνήρ, ἰθύνων
νοσερὸν κῶλον 'Ορέστου,
ποδὶ κηδοσύνῳ παράσειρος.

Lenkte aufs Meer,
Und Myrtilos mördrisch
Stieß in die Fluten der See
Vom weißen Gischt
Der brandenden Küste Geraistos.
Das brachte dem Hause
Seufzerreiches Geschick,
Als in des roßreichen Atreus Stall
Lamm des Sohnes der Maja zur Welt kam,
Goldlockiges Lamm,
Ein schreckhaftes, schreckhaftes Zeichen.
Da brachte die Göttin des Streits
Den Flügelwagen der Sonne zur Umkehr
Ihre Fahrt gegen Abend
Bog sie zurück
Zum Fohlen der Eos.
Auch das Siebengestirn der Plejaden
Trieb Zeus auf andere Bahn;
Und immer noch schickt uns der alte Fluch
Tod auf Tod, schickt das Mahl des Thyest,
Schickt das trügende Bett der kretischen Frau.
Und schließlich, schließlich fuhr er auf mich,
Traf schon den Vater,
Im furchtbaren Zwang
Dieses alten Geschlechts.

VIERTE HAUPTSZENE

Chor

Da kommen sie schon, dein Bruder Orest,
Zum Tode verdammt durch den Stimmstein,
Und der Treuste von allen,
Sein Pylades, ganz einem Bruder gleich.
Er lenkt das kranke Gebein des Orest
Als Handpferd, mit sorgsamem Schritt.

Ηλ οἴ 'γώ· πρὸ τύμβου γάρ σ' ὁρῶσ' ἀναστένω,
ἀδελφέ, καὶ πάροιθε νερτέρου πυρᾶς.
οἴ 'γὼ μάλ' αὖθις· ὥς σ' ἰδοῦσ' ἐν ὄμμασιν
πανυστάτην πρόσοψιν ἐξέστην φρενῶν.

Ορ οὐ σῖγ' ἀφεῖσα τοὺς γυναικείους γόους
στέρξεις τὰ κρανθέντ; οἰκτρὰ μὲν τάδ', ἀλλ' ὅμως. 1023
Ηλ καὶ πῶς σιωπῶ; φέγγος εἰσορᾶν θεοῦ
τόδ' οὐκέθ' ἡμῖν τοῖς ταλαιπώροις μέτα.
Ορ σὺ μή μ' ἀπόκτειν'· ἅλις ὑπ' 'Αργείας χερὸς
τέθνηχ' ὁ τλήμων· τὰ δὲ παρόντ' ἔα κακά.
Ηλ ὦ μέλεος ἥβης σῆς, 'Ορέστα, καὶ πότμου
θανάτου τ' ἀώρου. ζῆν ἐχρῆν σ', ὅτ' οὐκέτ' εἶ.
Ορ μὴ πρὸς θεῶν μοι περιβάλῃς ἀνανδρίαν,
ἐς δάκρυα πορθμεύουσ' ὑπομνήσει κακῶν.
Ηλ θανούμεθ'· οὐχ οἷόν τε μὴ στένειν κακά.
πᾶσιν γὰρ οἰκτρὸν ἡ φίλη ψυχὴ βροτοῖς.
Ορ τόδ' ἦμαρ ἡμῖν κύριον· δεῖ δ' ἢ βρόχους
ἅπτειν κρεμαστοὺς ἢ ξίφος θήγειν χερί.
Ηλ σύ νύν μ', ἀδελφέ, μή τις 'Αργείων κτάνῃ
ὕβρισμα θέμενος τὸν 'Αγαμέμνονος γόνον.
Ορ ἅλις τὸ μητρὸς αἷμ' ἔχω· σὲ δ' οὐ κτενῶ,
ἀλλ' αὐτόχειρι θνῆσχ' ὅτῳ βούλῃ τρόπῳ.
Ηλ ἔσται τάδ'· οὐδὲν σοῦ ξίφους λελείψομαι.
ἀλλ' ἀμφιθεῖναι σῇ δέρῃ θέλω χέρας.
Ορ τέρπου κενὴν ὄνησιν, εἰ τερπνὸν τόδε
θανάτου πέλας βεβῶσι, περιβαλεῖν χέρας.
Ηλ ὦ φίλτατ', ὦ ποθεινὸν ἥδιστόν τ' ἔχων
τῆς σῆς ἀδελφῆς ὄνομα καὶ ψυχὴν μίαν.
Ορ ἔκ τοί μ' ἔτηξας· καί σ' ἀμείψασθαι θέλω

φέρειν σ' ἀνάγκη τὰς παρεστώσας τύχας. 1024

Elektra

O wehe, Bruder, was ich sehe, löst
Schon vor dem Grab die Totenklage aus!
Ja, wehe, wehe! Mein gebrochner Geist
Erblickt dich schon auf deinem letzten Weg.

Orestes

Laß diese Weiberklagen, halte dich
Ans schon Erfüllte! Schlimm ist es genug.
El Wie soll ich still sein, wo dies Sonnenlicht
Uns Unglückselgen nie mehr scheinen wird!
Or Du wirst mich töten, wenn du weiter klagst!
Genug, daß Argos mich getötet hat.
El O deine Jugend! Dieser frühe Tod!
Jetzt, wo du stirbst, fing erst dein Leben an!
Or Du machst mich noch zum Weib und bringst mich selbst
Zu Tränen, wenn du meine Leiden zählst.
El Soll unser Tod ganz ohne Klage sein?
Das liebe Leben tut uns allen leid!
Or Heut muß es sein: wir knüpfen ans Gebälk
Die Schlingen oder wetzen unser Schwert.
El Du wirst mirs tun, und keine fremde Hand
Macht Agamemnons Tochter zum Gespött!
Or Niemals! Der Mutter Blut ist mir genug.
Stirb, wie du willst, von deiner eignen Hand!
El So sei dein Schwert der Ruf zu meiner Tat! –
Nun gönne meinem Arm den lieben Hals!
Or Wenn man im Tode noch umarmen kann,
So komm und freu dich dieses kleinen Glücks!
El Mein Liebster, deiner Schwester süßer Traum!
Ihr Sehnen! Eine Seele, ich und du!
Or So geb ich deinen lieben Armen mich

φιλότητι χειρῶν. τί γὰρ ἔτ' αἰδοῦμαι τάλας;
ὦ στέρν' ἀδελφῆς, ὦ φίλον πρόσπτυγμ' ἐμόν,
τάδ' ἀντὶ παίδων καὶ γαμηλίου λέχους.
Ηλ φεῦ·
πῶς ἂν ξίφος νὼ ταὐτόν, εἰ θέμις, κτάνοι 1052
καὶ μνῆμα δέξαιθ' ἕν, κέδρου τεχνάσματα;
Ορ ἥδιστ' ἂν εἴη ταῦθ'· ὁρᾷς δὲ δὴ φίλων
ὡς ἐσπανίσμεθ', ὥστε κοινωνεῖν τάφου.
Ηλ οὐδ' εἶφ' ὑπὲρ σοῦ, μὴ θανεῖν σπουδὴν ἔχων,
Μενέλαος ὁ κακός, ὁ προδότης τοὐμοῦ πατρός;
Ορ οὐδ' ὄμμ' ἔδειξεν, ἀλλ' ἐπὶ σκήπτροις ἔχων
τὴν ἐλπίδ', εὐλαβεῖτο μὴ σῴζειν φίλους.
ἀλλ' εἶ' ὅπως γενναῖα καὶ 'Αγαμέμνονος
δράσαντε κατθανούμεθ' ἀξιώτατα.
κἀγὼ μὲν εὐγένειαν ἀποδείξω πόλει,
παίσας πρὸς ἧπαρ φασγάνῳ· σὲ δ' αὖ χρεὼν
ὅμοια πράσσειν τοῖς ἐμοῖς τολμήμασιν.
Πυλάδη, σὺ δ' ἡμῖν τοῦ φόνου γενοῦ βραβεύς,
καὶ κατθανόντοιν εὖ περίστειλον δέμας
θάψον τε κοινῇ πρὸς πατρὸς τύμβον φέρων.
καὶ χαῖρ'· ἐπ' ἔργον δ', ὡς ὁρᾷς, πορεύομαι.

Πυ ἐπίσχες. ἓν μὲν πρῶτά σοι μομφὴν ἔχω,
εἰ ζῆν με χρῄζειν σοῦ θανόντος ἤλπισας.
Ορ τί γὰρ προσήκει κατθανεῖν σ' ἐμοῦ μετα;
Πυ ἤρου; τί δὲ ζῆν σῆς ἑταιρίας ἄτερ;
Ορ οὐκ ἔκτανες σὴν μητέρ', ὡς ἐγὼ τάλας.
Πυ σὺν σοί γε κοινῇ· ταὐτὰ καὶ πάσχειν με δεῖ.
Ορ ἀπόδος τὸ σῶμα πατρί, μὴ σύνθνῃσκέ μοι.
σοὶ μὲν γὰρ ἔστι πόλις, ἐμοὶ δ' οὐκ ἔστι δή,
καὶ δῶμα πατρὸς καὶ μέγας πλούτου λιμήν.
γάμων δὲ τῆς μὲν δυσπότμου τῆσδ' ἐσφάλης,

προσφθέγματ' ἀμφοῖν τοῖς ταλαιπώροις πάρα. 1051

Gefangen und ich wehre mich nicht mehr!
O Schwesterbrust, wie lieb begrüßt du mich,
Die keinen Gatten und kein Kind gekannt!
El O fielen wir vom gleichen Todesstreich
Und lägen dann im gleichen engen Sarg!

Or O schönstes Ende! Niemand hab ich sonst,
Der seine Kammer mit mir teilen will.
El Ja, hat denn der Verräter Menelas
Für dich und unsern Vater nichts gewagt?
Or Er hob kein Lid. Er hofft auf meinen Thron.
Mich nicht zu retten, war er streng bedacht.
So laßt uns Agamemnons würdig sein,
Als echte Saat, in Taten und im Tod!
Mit diesem Schwert erweis ich meine Art
Und stoß es in mein Herz, dann nimms und tu
Die gleiche Tat im gleichen Wagemut.
Kampfrichter unsres Tods bleibt Pylades,
Der unsre Leichen wohl versehen wird
Und nah des Vaters Hügel sie begräbt.
So leb denn wohl, ich schreite schon zur Tat!

Pylades

Zurück! Das Eine hast du nicht bedacht,
Daß ich nicht leben werde ohne dich!
Or Wer sagt denn, daß du mit mir sterben mußt?
Py Und daß ich ohne dich noch leben darf?
Or Du bist kein Muttermörder so wie ich.
Py Wer dir geholfen, wird mit dir bestraft!
Or O bleibe deinem Vater! Stirb nicht hier!
Du hast ein Vaterland (ich habe keins),
Dein Vaterhaus erstrahlt im höchsten Glück.
Verloren hast du nur die Ärmste hier,

ἥν σοι κατηγγύησ' ἑταιρίαν σέβων·
σὺ δ' ἄλλο λέκτρον παιδοποίησαι λαβών,
κῆδος δὲ τοὐμὸν καὶ σὸν οὐκέτ' ἔστι δή.
ἀλλ', ὦ ποθεινὸν ὄμμ' ὁμιλίας ἐμῆς,
χαῖρ'· οὐ γὰρ ἡμῖν ἔστι τοῦτο, σοί γε μήν·
οἱ γὰρ θανόντες χαρμάτων τητώμεθα.
Πυ ἦ πολὺ λέλειψαι τῶν ἐμῶν βουλευμάτων.
μήθ' αἷμά μου δέξαιτο κάρπιμον πέδον,
μὴ λαμπρὸς αἰθήρ, εἴ σ' ἐγὼ προδούς ποτε
ἐλευθερώσας τοὐμὸν ἀπολίποιμι σέ.
καὶ συγκατέκτανον γάρ, οὐκ ἀρνήσομαι,
καὶ πάντ' ἐβούλευσ' ὧν σὺ νῦν τίνεις δίκας·
καὶ ξυνθανεῖν οὖν δεῖ με σοὶ καὶ τῇδ' ὁμοῦ.
ἐμὴν γὰρ αὐτήν, ἧς γε λέχος ἐπῄνεσα,
κρίνω δάμαρτα· τί γὰρ ἐρῶ κἀγώ ποτε
γῆν Δελφίδ' ἐλθὼν Φωκέων ἀκρόπτολιν,
ὃς πρὶν μὲν ὑμᾶς δυστυχεῖν φίλος παρῆ,
νῦν δ' οὐκέτ' εἰμὶ δυστυχοῦντί σοι φίλος;
οὐκ ἔστιν. ἀλλά ταῦτα μὲν κἀμοὶ μέλει·

ἐπεὶ δὲ κατθανούμεθ', ἐς κοινοὺς λόγους
ἔλθωμεν, ὡς ἂν Μενέλεως συνδυστυχῇ.
Ορ ὦ φίλτατ', εἰ γὰρ τοῦτο κατθάνοιμ' ἰδών.
Πυ πιθοῦ νυν, ἄμμεινόν τε φασγάνου τομάς.
Ορ μενῶ, τὸν ἐχθρὸν εἴ τι τιμωρήσομαι.
Πυ σίγα νυν· ὡς γυναιξὶ πιστεύω βραχύ.
Ορ μηδὲν τρέσῃς τάσδ'· ὡς πάρεισ' ἡμῖν φίλαι.
Πυ Ἑλένην κτάνωμεν, Μενέλεῳ λύπην πικράν.
Ορ πῶς; τὸ γὰρ ἕτοιμον ἔστιν, εἴ γ' ἔσται καλῶς.
Πυ σφάξαντες. ἐν δόμοις δὲ κρύπτεται σέθεν.
Ορ μάλιστα· καὶ δὴ πάντ' ἀποσφραγίζεται.
Πυ ἀλλ' οὐκέθ', Ἅιδην νυμφίον κεκτημένη.
Ορ καὶ πῶς; ἔχει γὰρ βαρβάρους ὀπάονας.
Πυ τίνας; Φρυγῶν γὰρ οὐδέν' ἂν τρέσαιμ' ἐγώ.
Ορ οἵους ἐνόπτρων καὶ μύρων ἐπιστάτας.

Die ich als nächstem Freund dir anverlobt.
In andrem Schoße zeuge deine Saat,
Da unsre Schwägerschaft in Nichts zerrann.
Leb wohl, du liebstes Auge, treuer Freund,
In einem Wohl, das uns vergangen ist.
Der Tote weiß von keinem Lebewohl.
Py Du hast dich sehr in meinem Geist geirrt!
Der Erde Scholle und des Himmels Luft
Verstoße mich, wenn ich als falscher Freund
Mich rette und des eignen Weges geh!
Ich sag es frei: ich spann den ganzen Mord;
Für meine Pläne seid ihr schwer bestraft,
So muß auch euer Tod der meine sein.
Die Schwester aber, die du mir verlobt,
Ehr ich als Gattin. Soll in Delphi ich,
Im Phokerland, verstummen, wenn es heißt:
Ich war dein Freund, solang ihr glücklich wart,
In bösen Tagen ließ ich dich allein?
Niemals! Ich will an allem meinen Teil!

Umarmung

Der Tod ist uns gewiß. Doch laßt uns sehn,
Ob Menelas nicht unser Unglück teilt!
Or O Lieber, könnt ich dies mit Augen schaun!
Py Verschiebe deine Schwerttat, folge mir!
Or Ich tue alles, was mich rächen kann.
Py Doch stille! Diesen Frauen trau ich nicht.
Or Befürchte nichts, sie stehen ganz zu uns.
Py Wir töten Helena, sein höchstes Glück!
Or Wie kanns geschehen? Sieh mich ganz bereit!
Py Durchs Schwert! Sie ist in deinem Haus versteckt!
Or Dort drinnen löst sie ihre Siegel auf.
Py Bis Hades, ihr Verlobter, sie entführt!
Or Sie hat sich viele Diener mitgebracht!
Py Vor diesen Phrygern habe ich keine Angst ...
Or ... vor ihren Spiegeln, ihren Spezerein!

Πυ τρυφὰς γὰρ ἥκει δεῦρ' ἔχουσα Τρωικάς;
Ορ ὥσθ' Ἑλλὰς αὐτῇ σμικρὸν οἰκητήριον.
Πυ οὐδὲν τὸ δοῦλον πρὸς τὸ μὴ δοῦλον γένος.
Ορ καὶ μὴν τόδ' ἔρξας δὶς θανεῖν οὐχ ἅζομαι.
Πυ ἀλλ' οὐδ' ἐγὼ μήν, σοί γε τιμωρούμενος.
Ορ τὸ πρᾶγμα δήλου καὶ πέραιν', ὅπως λέγεις.
Πυ ἔσιμεν ἐς οἴκους δῆθεν ὡς θανούμενοι.
Ορ ἔχω τοσοῦτον, τἀπίλοιπα δ' οὐκ ἔχω.
Πυ γόους πρὸς αὐτὴν θησόμεσθ' ἃ πάσχομεν.
Ορ ὥστ' ἐκδακρῦσαί γ' ἔνδοθεν κεχαρμένην.
Πυ καὶ νῷν παρέσται ταῦθ' ἅπερ κείνῃ τότε.
Ορ ἔπειτ' ἀγῶνα πῶς ἀγωνιούμεθα;
Πυ κρύπτ' ἐν πέπλοισι τοισίδ' ἕξομεν ξίφη.
Ορ πρόσθεν δ' ὀπαδῶν τίς ὄλεθρος γενήσεται;
Πυ ἐκκλῄσομεν σφᾶς ἄλλον ἄλλοσε στέγης.
Ορ καὶ τόν γε μὴ σιγῶντ' ἀποκτείνειν χρεών.
Πυ εἶτ' αὐτὸ δηλοῖ τοὔργον οἷ τείνειν χρεών.
Ορ Ἑλένην φονεύειν· μανθάνω τὸ σύμβολον.
Πυ ἔγνως· ἄκουσον δ' ὡς καλῶς βουλεύομαι.
εἰ μὲν γὰρ ἐς γυναῖκα σωφρονεστέραν
ξίφος μεθεῖμεν, δυσκλεὴς ἂν ἦν φόνος·
νῦν δ' ὑπὲρ ἁπάσης Ἑλλάδος δώσει δίκην,
ὧν πατέρας ἔκτειν', ὧν δ' ἀπώλεσεν τέκνα,
νύμφας τ' ἔθηκεν ὀρφανὰς ξυναόρων.
ὀλολυγμὸς ἔσται, πῦρ τ' ἀνάψουσιν θεοῖς,
σοὶ πολλὰ κἀμοὶ κέδν' ἀρώμενοι τυχεῖν,
κακῆς γυναικὸς οὕνεχ' αἷμ' ἐπράξαμεν.
ὁ μητροφόντης δ' οὐ καλῇ ταύτην κτανών,
ἀλλ' ἀπολιπὼν τοῦτ' ἐπὶ τὸ βέλτιον πεσῇ,
Ἑλένης λεγόμενος τῆς πολυκτόνου φονεύς.
οὐ δεῖ ποτ', οὐ δεῖ, Μενέλεων μὲν εὐτυχεῖν,
τὸν σὸν δὲ πατέρα καὶ σὲ κἀδελφὴν θανεῖν,
μητέρα τε – ἐῶ τοῦτ'· οὐ γὰρ εὐπρεπὲς λέγειν –
δόμους δ' ἔχειν σοὺς δι' Ἀγαμέμνονος δόρυ
λαβόντα νύμφην· μὴ γὰρ οὖν ζῴην ἔτι,
ἢν μὴ 'π' ἐκείνῃ φάσγανον σπασώμεθα.

Py So bringt sie Trojas Prunk nach Griechenland?
Or In diese arme Bleibe, wie sie sagt.
Py Was sind die Sklaven vor dem freien Mann!
Or Gern sterb ich zweimal, wenn uns dies gelingt!
Py Und ich mit euch, wenn ich euch rächen kann!
Or Nun mach uns mit dem ganzen Plan bekannt!
Py Wir gehn ins Haus, als gingen wir zum Tod.
Or Das leuchtet ein, doch was erfolgt darauf?
Py Wir brechen dort in lautes Klagen aus.
Or Da weint sie mit, doch jubelt ihr das Herz.
Py Uns selber geh es ebenso wie ihr!
Or Und dann die Tat: wie wird sie ausgeführt?
Py Die Schwerter tragen wir im Kleid versteckt.
Or Wie werden ihre Diener weggeschafft?
Py Sie werden eingeschlossen, da und dort.
Or Und wer den Mund nicht hält, wird abgetan.
Py Was noch geschehen muß, das zeigt sich bald.
Or Hélena stirbt, das ist das Losungswort.
Py Du kennst es. Höre unser gutes Recht:
Wenn eine Frau wir träfen mit dem Schwert
Von reiner Seele, wär es schlechter Ruhm;
Die aber zahlt für alles Griechenvolk,
Weil Väter sie, und Söhne umgebracht
Und jungen Frauen ihre Männer nahm.
Mit Jubelrufen brennt man Feuer ab
Und ruft der Götter Segen uns herbei,
Da blutig sie die böse Schuld beglich.
Dann heißt du nicht mehr Muttermörder, nein,
Dein Name wendet sich, du bist fortan
Der Richter dieser großen Mörderin.
Darf Menelas am Ruder sein und du
Samt deiner Schwester und dem Vater tot?
Von deiner Mutter schweig ich. Und dies Weib,
Das Agamemnons Speer zurückgewann,
Soll herrschen? Lieber bin ich tot, als daß
Wir nicht die Waffe zücken gegen sie.

ἢν δ' οὖν τὸν Ἑλένης μὴ κατάσχωμεν φόνον,
πρήσαντες οἴκους τούσδε κατθανούμεθα.
ἑνὸς γὰρ οὐ σφαλέντες ἕξομεν κλέος,
καλῶς θανόντες ἢ καλῶς σεσῳσμένοι.

Χο πάσαις γυναιξὶν ἀξία στυγεῖν ἔφυ
ἡ Τυνδαρὶς παῖς, ἣ κατῄσχυνεν γένος.
Ορ φεῦ·
οὐκ ἔστιν οὐδὲν κρεῖσσον ἢ φίλος σαφής,
οὐ πλοῦτος, οὐ τυραννίς· ἀλόγιστον δέ τι
τὸ πλῆθος ἀντάλλαγμα γενναίου φίλου.
σὺ γὰρ τά τ' εἰς Αἴγισθον ἐξηῦρες κακὰ
καὶ πλησίον παρῆσθα κινδύνων ἐμοί,
νῦν τ' αὖ δίδως μοι πολεμίων τιμωρίαν
κοὐκ ἐκποδὼν εἶ – παύσομαί σ' αἰνῶν, ἐπεὶ
βάρος τι κἀν τῷδ' ἐστίν, αἰνεῖσθαι λίαν.
ἐγὼ δὲ πάντως ἐκπνέων ψυχὴν ἐμὴν
δράσας τι χρῄζω τοὺς ἐμοὺς ἐχθροὺς θανεῖν,
ἵν' ἀνταναλώσω μὲν οἵ με προύδοσαν,
στένωσι δ' οἵπερ κἄμ' ἔθηκαν ἄθλιον.
Ἀγαμέμνονός τοι παῖς πέφυχ', ὃς Ἑλλάδος
ἦρξ' ἀξιωθείς, οὐ τύραννος, ἀλλ' ὅμως
ῥώμην θεοῦ τιν' ἔσχε· ὃν οὐ καταισχυνῶ
δοῦλον παρασχὼν θάνατον, ἀλλ' ἐλευθέρως
ψυχὴν ἀφήσω, Μενέλεων δὲ τείσομαι.
ἑνὸς γὰρ εἰ λαβοίμεθ', εὐτυχοῖμεν ἄν,
εἴ ποθεν ἄελπτος παραπέσοι σωτηρία
κτανοῦσι μὴ θανοῦσιν· εὔχομαι τάδε.
ὃ βούλομαι γάρ, ἡδὺ καὶ διὰ στόμα
πτηνοῖσι μύθοις ἀδαπάνως τέρψαι φρένα.
Ηλ ἐγώ, κασίγνητ', αὐτὸ τοῦτ' ἔχειν δοκῶ,
σωτηρίαν σοὶ τῷδέ τ' ἐκ τρίτων τ' ἐμοί.
Ορ θεοῦ λέγεις πρόνοιαν. ἀλλὰ ποῦ τόδε;
ἐπεὶ τὸ συνετόν γ' οἶδα σῇ ψυχῇ παρόν.

Mißlingt uns dieser Mord, so legen wir
Hier Feuer an und sterben in der Glut.
Denn dieser eine Ruhm bleibt uns gewiß:
Statt froher Rettung winkt ein stolzer Tod.

Chorführerin

Die Tyndarstochter hat ihr Haus entehrt!
Von Grund auf ist sie jeder Frau verhaßt.

Or Nichts auf der Welt steht treuem Freund voran,
Nicht Gold, nicht Macht: Kein kluger Rechner tauscht
Den Einen gegen große Zahlen aus.
Da hast den Tod geschmiedet dem Aigisth
Und halfst mir in den Stunden der Gefahr;
Nun lehrst du mich die Rache an dem Feind
Und bleibst mir nah – doch ende ich mein Lob,
Das Übermaß hat keinen noch beglückt.
So oder so hauch ich mein Leben aus,
Da tu ich alles für der Feinde Tod:
Die mich verrieten, werden ausgelöscht
Und büßen sollen, die mich arm gemacht.
Agamemnon, der einst Griechenland befahl,
Erwählter Fürst, kein Zwingherr, göttergleich,
Hat mich gezeugt, und nie beschäm ich ihn
Mit feilem Sklaventod: von eigner Hand
Verscheid ich – und bestrafe Menelas.
Nur eines überstiege dieses Glück:
Die unverhoffte Rettung! Töten, doch
Nicht streben müssen: dies ist mein Gebet,
Ein flüchtig Wort, das leicht dem Mund entschwebt
Und mühelos das schwere Herz erquickt.
El Ich glaub, ich habs gefunden, Bruderherz,
Rettung für dich und ihn und auch für mich.
Or Ein Gott hat dirs gegeben. Sprich es aus,
In deiner Seele wohnte stets Verstand.

Ηλ ἄκουε δή νυν· καὶ σὺ δεῦρο νοῦν ἔχε.
Ορ λέγ'· ὡς τὸ μέλλειν ἀγάθ' ἔχει τιν' ἡδονήν.
Ηλ Ἑλένης κάτοισθα θυγατέρ'; εἰδότ' ἠρόμην.
Ορ οἶδ', ἣν ἔθρεψεν Ἑρμιόνην μήτηρ ἐμή.
Ηλ αὕτη βέβηκε πρὸς Κλυταιμήστρας τάφον.
Ορ τί χρῆμα δράσουσ'; ὑποτίθης τίν' ἐλπίδα;
Ηλ χοὰς κατασπείσουσ' ὑπὲρ μητρὸς τάφῳ.
Ορ καὶ δὴ τί μοι τοῦτ' εἶπας ἐς σωτηρίαν;
Ηλ ξυλλάβεθ' ὅμηρον τήνδ', ὅταν στείχῃ πάλιν.
Ορ τίνος τόδ' εἶπας φάρμακον τρισσοῖς φίλοις;
Ηλ Ἑλένης θανούσης, ἤν τι Μενέλεώς σε δρᾷ
ἢ τόνδε κἀμέ – πᾶν γὰρ ἓν φίλον τόδε –
λέγ' ὡς φονεύσεις Ἑρμιόνην· ξίφος δὲ χρὴ
δέρῃ πρὸς αὐτῇ παρθένου σπάσαντ' ἔχειν.
κἂν μέν σε σῴζῃ μὴ θανεῖν χρῄζων κόρην
Μενέλαος, Ἑλένης πτῶμ' ἰδὼν ἐν αἵματι,
μέθες πεπᾶσθαι πατρὶ παρθένου δέμας·
ἢν δ' ὀξυθύμου μὴ κρατῶν φρονήματος
κτείνῃ σε, καὶ σὺ σφάζε παρθένου δέρην.
καί νιν δοκῶ, τὸ πρῶτον ἢν πολὺς παρῇ,
χρόνῳ μαλάξειν σπλάγχνον· οὔτε γὰρ θρασὺς
οὔτ' ἄλκιμος πέφυκε. τήνδ' ἡμῖν ἔχω
σωτηρίας ἔπαλξιν. εἴρηται λόγος.
Ορ ὦ τὰς φρένας μὲν ἄρσενας κεκτημένη,
τὸ σῶμα δ' ἐν γυναιξὶ θηλείαις πρέπον,
ὡς ἀξία ζῆν μᾶλλον ἢ θανεῖν ἔφυς.
Πυλάδη, τοιαύτης ἆρ' ἁμαρτήσῃ τάλας
γυναικὸς ἢ ζῶν μακάριον κτήσῃ λέχος.
Πυ εἰ γὰρ γένοιτο, Φωκέων δ' ἔλθοι πόλιν
καλοῖσιν ὑμεναίοισιν ἀξιουμένη.
Ορ ἥξει δ' ἐς οἴκους Ἑρμιόνη τίνος χρόνου;
ὡς τἄλλα γ' εἶπας, εἴπερ εὐτυχήσομεν,
κάλλισθ', ἑλόντες σκύμνον ἀνοσίου πατρός.
Ηλ καὶ δὴ πέλας νιν δωμάτων εἶναι δοκῶ·
τοῦ γὰρ χρόνου τὸ μῆκος αὐτὸ συντρέχει.
Ορ καλῶς· σὺ μέν νυν, σύγγον' Ἠλέκτρα, δόμων

El Hört, was ich sage, du und Pylades!
Or Mit Freuden hört man frohe Botschaft an.
El Du kennst das Töchterchen der Helena ...
Or Hermione, der Mutter Pflegekind.
El Sie ging hinaus zu Klytaimestras Grab.
Or Was hat sie Hoffnungsvolles dort getan?
El Statt ihrer Mutter goß sie Spenden aus.
Or Und welche Rettung liegt in diesem Gang?
El Faßt sie als Geisel, wenn sie wiederkommt!
Or Das ist der Zaubertrank für alle drei?
El Stirbt Helena und Menelas bedroht
Dich, diesen oder mich (wir drei sind eins),
Sag, seine Tochter stirbt mit ihr und zieh
Das Schwert und setz es an des Mädchens Hals!
Wenn Menelas, der schon sein Weib verlor,
Das Kind behalten will und dich beschützt,
So gib dem Vater seine Tochter frei;
Doch wenn er seine Feindschaft nicht begräbt
Und dich bedroht, durchschneide ihren Hals!
Ich glaube, hat er einmal ausgetobt,
Wird er sein Herz erweichen, denn er ist
Nicht kühn, nicht streitbar von Natur. Dies ist
Mein Turm der Rettung. Alles ist gesagt.
Or Obwohl dich jede Frauenschönheit ziert,
So hast du doch des Mannes starken Sinn.
Du bist des Lebens, nicht des Todes wert!
Du siehst, mein Pylades, was du verlierst,
Und was dich ewig glücklich machen kann.
Py Könnt es geschehn, daß du nach Phokis kommst!
Das schönste Hochzeitslied erwartet dich.
Or Wann kommt Hermione zurück? Dein Plan
Ist gut, doch braucht er noch das Glück,
Daß Vaters Lamm uns in die Arme läuft.
El Sie muß schon nah bei unsrem Hause sein;
Die abgelaufne Stunde sagt es an!
Or Gut so! Nun warte, liebe Schwester, hier

πάρος μένουσα παρθένου δέχου πόδα,
φύλασσε δ' ἤν τις, πρὶν τελευτηθῇ φόνος, 1218
ἐλθὼν ἐς οἴκους φθῇ, γέγωνέ τ' ἐς δόμους,
ἢ σανίδα παίσασ' ἢ λόγους πέμψασ' ἔσω·
ἡμεῖς δ' ἔσω στείχοντες ἐπὶ τὸν ἔσχατον
ἀγῶν' ὁπλιζώμεσθα φασγάνῳ χέρας. 1223

ὦ δῶμα ναίων νυκτὸς ὀρφναίας πάτερ,
καλεῖ σ' 'Ορέστης παῖς σὸς ἐπίκουρον μολεῖν
τοῖς δεομένοισι. διὰ σὲ γὰρ πάσχω τάλας
ἀδίκως· προδέδομαι δ' ὑπὸ κασιγνήτου σέθεν,
δίκαια πράξας· οὗ θέλω δάμαρθ' ἑλὼν
κτεῖναι· σὺ δ' ἡμῖν τοῦδε συλλήπτωρ γενοῦ.
Ηλ ὦ πάτερ, ἱκοῦ δῆτ', εἰ κλύεις ἔσω χθονὸς
τέκνων καλούντων, οἳ σέθεν θνῄσκουσ' ὕπερ.
Πυ ὦ συγγένεια πατρὸς ἐμοῦ, κἀμὰς λιτάς,
'Αγάμεμνον, εἰσάκουσον· ἔκσωσον τέκνα.
Ορ ἔκτεινα μητέρα –
Ηλ ἡψάμην δ' ἐγὼ ξίφους –
Πυ ἐγὼ δὲ προυβούλευσα κἀπέλυσ' ὄκνου.
Ορ σοί, πάτερ, ἀρήγων.
Ηλ οὐδ' ἐγὼ προύδωκά σε.
Πυ οὔκουν ὀνείδη τάδε κλύων ῥύσῃ τέκνα;
Ορ δακρύοις κατασπένδω σε.
Ηλ ἐγὼ δ' οἴκτοισί γε.
Πυ παύσασθε, καὶ πρὸς ἔργον ἐξορμώμεθα.
εἴπερ γὰρ εἴσω γῆς ἀκοντίζουσ' ἀραί,
κλύει. σὺ δ', ὦ Ζεῦ πρόγονε καὶ Δίκης σέβας,
δότ' εὐτυχῆσαι τῷδ' ἐμοί τε τῇδέ τε·
τρισσοῖς φίλοις γὰρ εἷς ἀγών, δίκη μία,
ἢ ζῆν ἅπασιν ἢ θανεῖν ὀφείλεται.

ἢ ξύμμαχός τις ἢ κασίγνητος πατρός, 1219
Πυλάδη· σὺ γὰρ δὴ συμπονεῖς ἐμοὶ πόνους. 1224

Vorm Hause auf des Mädchens nahen Schritt!
Gib acht, ob einer noch vor unsrer Tat
Dem Haus sich nähert. Meld es schnell hinein,
Klopf an das Hoftor oder ruf es laut!
Wir aber treten ein zum letzten Kampf
Und nehmen unsre Schwerter in die Hand.

sie knien

O Vater, aus dem Haus der finstern Nacht
Hör deinen Sohn Orest und steh ihm bei!
Wir brauchen dich. Um deinetwillen leid
Ich Schlimmstes vom Verräter Menelas
Und tat kein Unrecht. Töt ich nun sein Weib,
Mußt du der Helfer sein bei dieser Tat!
El Von drunten höre deine Kinder an,
Um deinetwillen gehn sie in den Tod!
Py Verwandter meines Bluts, so hör auch mich:
Agamemnon, hilf den Kindern, rette sie!
Or Ich schlug die Mutter tot!
El Und meine Hand!
Py Ich selbst erdachte euren ganzen Plan.
Or Ich half dir, Vater!
El Nie verriet ich dich!
Py Hör ihren Vorwurf, rette sie vom Tod!
Or Ich weih dir Tränen!
El Ich den Klagelaut!
Py Nun scheigt, wir gehen jetzt an unser Werk!
Wenn je ein Schrei in Erdentiefen stieß,
So hört er. Dike! Unsrer Väter Zeus!
Gebt euren Segen, ihm und mir und ihr!
Drei Freunde kämpfen um ihr eines Recht,
Uns allen winkt das Leben, droht der Tod.

beide treten ein

Ηλ Μυκηνίδες ὦ φίλιαι, ⏑hem στρ.
τὰ πρῶτα κατὰ Πελασγὸν ἕδος Ἀργείων. do^2

Χο τίνα θροεῖς αὐδάν, πότνια; παραμένει do^2
γὰρ ἔτι σοι τόδ' ἐν Δαναϊδῶν πόλει. do^2
Ηλ στῆθ' αἱ μὲν ὑμῶν τόνδ' ἁμαξήρη τρίβον, ia^6
αἱ δ' ἐνθάδ' ἄλλον οἶμον ἐς φρουρὰν δόμων. ia^6
Χο τί δέ με τόδε χρέος ἀπύεις; ia^4
ἔνεπέ μοι, φίλα. do
Ηλ φόβος ἔχει με μή τις ἐπὶ δώμασι do^2
σταθεὶς ἐπὶ φοίνιον αἷμα ⏑hem⏑
πήματα πήμασιν ἐξεύρῃ. hem sp

Ημ χωρεῖτ', ἐπειγώμεσθ'· ἐγὼ μὲν οὖν τρίβον ia^6
τόνδ' ἐκφυλάξω, τὸν πρὸς ἡλίου βολάς. ia^6
Ημ καὶ μὴν ἐγὼ τόνδ', ὃς πρὸς ἑσπέραν φέρει. ia^6
Ηλ δόχμιά νυν κόρας διάφερ' ὀμμάτων. do^2
Χο ἐκεῖθεν ἐνθάδ', εἶτα παλινσκοπιὰν ia^2⏑hem
ἔχομεν, ὡς θροεῖς. do

Ηλ ἑλίσσετέ νυν βλέφαρα, ἀντ.

DRITTES STANDLIED

Wechsellied

Strophe

Elektra

Mykenierinnen, ihr lieben,
Stolzeste Frauen
Des Landes!

Chor

Fürstin, was ist dein Geheiß?
Denn Fürstin bist du geblieben!
El Stellt euch am Fahrweg auf, die einen hier,
Die andern dort, und achtet des Palasts!
Ch Und warum soll dies alles geschehn,
Warum, meine Liebe?
El Ich fürchte, daß einer hier eindringt,
Wenn die Tat sich vollzieht,
Und daß er das Schlimmste uns häuft.

Halbchor

Geht, eilen wir, ich werde diesen Pfad
Bewachen, der zum Sonnenaufgang führt.
Hch Ich diesen nach des Tages Untergang.
El Nun dreht die Sterne des Augs!
Ch Von hier nach dort, von dort nach hier:
Wir tun, wie du sagtest.

Gegenstrophe

El Laßt kreisen die spähenden Augen,

κόραισι δίδοτε πάντα διὰ βοστρύχων.

Ημ ὅδε τις ἐν τρίβῳ; πρόσεχε, τίς ὅδ' ἄρ' ἀμ-
φὶ μέλαθρον πολεῖ σὸν ἀγρότας ἀνήρ;
Ηλ ἀπωλόμεσθ' ἄρ', ὦ φίλαι· κεκρυμμένους
θῆρας ξιφήρεις αὐτίκ' ἐχθροῖσιν φανεῖ.
Ημ ἄφοβος ἔχε· κενός, ὦ φίλα,
στίβος ὃν οὐ δοκεῖς.
Ηλ τί δέ; τὸ σὸν βέβαιον ἔτι μοι μένει;
δὸς ἀγγελίαν ἀγαθάν τιν'
εἰ τάδ' ἔρημα τὰ πρόσθ' αὐλᾶς.
Ημ καλῶς τά γ' ἐνθένδ'. ἀλλὰ τἀπὶ σοῦ σκόπει·
ὡς οὔτις ἡμῖν Δαναϊδῶν πελάζεται.
Ημ ἐς ταὐτὸν ἥκεις· καὶ γὰρ οὐδὲ τῇδ' ὄχλος.
Ηλ φέρε νυν ἐν πύλαισιν ἀκοὰν βάλω.
Χο τί μέλλεθ' οἱ κατ' οἶκον ἐν ἡσυχίᾳ
σφάγια φοινίσσειν;

Ηλ οὐκ εἰσακούουσ'· ὦ τάλαιν' ἐγὼ κακῶν. ia^6
ἆρ' ἐς τὸ κάλλος ἐκκεκώφηται ξίφη; ia^6
τάχα τις Ἀργείων ἔνοπλος ὁρμήσας do^2
ποδὶ βοηδρόμῳ μέλαθρα προσμείξει. do^2
σκέψασθέ νυν ἄμεινον· οὐχ ἕδρας ἀγών· ia^6
ἀλλ' αἱ μὲν ἐνθάδ', αἱ δ' ἐκεῖσ' ἑλίσσετε. ia^6
Χο ἀμείβω κέλευθον σκοποῦσα πάντῃ. ba^2 ia^2–

Ελ ἰὼ Πελασγὸν Ἄργος, ὄλλυμαι κακῶς. ia^6
Χο ἠκούσαθ'; ἄνδρες χεῖρ' ἔχουσιν ἐν φόνῳ. ia^6
Ἑλένης τὸ κώκυμ' ἐστίν, ὡς ἀπεικάσαι. ia^6
Ηλ ὦ Διός, ὦ Διὸς ἀέναον κράτος, da^4
ἔλθ' ἐπίκουρος ἐμοῖσι φίλοισι πάντως. da^3–ba

Laßt durch die Locken
Sie dringen!
Hch Kommt da nicht einer des Wegs,
Ein Bauer, ein Gast der Gemächer?
El Wir sind verloren, er verrät dem Feind
Die Löwen, die mit Schwertern hier versteckt!
Hch Sei getrost, unsre Straße ist leer,
Der Pfad, den du fürchtest.
El Und ist euer Weg dort so sicher?
Gib den guten Bescheid;
Ists ringsherum still um den Hof?
Hch Hier wohl, doch späht nur eure Straße aus,
Ob kein Argiver seines Weges zieht!
Hch Hier ganz das gleiche: niemand ist zu sehn.
El Nun laßt mich lauschen am Tor!
Ch Ihr drinnen, ach, was säumt ihr noch,
Die Opfer zu töten?

Schluß

El Sie hören nicht! Ach, alles ist vorbei,
Das schöne Weib macht alle Schwerter stumpf!
Wie leicht kann hier ein Mann mit Waffen noch
Im Haus erscheinen, Helena befrein!
Paßt schärfer auf! Hier ist nicht Ruhezeit!
Schwenkt ihr zur Linken hin und ihr nach rechts!
Ch Wir wechseln die Straße
Und spähen umher!

Helena *von innen*

Pelasgerstadt, man mordet mich dahin!
Hch Habt ihr gehört? Die Männer sind am Werk!
Hch Ich glaube, das ist Helenas Geschrei!
El Allewge Macht des Zeus!
O Zeus! So hilf, so hilf meinen Lieben!

Ελ Μενέλαε, θνήσκω· σὺ δὲ παρών μ' οὐκ ὠφελεῖς. ia^{6}
Ηλ φονεύετε, καίνετε, ⏑da^{2}
ὄλλυτε, δίπτυχα δίστομα φάσγανα da^{4}
ἐκ χερὸς ἱέμενοι ia^{2}–
τὰν λιποπάτορα λιπόγαμον, ἃ ia^{4}
πλείστους ἔκανεν Ἑλλάνων ia^{2}–sp
δορὶ παρὰ ποταμὸν ὀλομένους, ia^{4}
ὅθι δάκρυα δάκρυσιν ἔπεσεν ia^{4}
σιδαρέοισι βέλεσιν ἀμ- ia^{4}
φὶ τὰς Σκαμάνδρου δίνας. ia^{2}–sp

Χο σιγᾶτε σιγᾶτ'· ᾐσθόμην κτύπου τινὸς
κέλευθον ἐσπεσόντος ἀμφὶ δώματα.

Ηλ ὦ φίλταται γυναῖκες, ἐς μέσον φόνον
ἥδ' Ἑρμιόνη πάρεστι· παύσωμεν βοήν.
στείχει γὰρ ἐσπεσοῦσα δικτύων βρόχους.
καλὸν τὸ θήραμ', ἢν ἁλῷ, γενήσεται.

πάλιν κατάστηθ' ἡσύχῳ μὲν ὄμματι,
χρόᾳ δ' ἀδήλῳ τῶν δεδραμένων πέρι·
κἀγὼ σκυθρωποὺς ὀμμάτων ἕξω κόρας,
ὡς δῆθεν οὐκ εἰδυῖα τἀξειργασμένα.

He *von innen*
Ich sterbe, Menelas! Was hilfst du nicht?
El Mordet, tötet, erschlagt,
Die den Vater verließ,
Die den Mann verließ!
Heraus eure Schwerter,
Mit doppelten Klingen!
Sie hat tausend Griechen den Tod gebracht,
Sie fielen am Fluß in der Schlacht,
Als von eiserner Pfeile Gewalt
An Skamandros' Wirbeln
Träne auf Träne herabsank.

FÜNFTE HAUPTSZENE

Chorführerin

Still, still, ich hör von Schritten einen Lärm,
Der sich dem Hause nähert auf dem Weg.

Elektra

O liebste Fraun, da kommt Hermione
Gerade recht zum Mord. Kein Jubel mehr!
Die Schlingen unsrer Netze warten schon:
O welche Beute, wenn der Fang gelingt!

sie klopft ans Tor

Steht stillen Augs, die Farbe des Gesichts
Verrate nichts von dem, was hier geschieht!
Ich selber fülle meinen Blick mit Schmerz,
Als wüßt ich nichts von der vollbrachten Tat.

ὦ παρθέν', ἥκεις τὸν Κλυταιμήστρας τάφον
στέψασα καὶ σπείσασα νερτέροις χοάς;

Ἑρμιόνη

ἥκω, λαβοῦσα πρευμένειαν. ἀλλά μοι
φόβος τις εἰσελήλυθ', ἥντιν' ἐν δόμοις
τηλουρὸς οὖσα δωμάτων κλύω βοήν.
Ηλ τί δ'; ἄξι' ἡμῖν τυγχάνει στεναγμάτων.
Ερ εὔφημος ἴσθι· τί δὲ νεώτερον λέγεις;
Ηλ θανεῖν 'Ορέστην κἄμ' ἔδοξε τῇδε γῇ.
Ερ μὴ δῆτ', ἐμοῦ γε συγγενεῖς πεφυκότας.
Ηλ ἄραρ'· ἀνάγκης δ' ἐς ζυγὸν καθέσταμεν.
Ερ ἦ τοῦδ' ἕκατι καὶ βοὴ κατὰ στέγας;
Ηλ ἱκέτης γὰρ Ἑλένης γόνασι προσπεσὼν βοᾷ –
Ερ τίς; οὐδὲν οἶδα μᾶλλον, ἢν σὺ μὴ λέγῃς.
Ηλ τλήμων 'Ορέστης· μὴ θανεῖν, ἐμοῦ θ' ὕπερ.
Ερ ἐπ' ἀξίοισί τἄρ' ἀνευφημεῖ δόμος.
Ηλ περὶ τοῦ γὰρ ἄλλου μᾶλλον ἂν φθέγξαιτό τις;
ἀλλ' ἐλθὲ καὶ μετάσχες ἱκεσίας φίλοις,
σῇ μητρὶ προσπεσοῦσα τῇ μέγ' ὀλβίᾳ,
Μενέλαον ἡμᾶς μὴ θανόντας εἰσιδεῖν.
ἀλλ', ὦ τραφεῖσα μητρὸς ἐν χεροῖν ἐμῆς,
οἴκτιρον ἡμᾶς κἀπικούφισον κακῶν.
ἴθ' εἰς ἀγῶνα δεῦρ', ἐγὼ δ' ἡγήσομαι·
σωτηρίας γὰρ τέρμ' ἔχεις ἡμῖν μόνη.
Ερ ἰδού, διώκω τὸν ἐμὸν ἐς δόμους πόδα.
σώθηθ' ὅσον γε τοὐπ' ἐμέ.
Ηλ ὦ κατὰ στέγας
φίλοι ξιφήρεις, οὐχὶ συλλήψεσθ' ἄγραν;

Ερ οἲ ἐγώ· τίνας τούσδ' εἰσορῶ;

zu Hermione

Hast du, mein Kind, der Klytaimestra Grab
Mit Binden und mit Spenden wohl bedacht?

Hermione

Ich bringe ihren Segen. Doch befiel
Mich Furcht, als ich von ferne lauten Schrei
Vernahm, der wie aus diesem Hause klang.
El Was uns befiel, will laut beschrieen sein!
Her O wildes Wort! Was ist dein neuer Schmerz?
El Das Volk verhing Orest und mir den Tod.
Her Das darf nicht sein, ihr seid von meinem Blut!
El Es ist geschehn. Wir beugen uns dem Joch ...
Her Und deshalb diese Rufe im Gemach?
El Laut schreiend fiel er hin vor Helena ...
Her Wer fiel? Ich weiß nichts, außer was du sagst.
El Orestes! Um sein Leben und für mich!
Her Sein Schrei hat dieses Haus mit Recht erfüllt.
El Nichts andres hätte wilderen verdient.
So komm und stehe deinen Lieben bei,
Umklammre deiner stolzen Mutter Knie,
Daß Menelas uns doch am Leben läßt!
O Kind, das meine Mutter auferzog,
Erbarm dich unser, hilf uns aus der Not,
Geh gleich ans Werk und folge mir hinein,
Das Ziel der Rettung liegt in deiner Hand.
Her Schon eilt mein Fuß, ich tue, was ich kann
Für euer Heil!
El Ihr Freunde drinnen, hört
Und zückt das Schwert. Die Beute lief ins Garn.

sie treten heraus

Her Weh mir, wen seh ich?

Ορ σιγᾶν χρεών·
ἡμῖν γὰρ ἥκεις, οὐχὶ σοί, σωτηρία.
Ηλ ἔχεσθ' ἔχεσθε· φάσγανον δὲ πρὸς δέρῃ
βάλλοντες ἡσυχάζεθ', ὡς εἰδῇ τόδε
Μενέλαος, οὕνεκ' ἄνδρας, οὐ Φρύγας κακούς,
εὑρὼν ἔπραξεν οἷα χρὴ πράσσειν κακούς.

Χο ἰὼ ἰὼ φίλαι, do στρ.
κτύπον ἐγείρετε, κτύπον καὶ βοὰν do^{2}
πρὸ μελάθρων, ὅπως ὁ πραχθεὶς φόνος do^{2}

μὴ δεινὸν Ἀργείοισιν ἐμβάλῃ φόβον, ia^{6}
βοηδρομῆσαι πρὸς δόμους τυραννικούς, ia^{6}
πρὶν ἐτύμως ἴδω τὸν Ἑλένας φόνον do^{2}
καθαιμακτὸν ἐν δόμοις κείμενον, do^{2}

ἢ καὶ λόγον του προσπόλων πυθώμεθα· ia^{6}
τὰ μὲν γὰρ οἶδα συμφοράς, τὰ δ' οὐ σαφῶς. ia^{6}

διὰ δίκας ἔβα θεῶν cr ia^{2}
νέμεσις ἐς Ἑλέναν. do
δακρύοισι γὰρ Ἑλλάδ' ἅπασαν ἔπλησε, an^{4}⏑
διὰ τὸν ὀλόμενον ὀλόμενον Ἰδαῖον do^{2}
Πάριν, ὃς ἄγαγ' Ἑλλάδ' εἰς Ἴλιον. do^{2}

ἀλλὰ κτυπεῖ γὰρ κλῇθρα βασιλείων δόμων, ia^{6}
σιγήσατ'· ἔξω γάρ τις ἐκβαίνει Φρυγῶν,
οὗ πευσόμεσθα τἀν δόμοις ὅπως ἔχει.

Orestes

Augenblicklich still!
Du kamst, um uns zu retten, nicht für dich.

El Packt zu, packt zu! Mit eurem Schwert am Hals
Wird sie schon Ruhe geben! Menelas
Wird Männer, keine feigen Phryger sehn,
Und seine Schurkerei wird voll bezahlt!

sie führen Hermione hinein

VIERTES STANDLIED

Chor

Strophe

Auf, auf, ihr Lieben,
Schlagt, schlagt euer Haupt, klagt laut
Vor dem Tor des Palasts,
Daß das Morden hier drinnen
Das Volk von Argos nicht in Schrecken jagt
Und sie dem Herrscher nicht zu Hilfe ziehn,
Bevor wir noch Helena blutend
Liegen gesehen im Haus
Mit eigenen Augen!
Noch hat kein Sklave uns ein Wort gesagt,
Wir wissen nur zur Hälfte, was geschieht.
Durch Dikes Arm
Fiel die Strafe der Götter
Auf dieses Weib!
Sie hat Griechenland
In Tränen gebadet
Für den elenden, elenden Mann
Vom Ida, der alle Hellenen
Nach Troja verpflanzte.

Φρύξ

'Αργέϊον ξίφος ἐκ θανάτου — da^3– 1369
πέφευγα βαρβάροις ἐν εὐμάρισιν, — ia^4 cr 1370
κεδρωτὰ παστάδων ὑπὲρ τέραμνα — ia^4 ba
Δωρικάς τε τριγλύφους, — cr ia^2
φροῦδα φροῦδα, γᾶ γᾶ — cr ba
βαρβάροισι δρασμοῖς. — cr ba

αἰαῖ· — sp 1375
πᾷ φύγω, ξέναι, πολιὸν αἰθέρ' ἀμ- — tr^2 cr^2
πτάμενος ἢ πόντον, 'Ωκεανὸς ὃν — cr^3
ταυρόκρανος ἀγκάλαις — tr^2 cr
ἑλίσσων κυκλοῖ χθόνα; — ba ia^2

Χο τί δ' ἔστιν, 'Ελένης πρόσπολ', 'Ιδαῖον κάρα; — ia^6 1380
Φρ Ἴλιον Ἴλιον, ὤμοι μοι, — da^3–
Φρύγιον ἄστυ καὶ καλλίβωλον Ἴ- — do hyp
δας ὄρος ἱερόν, ὥς σ' ὀλόμενον στένω — do^2 1383

βαρβάρῳ βοᾷ δι' ὀρνιθόγονον — hyp do 1385
ὄμμα κυκνοπτέρου καλλοσύνας, Λήδας — do^2
σκύμνου, δυσελένας — do
δυσελένας, — cr

ἁρμάτειον ἁρμάτειον μέλος — hyp do 1384

SECHSTE HAUPTSZENE

Wechselgesänge

Phryger *springt vom Gebälk*

Dem Argiverschwert,
Dem Tode entfloh ich
In weichen Schuhen der Heimat
Über die zedernen Balken der Halle
Und die dorisch geschnitzten Triglyphen,
Fort, nur fort, Mutter Ga, Ga –
Mit phrygischen Sprüngen!
Ai, ai!
Wohin fliehn, ihr Fraun?
Flieg ich hinauf
In Äthers Helle?
Stürz ich ins Meer,
Das der stiergehörnte Okeanos
Mit der Arme Umschlingung
Um die Erde windet?

Chorführerin

Was ist dir, idäisches Haupt,
Der Königin Diener?
Ph Ilion, Ilion, ach!
Der Phryger reiche Stadt!
Schönscholliger, heiliger Idaberg!
Wie klag ich barbarischen Sangs!
Ihr seid dahin
Durch das vogelgeborene Bild,
Die schwanengeflügelte Pracht,
Durch Ledas Küken,
Helenas Fluchbild,
Helenas Mißbild,

	ξεστῶν περγάμων Ἀπολλωνίων	do^2	
	ἐρινύν· ὀττοτοῖ·	ba cr	
	ἰαλέμων ἰαλέμων	ia^4	
	Δαρδανία τλᾶμον, Γανυμήδεος	da^4	
	ἱπποσύνα, Διὸς εὐνέτα.	da^3	
Χο	σαφῶς λέγ' ἡμῖν αὔθ' ἕκαστα τἀν δόμοις.	ia^6	1393
Φρ	αἴλινον αἴλινον ἀρχὰν θανάτου	an^4	
	βάρβαροι λέγουσιν, αἰαῖ,	tr^4	
	Ἀσιάδι φωνᾷ, βασιλέων	ia^4	
	ὅταν αἷμα χυθῇ κατὰ γᾶν ξίφεσιν	an^4	
	σιδαρέοισιν Ἅιδα.	ia^4	
	ἦλθον ἐς δόμους,	hyp	
	ἵν' αὔθ' ἕκαστά σοι λέγω,	ia^4	
	λέοντες Ἕλλανες δύο διδύμω· τῷ	ia^4 ba	
	μὲν ὁ στρατηλάτας πατὴρ ἐκλῄζετο	ia^6	
	ὃ δὲ παῖς Στροφίου, κακόμητις ἀνήρ,	an^4	
	οἷος Ὀδυσσεύς, σιγᾷ δόλιος,	an^4	
	πιστὸς δὲ φίλοις, θρασὺς εἰς ἀλκάν,	an^4	
	ξυνετὸς πολέμου, φόνιός τε δράκων.	an^4	
	ἔρροι τᾶς ἡσύχου	sp ia^2	
	προνοίας κακοῦργος ὤν.	ba ia^2	
	οἳ δὲ πρὸς θρόνους ἔσω	cr ia^2	
	μολόντες ἇς ἔγημ' ὁ τοξότας Πάρις	ia^6	
	γυναικός, ὄμμα δακρύοις	ia^4	
	πεφυρμένοι, ταπεινοὶ	ia^2 ba	
	ἕζονθ', ὃ μὲν τὸ κεῖθεν, ὃ δὲ	ia^4	
	τὸ κεῖθεν, ἄλλος ἄλλοθεν πεφραγμένοι.	ia^6	
	περὶ δὲ γόνυ χέρας ἱκεσίους ἔβαλον ἔβαλον	ia^6	
	Ἑλένας ἄμφω.	an^2	

τὰ γὰρ πρὶν οὐκ εὔγνωστα συμβαλοῦσ' ἔχω.	ia^6	1394

Den Fluch der Burg,
Der glatten Mauern Apolls!
Wehe, wehe!
Armes, dardanisches Land,
Land der Klagen,
Land der Seufzer,
Ganymedes' Reitbahn,
Des Geliebten des Zeus!

Chf So sag uns alles, was im Haus geschah!
Ph Ailinos, Ailinos, Gott des Tods,
Dich singen die Phryger, ai! ai!
Mit Asiens Klaglied,
Wenn der Könige Blut zu Boden rinnt
Von den eisernen Schwertern des Hades!
Daß du alles erfährst:
Zwei Löwen brachen ins Haus,
Griechisches Zwillingspaar;
Der eine der Sohn jenes Feldherrn,
Der andere böse, des Strophios Sohn,
Wie Odysseus, lauernd, voll Tücke,
Doch den Freunden treu, verwegen im Kampf,
Kampfkundig, ein blutiger Drache.
Verflucht dieses Schurken
Vorsorgende Art!
Sie traten hinein zum hohen Thron,
Des pfeilberühmten Paris Eheweib,
Die Augen strömten von Tränen.
Sie knieten nieder
Zur Linken und Rechten,
Der eine und der andre war bewehrt.
Bittflehend legten sie, legten sie
Die Hände auf Helenas Knie.

ἀνὰ δὲ δρομάδες ἔθορον ἔθορον ia^4
ἀμφίπολοι Φρύγες· do
προσεῖπε δ' ἄλλος ἄλλον ἐν φόβῳ πεσών, ia^6
μή τις εἴη δόλος. cr^2
κἀδόκει τοῖς μὲν οὔ, cr^2
τοῖς δ' ἐς ἀρκυστάταν cr^2
μηχανὰν ἐμπλέκειν cr^2
παῖδα τὰν Τυνδαρίδ' ὁ cr^2
μητροφόντας δράκων. cr^2
Χο σὺ δ' ἦσθα ποῦ τότ'; ἢ πάλαι φεύγεις φόβῳ; ia^6
Φρ Φρυγίοις ἔτυχον Φρυγίοισι νόμοις an^4
παρὰ βόστρυχον αὔραν αὔραν an^4^
Ἑλένας Ἑλένας εὐπαγεῖ an^4^
κύκλῳ πτερίνῳ πρὸ παρηίδος ᾄσ- an^4
σων βαρβάροις νόμοισιν. ia^2 ba
ἃ δὲ λίνον ἠλακάτᾳ cr ch
δακτύλοις ἕλισσεν, cr ba
νῆμα δ' ἵετο πέδῳ, cr^2
σκύλων Φρυγίων ἐπὶ τύμβον ἀγάλ- an^4
ματα συστολίσαι χρῄζουσα λίνῳ, an^4
φάρεα πορφύρεα, δῶρα Κλυταιμήστρᾳ. do^2
προσεῖπεν δ' Ὀρέστας ba^2
Λάκαιναν κόραν· Ὦ ba^2
Διὸς παῖ, θὲς ἴχνος ba^2
πέδῳ δεῦρ' ἀποστᾶσα κλισμοῦ, ba^3
Πέλοπος ἐπὶ προπάτορος ἕδραν ia^4
παλαιᾶς ἑστίας, ba cr
ἵν' εἰδῇς λόγους ἐμούς. ba ia^2
ἄγει δ' ἄγει νιν· ἁ δ' ἐφεί- ia^4
πετ', οὐ πρόμαντις ὧν ἔμελ- ia^4
λεν· ὁ δὲ συνεργὸς ἄλλ' ἔπρασσ' ia^4

Und da sprangen und sprangen
Und liefen die phrygischen Diener.
Und voller Angst sprach dieser jenen an:
„Ist das ein Betrug?"
Die einen vertrauten,
Die andern sahen
Des Tyndaros Tochter
Schon im engsten Netz
Des muttermordenden Drachen.

Chf Wo warst du selber? Auf und schon davon?

Ph Nach phrygischer, phrygischer Sitte
Stand ich da und beschwingte
Die Luft, die Luft
Vor Helenas, Helenas
Locken und Wangen
Mit dem zierlichen Rund meines Fächers.
Nach der Heimat Brauch.
Die Herrin drehte mit Händen
Um die Spindel das Linnen,
Ließ den Faden zu Boden.
Aus phrygischer Beute
Nähte sie Totengaben zusammen,
Purpurgewänder für Klytaimestra.
Da sprach Orestes
Zum Mädchen aus Sparta:
„O Kind des Zeus!
Steh auf vom Sitz,
Steig auf den Boden herab!
Vernimm vom uralten Thron
Des Vorvaters Pelops,
Was jetzt ich sage!"
Und er führt sie, führt sie, sie folgte,
Nichts ahnend von allem.
Doch sein Helfer, der Schurke von Phokis,

ἰὼν κακὸς Φωκεύς· ia^2 sp
Οὐκ ἐκποδὼν ἴτ'; ἀλλ' ἀεὶ κακοὶ Φρύγες. ia^6
ἔκλῃσε δ' ἄλλον ἄλλοσ' ἐν ia^4
στέγαισι· τοὺς μὲν ἐν σταθμοῖ- ia^4
σιν ἱππικοῖσι, τοὺς δ' ἐν ἐξ- ia^4
έδραισι, τοὺς δ' ἐκεῖσ' ἐκεῖθεν ἄλλον ἄλ- ia^6
λοσε διαρμόσας ἀποπρὸ δεσποίνας. do^2
Χο τί τοὐπὶ τῷδε συμφορᾶς ἐγίγνετο; ia^6
Φρ 'Ιδαία μᾶτερ μᾶτερ an^4$_\wedge$
ὀβρίμα ὀβρίμα, an^2
αἰαῖ φονίων παθέων ἀνόμων an^4
τε κακῶν ἅπερ ἔδρακον ἔδρακον an^3
ἐν δόμοις τυράννων. cr ba
ἀμφιπορφυρέων πέπλων ὑπὸ σκότου cr ia^4
ξίφη σπάσαντες ἐν χεροῖν ia^4
ἄλλος ἄλλο- tr^2
σε δίνασεν ὄμμα, μή τις παρὼν τύχοι. do ba ia^2
ὡς κάπροι δ' ὀρέστεροι γυ- tr^4
ναικὸς ἀντίοι σταθέντες tr^4
ἐννέπουσι· Κατθανῇ tr^2 cr
κατθανῇ, cr
κακός σ' ἀποκτείνει πόσις, ia^4
κασιγνήτου προδοὺς ba cr
ἐν Ἄργει θανεῖν γόνον. ba ia^2

ἃ δ' ἀνίαχεν ἴαχεν· Ὤμοι μοι. tr^4$_\wedge$ sp
λευκὸν δ' ἐμβαλοῦσα πῆχυν στέρνοις do^2
κτύπησε κρᾶτα μέλεον πλαγᾷ· ia^2 do
φυγᾷ δὲ ποδὶ τὸ χρυσεοσάνδαλον do^2
ἴχνος ἔφερεν ἔφερεν· ἐς κόμας do cr
δὲ δακτύλους δικὼν 'Ορέστας, ia^4–
Μυκηνίδ' ἀρβύλαν προβάς, ia^4
ὤμοις ἀριστεροῖσιν ἀνακλάσας δέρην, ia^6

Ließ sich anders vernehmen:
„Ihr steht im Weg, nach aller Phryger Art!“
Und er sperrte sie alle im Haus
In verschiedene Winkel,
In die Pferdeställe, die Gänge,
Die einen hier, die andern dort,
Doch getrennt von der Herrin.

Chf Und was geschah nach diesem Überfall?

Ph O Mutter vom Ida!
Mächtige, mächtige Mutter!
Wehe der blutigen Leiden,
Der gottlosen Tat, die ich sah, die ich sah
Im Hause der Herrscher!
Aus dem Dunkel der purpurnen Kleider
Fuhren die Schwerter,
Dahin und dorthin
Rollte das Auge,
Ob keiner zugegen.
Wie die Eber der Berge
Stellten sie sich
Hin vor die Frau
Und riefen: „So stirb!
So stirb!
Damit zahlt dein übler Gemahl,
Daß er des eignen Bruders Sohn
In Argos preisgab dem Tod!“
Da schrie sie und schrie:
„O weh mir!“
Mit den strahlenden Armen
Schlug sie die Brust,
Schlug sie das dröhnende Haupt,
Setzte, ach setzte
Die goldnen Schuhe schon zur schnellen Flucht.
Da packt sie Orestes beim Haar,
Vorsetzend den Mykenerschuh,
Und biegt zur linken Schulter ihren Hals,

παίειν λαιμῶν ἔμελ- sp ia^{2}
λεν εἴσω μέλαν ξίφος. ba ia^{2}
Χο ποῦ δ' ἦτ' ἀμύνειν οἱ κατὰ στέγας Φρύγες; ia^{6}
Φρ ἰαχᾷ δόμων θύρετρα καὶ σταθμοὺς do^{2}
μοχλοῖσιν ἐκβαλόντες, ἔνθ' ἐμίμνομεν, ia^{6}
βοηδρομοῦμεν ἄλλος ἄλλοθεν στέγης, ia^{6}
ὃ μὲν πέτρους, ὃ δ' ἀγκύλας, ia^{4}
ὃ δὲ ξίφος πρόκωπον ἐν χεροῖν ἔχων. ia^{6}
ἔναντα δ' ἦλθε Πυλάδης ia^{2} cr
ἀλίαστος, οἷος οἷος Ἕκτωρ ia^{4}–
ὁ Φρύγιος ἢ τρικόρυθος Αἴας, ia^{4}–
ὃν εἶδον εἶδον ἐν πύλαις ia^{4}
Πριαμίσι· φασγάνων δ' ἀκμὰς ia^{4}
συνήψαμεν. ia^{2}

δὴ τότε διαπρεπεῖς τότ' ἐγένοντο Φρύγες, do^{2}
ὅσον Ἄρεως ἀλκὰν do
ἥσσονες Ἑλλάδος ἐγενόμεθ' αἰχμᾶς, an^{4}
ὃ μὲν οἰχόμενος φυγάς, ὃ δὲ νέκυς ὤν, an^{4}
ὃ δὲ τραῦμα φέρων, ὃ δὲ λισσόμενος, an^{4}
θανάτου προβολάν· an^{2}
ὑπὸ σκότον δ' ἐφεύγομεν· ia^{4}
νεκροὶ δ' ἔπιπτον, οἳ δ' ἔμελλον, οἳ δ' ἔκειντ'. ia^{6}
ἔμολε δ' ἁ τάλαιν' Ἑρμιόνα δόμους do^{2}
ἐπὶ φόνῳ χαμαιπετεῖ ματρός, ἅ do^{2}
νιν ἔτεκεν τλάμων. do
ἄθυρσοι δ' ba
οἷά νιν δραμόντε Βάκχαι tr^{4}
σκύμνον ἐν χεροῖν ὀρείαν tr^{4}
ξυνήρπασαν· πάλιν δὲ τὰν Διὸς κόραν ia^{6}

In die Kehle zu stoßen
Das dunkle Schwert.
Chf Und keine Phryger rührten ihre Hand?
Ph Wir schrieen laut
Und hoben mit Eisen
Die Türen aus, die Pfosten aus
Der Kammern, wo wir waren; hier und dort
Kam einer her, der Fürstin beizustehn
Mit Steinen, mit Spießen,
Ein andrer fand ein Schwert und zückte es.
Entgegen trat
Uns Pylades,
Unbeugsam, ein zweiter
Phrygischer Hektor, ein zweiter
Helmbuschiger Aias,
Den ich sah, den ich sah
Vor Priamos' Toren.
Wir kreuzten die Klingen.
Da stellte sich bei uns heraus,
Wie die Phryger im Nahkampf
Den griechischen Speer nicht bestehen.
Der rannte davon, der lag wie tot,
Verwundet der eine, der andere bat,
Sein Leben zu schonen.
Wir zerstoben im Dunkel,
Und Tote sanken, diese rangen noch,
Die andern lagen entseelt.
Da trat die arme Hermione
Herein ins Haus,
Herbei zum Mord
Der am Boden knieenden Mutter,
Die einst sie geboren.
Ein Mänadenpaar ohne Thyrsos,
So stürzten die beiden hinzu
Und packten das Reh.
Und wieder wandten die zwei

ἐπὶ σφαγὰν ἔτεινον· ἃ δ’ — ia^4
ἐκ θαλάμων — ch
ἐγένετο διαπρὸ δωμάτων ἄφαντος, — ia^4 ba
ὦ Ζεῦ καὶ γᾶ — an^2
καὶ φῶς καὶ νύξ, — an^2
ἤτοι φαρμάκοισιν ἢ — –sp ia^2
μάγων τέχναις ἢ θεῶν κλοπαῖς. — ia^4
τὰ δ’ ὕστερ’ οὐκέτ’ οἶδα· δρα- — ia^4
πέτην γὰρ ἐξέκλεπτον ἐκ δόμων πόδα. — ia^6
πολύπονα δὲ πολύπονα πάθεα — ia^4
Μενέλεως ἀνασχόμενος ἀνόνητον ἀ- — do^2
πὸ Τροίας ἔλαβε τὸν ῾Ελένας γάμον. — do^2

Χο καὶ μὴν ἀμείβει καινὸν ἐκ καινῶν τόδε· — ia^6
ξιφηφόρον γὰρ εἰσορῶ πρὸ δωμάτων
βαίνοντ’ ’Ορέστην ἐπτοημένῳ ποδί.

Ορ ποῦ ’στιν οὗτος ὃς πέφευγεν
ἐκ δόμων τοὐμὸν ξίφος; — $tr^8{}_{\wedge}$
Φρ προσκυνῶ σ’, ἄναξ, νόμοισι
βαρβάροισι προσπίτνων.
Ορ οὐκ ἐν ’Ιλίῳ τάδ’ ἐστίν,
ἀλλ’ ἐν ’Αργείᾳ χθονί.
Φρ πανταχοῦ ζῆν ἡδὺ μᾶλλον
ἢ θανεῖν τοῖς σώφροσιν.
Ορ οὔτι που κραυγὴν ἔθηκας
Μενέλεῳ βοηδρομεῖν;
Φρ σοὶ μὲν οὖν ἔγωγ’ ἀμύνειν·
ἀξιώτερος γὰρ εἶ.
Ορ ἐνδίκως ἡ Τυνδάρειος
ἆρα παῖς διώλετο;

Sich der Zeustochter zu. Doch sie war
Aus dem Saal,
Durch das ganze Haus schon verschwunden –
O Zeus! O Ga!
O Licht! O Nacht! –
Durch Zaubertrank.
Durch Zauberspruch,
Durch göttliche Täuschung.
Sonst weiß ich nichts,
Ich stahl mich heimlich aus dem Saal davon. –
Mühsal, Mühsal und Leiden
Trug Menelas und holte aus Troja
Helenas Lager zurück,
Zu keinem, keinem Gewinn.

Chf Schon wechselt Neues dieses Neue ab:
Orestes sah ich mit gezücktem Schwert,
Wie er mit Flügelschritt dem Haus enteilt.

Orestes

Steckt er hier, der aus dem Hause
Meinem Schwert entronnen ist?
Ph Sieh mich nach Barbarenweise
Hingestreckt in deinen Staub!
Or Auf, wir sind hier nicht in Troja,
Sind in Argos' freiem Land!
Ph Überall ist für den Klugen
Leben süßer als der Tod.
Or Hast du vorhin laut geschrieen:
„Hilfe, Hilfe, Menelas!“?
Ph Nur für dich hab ich gerufen,
Hilfe hast nur du verdient.
Or Und so glaubst du, daß wir billig
Tyndars Tochter töteten?

Φρ ἐνδικώτατ', εἴ γε λαιμοὺς
εἶχε τριπτύχους θανεῖν.
Ορ δειλίᾳ γλώσσῃ χαρίζῃ,
τἄνδον οὐχ οὕτω φρονῶν.
Φρ οὐ γάρ, ἥτις Ἑλλάδ' αὐτοῖς
Φρυξὶ διελυμήνατο;
Ορ ὄμοσον – εἰ δὲ μή, κτενῶ σε –
μὴ λέγειν ἐμὴν χάριν.

Φρ τὴν ἐμὴν ψυχὴν κατώμοσ',
ἣν ἂν εὐορκοῖμ' ἐγώ.
Ορ ὧδε κἀν Τροίᾳ σίδηρος
πᾶσι Φρυξὶν ἦν φόβος;
Φρ ἄπεχε φάσγανον· πέλας γὰρ
δεινὸν ἀνταυγεῖ φόνον.
Ορ μὴ πέτρος γένῃ δέδοικας
ὥστε Γοργόν' εἰσιδών;
Φρ μὴ μὲν οὖν νεκρός· τὸ Γοργοῦς
δ' οὐ κάτοιδ' ἐγὼ κάρα.
Ορ δοῦλος ὢν φοβῇ τὸν Ἅιδην,
ὅς σ' ἀπαλλάξει κακῶν;
Φρ πᾶς ἀνήρ, κἂν δοῦλος ᾖ τις,
ἥδεται τὸ φῶς ὁρῶν.
Ορ εὖ λέγεις· σῴζει σε σύνεσις.
ἀλλὰ βαῖν' ἔσω δόμων.
Φρ οὐκ ἄρα κτενεῖς με;
Ορ ἀφεῖσαι.
Φρ καλὸν ἔπος λέγεις τόδε.
Ορ ἀλλὰ μεταβουλευσόμεσθα.
Φρ τοῦτο δ' οὐ καλῶς λέγεις.
Ορ μῶρος, εἰ δοκεῖς με τλῆναι
σὴν καθαιμάξαι δέρην·
οὔτε γὰρ γυνὴ πέφυκας
οὔτ' ἐν ἀνδράσιν σύ γ' εἶ.
τοῦ δὲ μὴ στῆσαί σε κραυγὴν
οὕνεκ' ἐξῆλθον δόμων·

Ph Hätte sie drei Hälse, jeder
Müßte abgeschnitten sein!
Or Feige winselt deine Zunge,
Innen sieht es anders aus!
Ph Dieses Weib tat allen Griechen,
Allen Phrygern Böses an.
Or *droht mit dem Schwert*
Schwör: das kam aus deinem Herzen!
Schwör es oder fahr dahin!
Ph Ich beschwörs, bei meinem Leben,
Höher schwören kann ich nicht!
Or Jagt ein Eisen allen Phrygern
Immer solche Ängste ein?
Ph Weg das Schwert! Schon aus der Nähe
Blitzt es meinen sichern Tod.
Or Fürchtest du, der bloße Anblick
Macht wie Gorgo dich zu Stein?
Ph Wenn die Waffe nur nicht tötet!
Von der Gorgo weiß ich nichts.
Or Bangen Sklaven vor dem Hades,
Der sie nur befreien kann?
Ph Jeder, auch der ärmste Sklave
Freut sich an der Sonne Licht!
Or Gut gesagt! Für diese Klugheit
Bleibst du leben. Geh ins Haus!
Ph Ohne Tod?
Or Du bist entlassen!
Ph Das war auch ein kluges Wort.
Or Doch es muß noch überlegt sein.
Ph Dies gefällt mir nicht so wohl.
Or Narr, du meinst, er kann mich locken,
Dieser abgeschnittne Hals,
Wo du nicht als Weib zu brauchen
Und noch weniger als Mann!
Nur damit du kein Geschrei machst,
Folgte ich dir aus dem Haus;

ὀξὺ γὰρ βοῆς ἀκοῦσαν
Ἄργος ἐξεγείρεται.
Μενέλεων δ' οὐ τάρβος ἡμῖν
ἀναλαβεῖν ἔσω ξίφους·
ἀλλ' ἴτω ξανθοῖς ἐπ' ὤμων
βοστρύχοις γαυρούμενος·
εἰ γὰρ 'Αργείους ἐπάξει
τοῖσδε δώμασιν λαβών,
τὸν Ἑλένης φόνον διώκων,
κἀμὲ μὴ σῴζειν θέλει
σύγγονόν τ' ἐμὴν Πυλάδην τε
τὸν τάδε ξυνδρῶντά μοι,
παρθένον τε καὶ δάμαρτα
δύο νεκρὼ κατόψεται.

Χο ἰὼ ἰὼ τύχα, do ἀντ.
ἕτερον εἰς ἀγῶν', ἕτερον αὖ δόμος do^2
φοβερὸν ἀμφὶ τοὺς 'Ατρείδας πίτνει. do^2
τί δρῶμεν; ἀγγέλλωμεν ἐς πόλιν τάδε; ia^6
ἢ σῖγ' ἔχωμεν; ἀσφαλέστερον, φίλαι. ia^6
ἴδε πρὸ δωμάτων ἴδε προκηρύσσει do^2
θοάζων ὅδ' αἰθέρος ἄνω καπνός. do^2
ἅπτουσι πεύκας, ὡς πυρώσοντες δόμους ia^6
τοὺς Ταντaλείους, οὐδ' ἀφίστανται φόνου. ia^6
τέλος ἔχει δαίμων βροτοῖς, cr ia^2
τέλος ὅπᾳ θέλῃ. do

Schnell bei solchen Hilferufen
Ist die Bürgerschaft zur Hand.
Menelas kann uns nicht schrecken,
Wenn er seine Klinge zieht;
Mag er kommen, mag er prunken
Mit dem blonden Lockenfall!
Führt er aber die Argiver
Rachelustig vor dies Haus,
Ohne uns vom Tod zu retten,
Mich, die Schwester, Pylades:
Wird er Gattin, wird er Tochter
Beide tot vor Augen sehn.

ab ins Haus, der Phryger entflieht

FÜNFTES STANDLIED

Chor

Gegenstrophe

O Macht des Schicksals!
Es fiel, ach es fiel ins Haus
Neuer blutiger Streit
Um die Kinder des Atreus!
Was tun? Vermelden wir die Tat der Stadt?
Verschweigen wirs? Es dünkt uns sicherer.
Doch sieh, da erscheint schon ein Bote:
Rauch, der hinaufsteigt zur Luft
Vom Boden der Höfe.
Sie zünden Scheiter an ums ganze Haus,
Die Tantaliden lassen nicht vom Mord.
Der Daimon setzt
Allen Menschen die Ziele,
Wie er es will;

μεγάλα δέ τις ἁ δύναμις· δι’ ἀλαστόρων an^{4}⏑–
ἔπεσ’ ἔπεσε μέλαθρα τάδε δι’ αἱμάτων do^{2}
διὰ τὸ Μυρτίλου πέσημ’ ἐκ δίφρου. do^{2}

Χο ἀλλὰ μὴν καὶ τόνδε λεύσσω
Μενέλεων δόμων πέλας tr^{8}∧
ὀξύπουν, ᾐσθημένον που
τὴν τύχην ᾗ νῦν πάρα.
οὐκέτ’ ἂν φθάνοιτε κλῇθρα
συμπεραίνοντες μοχλοῖς,
ὦ κατὰ στέγας ’Ατρεῖδαι.
δεινὸν εὐτυχῶν ἀνὴρ
πρὸς κακῶς πράσσοντας, ὡς σὺ
νῦν, ’Ορέστα, δυστυχεῖς.

Με ἥκω κλύων τὰ δεινὰ καὶ δραστήρια
δισσοῖν λεόντοιν· οὐ γὰρ ἄνδρ’ αὐτὼ καλῶ.
ἤκουσα γὰρ δὴ τὴν ἐμὴν ξυνάορον
ὡς οὐ τέθνηκεν, ἀλλ’ ἄφαντος οἴχεται –
κενὴν ἀκούσας βάξιν, ἣν φόβῳ σφαλεὶς
ἤγγειλέ μοί τις. ἀλλὰ τοῦ μητροκτόνου
τεχνάσματ’ ἐστὶ ταῦτα καὶ πολὺς γέλως.
ἀνοιγέτω τις δῶμα· προσπόλοις λέγω
ὠθεῖν πύλας τάσδ’, ὡς ἂν ἀλλὰ παῖδ’ ἐμὴν
ῥυσώμεθ’ ἀνδρῶν ἐκ χερῶν μιαιφόνων,
καὶ τὴν τάλαιναν ἀθλίαν δάμαρτ’ ἐμὴν
λάβωμεν, ᾗ δεῖ ξυνθανεῖν ἐμῇ χερὶ
τοὺς διολέσαντας τὴν ἐμὴν ξυνάορον.

Seine Macht ist groß.
Durch teuflische Morde
Sank in Trümmer, in Trümmer dies Haus,
Seit Myrtilos' Sturz aus dem Wagen
Den Blutstrom entrollte.

SCHLUSSZENE

Chor

Seht da kehrt auch Meneláos
Schnellen Schrittes zum Palast,
Sicher hat er schon erfahren,
Was im Hause sich begab.
Schnell versperrt, ihr Atreuskinder,
Mit den Balken jedes Tor,
Denn gefährlich ist der Starke
Gegen Schwache, wie ihr seid.

Menelaos *mit Gefolge*

Ich habe von dem Schreckenswerk gehört
Der wilden Tiere – Menschen sind das nicht.
Von meiner Gattin wird gesagt, sie sei
Spurlos verschwunden, aber noch nicht tot:
Törichte Rede, die ein Mann voll Angst
Mir zutrug. Unsres Muttermörders List
Hat dieses lächerliche Zeug erdacht.
Macht auf da drinnen! Und von draußen stoßt
Die Tore ein! Vielleicht kann ich mein Kind
Noch retten von der blutbefleckten Hand
Und bergen meiner armen Gattin Leib.
Wer mir mein Weib erschlug, muß auch mit ihr
Des Todes sein, von dieser meiner Hand!

Ορ οὗτος σύ, κλῄθρων τῶνδε μὴ ψαύσῃς χερί·
Μενέλαον εἶπον, ὃς πεπύργωσαι θράσει·
ἢ τῷδε θριγκῷ κρᾶτα συνθραύσω σέθεν,
ῥήξας παλαιὰ γεῖσα, τεκτόνων πόνον.
μοχλοῖς δ' ἄραρε κλῇθρα, σῆς βοηδρόμου
σπουδῆς ἅ σ' εἴρξει, μὴ δόμων ἔσω περᾶν.
Με ἔα, τί χρῆμα; λαμπάδων ὁρῶ σέλας,
δόμων δ' ἐπ' ἄκρων τούσδε πυργηρουμένους,
ξίφος δ' ἐμῆς θυγατρὸς ἐπίφρουρον δέρῃ.
Ορ πότερον ἐρωτᾶν ἢ κλύειν ἐμοῦ θέλεις;
Με οὐδέτερ'· ἀνάγκη δ', ὡς ἔοικε, σου κλύειν.
Ορ μέλλω κτενεῖν σου θυγατέρ', εἰ βούλῃ μαθεῖν.
Με 'Ελένην φονεύσας ἐπὶ φόνῳ πράσσεις φόνον;
Ορ εἰ γὰρ κατέσχον μὴ θεῶν κλεφθεὶς ὕπο.
Με ἀρνῇ κατακτὰς κἀφ' ὕβρει λέγεις τάδε;
Ορ λυπράν γε τὴν ἄρνησιν· εἰ γὰρ ὤφελον –
Με τί χρῆμα δρᾶσαι; παρακαλεῖς γὰρ ἐς φόβον.
Ορ τὴν 'Ελλάδος μιάστορ' εἰς Ἅιδου βαλεῖν.
Με ἀπόδος δάμαρτος νέκυν, ὅπως χώσω τάφῳ.
Ορ θεοὺς ἀπαίτει. παῖδα δὲ κτενῶ σέθεν.
Με ὁ μητροφόντης ἐπὶ φόνῳ πράσσει φόνον;
Ορ ὁ πατρὸς ἀμύντωρ, ὃν σὺ προύδωκας θανεῖν.
Με οὐκ ἤρκεσέν σοι τὸ παρὸν αἷμα μητέρος;
Ορ οὐκ ἂν κάμοιμι τὰς κακὰς κτείνων ἀεί.
Με ἦ καὶ σύ, Πυλάδη, τοῦδε κοινωνεῖς φόνου;
Ορ φησὶν σιωπῶν· ἀρκέσω δ' ἐγὼ λέγων.
Με ἀλλ' οὔτι χαίρων, ἤν γε μὴ φύγῃς πτεροῖς.
Ορ οὐ φευξόμεσθα· πυρὶ δ' ἀνάψομεν δόμους.
Με ἦ γὰρ πατρῷον δῶμα πορθήσεις τόδε;
Ορ ὡς μή γ' ἔχῃς σύ, τήνδ' ἐπισφάξας πυρί.
Με κτεῖν'· ὡς κτανών γε τῶνδέ μοι δώσεις δίκην.

Orestes und Pylades erscheinen mit Hermione auf dem Dach

Or Rühr du da unten dieses Tor nicht an
Im Schutze deiner Frechheit, Menelas!
Sieh das Gesimsstück dieses alten Baus,
Mit dem dein Kopf im Nu zertrümmert ist!
Der Eifer deines Werks ist lahmgelegt
Durch feste Balken. Niemand kommt herein!
Me Was ist hier los? Ich sehe Fackelschein,
Die beiden droben auf dem Dach verschanzt,
Ihr Schwert gezückt auf meiner Tochter Hals!
Or Willst du mich fragen oder hören? Sprich!
Me Am liebsten keins! Doch hören muß ich wohl.
Or Vernimm, daß deine Tochter sterben muß.
Me Zum Mord der Helena ein neues Blut?
Or Die Mutter, leider, nahm ein Gott hinweg.
Me Du leugnest alles und verhöhnst mich noch!
Or Das Leugnen schmerzt mich selber! Hätt ich doch …
Me … nur was getan? Die Worte schrecken mich.
Or … die Pest von Hellas in den Tod geschickt!
Me Gib ihre Leiche her, sie braucht ihr Grab!
Or Befrag die Götter! – Doch die Tochter stirbt!
Me So häuft der Muttermörder Mord auf Mord!
Or Des Vaters Rächer, den du schnöd verrietst!
Me War deiner Mutter Blut dir nicht genug?
Or Mit solchen Frauen räumt man besser auf.
Me Du bist der Mordgehilfe, Pylades?
Or Sein Schweigen und mein Wort bestätigt es.
Me Das zahlt ihr schwer – wenn ihr nicht Flügel habt!
Or Wir fliehen nicht. Wir legen Feuer an.
Me Der alten Väter Haus verschonst du nicht?
Or Für dich nicht! Und hier kniet das Opfertier.
Me Schlag zu! Doch diese Tat wird schwer bezahlt!

Ορ ἔσται τάδε.
Με ἆ ἆ, μηδαμῶς δράσῃς τάδε.
Ορ σίγα νυν, ἀνέχου δ' ἐνδίκως πράσσων κακῶς.
Με ἦ γὰρ δίκαιον ζῆν σε;
Ορ καὶ κρατεῖν γε γῆς.
Με ποίας;
Ορ ἐν Ἄργει τῷδε τῷ Πελασγικῷ.
Με εὖ γοῦν θίγοις ἂν χερνίβων –
Ορ τί δὴ γὰρ οὔ;
Με καὶ σφάγια πρὸ δορὸς καταβάλοις.
Ορ σὺ δ' ἂν καλῶς;
Με ἁγνὸς γάρ εἰμι χεῖρας.
Ορ ἀλλ' οὐ τὰς φρένας.
Με τίς δ' ἂν προσείποι σέ;
Ορ ὅστις ἐστὶ φιλοπάτωρ.
Με ὅστις δὲ τιμᾷ μητέρα;
Ορ εὐδαίμων ἔφυ.
Με οὔκουν σύ γε.
Ορ οὐ γὰρ ἁνδάνουσιν αἱ κακαί.
Με ἄπαιρε θυγατρὸς φάσγανον.
Ορ ψευδὴς ἔφυς.
Με ἀλλὰ κτενεῖς μου θυγατέρα;
Ορ οὐ ψευδὴς ἔτ' εἶ.
Με οἴμοι, τί δράσω;
Ορ πεῖθ' ἐς Ἀργείους μολὼν –
Με πειθὼ τίνα;
Ορ ἡμᾶς μὴ θανεῖν· αἰτοῦ πόλιν.
Με ἢ παῖδά μου φονεύσετε;
Ορ ὧδ' ἔχει τάδε.
Με ὦ τλῆμον Ἑλένη –
Ορ τἀμὰ δ' οὐχὶ τλήμονα;
Με σὲ σφάγιον ἐκόμισ' ἐκ Φρυγῶν –
Ορ εἰ γὰρ τόδ' ἦν.
Με πόνους πονήσας μυρίους.
Ορ πλήν γ' εἰς ἐμέ.

Or Es sei!
Me O Jammer! Bitte, tu es nicht!
Or Schweig jetzt und trage dein gerechtes Los!
Me Und du darfst leben?
Or Ja, und König sein.
Me Und wo?
Or In Argos, im Pelasgerland!
Me Weihwasser sprengen? Du?
Or Warum denn nicht?
Me Beim Auszug opfern?
Or Wär es dir erlaubt?
Me Rein sind die Hände!
Or Doch der Sinn befleckt!
Me Wer grüßt dich noch?
Or Wer seinen Vater liebt.
Me Und wer die Mutter ehrt?
Or Er preist sein Glück.
Me Und du?
Or Die schlechten Mütter ehrt man nicht.
Me Nimm jetzt das Schwert von ihrem Hals!
Or Du irrst!
Me Du wirst sie töten?
Or Darin irrst du nicht!
Me Was tu ich?
Or Geh nach Argos, sag dem Volk ...
Me Was sag ich?
Or Daß man mich nicht töten darf!
Me Sonst tötet ihr mein Kind?
Or Des sei gewiß!
Me O arme Helena!
Or Bin ich nicht arm?
Me Zur Schlachtbank holt ich dich!
Or O wärs geschehn!
Me Die tausend Mühen!
Or Keine war für mich.

Με πέπονθα δεινά.
Ορ τότε γὰρ ἦσθ’ ἀνωφελής.
Με ἔχεις με.
Ορ σαυτὸν σύ γ’ ἔλαβες κακὸς γεγώς.
ἀλλ’ εἶ’, ὕφαπτε δώματ’, ’Ηλέκτρα, τάδε·
σύ τ’, ὦ φίλων μοι τῶν ἐμῶν σαφέστατε,
Πυλάδη, κάταιθε γεῖσα τειχέων τάδε.
Με ὦ γαῖα Δαναῶν ἱππίου τ’ Ἄργους κτίται,
οὐκ εἶ’ ἐνόπλῳ ποδὶ βοηδρομήσετε;
πᾶσαν γὰρ ὑμῶν ὅδε βιάζεται πόλιν
ζῆν, αἷμα μητρὸς μυσαρὸν ἐξειργασμένος.

’Απόλλων

Μενέλαε, παῦσαι λῆμ’ ἔχων τεθηγμένον·
Φοῖβός σ’ ὁ Λητοῦς παῖς ὅδ’ ἐγγὺς ὢν καλῶ·
σύ θ’ ὃς ξιφήρης τῇδ’ ἐφεδρεύεις κόρῃ,
’Ορέσθ’, ἵν’ εἰδῇς οὓς φέρων ἥκω λόγους.
‘Ελένην μὲν ἣν σὺ διολέσαι πρόθυμος ὢν
ἥμαρτες, ὀργὴν Μενέλεῳ ποιούμενος,
ἐγώ νιν ἐξέσωσα κἀπὸ φασγάνου 1633
τοῦ σοῦ κελευσθεὶς ἥρπασ’ ἐκ Διὸς πατρός.
Ζηνὸς γὰρ οὖσαν ζῆν νιν ἄφθιτον χρεών,
Κάστορί τε Πολυδεύκει τ’ ἐν αἰθέρος πτυχαῖς
σύνθακος ἔσται, ναυτίλοις σωτήριος.
ἄλλην δὲ νύμφην ἐς δόμους κτῆσαι λαβών,
ἐπεὶ θεοὶ τῷ τῆσδε καλλιστεύματι
Ἕλληνας εἰς ἓν καὶ Φρύγας συνήγαγον,
θανάτους τ’ ἔθηκαν, ὡς ἀπαντλοῖεν χθονὸς
ὕβρισμα θνητῶν ἀφθόνου πληρώματος.
τὰ μὲν καθ’ ‘Ελένην ὧδ’ ἔχει· σὲ δ’ αὖ χρεών,
’Ορέστα, γαίας τῆσδ’ ὑπερβαλόνθ’ ὅρους
Παρράσιον οἰκεῖν δάπεδον ἐνιαυτοῦ κύκλον.

ἥδ’ ἐστίν, ἣν ὁρᾶτ’ ἐν αἰθέρος πτυχαῖς, 1631
σεσῳσμένη τε κοὐ θανοῦσα πρὸς σέθεν.

Me Ich trage schwer!
Or Das andre nahmst du leicht!
Me Ich bin versklavt!
Or An deine schlechte Art!
Elektra, stecke jetzt das Haus in Brand,
Und Pylades, der Treuen Treuester,
Entfache Feuer an dem Dachgesims!
Me Ihr Danaer! Du stolzes Rosseland!
Kommt schnell zu Hilfe mit der stärksten Macht!
Vom Mutterblut besudelt, will der Mann
Euch dennoch zwingen, daß er leben soll.

Apollon *erscheint in der Luft*

Laß deinen blinden Eifer, Menelas,
Phoibos, der Sohn der Leto, spricht zu dir!
Und du, der dieses Mädchen so bedrängt,
Orestes, höre meine Worte an!
Du wolltest voller Zorn auf Menelas
Ihm Helena ermorden, das ging fehl,
Ich habe sie vor deinem Schwert beschützt
Und auf des Vaters Zeus Geheiß entführt.
Des Ewgen Kind soll ewig leben, soll
Mit Kastor hoch im Äther thronen, soll
Mit Polydeukes Hort der Schiffer sein.
Nimm eine andre Gattin! Diese hat
Den Göttern mit der Schönheit nur gedient,
Troja und Hellas in den Kampf zu ziehn.
Die vielen Toten nahmen von der Welt
Die Überlast des frevelhaften Volks.
Soviel von Helena. Doch du, Orest,
Mußt außer Landes gehn auf Jahres Frist.
Arkadiens Stadt, die du bewohnen mußt,

κεκλήσεται δὲ σῆς φυγῆς ἐπώνυμον. 1646
ἐνθένδε δ’ ἐλθὼν τὴν ’Αθηναίων πόλιν 1648
δίκην ὑπόσχες αἵματος μητροκτόνου
Εὐμενίσι τρισσαῖς· θεοὶ δέ σοι δίκης βραβῆς
πάγοισιν ἐν ’Αρείοισιν εὐσεβεστάτην
ψῆφον διοίσουσ’, ἔνθα νικῆσαί σε χρή.
ἐφ’ ἧς δ’ ἔχεις, ’Ορέστα, φάσγανον δέρῃ,
γῆμαι πέπρωταί σ’ ‘Ερμιόνην· ὃς δ’ οἴεται
Νεοπτόλεμος γαμεῖν νιν, οὐ γαμεῖ ποτε.
θανεῖν γὰρ αὐτῷ μοῖρα Δελφικῷ ξίφει,
δίκας ’Αχιλλέως πατρὸς ἐξαιτοῦντά με.
Πυλάδῃ δ’ ἀδελφῆς λέκτρον, ὥς ποτ’ ᾔνεσας,
δός· ὁ δ’ ἐπιὼν νιν βίοτος εὐδαίμων μένει.
῎Αργους δ’ ’Ορέστην, Μενέλεως, ἔα κρατεῖν,
ἐλθὼν δ’ ἄνασσε Σπαρτιάτιδος χθονός,
φερνὰς ἔχων δάμαρτος, ἥ σε μυρίοις
πόνοις διδοῦσα δεῦρ’ ἀεὶ διήνυσεν.
τὰ πρὸς πόλιν δὲ τῷδ’ ἐγὼ θήσω καλῶς,
ὅς νιν φονεῦσαι μητέρ’ ἐξηνάγκασα.
Ορ ὦ Λοξία μαντεῖε, σῶν θεσπισμάτων
οὐ ψευδόμαντις ἦσθ’ ἄρ’, ἀλλ’ ἐτήτυμος.
καίτοι μ’ ἐσῄει δεῖμα, μή τινος κλύων
ἀλαστόρων δόξαιμι σὴν κλύειν ὄπα.
ἀλλ’ εὖ τελεῖται, πείσομαι δὲ σοῖς λόγοις.
ἰδού, μεθίημ’ ‘Ερμιόνην ἀπὸ σφαγῆς,
καὶ λέκτρ’ ἐπῄνεσ’, ἡνίκ’ ἂν διδῷ πατήρ.
Με ὦ Ζηνὸς ‘Ελένη χαῖρε παῖ· ζηλῶ δέ σε
θεῶν κατοικήσασαν ὄλβιον δόμον.
’Ορέστα, σοὶ δὲ παῖδ’ ἐγὼ κατεγγυῶ,
Φοίβου λέγοντος· εὐγενὴς δ’ ἀπ’ εὐγενοῦς
γήμας ὄναιο καὶ σὺ χὠ διδοὺς ἐγώ.
Απ χωρεῖτέ νυν ἕκαστος οἷ προστάσσομεν,
νείκας τε διαλύεσθε.
Με πείθεσθαι χρεών.

’Αζᾶσιν ’Αρκάσιν τ’ ’Ορέστειον καλεῖν. 1647

Trägt ewig deinen Namen. Zieh von dort
Zum Areshügel in die Stadt Athen:
Drei Eumeniden fordern dort den Sold
Für deinen Muttermord. Nach frömmstem Recht
Tagt das Gericht und du wirst Sieger sein.

Hermione, die du so schwer bedrohst,
Wird deine Gattin: Neoptolemos,
Der sie begehrt, wird nie mit ihr vermählt,
In Delphi heischt der Sühnegeld von mir
Für seinen Vater, doch man tötet ihn.
Dem Pylades gib, wie du es gelobt,
Elektra! Ihnen winkt ein reiches Glück.
Gib Argos an Orestes, Menelas,
Geh ins Spartanerland und herrsche dort
Durch deiner Gattin Mitgift, die bisher
Dir Kummer über Kummer eingebracht.
Orest versöhne ich mit seinem Volk,
Ich selbst befahl ihm ja den Muttermord!

Or O Seher Loxias, nun zeigt es sich,
Daß dein Orakel reine Wahrheit ist.
Schon trug ich Sorge, einem Lügengeist
Hätt ich mein Ohr geliehen und nicht dir.
Das gute Ende kam, ich folge dir,
Hermione befrei ich von dem Schwert,
Sie wird mein Weib, sobald ihr Vater will.

Me O Helena, leb wohl, du Kind des Zeus!
Nun thronst du selig in der Götter Saal!
Orestes, dir vermähl ich, wie Apoll
Gebot, mein Kind. Der Vater, der sie gibt,
Du, der sie nimmst: der gleiche edle Stamm.

Ap Nun gehe jeder den befohlnen Weg
Und laßt den Zwist!

Me Er soll begraben sein!

Ορ κἀγὼ τοιοῦτος· σπένδομαι δὲ συμφοραῖς,
Μενέλαε, καὶ σοῖς, Λοξία, θεσπίσμασιν.
Απ ἴτε νυν καθ' ὁδόν, τὴν καλλίστην an[4]
θεῶν Εἰρήνην τιμῶντες· ἐγὼ δ'
'Ελένην Δίοις μελάθροις πελάσω,
λαμπρῶν ἄστρων πόλον ἐξανύσας,
ἔνθα παρ' Ἥρᾳ τῇ θ' Ἡρακλέους
Ἥβῃ πάρεδρος θεὸς ἀνθρώποις
ἔσται σπονδαῖς ἔντιμος ἀεί,
σὺν Τυνδαρίδαις, τοῖς Διὸς υἱοῖς,
ναύταις μεδέουσα θαλάσσης.

Χο ὦ μέγα σεμνὴ Νίκη, τὸν ἐμὸν
βίοτον κατέχοις
καὶ μὴ λήγοις στεφανοῦσα.

Or So denk auch ich und danke dem Geschick,
Mein Menelas, und deinem Spruch, Apoll.

Ap So zieht eures Wegs und allzeit sei
Eirene, der Göttinnen schönste, geehrt!
Zum Hause des Zeus bring ich Helena,
Durcheilend das strahlende Sternengewölb,
Dort wird sie bei Hera und Hebe, der Braut
Des Herakles, thronen, als Göttin geehrt,
Von den Spenden der Menschen gefeiert
Mit den Söhnen des Zeus aus des Tyndaros Haus,
Und die Schiffer des Meeres geleiten.

ab

Chor

Abzugslied

O du große, du stolze
Göttin des Siegs,
Walte du stets
Über all meinen Wegen
Und lasse nicht ab,
Mein Haupt zu bekränzen!

DIE MÄNADEN

ΒΑΚΧΑΙ

Τὰ τοῦ δράματος πρόσωπα

Διόνυσος · Χορός · Τειρεσίας · Κάδμος
Πενθεύς · Θεράπων · Βουκόλος
Ἕτερος Θεράπων · Ἀγαύη

Διόνυσος

Ἥκω Διὸς παῖς τήνδε Θηβαίων χθόνα
Διόνυσος, ὃν τίκτει ποθ' ἡ Κάδμου κόρη
Σεμέλη λοχευθεῖσ' ἀστραπηφόρῳ πυρί·
μορφὴν δ' ἀμείψας ἐκ θεοῦ βροτησίαν
πάρειμι Δίρκης νάματ' Ἰσμηνοῦ θ' ὕδωρ.
ὁρῶ δὲ μητρὸς μνῆμα τῆς κεραυνίας
τόδ' ἐγγὺς οἴκων καὶ δόμων ἐρείπια
τυφόμενα Δίου πυρὸς ἔτι ζῶσαν φλόγα,
ἀθάνατον Ἥρας μητέρ' εἰς ἐμὴν ὕβριν.
αἰνῶ δὲ Κάδμον, ἄβατον ὃς πέδον τόδε
τίθησι, θυγατρὸς σηκόν· ἀμπέλου δέ νιν
πέριξ ἐγὼ 'κάλυψα βοτρυώδει χλόῃ.
λιπὼν δὲ Λυδῶν τοὺς πολυχρύσους γύας

DIE MÄNADEN

Personen des Dramas

Dionysos · Chor *der lydischen Mänaden (Bacchen)*
Teiresias, *der blinde Seher*
Kadmos, *der frühere König von Theben*
Pentheus, *König von Theben, Sohn des Echion, Enkel des Kadmos*
Trabant *des Pentheus (Erster Bote)* · Hirte *(Zweiter Bote)*
Diener *des Pentheus (Dritter Bote)*
Agaue, *Tochter des Kadmos, Mutter des Pentheus*

Die Szene ist vor dem Königspalast von Theben, beim Grab der Semele
Die Aufführung fand nach dem Tod des Dichters (406 v. Chr.) statt.

VORSZENE

Dionysos

Ich, Sohn des Zeus, bin Thebens Land genaht,
Dionýsos, den einst Kadmos' Kind gebar
Vom Feuerstrahl des Blitzes, Sémele.
Ich tauschte Gottgestalt in Menschenleib
Und kam zu Dirkes und Ismenos' Flut,
Zu meiner blitzversehrten Mutter Grab
Hier vor dem Haus. Die Trümmer des Palasts,
Vom Strahl des Zeus noch glimmend, unverlöscht,
Verkünden ewig Heras grimmen Neid.
Ich preise Kadmos, der der Tochter Grab
Unnahbar eingehegt, ich selber schuf
Des Weinstocks Laube, traubenreiches Dach.
Der Lyder und der Phryger goldnes Land,

Φρυγῶν τε, Περσῶν θ' ἡλιοβλήτους πλάκας
Βάκτριά τε τείχη τήν τε δύσχιμον χθόνα
Μήδων ἐπελθὼν 'Αραβίαν τ' εὐδαίμονα
'Ασίαν τε πᾶσαν, ἣ παρ' ἁλμυρὰν ἅλα
κεῖται μιγάσιν Ἕλλησι βαρβάροις θ' ὁμοῦ
πλήρεις ἔχουσα καλλιπυργώτους πόλεις,
κἀκεῖ χορεύσας καὶ καταστήσας ἐμὰς
τελετάς, ἵν' εἴην ἐμφανὴς δαίμων βροτοῖς,
ἐς τήνδε πρῶτον ἦλθον Ἑλλήνων πόλιν.
πρώτας δὲ Θήβας τῆσδε γῆς Ἑλληνίδος
ἀνωλόλυξα, νεβρίδ' ἐξάψας χροὸς
θύρσον τε δοὺς ἐς χεῖρα, κίσσινον βέλος·
ἐπεί μ' ἀδελφαὶ μητρός, ἃς ἥκιστα χρῆν,
Διόνυσον οὐκ ἔφασκον ἐκφῦναι Διός,
Σεμέλην δὲ νυμφευθεῖσαν ἐκ θνητοῦ τινος
ἐς Ζῆν' ἀναφέρειν τὴν ἁμαρτίαν λέχους,
Κάδμου σοφίσμαθ', ὧν νιν οὕνεκα κτανεῖν
Ζῆν' ἐξεκαυχῶνθ', ὅτι γάμους ἐψεύσατο.
τοιγάρ νιν αὐτὰς ἐκ δόμων ᾤστρησ' ἐγὼ
μανίαις, ὄρος δ' οἰκοῦσι παράκοποι φρενῶν·
σκευήν τ' ἔχειν ἠνάγκασ' ὀργίων ἐμῶν,
καὶ πᾶν τὸ θῆλυ σπέρμα Καδμείων, ὅσαι
γυναῖκες ἦσαν, ἐξέμηνα δωμάτων·
ὁμοῦ δὲ Κάδμου παισὶν ἀναμεμειγμέναι
χλωραῖς ὑπ' ἐλάταις ἀνορόφοις ἧνται πέτραις.
δεῖ γὰρ πόλιν τήνδ' ἐκμαθεῖν, κεἰ μὴ θέλει,
ἀτέλεστον οὖσαν τῶν ἐμῶν βακχευμάτων,
Σεμέλης τε μητρὸς ἀπολογήσασθαί μ' ὕπερ
φανέντα θνητοῖς δαίμον' ὃν τίκτει Διί.
Κάδμος μὲν οὖν γέρας τε καὶ τυραννίδα
Πενθεῖ δίδωσι θυγατρὸς ἐκπεφυκότι,
ὃς θεομαχεῖ τὰ κατ' ἐμὲ καὶ σπονδῶν ἄπο
ὠθεῖ μ', ἐν εὐχαῖς τ' οὐδαμοῦ μνείαν ἔχει.
ὧν οὕνεκ' αὐτῷ θεὸς γεγὼς ἐνδείξομαι
πᾶσίν τε Θηβαίοισιν. ἐς δ' ἄλλην χθόνα,
τἀνθένδε θέμενος εὖ, μεταστήσω πόδα,

Der Perser Sonnenglut, der Baktrer Burg
Durchzog ich und der Meder Winterreich,
Arabiens Reichtum und ganz Asien,
Das seine Salzflut mit den Griechen teilt
Im Schmuck so mancher türmereichen Stadt.

Sie sind in meine Tänze eingeweiht
Und haben meine Göttlichkeit bezeugt.
Nun wend ich mich den Griechenstädten zu.
Als erste hab ich Theben angefüllt
Mit Jubelruf, verlieh der Rehe Fell,
Gab in die Hand des Efeus grünen Speer.
Der Mutter eigne Schwestern, unerhört,
Bestritten mir die Vaterschaft des Zeus:
Seméle, menschlich schwanger, habe Zeus
Den Fehltritt ihres Betts zur Last gelegt
Auf Kadmos' Rat; auch haben sie gerühmt,
Daß Zeus der Lügnerin den Tod verhängt.
Sie hab ich aus den Häusern aufgescheucht,
In hellem Wahnsinn ziehn sie durchs Gebirg
Und tragen meiner Weihen wilde Tracht.
Auch hab ich alle Frauen Thebens heut
Im gleichen Taumel aus der Stadt gejagt,
Mit Kadmos' Töchtern hausen sie vereint
Im grünen Tann, auf Felsen ohne Dach.
Denn schwer bereuen soll es diese Stadt,
Daß sie der Weihen nicht teilhaftig ist
Und daß sie meine Mutter falsch verklagt,
Die mich, den Gott, der Welt von Zeus gebar.
Nun hinterließ Fürst Kadmos Thron und Stab
Pentheus, dem Tochtersohn, der seinen Gott
Verfolgt, ihm Opfer weigert und Gebet.
So will ich ihm und seinem Volk als Gott
Mich kundtun, und wenn dieses hier erfüllt,
In andren Ländern zeigen meine Macht.

δεικνὺς ἐμαυτόν· ἢν δὲ Θηβαίων πόλις
ὀργῇ σὺν ὅπλοις ἐξ ὄρους βάκχας ἄγειν
ζητῇ, ξυνάψω μαινάσι στρατηλατῶν.
ὧν οὕνεκ' εἶδος θνητὸν ἀλλάξας ἔχω
μορφήν τ' ἐμὴν μετέβαλον εἰς ἀνδρὸς φύσιν.
ἀλλ', ὦ λιποῦσαι Τμῶλον ἔρυμα Λυδίας,
θίασος ἐμός, γυναῖκες, ἃς ἐκ βαρβάρων
ἐκόμισα παρέδρους καὶ ξυνεμπόρους ἐμοί,
αἴρεσθε τἀπιχώρι' ἐν πόλει Φρυγῶν
τύμπανα, Ῥέας τε μητρὸς ἐμά θ' εὑρήματα,
βασίλειά τ' ἀμφὶ δώματ' ἐλθοῦσαι τάδε
κτυπεῖτε Πενθέως, ὡς ὁρᾷ Κάδμου πόλις.
ἐγὼ δὲ βάκχαις, ἐς Κιθαιρῶνος πτυχὰς
ἐλθὼν ἵν' εἰσί, συμμετασχήσω χορῶν.

Χορός

Ἀσίας ἀπὸ γᾶς	io∧ io∧	
ἱερὸν Τμῶλον ἀμείψασα θοάζω	io^3	
Βρομίῳ πόνον ἡδὺν	io∧ io	
κάματόν τ' εὐκάματον, Βάκ-	io^2	
χιον εὐαζομένα.	io^2∧	
τίς ὁδῷ τίς ὁδῷ; τίς;	io∧ io	
μελάθροις ἔκτοπος ἔστω, στόμα τ' εὔφη-	io^3	
μον ἅπας ἐξοσιούσθω·	io^2	
τὰ νομισθέντα γὰρ αἰεὶ	io^2	
Διόνυσον ὑμνήσω.	io∧ ba–	
ὦ μάκαρ, ὅστις εὐδαί-	ch ba	στρ.
μων τελετὰς θεῶν εἰ-	ch ba	
δὼς βιοτὰν ἁγιστεύει	ch ba–	
καὶ θιασεύεται ψυ-	ch ba	

Doch sucht mir Theben mit der Waffen Trotz
Die Bacchen vom Gebirg zu treiben, stell
Ich an die Spitze mich der Rasenden.
So hab ich meine göttliche Gestalt
Mit diesem Menschenleibe ausgetauscht.
Auf, mein Gefolg! Vom fernen Lydien,
Vom steilen Tmolos bracht ich euch hieher,
Genossen meiner Fahrt und meiner Ruh;
Erhebt die Pauken aus der Phrygerstadt,
Mein Werk und unsrer Göttermutter Werk,
Schlagt sie und tanzt um Pentheus' Herrscherhaus,
Schlagt sie, daß Kadmos' ganze Stadt erdröhnt!
Ich steige zu Kithairons Schluchten auf
Und führe jener Frauen Reigen an.

ab

EINZUGSLIED

Chor

Asiens Länder,
Den heiligen Tmolos verließ ich und übe
Bromios' selige Mühe,
Glückliche Mühsal,
Bacchos umjubelnd.

Frei die Wege! Wer verharrt noch?
Leert die Straßen! Schweigt in Ehrfurcht!
Altheilige Weise,
Dionýsos soll sie ertönen!

Erste Strophe

O dreimal selig,
Wer kundig der Weihen
Sein Leben läutert,
Die Seele begeistert,

χὰν ἐν ὄρεσσι βακχεύ- ch ba
ων ὁσίοις καθαρμοῖσιν, ch ba–
τά τε ματρὸς μεγάλας ὄρ- io^2
για Κυβέλας θεμιτεύων, io^2
ἀνὰ θύρσον τε τινάσσων, io^2
κισσῷ τε στεφανωθεὶς io^2
Διόνυσον θεραπεύει. io^2
ἴτε βάκχαι, ἴτε βάκχαι, io^2
Βρόμιον παῖδα θεὸν θεοῦ io^2
Διόνυσον κατάγουσαι io^2
Φρυγίων ἐξ ὀρέων Ἑλ- io^2
λάδος εἰς εὐρυχόρους ἀ- io^2
γυιάς, τὸν Βρόμιον· io$^2_\wedge$

ὅν ποτ' ἔχουσ' ἐν ὠδί- ἀντ.
νων λοχίαις ἀνάγκαι-
σι πταμένας Διὸς βροντᾶς
νηδύος ἔκβολον μά-
τηρ ἔτεκεν, λιποῦσ' αἰ-
ῶνα κεραυνίῳ πληγᾷ·
λοχίοις δ' αὐτίκα νιν δέ-
ξατο θαλάμαις Κρονίδας Ζεύς,
κατὰ μηρῷ δὲ καλύψας
χρυσέαισιν συνερείδει
περόναις κρυπτὸν ἀφ' Ἥρας.
ἔτεκεν δ', ἁνίκα Μοῖραι
τέλεσαν, ταυρόκερων θεὸν
στεφάνωσέν τε δρακόντων
στεφάνοις, ἔνθεν ἄγραν θη-
ροτρόφον μαινάδες ἀμφι-
βάλλονται πλοκάμοις.

In Bergen schwärmt
Zu reiner Entsühnung,
Wer nach der Großen Mutter,
Nach Kybeles Satzung
Hochschwingend den Thyrsus,
Im Efeukranze
Dionýsos verehrt!
  Auf, ihr Bacchen, ihr Bacchen,
  Verbringen wir den Gott und Gottessohn,
  Dionýsos,
  Unsern Bromios,
  Aus der Phryger
  Steilen Bergen
  In der Griechen
  Weitgedehnte Reigenplätze!

Gegenstrophe

Den einst in Wehen
Die Mutter getragen,
Beim Fall des Blitzstrahls
Entließ aus dem Schoß sie
Die Frucht und starb,
Vom Donner getroffen.
Schleunig verbarg ihn im Winkel
Zeus, der Kronide,
Er hielt ihn im Schenkel
Mit goldenen Nadeln
Vor Hera versteckt.
  Als die Moiren es wollten
  Gebar er unsern stiergehörnten Gott,
  Er bekränzt sein
  Haupt mit Schlangen,
  Und so fangen
  Die Mänaden
  Gleiche Beute,
  Flechten sie in ihre Locken.

ὦ Σεμέλας τροφοὶ Θῆ- ch ba στρ.
βαι, στεφανοῦσθε κισσῷ· ch ba
βρύετε βρύετε χλοήρει ch ba
μίλακι καλλικάρπῳ ch ba
καὶ καταβακχιοῦσθε δρυὸς ch ia^2
ἢ ἐλάτας κλάδοισι, ch ba
στικτῶν τ' ἐνδυτὰ νεβρίδων gl
στέφετε λευκοτρίχων πλοκάμων ⏑⏑⏑hem
μαλλοῖς· ἀμφὶ δὲ νάρθηκας ὑβριστὰς io^3
ὁσιοῦσθ'· αὐτίκα γᾶ πᾶσα χορεύσει, io^3
Βρόμιος εὖτ' ἂν ἄγῃ θιάσους ⏑⏑⏑hem
εἰς ὄρος εἰς ὄρος, ἔνθα μένει da^3–
θηλυγενὴς ὄχλος da^2
ἀφ' ἱστῶν παρὰ κερκίδων τ' .gl
οἰστρηθεὶς Διονύσῳ. gl∧

ὦ θαλάμευμα Κουρή- ἀντ.
των ζάθεοί τε Κρήτας
Διογενέτορες ἔναυλοι,
ἔνθα τρικόρυθες ἄντροις
βυρσότονον κύκλωμα τόδε
μοι Κορύβαντες ηὗρον,
βακχείᾳ δ' ἀνὰ συντόνῳ
κέρασαν ἁδυβόᾳ Φρυγίων
αὐλῶν πνεύματι ματρός τε Ῥέας ἐς
χέρα θῆκαν, κτύπον εὐάσμασι Βακχᾶν·
παρὰ δὲ μαινόμενοι Σάτυροι
ματέρος ἐξανύσαντο θεᾶς,

Zweite Strophe

O Sémeles Amme, o Theben,
Bekränze dein Haupt mit dem Efeu,
O strotze vom Laub,
Den Beerengewinden!
O schwärme mit den Zweigen
Der Eiche, den Reisern der Tanne!
Schmücke das scheckige Rehfell
Mit dem Weiß der wollenen Bänder!
Schwinge des Narthex
Mutwilligen Stengel!
Bald wird das ganze Land
Im Tanze wirbeln!
  Bromios führt alle Reigen an,
  Hat die Scharen der Frauen
  Aufgescheucht von Webstuhl und Spindel,
  Hat sie hinauf in die Berge,
  Die Berge getrieben.

Gegenstrophe

Ehrwürdiges Haus der Kureten,
O heilige kretische Höhlen,
O Wiege des Zeus!
O Grotte, wo einst uns
Behelmte Korybanten
Die dröhnenden Pauken erfanden,
Hauch der phrygischen Flöte
Mit den Jubelrufen vermählten.
Rhea, der Mutter,
Verliehen sie beides,
Dröhnendes Lärmgerät
Zum Sang der Mänaden.
  Rasende Satyrn, sie heischten es bald
  Von der Mutter der Götter,

ἐς δὲ χορεύματα
συνῆψαν τριετηρίδων,
αἷς χαίρει Διόνυσος.

ἡδύ γ' ἐν ὄρεσσιν ὅταν	cr^2
ἐκ θιάσων δρομαίων	hem
πέσῃ πεδόσε, νεβρίδος ἔχων	ia^4
ἱερὸν ἐνδυτόν, ἀγρεύων	gl
αἷμα τραγοκτόνον, ὠμοφάγον χάριν,	da^4
ἱέμενος ἐς ὄρεα Φρύγια,	ia^4
Λύδι', ὁ δ' ἔξαρχος Βρόμιος, εὐοῖ.	da^3 ba
ῥεῖ δὲ γάλακτι πέδον, ῥεῖ δ' οἴνῳ,	da^4
ῥεῖ δὲ μελισσᾶν νέκταρι.	da^3
Συρίας δ' ὡς λιβάνου κα-	io^2
πνὸν ὁ Βακχεὺς ἀνέχων	io^2$_\wedge$
πυρσώδη φλόγα πεύκας	io^2
ἐκ νάρθηκος ἀίσσει	io^2
δρόμῳ καὶ χοροῖσιν	$_\wedge$io $_\wedge$io
πλανάτας ἐρεθίζων	$_\wedge$io^2
ἰαχαῖς τ' ἀναπάλλων,	$_\wedge$io^2
τρυφερόν τε πλόκαμον εἰς αἰθέρα ῥίπτων.	io^3
ἅμα δ' εὐάσμασι τοιάδ' ἐπιβρέμει·	io^3$_\wedge$
Ὦ ἴτε βάκχαι,	–io
ὦ ἴτε βάκχαι,	–io
Τμώλου χρυσορόου χλιδᾷ	gl
μέλπετε τὸν Διόνυσον	ch io
βαρυβρόμων ὑπὸ τυμπάνων,	gl
εὔια τὸν εὔιον ἀγαλλόμεναι θεὸν	cr^2 da^2
ἐν Φρυγίαισι βοαῖς ἐνοπαῖσί τε,	da^4
λωτὸς ὅταν εὐκέλαδος	cr^2
ἱερὸς ἱερὰ παίγματα βρέμῃ, σύνοχα	tr^4 cr

Brachten Sturm in stete Begehung
Altgeheiligter Tänze
Zur Freude des Gottes.

Schlußgesang

Süßer Anblick,
Wenn in den Bergen vom rasenden Lauf
Er hinsinkt zur Erde
Im heiligen Kleide des Rehfells,
Dürstend nach rohem Genusse,
Dem Blute des Zickleins,
Jagend im phrygischen, lydischen Bergwald,
Unser Führer Dionýsos –
Euoi! Euoi!
Von Milch trieft das Land,
Vom Wein,
Vom Nektar der Bienen!
Syrischer Weihrauchswolke gleich
Läßt der Gott seinem Narthex
Flamme des Fichtenharzes entströmen,
Stürmt im Lauf, stürmt in Tänzen dahin,
Die Wandrer erschreckend,
Mit wilden Rufen verstörend;
Die üppige Locke, sie weht gen Himmel,
In jubelnde Rufe dröhnt er die Worte:
„Ach, auf, ihr Bacchen!
Auf, auf, ihr Mänaden!
In des Tmolos Goldprunk
Preist Dionýsos
Zum Dröhnen der Pauken!"
Jubelnd umfeiert den jubelnden Gott
Mit phrygischen Rufen und Schreien!
Wenn die liebliche Flöte
Heilig die heiligen Weisen spielt,
Zieht in Scharen

φοιτάσιν εἰς ὄρος εἰς ὄρος· ἡδομέ- da^4
να δ' ἄρα, πῶλος ὅπως ἅμα ματέρι da^4
φορβάδι, κῶλον ἄγει ταχύπουν σκιρτήμασι βάκχα. da^6

Τειρεσίας

τίς ἐν πύλαισι; Κάδμον ἐκκάλει δόμων,
Ἀγήνορος παῖδ', ὃς πόλιν Σιδωνίαν
λιπὼν ἐπύργωσ' ἄστυ Θηβαίων τόδε.
ἴτω τις, εἰσάγγελλε Τειρεσίας ὅτι
ζητεῖ νιν· οἶδε δ' αὐτὸς ὧν ἥκω πέρι
ἅ τε ξυνεθέμην πρέσβυς ὢν γεραιτέρῳ,
θύρσους ἀνάπτειν καὶ νεβρῶν δορὰς ἔχειν
στεφανοῦν τε κρᾶτα κισσίνοις βλαστήμασιν.

Κάδμος

ὦ φίλταθ', ὡς σὴν γῆρυν ᾐσθόμην κλύων
σοφὴν σοφοῦ παρ' ἀνδρός, ἐν δόμοισιν ὤν·
ἥκω δ' ἕτοιμος τήνδ' ἔχων σκευὴν θεοῦ· 180
δεῖ γάρ νιν ὄντα παῖδα θυγατρὸς ἐξ ἐμῆς 181
ὅσον καθ' ἡμᾶς δυνατὸν αὔξεσθαι μέγαν. 183
ποῖ δεῖ χορεύειν, ποῖ καθιστάναι πόδα
καὶ κρᾶτα σεῖσαι πολιόν; ἐξηγοῦ σύ μοι
γέρων γέροντι, Τειρεσία· σὺ γὰρ σοφός.
ὡς οὐ κάμοιμ' ἂν οὔτε νύκτ' οὔθ' ἡμέραν
θύρσῳ κροτῶν γῆν· ἐπιλελήσμεθ' ἡδέως
γέροντες ὄντες.

Τε ταῦτ' ἐμοὶ πάσχεις ἄρα·
κἀγὼ γὰρ ἡβῶ κἀπιχειρήσω χοροῖς.

Διόνυσον ὃς πέφηνεν ἀνθρώποις θεὸς 182

Ins Gebirg, ins Gebirge voll Freude!
Wie das Fohlen zur Seite der Mutter,
Hebt die Mänade
Schnelle Glieder im hüpfenden Sprung.

ERSTE HAUPTSZENE

Teiresias

Wer ist am Tor? Den Kadmos ruf heraus,
Den Sohn Agenors, der von Sidon kam
Und Thebens feste Stadt gegründet hat.
Sagt, daß Teiresias ihn sehen will.
Er selber weiß, weshalb ich zu ihm kam,
Was alter Mann noch älteren gelehrt:
Den Thyrsus tragen und das Fell des Rehs
Und auf dem Haupt den wilden Efeukranz.

Kadmos

Mein Liebster, drinnen noch im Haus vernahm
Ich weise Stimme eines weisen Manns
Und zeige mich in diesem Kleid des Gotts.
Denn da er meiner eignen Tochter Kind,
Muß er bei uns in höchsten Ehren stehn.
Wie muß ich tanzen? Wohin meinen Fuß,
Wohin das graue Haupt bewegen? Sag
Du weiser Alter es dem alten Mann!
Nicht müde will ich werden Tag und Nacht,
Den Thyrsus aufzustoßen. Süß verspür
Ich neue Jugend.

Te Wie ich selber auch:
Mit jungen Kräften schreite ich zum Tanz.

Κα οὐκοῦν ὄχοισιν εἰς ὄρος περάσομεν;
Τε ἀλλ' οὐχ ὁμοίως ἂν ὁ θεὸς τιμὴν ἔχοι.
Κα γέρων γέροντα παιδαγωγήσω σ' ἐγώ.
Τε ὁ θεὸς ἀμοχθὶ κεῖσε νῷν ἡγήσεται.
Κα μόνοι δὲ πόλεως Βακχίῳ χορεύσομεν;
Τε μόνοι γὰρ εὖ φρονοῦμεν, οἱ δ' ἄλλοι κακῶς.
Κα μακρὸν τὸ μέλλειν· ἀλλ' ἐμῆς ἔχου χερός.
Τε ἰδού, ξύναπτε καὶ ξυνωρίζου χέρα.
Κα οὐ καταφρονῶ 'γὼ τῶν θεῶν θνητὸς γεγώς.
Τε οὐδὲν σοφιζόμεσθα τοῖσι δαίμοσιν.
πατρίους παραδοχάς, ἅς θ' ὁμήλικας χρόνῳ
κεκτήμεθ', οὐδεὶς αὐτὰ καταβαλεῖ λόγος,
οὐδ' εἰ δι' ἄκρων τὸ σοφὸν ηὕρηται φρενῶν.
ἐρεῖ τις ὡς το γῆρας οὐκ αἰσχύνομαι,
μέλλων χορεύειν κρᾶτα κισσώσας ἐμόν.
οὐ γὰρ διῄρηχ' ὁ θεός, οὔτε τὸν νέον
εἰ χρὴ χορεύειν οὔτε τὸν γεραίτερον,
ἀλλ' ἐξ ἁπάντων βούλετει τιμὰς ἔχειν
κοινάς, διαριθμῶν δ' οὐδέν' αὔξεσθαι θέλει.
Κα ἐπεὶ σὺ φέγγος, Τειρεσία, τόδ' οὐχ ὁρᾷς,
ἐγὼ προφήτης σοι λόγων γενήσομαι.
Πενθεὺς πρὸς οἴκους ὅδε διὰ σπουδῆς περᾷ,
'Εχίονος παῖς, ᾧ κράτος δίδωμι γῆς.
ὡς ἐπτόηται· τί ποτ' ἐρεῖ νεώτερον;

Πενθεύς

ἔκδημος ὢν μὲν τῆσδ' ἐτύγχανον χθονός,
κλύω δὲ νεοχμὰ τήνδ' ἀνὰ πτόλιν κακά,
γυναῖκας ἡμῖν δώματ' ἐκλελοιπέναι
πλασταῖσι βακχείαισιν, ἐν δὲ δασκίοις
ὄρεσι θοάζειν, τὸν νεωστὶ δαίμονα
Διόνυσον, ὅστις ἔστι, τιμώσας χοροῖς·
πλήρεις δὲ θιάσοις ἐν μέσοισιν ἑστάναι
κρατῆρας, ἄλλην δ' ἄλλοσ' εἰς ἐρημίαν
πτώσσουσαν εὐναῖς ἀρσένων ὑπηρετεῖν,

Ka So fahren wir im Wagen schnell hinauf!
Te O kleine Ehre für den großen Gott!
Ka So führ ich Alter blinden alten Mann.
Te Und beide führt der Gott zum frohen Ziel.
Ka Kein andrer Bürger tanzt dem großen Gott!
Te Kein andrer ist bei Sinnen, wir allein.
Ka Nicht länger säumen! Fasse meine Hand!
Te Zum Reigen zieht ein eng verschlungnes Paar.
Ka Ich bin ein Mensch und füge mich dem Gott.
Te Wir rechnen beide nicht mit Göttern ab.
Was uns von Alters überliefert ist,
Macht kein Verstand zunichte, wenn er auch
Den Gipfel aller Klugheit sich erklimmt.
Da sagt wohl einer: „Alter, schäme dich,
Laß deinen Efeukranz und deinen Tanz!"
Doch hat der Gott sein Weihefest nicht nur
Der Jugend, auch dem Alter aufgetan,
Von allen will der Gott den frohen Dienst,
Und niemand schränke sein Gefolge ein.
Ka Da du das Licht des Tages nicht erblickst,
Will ich dein Seher sein und sage dir:
Pentheus kommt eilig her zu seinem Haus,
Echions Sohn, dem ich den Thron vererbt,
Ganz außer sich. Laß sehen, was er spricht!

Pentheus

Ich weilte außerhalb der Mauern, da
Vernehm ich schlimmste Dinge dieser Stadt:
Die Frauen seien aus den Häusern heut
In irrem Taumel auf den Berg gerannt,
Im Wald den neuen Gott zu feiern, der
Sich Dionýsos – wie man sagt – benennt.
Aus vollen Krügen schlürft man dort den Wein
Und eine nach der andern schleicht sich fort
In stille Winkel, in des Buhlen Arm;

πρόφασιν μὲν ὡς δὴ μαινάδας θυοσκόους,
τὴν δ' Ἀφροδίτην πρόσθ' ἄγειν τοῦ Βακχίου.
ὅσας μὲν οὖν εἴληφα, δεσμίους χέρας
σῴζουσι πανδήμοισι πρόσπολοι στέγαις·
ὅσαι δ' ἄπεισιν, ἐξ ὄρους θηράσομαι, 228
καὶ σφᾶς σιδηραῖς ἁρμόσας ἐν ἄρκυσιν 231
παύσω κακούργου τῆσδε βακχείας τάχα.
λέγουσι δ' ὥς τις εἰσελήλυθε ξένος,
γόης ἐπῳδὸς Λυδίας ἀπὸ χθονός,
ξανθοῖσι βοστρύχοισιν εὐοσμῶν κόμην,
οἰνῶπας ὄσσοις χάριτας Ἀφροδίτης ἔχων,
ὃς ἡμέρας τε κεὐφρόνας συγγίγνεται
τελετὰς προτείνων εὐίους νεάνισιν.
εἰ δ' αὐτὸν εἴσω τῆσδε λήψομαι στέγης,
παύσω κτυποῦντα θύρσον ἀνασείοντά τε
κόμας, τράχηλον σώματος χωρὶς τεμών.
ἐκεῖνος εἶναί φησι Διόνυσον θεόν,
ἐκεῖνος ἐν μηρῷ ποτ' ἐρράφθαι Διός,
ὃς ἐκπυροῦται λαμπάσιν κεραυνίαις
σὺν μητρί, Δίους ὅτι γάμους ἐψεύσατο.
ταῦτ' οὐχὶ δεινῆς ἀγχόνης ἔστ' ἄξια,
ὕβρεις ὑβρίζειν, ὅστις ἔστιν ὁ ξένος;
ἀτὰρ τόδ' ἄλλο θαῦμα, τὸν τερασκόπον
ἐν ποικίλαισι νεβρίσι Τειρεσίαν ὁρῶ
πατέρα τε μητρὸς τῆς ἐμῆς – πολὺν γέλων –
νάρθηκι βακχεύοντ'· ἀναίνομαι, πάτερ,
τὸ γῆρας ὑμῶν εἰσορῶν νοῦν οὐκ ἔχον.
οὐκ ἀποτινάξεις κισσόν; οὐκ ἐλευθέραν
θύρσου μεθήσεις χεῖρ', ἐμῆς μητρὸς πάτερ;
σὺ ταῦτ ἔπεισας, Τειρεσία· τόνδ' αὖ θέλεις
τὸν δαίμον' ἀνθρώποισιν ἐσφέρων νέον
σκοπεῖν πτερωτοὺς κἀμπύρων μισθοὺς φέρειν.
εἰ μή σε γῆρας πολιὸν ἐξερρύετο,

Ἰνώ τ' Ἀγαύην θ', ἥ μ' ἔτικτ' Ἐχίονι, 229
Ἀκταίονός τε μητέρ', Αὐτονόην λέγω.

Sie nennen es des Bacchos Opferdienst,
Doch Aphrodite ist ihr wahrer Gott.
Die ich ergriff, hält meiner Diener Schar
In harten Fesseln und in strenger Haft,
Und die noch fehlen, hol ich mir vom Berg,
Leg sie in Ketten und belehre sie,
Daß dieser Frevelwahn ein Ende hat.
Man sagt, ein Fremder kam in diese Stadt,
Ein Zaubersänger aus dem Lyderland
Mit blonden Locken voller Wohlgeruch
Und Aphrodites Glut im Angesicht,
Der Tag und Nacht zu unsern Frauen geht
Und für den Tanz und Lärm des Bacchos wirbt.
Hab ich ihn fest, ists mit dem Thyrsusstoß
Und wilden Schwung der Locken jäh vorbei,
Denn von dem Rumpfe trenn ich ihm das Haupt.
Den Dionýsos preist er laut als Gott,
Den Zeus in seinen Schenkel eingenäht,
Derselbe Zeus, des Blitz ihn tödlich traf
Samt seiner Mutter, der Verleumderin.
Wer er auch sei, der diese Lügen drischt –
Der Fremde hat den Galgen längst verdient.
Und nun das neue Wunder: buntes Fell
Trägt unser Zaubermann Teiresias!
Und meiner Mutter Vater – welcher Hohn! –
Schwingt seinen Thyrsus! Ich verleugne dich,
Dein hohes Alter, das der Geist verließ!
Fort mit dem Efeu! Diesen Thyrsusstab,
O, meiner Mutter Vater, wirf ihn weg!
Du triebst ihn an, Teiresias, du willst
Dir Geld verdienen mit dem neuen Gott,
Mit neuer Vogel-, neuer Opferschau.
Dich schützt dein graues Haupt, sonst säßest du

καθῆσ' ἂν ἐν βάκχαισι δέσμιος μέσαις,
τελετὰς πονηρὰς εἰσάγων· γυναιξὶ γὰρ
ὅπου βότρυος ἐν δαιτὶ γίγνεται γάνος,
οὐχ ὑγιὲς οὐδὲν ἔτι λέγω τῶν ὀργίων.

Χο τῆς δυσσεβείας. ὦ ξέν', οὐκ αἰδῇ θεοὺς
Κάδμον τε τὸν σπείραντα γηγενῆ στάχυν,
'Εχίονος δ' ὢν παῖς καταισχύνεις γένος;
Τε ὅταν λάβῃ τις τῶν λόγων ἀνὴρ σοφὸς
καλὰς ἀφορμάς, οὐ μέγ' ἔργον εὖ λέγειν·
σὺ δ' εὔτροχον μὲν γλῶσσαν ὡς φρονῶν ἔχεις,
ἐν τοῖς λόγοισι δ' οὐκ ἔνεισί σοι φρένες.
θράσει δὲ δυνατὸς καὶ λέγειν οἷός τ' ἀνὴρ
κακὸς πολίτης γίγνεται νοῦν οὐκ ἔχων.
οὗτος δ' ὁ δαίμων ὁ νέος, ὃν σὺ διαγελᾷς,
οὐκ ἂν δυναίμην μέγεθος ἐξειπεῖν ὅσος
καθ' 'Ελλάδ' ἔσται. δύο γάρ, ὦ νεανία,
τὰ πρῶτ' ἐν ἀνθρώποισι· Δημήτηρ θεά·
γῆ δ' ἐστίν, ὄνομα δ' ὁπότερον βούλῃ κάλει·
αὕτη μὲν ἐν ξηροῖσιν ἐκτρέφει βροτούς·
ὃς δ' ἦλθ' ἔπειτ', ἀντίπαλον ὁ Σεμέλης γόνος
βότρυος ὑγρὸν πῶμ' ηὗρε κεἰσηνέγκατο
θνητοῖς, ὃ παύει τοὺς ταλαιπώρους βροτοὺς
λύπης, ὅταν πλησθῶσιν ἀμπέλου ῥοῆς,
ὕπνον τε λήθην τῶν καθ' ἡμέραν κακῶν
δίδωσιν, οὐδ' ἔστ' ἄλλο φάρμακον πόνων.
οὗτος θεοῖσι σπένδεται θεὸς γεγώς,
ὥστε διὰ τοῦτον τἀγάθ' ἀνθρώπους ἔχειν.
καὶ καταγελᾷς νιν, ὡς ἐνερράφη Διὸς
μηρῷ; διδάξω σ' ὡς καλῶς ἔχει τόδε.
ἐπεί νιν ἥρπασ' ἐκ πυρὸς κεραυνίου
Ζεύς, ἐς δ' Ὄλυμπον βρέφος ἀνήγαγεν θεόν,
Ἥρα νιν ἤθελ' ἐκβαλεῖν ἀπ' οὐρανοῦ·
Ζεὺς δ' ἀντεμηχανήσαθ' οἷα δὴ θεός.

Gefangen mit den Bacchen, als Prophet
Verruchter Weihen: wo beim Opfermahl
Die Frau mit vollem Zug den Becher leert,
Ist nichts Gesundes an dem ganzen Fest.

Chorführerin

Kein Wort mehr! Scheust du denn die Götter nicht?
Ehrst Kadmos nicht, den Herrn der Drachensaat?
Echions Sohn verleugnet seinen Stamm!
Te Ein weiser Mann, der guten Untergrund
Der Rede hat, führt sie zum guten Ziel.
Dir rollt die Zunge zwar geschickt davon,
Doch fehlt den Worten jeder wahre Sinn.
Der kecke Mensch, der große Zungenheld,
Verdirbt die Stadt, wenn Einsicht ihm gebricht.
Der neue Gott, den du so sehr verhöhnst –
Wie unbeschreiblich groß wird seine Macht
In Hellas sein! Zwei Gaben ehrt der Mensch
Als höchste Güter: die der Démeter,
Der Mutter Erde (nenn sie, wie du willst),
Die mit der trocknen Frucht die Menschen nährt;
Dann kam Seméles Sohn, von gleichem Rang,
Erfand den Trank der Traube, brachte ihn
Den armen Menschen, linderte den Schmerz
Jedwedem, der des Weinstocks Becher leert;
Bringt Schlaf, Vergessen aller Tagesmüh,
Kein andrer heilt die Leiden so wie er.
Man gießt den Gott vor allen Göttern aus,
Und alle Güter werden uns zuteil.
Du spottest über jenen Schenkelsohn
Des Zeus: vernimm, was wirklich dort geschah:

Dem Kind, das Zeus aus jenem Feuer barg,
Verhängte Hera Sturz vom Himmelstor,
Doch Zeus blieb stärker: einem Ätherstück

ῥήξας μέρος τι τοῦ χθόν' ἐγκυκλουμένου
αἰθέρος, ἔθηκε τόνδ' ὅμηρον ἐκδιδούς
Διόνυσον Ἥρας νεικέων· χρόνῳ δέ νιν
βροτοὶ ῥαφῆναί φασιν ἐν μηρῷ Διός,
ὄνομα μεταστήσαντες, ὅτι θεᾷ θεὸς
Ἥρᾳ ποθ' ὡμήρευσε, συνθέντες λόγον.

μάντις δ' ὁ δαίμων ὅδε· τὸ γὰρ βακχεύσιμον
καὶ τὸ μανιῶδες μαντικὴν πολλὴν ἔχει·
ὅταν γὰρ ὁ θεὸς ἐς τὸ σῶμ' ἔλθῃ πολύς,
λέγειν τὸ μέλλον τοὺς μεμηνότας ποιεῖ.
Ἄρεώς τε μοῖραν μεταλαβὼν ἔχει τινά·
στρατὸν γὰρ ἐν ὅπλοις ὄντα κἀπὶ τάξεσιν
φόβος διεπτόησε πρὶν λόγχης θιγεῖν.
μανία δὲ καὶ τοῦτ' ἐστὶ Διονύσου πάρα.
ἔτ' αὐτὸν ὄψῃ κἀπὶ Δελφίσιν πέτραις
πηδῶντα σὺν πεύκαισι δικόρυφον πλάκα,
πάλλοντα καὶ σείοντα βακχεῖον κλάδον,
μέγαν τ' ἀν' Ἑλλάδα. ἀλλ' ἐμοί, Πενθεῦ, πιθοῦ·
μὴ τὸ κράτος αὔχει δύναμιν ἀνθρώποις ἔχειν,
μηδ', ἢν δοκῇς μέν, ἡ δὲ δόξα σου νοσῇ,
φρονεῖν δόκει τι· τὸν θεὸν δ' ἐς γῆν δέχου
καὶ σπένδε καὶ βάκχευε καὶ στέφου κάρα.
οὐχ ὁ Διόνυσος σωφρονεῖν ἀναγκάσει
γυναῖκας ἐς τὴν Κύπριν, ἀλλ' ἐν τῇ φύσει
τοῦτο σκοπεῖν χρή· καὶ γὰρ ἐν βακχεύμασιν
οὖσ' ἥ γε σώφρων οὐ διαφθαρήσεται.
ὁρᾷς, σὺ χαίρεις, ὅταν ἐφεστῶσιν πύλαις
πολλοί, τὸ Πενθέως δ' ὄνομα μεγαλύνῃ πόλις·
κἀκεῖνος, οἶμαι, τέρπεται τιμώμενος.
ἐγὼ μὲν οὖν καὶ Κάδμος, ὃν σὺ διαγελᾷς,
κισσῷ τ' ἐρεψόμεσθα καὶ χορεύσομεν,
πολιὰ ξυνωρίς, ἀλλ' ὅμως χορευτέον,
κοὐ θεομαχήσω σῶν λόγων πεισθεὶς ὕπο.

τὸ σωφρονεῖν ἔνεστιν εἰς τὰ πάντ' ἀεί

Verlieh er Kindsgestalt, vertauschte es
Und gabs der Gattin. Das „geschenkte Kind“
Machten die Sagen dann zum „Schenkelkind“.

Der Gott ist auch prophetisch, denn sein Tanz,
Sein Taumel ist des Sehergeistes voll.
Und wen er ganz mit seiner Kraft durchdringt,
Verkündet oft im Rausch das Künftige.
Und selbst an Ares hat er seinen Teil:
Ein Heer in Waffen und in Reih und Glied
Hat oft längst vor der Schlacht die Angst gepackt
Und solcher Wahn stammt von Diónysos.
Auf Delphis Doppelgipfeln wird man ihn
Noch stürmen sehen in der Fackel Glanz,
Den heilgen Thyrsus schwingt er himmelan,
Der Herr von Hellas! Pentheus, folge mir
Und glaube nicht an menschliche Gewalt!
Den eignen Irrtum hältst du für Verstand:
Du fehlst! So nimm den Gott in Theben auf,
Zum heilgen Reigen kränze dir das Haupt!
Der Frauen Keuschheit liegt ja nicht bei ihm,
Liegt ganz bei ihnen! Wer den Reigentanz
Des Gottes tanzt, verliert nicht, was er hat.

Du freust dich, wenn an deinem Tor das Volk
Sich drängt und Pentheus in den Himmel hebt;
So freut sich auch der Gott der Huldigung.
Ich will mit Kadmos, den du höhnst, das Haupt
Mit Efeu kränzen und im Reigen ziehn,
Ein greises Paar, doch stets zum Tanz bereit,
Zum Dienst am Gott, den du verfolgen willst.

μαίνῃ γὰρ ὡς ἄλγιστα, κοὔτε φαρμάκοις
ἄκη λάβοις ἂν οὔτ' ἄνευ τούτων νόσου.
Χο ὦ πρέσβυ, Φοῖβόν τ' οὐ καταισχύνεις λόγοις,
τιμῶν τε Βρόμιον σωφρονεῖς, μέγαν θεόν.
Κα ὦ παῖ, καλῶς σοι Τειρεσίας παρῄνεσεν.
οἴκει μεθ' ἡμῶν, μὴ θύραζε τῶν νόμων.
νῦν γὰρ πέτῃ τε καὶ φρονῶν οὐδὲν φρονεῖς.
κεἰ μὴ γὰρ ἔστιν ὁ θεὸς οὗτος, ὡς σὺ φῄς,
παρὰ σοὶ λεγέσθω· καὶ καταψεύδου καλῶς
ὡς ἔστι, Σεμέλη θ' ἵνα δοκῇ θεὸν τεκεῖν,
ἡμῖν τε τιμὴ παντὶ τῷ γένει προσῇ.
ὁρᾷς τὸν Ἀκτέωνος ἄθλιον μόρον,
ὃν ὠμόσιτοι σκύλακες ἃς ἐθρέψατο
διεσπάσαντο, κρείσσον' ἐν κυναγίαις
Ἀρτέμιδος εἶναι κομπάσαντ', ἐν ὀργάσιν.
ὃ μὴ πάθῃς σύ· δεῦρό σου στέψω κάρα
κισσῷ· μεθ' ἡμῶν τῷ θεῷ τιμὴν δίδου.
Πε οὐ μὴ προσοίσεις χεῖρα, βακχεύσεις δ' ἰών,
μηδ' ἐξομόρξῃ μωρίαν τὴν σὴν ἐμοί;
τῆς σῆς δ' ἀνοίας τόνδε τὸν διδάσκαλον
δίκην μέτειμι. στειχέτω τις ὡς τάχος,
ἐλθὼν δὲ θάκους τοῦδ' ἵν' οἰωνοσκοπεῖ
μοχλοῖς τριαίνου κἀνάτρεψον ἔμπαλιν,
ἄνω κάτω τὰ πάντα συγχέας ὁμοῦ,
καὶ στέμματ' ἀνέμοις καὶ θυέλλαισιν μέθες.
μάλιστα γάρ νιν δήξομαι δράσας τάδε.
οἱ δ' ἀνὰ πόλιν στείχοντες ἐξιχνεύσατε
τὸν θηλύμορφον ξένον, ὃς ἐσφέρει νόσον
καινὴν γυναιξὶ καὶ λέχη λυμαίνεται.
κἄνπερ λάβητε, δέσμιον πορεύσατε
δεῦρ' αὐτόν, ὡς ἂν λευσίμου δίκης τυχὼν
θάνῃ, πικρὰν βάκχευσιν ἐν Θήβαις ἰδών.
Τε ὦ σχέτλι', ὡς οὐκ οἶσθα ποῦ ποτ' εἶ λόγων.
μέμηνας ἤδη· καὶ πρὶν ἐξέστης φρενῶν.
στείχωμεν ἡμεῖς, Κάδμε, κἀξαιτώμεθα
ὑπέρ τε τούτου καίπερ ὄντος ἀγρίου

O deine Krankheit wird von keinem Kraut
Geheilt, noch weicht sie ohne Kraut von dir.

Chf O Greis, des weiser Sinn Apollon ehrt
Und auch den großen Dionýsos preist!

Ka Mein Sohn, der Seher hat dich gut belehrt:
O bleibe bei uns, bleibe im Gesetz!
Nun schwebst du zwischen Sinn und Unverstand.
Wenn dieser auch kein Gott ist, wie du sagst,
Verkünd ihn dennoch, lüge, daß ers ist!
Wenn Sémele als Gottesmutter gilt,
Wird unser ganzes Haus in Ehren stehn!
Schau auf Aktaions traurig Los, den einst
Die wilden Hunde, die er auferzog,
Zerrissen, weil er kühn geprahlt, er sei
Ein größrer Jäger noch als Artemis.
Laß dirs gesagt sein! Nimm den Efeukranz
Aus meiner Hand und ehre diesen Gott!

Pe Zurück die Hand! Geh nur zu deinem Tanz,
Doch bleib mir fern mit deiner Narretei!
Und dieser Lehrer, der sie dich gelehrt,
Er soll es büßen: gehe einer schnell
Hin zu dem Sitze seiner Vogelschau!
Mit Hebeln und mit Spießen stürzt ihn um,
Das Untre sei nach oben hochgewälzt,
Die heilgen Binden in den Wind verstreut:
Kein schlimmrer Hohn kann diesem Mann geschehn!
Ihr andern sucht den Fremden in der Stadt,
Den Weichling, der die Frauen rings verdirbt
Und alle Betten schändet! Nehmt ihn fest,
Bringt ihn in Ketten her zur Steinigung,
Zum bittren Tanze lädt ihn Theben ein.

Te Unseliger, du weißt nicht, was du tust,
Du bist von Sinnen und du warst es schon.
Auf, Kadmos, gehen wir und rufen wir
Für diesen Mann, und tobt er noch so sehr,

ὑπέρ τε πόλεως τὸν θεὸν μηδὲν νέον
δρᾶν. ἀλλ' ἕπου μοι κισσίνου βάκτρου μέτα,
πειρῶ δ' ἀνορθοῦν σῶμ' ἐμόν, κἀγὼ τὸ σόν·
γέροντε δ' αἰσχρὸν δύο πεσεῖν· ἴτω δ' ὅμως,
τῷ Βακχίῳ γὰρ τῷ Διὸς δουλευτέον.
Πενθεὺς δ' ὅπως μὴ πένθος εἰσοίσει δόμοις
τοῖς σοῖσι, Κάδμε· μαντικῇ μὲν οὐ λέγω,
τοῖς πράγμασιν δέ· μῶρα γὰρ μῶρος λέγει.

Χο 'Οσία πότνα θεῶν, io^2∧ στρ.
'Οσία δ' ἃ κατὰ γᾶν io^2∧
χρυσέαν πτέρυγα φέρεις, io^2∧
τάδε Πενθέως ἀίεις; io^2∧
ἀίεις οὐχ ὁσίαν io^2∧
ὕβριν ἐς τὸν Βρόμιον, τὸν io^2
Σεμέλας, τὸν παρὰ καλλι- io^2
στεφάνοις εὐφροσύναις δαί- io^2
μονα πρῶτον μακάρων; ὃς τάδ' ἔχει, io^3∧
θιασεύειν τε χοροῖς io^2∧
μετά τ' αὐλοῦ γελάσαι io^2∧
ἀποπαῦσαί τε μερίμνας, io^2
ὁπόταν βότρυος ἔλθῃ io^2
γάνος ἐν δαιτὶ θεῶν, κισ- io^2
σοφόροις δ' ἐν θαλίαις ἀν- io^2
δράσι κρατὴρ ὕπνον ἀμ- io^2∧
φιβάλλῃ. ∧io

Und für die Stadt den Gott um Schonung an.
Nun folge mir mit deinem Efeustab,
Sei meine Stütze wie die deine ich.
Zwei alte Männer stolpern so dahin,
Für Bacchos geben sie das Letzte her.
Der Leidmann Pentheus bringe euch kein Leid!
Er selbst erschreckt mich, nicht die Seherkunst,
Denn Narrenworte hat der Narr gesagt.

ERSTES STANDLIED

Chor

Erste Strophe

Heilige Göttin des Himmels,
Heilige, die du auf Erden
Goldenen Flügel regst,
Hörst du, was Pentheus gesagt?
Hörst du den Frevel,
Frevel an Sémeles Sohn,
Dem ersten der seligen Götter
Beim heiteren Feste der Kränze?
Ihm ist gegeben,
Selige Tänze zu schwärmen,
Selig zur Flöte zu lachen,
Sorgen zu scheuchen,
Wenn er am göttlichen Tisch
Weinstocks Gabe verteilt,
Aus dem Mischkrug
Efeubekränzten Tänzern
Träufelt den Schlaf.

ἀχαλίνων στομάτων — ἀντ.
ἀνόμου τ' ἀφροσύνας
τὸ τέλος δυστυχία·
ὁ δὲ τᾶς ἡσυχίας
βίοτος καὶ τὸ φρονεῖν
ἀσάλευτόν τε μένει καὶ
συνέχει δώματα· πόρσω
γὰρ ὅμως αἰθέρα ναίον-
τες ὁρῶσιν τὰ βροτῶν οὐρανίδαι.
τὸ σοφὸν δ' οὐ σοφία
τό τε μὴ θνητὰ φρονεῖν.
βραχὺς αἰών· ἐπὶ τούτῳ
δέ τις ἂν μεγάλα διώκων
τὰ παρόντ' οὐχὶ φέροι. μαι-
νομένων οἵδε τρόποι καὶ
κακοβούλων παρ' ἔμοι-
γε φωτῶν.

ἱκοίμαν ποτὶ Κύπρον, — .gl∧ — στρ.
νᾶσον τᾶς Ἀφροδίτας, — gl∧
ἵν' οἱ θελξίφρονες νέμον- — .gl
ται θνατοῖσιν Ἔρωτες, — gl∧
Πάφον θ' ἂν ἑκατόστομοι — .gl
βαρβάρου ποταμοῦ ῥοαὶ — gl
καρπίζουσιν ἄνομβροι. — gl∧
οὗ δ' ἁ καλλιστευομένα — sp² ch
Πιερία μούσειος ἕδρα, — tr² ch
σεμνὰ κλιτὺς Ὀλύμπου, — gl∧
ἐκεῖσ' ἄγε με, Βρόμιε Βρόμιε, — ia⁴
πρόβακχ' εὔιε δαῖμον. — .gl∧
ἐκεῖ Χάριτες, — ia²
ἐκεῖ δὲ Πόθος· ἐκεῖ δὲ βάκ- — ia⁴
χαις θέμις ὀργιάζειν. — ch ba

Gegenstrophe

Ungezügeltes Reden,
Ungefesseltes Treiben
Stürzt nur in Jammer und Not.
Leben des ruhigen Glücks,
Maßvolles Leben
Bleibt ohne Wanken bestehn,
Ein Bollwerk der irdischen Häuser.
Denn droben im Äther die Götter
Schauen hernieder.
Nicht nur der Weise ist weise!
Denkt auch der irdischen Dinge!
Kurz ist das Leben!
Wenn ihr das Ferne begehrt,
Schwindet das Nahe hinweg!
Ja, so glaub ich:
Toren nur zieht es nach oben,
Leer ist der Traum.

Zweite Strophe

O käm ich nach Kypros,
Aphrodite zu grüßen,
Ihre holden Eroten,
Die die Herzen verführen,
Hundertarmige Mündung
Jenes Flusses, der Paphos
Ohne Regen ernährt.
Zu Pieriens Gärten,
Den Sitzen der Musen,
Zu dem heiligen Hang des Olympos,
Führ uns, Bromios, Bromios hin!
Gott der jauchzenden Reigen und Rufe!
Dort tanzen Chariten
Mit Pothos, dort kann
Echtes Fest die Mänade begehen.

ὁ δαίμων ὁ Διὸς παῖς ἀντ.
χαίρει μὲν θαλίαισιν,
φιλεῖ δ' ὀλβοδότειραν Εἰ-
ρήναν, κουροτρόφον θεάν.
ἴσαν δ' ἔς τε τὸν ὄλβιον
τόν τε χείρονα δῶκ' ἔχειν
οἴνου τέρψιν ἄλυπον·
μισεῖ δ' ᾧ μὴ ταῦτα μέλει,
κατὰ φάος νύκτας τε φίλας
εὐαίωνα διαζῆν,
σοφὸν δ' ἀπέχειν πραπίδα φρένα τε ◡ch ia²
περισσῶν παρὰ φωτῶν·
τὸ πλῆθος ὅ τι
τὸ φαυλότερον ἐνόμισε χρῆ-
ταί τε, τόδ' ἂν δεχοίμαν.

Θεράπων

Πενθεῦ, πάρεσμεν τήνδ' ἄγραν ἠγρευκότες
ἐφ' ἣν ἔπεμψας, οὐδ' ἄκρανθ' ὡρμήσαμεν.
ὁ θὴρ δ' ὅδ' ἡμῖν πρᾶος οὐδ' ὑπέσπασεν
φυγῇ πόδ', ἀλλ' ἔδωκεν οὐκ ἄκων χέρας
οὐδ' ὠχρός, οὐδ' ἤλλαξεν οἰνωπὸν γένυν,
γελῶν δὲ καὶ δεῖν κἀπάγειν ἐφίετο
ἔμενέ τε, τοὐμὸν εὐτρεπὲς ποιούμενος.
κἀγὼ δι' αἰδοῦς εἶπον· Ὦ ξέν', οὐχ ἑκὼν
ἄγω σε, Πενθέως δ' ὅς μ' ἔπεμψ' ἐπιστολαῖς.
ἃς δ' αὖ σὺ βάκχας εἶρξας, ἃς συνήρπασας
κἄδησας ἐν δεσμοῖσι πανδήμου στέγης,
φροῦδαί γ' ἐκεῖναι λελυμέναι πρὸς ὀργάδας

Gegenstrophe

Der göttliche Zeussohn
Liebt die frohen Gelage,
Liebt die Göttin des Friedens,
Liebt den nährenden Segen,
Schenkt dem Armen, dem Reichen
Die erlösende Gabe,
Gleiche Freude des Weins.
Und er haßt die Verächter
Der festlichen Tage,
Haßt die Feinde der nächtlichen Feiern,
Haßt den Klugen, der nie sich befreit
Von der Macht der Großen des Geistes.
Was Stimme des Volkes,
Was einfacher Sinn
Je für recht hält, dem will ich vertrauen.

ZWEITE HAUPTSZENE

Trabant

Pentheus, wir haben jenen Fang gemacht,
Den du befahlst, und gingen nicht umsonst.
Das Tier war willig und entzog sich nicht
Durch Flucht, bot gerne seine Hände dar,
Die Rosenwange hat sich nicht verfärbt,
Mit Lachen gab er sich in meine Haft
Und half in allem mir bei meiner Pflicht,
So daß beschämt ich sagte, daß nicht ich
Ihn hole, sondern Pentheus es befahl.
Doch die Mänaden, die du hergebracht
Und festgekettet im Verlies der Stadt,
Sind fort und frei und schwärmen wie vorher,

σκιρτῶσι Βρόμιον ἀνακαλούμεναι θεόν·
αὐτόματα δ' αὐταῖς δεσμὰ διελύθη ποδῶν
κλῇδές τ' ἀνῆκαν θύρετρ' ἄνευ θνητῆς χερός.
πολλῶν δ' ὅδ' ἁνὴρ θαυμάτων ἥκει πλέως
ἐς τάσδε Θήβας. σοὶ δὲ τἄλλα χρὴ μέλειν.

Πε μέθεσθε χειρῶν τοῦδ'· ἐν ἄρκυσιν γὰρ ὢν
οὐκ ἔστιν οὕτως ὠκὺς ὥστε μ' ἐκφυγεῖν.
– ἀτὰρ τὸ μὲν σῶμ' οὐκ ἄμορφος εἶ, ξένε,
ὡς ἐς γυναῖκας, ἐφ' ὅπερ ἐς Θήβας πάρει·
πλόκαμός τε γάρ σου ταναός, οὐ πάλης ὕπο,
γένυν παρ' αὐτὴν κεχυμένος, πόθου πλέως·
λευκὴν δὲ χροιὰν ἐκ παρασκευῆς ἔχεις,
οὐχ ἡλίου βολαῖσιν, ἀλλ' ὑπὸ σκιᾶς,
τὴν 'Αφροδίτην καλλονῇ θηρώμενος.
πρῶτον μὲν οὖν μοι λέξον ὅστις εἶ γένος.
Δι οὐ κόμπος οὐδείς· ῥᾴδιον δ' εἰπεῖν τόδε.
τὸν ἀνθεμώδη Τμῶλον οἶσθά που κλύων.
Πε οἶδ', ὃς τὸ Σάρδεων ἄστυ περιβάλλει κύκλῳ.
Δι ἐντεῦθέν εἰμι, Λυδία δέ μοι πατρίς.
Πε πόθεν δὲ τελετὰς τάσδ' ἄγεις ἐς 'Ελλάδα;
Δι Διόνυσος ἡμᾶς εἰσέβησ', ὁ τοῦ Διός.
Πε Ζεὺς δ' ἔστ' ἐκεῖ τις, ὃς νέους τίκτει θεούς;
Δι οὔκ, ἀλλ' ὁ Σεμέλην ἐνθάδε ζεύξας γάμοις.
Πε πότερα δὲ νύκτωρ σ' ἢ κατ' ὄμμ' ἠνάγκασεν;
Δι ὁρῶν ὁρῶντα, καὶ δίδωσιν ὄργια.
Πε τὰ δ' ὄργι' ἐστὶ τίν' ἰδέαν ἔχοντά σοι;
Δι ἄρρητ' ἀβακχεύτοισιν εἰδέναι βροτῶν.
Πε ἔχει δ' ὄνησιν τοῖσι θύουσιν τίνα;
Δι οὐ θέμις ἀκοῦσαί σ', ἔστι δ' ἄξι' εἰδέναι.
Πε εὖ τοῦτ' ἐκιβδήλευσας, ἵν' ἀκοῦσαι θέλω.
Δι ἀσέβειαν ἀσκοῦντ' ὄργι' ἐχθαίρει θεοῦ.
Πε τὸν θεὸν ὁρᾶν γὰρ φῄς σαφῶς, ποῖός τις ἦν;
Δι ὁποῖος ἤθελ'· οὐκ ἐγὼ ῎τασσον τόδε.

Umhüpfen Bacchos, rufen ihren Gott.
Von selber fielen ihre Ketten ab
Und keine Hand stieß ihre Riegel auf.
Der Fremde kam als rechter Wundermann
Nach Theben. Sage, was geschehen soll!

Pentheus

Macht seine Hände frei! Er ist im Netz,
Aus dem der noch so Flinke nicht entrinnt. –
Du bist nicht häßlich, doch ein halbes Weib –
Auf Weiber gingst du nur in Theben aus –
Die Locken lang und nicht nach Ringerart,
Auf Wangen hingegossen, sehnsuchtsvoll,
Die weiße Haut seit langem wohlgepflegt
Im Schatten, ohne jeden Sonnenstrahl,
Auf Aphrodites Siege stets bedacht.
Nun sage mir vor allem deinen Stamm!

Di Das ist mit wenig Worten leicht gesagt.
Vom grünen Tmolos hast du schon gehört?
Pe Ich weiß, daß er der Sarder Stadt umgibt.
Di Dort stamm ich her, ein Sohn des Lyderlands.
Pe Was bringst du fremde Bräuche in das Land?
Di Dionýsos sandte mich, der Sohn des Zeus.
Pe Ist do t ein Zeus, der neue Götter zeugt?
Di Mit Thebens Sémele war er vermählt.
Pe Hat er im Traum, im Wachen dich gesandt?
Di Am hellen Tage weihte er mich ein.
Pe Was ist der Orgien geheimer Sinn?
Di Nur Eingeweihten wird er mitgeteilt.
Pe Und welchen Nutzen trägt der Opferdienst?
Di Unsagbar großen – du erfährst ihn nicht.
Pe Du weckst die Neugier mit verstecktem Wort.
Di Wer ihn nicht übt, der fürchte unsern Brauch!
Pe Und deutlich hast du diesen Gott gesehn?
Di Wie er es wollte – ich gebot es nicht.

Πε τοῦτ' αὖ παρωχέτευσας εὖ κοὐδὲν λέγων.
Δι δόξει τις ἀμαθεῖ σοφὰ λέγων οὐκ εὖ φρονεῖν.
Πε ἦλθες δὲ πρῶτα δεῦρ' ἄγων τὸν δαίμονα;
Δι πᾶς ἀναχορεύει βαρβάρων τάδ' ὄργια.
Πε φρονοῦσι γὰρ κάκιον Ἑλλήνων πολύ.
Δι τάδ' εὖ γε μᾶλλον· οἱ νόμοι δὲ διάφοροι.
Πε τὰ δ' ἱερά νύκτωρ ἢ μεθ' ἡμέραν τελεῖς;
Δι νύκτωρ τὰ πολλά· σεμνότητ' ἔχει σκότος.
Πε τοῦτ' ἐς γυναῖκας δόλιόν ἐστι καὶ σαθρόν.
Δι κἀν ἡμέρᾳ τό γ' αἰσχρὸν ἐξεύροι τις ἄν.
Πε δίκην σε δοῦναι δεῖ σοφισμάτων κακῶν.
Δι σὲ δ' ἀμαθίας γε κἀσεβοῦντ' ἐς τὸν θεόν.
Πε ὡς θρασὺς ὁ βάκχος κοὐκ ἀγύμναστος λόγων.
Δι εἴφ' ὅ τι παθεῖν δεῖ· τί με τὸ δεινὸν ἐργάσῃ;
Πε πρῶτον μὲν ἁβρὸν βόστρυχον τεμῶ σέθεν.
Δι ἱερὸς ὁ πλόκαμος· τῷ θεῷ δ' αὐτὸν τρέφω.
Πε ἔπειτα θύρσον τόνδε παράδος ἐκ χεροῖν.
Δι αὐτός μ' ἀφαιροῦ· τόνδε Διονύσου φορῶ.
Πε εἱρκταῖσί τ' ἔνδον σῶμα σὸν φυλάξομεν.
Δι λύσει μ' ὁ δαίμων αὐτός, ὅταν ἐγὼ θέλω.
Πε ὅταν γε καλέσῃς αὐτὸν ἐν βάκχαις σταθείς.
Δι καὶ νῦν ἃ πάσχω πλησίον παρὼν ὁρᾷ.
Πε καὶ ποῦ 'στιν; οὐ γὰρ φανερὸς ὄμμασίν γ' ἐμοῖς.
Δι παρ' ἐμοί· σὺ δ' ἀσεβὴς αὐτὸς ὢν οὐκ εἰσορᾷς.
Πε λάζυσθε· καταφρονεῖ με καὶ Θήβας ὅδε.
Δι αὐδῶ με μὴ δεῖν σωφρονῶν οὐ σώφροσιν.
Πε ἐγὼ δὲ δεῖν γε, κυριώτερος σέθεν.
Δι οὐκ οἶσθ' ὅ τι ζῇς, οὐδ' ὃ δρᾷς, οὐδ' ὅστις εἶ.
Πε Πενθεύς, Ἀγαύης παῖς, πατρὸς δ' Ἐχίονος.
Δι ἐνδυστυχῆσαι τοὔνομ' ἐπιτήδειος εἶ.
Πε χώρει· καθείρξατ' αὐτὸν ἱππικαῖς πέλας
φάτναισιν, ὡς ἂν σκότιον εἰσορᾷ κνέφας.
ἐκεῖ χόρευε· τάσδε δ' ἃς ἄγων πάρει
κακῶν συνεργοὺς ἢ διεμπολήσομεν
ἢ χεῖρα δούπου τοῦδε καὶ βύρσης κτύπου
παύσας, ἐφ' ἱστοῖς δμωίδας κεκτήσομαι.

Pe Du bogst die Rede in das leere Nichts.
Di Dem Ungeschulten ist die Weisheit leer.
Pe Hast du den Gott zuerst hierher gebracht?
Di Schon tanzen alle Fremden seinen Tanz.
Pe Weil sie den Griechen unterlegen sind!
Di In diesen Bräuchen stehen sie voran.
Pe Begeht man sie am Tage? In der Nacht?
Di Meist in der hohen Einsamkeit der Nacht.
Pe Wo Frauenreinheit kaum zu retten ist!
Di Wer unrein ist, der ist es auch bei Tag.
Pe Für deine Lehren sollst du Rede stehn!
Di Und du für deinen Frevel an dem Gott.
Pe Frech ist der Bacche und die Zunge schnell.
Di Und welche Strafe hast du mir bestimmt?
Pe Als erstes nehm ich dir die Lockenpracht.
Di Sie ist dem Gotte heilig und geweiht.
Pe So übergib mir diesen Thyrsusstab!
Di Er ist des Gottes! Raube ihn dir selbst!
Pe Dann wirft man dich ins dunkle Kerkerloch!
Di Wenn ich ihn rufe, macht der Gott mich frei.
Pe Da mußt du erst bei seinen Bacchen sein.
Di Von nahem sieht er alles, was geschieht.
Pe Wo ist er? Meine Augen sehn ihn nicht.
Di Unreines Auge hat ihn nie erblickt.
Pe Ergreift ihn! Theben höhnte er und mich.
Di Tuts nicht! Unklugen geb ich klugen Rat.
Pe Ich sage: tuts! Ich bin der Stärkere!
Di Du weißt nicht, was du tust und wer du bist.
Pe Pentheus, Agaues und Echions Sohn.
Di Der Leidmann, dem das schwerste Leiden droht.
Pe Nun fort und sperrt ihn in den Pferdestall,
Wo ihm das Tageslicht verfinstert ist!
Dort tanze! Und die Helferinnen, die
Du brachtest, werden allesamt verkauft –
Nein, an den Webstuhl werden sie gesetzt,
Und statt der Pauke schlagen sie das Schiff.

Δι στείχοιμ’ ἄν· ὅ τι γὰρ μὴ χρεών, οὔτοι χρεὼν
παθεῖν. ἀτάρ τοι τῶνδ’ ἄποιν’ ὑβρισμάτων
μέτεισι Διόνυσός σ’, ὃν οὐκ εἶναι λέγεις·
ἡμᾶς γὰρ ἀδικῶν κεῖνον εἰς δεσμοὺς ἄγεις.

Χο . . . .

’Αχελῴου θύγατερ,	io$^{2}\wedge$	στρ.
πότνι’ εὐπάρθενε Δίρκα,	io^{2}	
σὺ γὰρ ἐν σαῖς ποτε παγαῖς	io^{2}	
τὸ Διὸς βρέφος ἔλαβες,	io$^{2}\wedge$	
ὅτε μηρῷ πυρὸς ἐξ ἀ-	io^{2}	
θανάτου Ζεὺς ὁ τεκὼν ἥρ-	io^{2}	
πασέ νιν, τάδ’ ἀναβοάσας·	io^{2}	
῎Ιθι, Διθύραμβ’, ἐμὰν ἄρ-	io^{2}a	
σενα τάνδε βᾶθι νηδύν·	io^{2}a	
ἀναφαίνω σε τόδ’, ὦ Βάκ-	io^{2}	
χιε, Θήβαις ὀνομάζειν.	io^{2}	
σὺ δέ μ’, ὦ μάκαιρα Δίρκα,	io^{2}a	
στεφανηφόρους ἀπωθῇ	io^{2}a	
θιάσους ἔχουσαν ἐν σοί.	io^{2}a	
τί μ’ ἀναίνῃ; τί με φεύγεις;	io^{2}	
ἔτι ναὶ τὰν βοτρυώδη	io^{2}	
Διονύσου χάριν οἴνας,	io^{2}	
ἔτι σοι τοῦ Βρομίου μελήσει.	io$^{2}\wedge$ $\wedge$io	
οἵαν οἵαν ὀργὰν	io^{2}	ἀντ.
ἀναφαίνει χθόνιον		
γένος ἐκφύς τε δράκοντός		
ποτε Πενθεύς, ὃν ’Εχίων		
ἐφύτευσε χθόνιος,		

Di Ich geh und leide nur, was mir beliebt.
Doch deinem Hochmut setzt Diónysos,
Der, den du leugnest, sein gerechtes Ziel.
Was du mir antust, hast du ihm getan!

ZWEITES STANDLIED

Chor

Strophe

[Höre, Schwester,]
O Acheloos' Kind,
Stolze Jungfrau, hohe Dirke!
Deine Flut hat einst gebadet
Neugebornes Kind des Zeus,
Als im Schenkel der Erzeuger
Aus des Blitzes ewgem Feuer
Ihn verbarg und rief:
„Ziehe ein im Schoß des Mannes,
O Dithyrambos!
Ich verkünde laut, daß einst dich
Theben so nennt!"
Dirke! Mich und meine Tänze
Stößt du fort!
Du verleugnest mich, du fliehst mich.
Bei der traubenreichen Gabe
Meines Gottes will ichs schwören:
Einmal wirst du Bromios,
Einmal Bromios noch feiern!

Gegenstrophe

Welchen, welchen
Unersättlichen Zorn
Schnaubt das Erdgeschlecht von Theben,
Schnaubt uns Pentheus, den der Erde
Sohn Echion sich gezeugt:

ἀγριωπὸν τέρας, οὐ φῶ-
τα βρότειον, φόνιον δ᾽ ὥσ-
τε γίγαντ᾽ ἀντίπαλον θεοῖς·
ὃς ἔμ᾽ ἐν βρόχοισι τὰν τοῦ
Βρομίου τάχα ξυνάψει,
τὸν ἐμὸν δ᾽ ἐντὸς ἔχει δώ-
ματος ἤδη θιασώταν
σκοτίαις κρυπτὸν ἐν εἱρκταῖς. io^2
ἐσορᾷς τάδ᾽, ὦ Διὸς παῖ
Διόνυσε, σοὺς προφήτας
ἐν ἁμίλλαισιν ἀνάγκας;
μόλε, χρυσῶπα τινάσσων,
ἄνα, θύρσον κατ᾽ Ὄλυμπον,
φονίου δ᾽ ἀνδρὸς ὕβριν κατάσχες.

πόθι Νύσας ἄρα τᾶς θη- io^2
ροτρόφου θυρσοφορεῖς io^2∧
θιάσους, ὦ Διόνυσ᾽, ἢ io^2
κορυφαῖς Κωρυκίαις; io^2∧
τάχα δ᾽ ἐν ταῖς πολυδένδρεσ- io^2
σιν Ὀλύμπου θαλάμαις, ἔν- io^2
θα ποτ᾽ Ὀρφεὺς κιθαρίζων io^2
σύναγεν δένδρεα μούσαις, io^2
σύναγεν θῆρας ἀγρώτας. io^2
μάκαρ ὦ Πιερία, io^2∧
σέβεταί σ᾽ Εὔιος, ἥξει io^2
τε χορεύσων ἅμα βακχεύ- io^2
μασι, τόν τ᾽ ὠκυρόαν io^2∧
διαβὰς Ἀξιὸν εἱλισ- io^2
σομένας Μαινάδας ἄξει, io^2
Λυδίαν πατέρα τε, τὸν gl∧
τᾶς εὐδαιμονίας βροτοῖς gl
ὀλβοδόταν, τὸν ἔκλυον ch ia^2
εὔιππον χώραν ὕδασιν sp^2 ch
καλλίστοισι λιπαίνειν. gl∧

Wildes Tier und keinen Menschen,
Blutig-blutigen Giganten,
  Der mit Göttern kämpft.
Mir, der Dienerin des Gottes,
  Droht er mit Ketten!
Meinen Herrn hält er in Hauses
  Dunkelster Haft!
Siehst du, siehst du die Propheten,
  Sohn des Zeus,
Wie sie kämpfen, wie sie leiden!
Steige nieder vom Olympos,
Goldgelockter, mit dem Thyrsus,
  Hemme dieses wilden Manns,
Dieses blutgen Mannes Wüten!

Schlußstrophe

Wo, ach wo
Schwingst du den Thyrsus,
Führst du den Reigen?
Auf Nysas Triften?
Korykischen Gipfeln?
Auf des Olympos
Waldigen Hängen,
Wo einst Orpheus mit der Leier
Bäume berückte,
Tiere verzückte?
Glückliches Pierien:
Ja, dich liebt er,
Und so kommt er
Mit den Scharen:
Über den reißenden Axios
Trieb er schon der Mänaden Schwarm,
Über den Ludias,
Väterlichen Reichtumsspender,
Der das roßreiche Land
Herrlich bewässert.

Δι ἰώ,
κλύετ' ἐμᾶς κλύετ' αὐδᾶς, gl$_{\wedge}$
ἰὼ βάκχαι, ἰὼ βάκχαι. sp^{4}

Χο τίς ὅδε, τίς πόθεν ὁ κέλαδος cr tr^{2}
ἀνά μ' ἐκάλεσεν Εὐίου; tr$^{4}{}_{\wedge}$

Δι ἰὼ ἰώ, πάλιν αὐδῶ, gl$_{\wedge}$
ὁ Σεμέλας, ὁ Διὸς παῖς. gl$_{\wedge}$

Χο ἰὼ ἰὼ δέσποτα δέσποτα, cr da^{2}
μόλε νυν ἡμέτερον ἐς cr^{2}
θίασον, ὦ Βρόμιε Βρόμιε. cr tr^{2}

Δι σεῖε πέδον χθονὸς Ἔννοσι πότνια. da^{4}

Χο ἆ ἆ,
τάχα τὰ Πενθέως μέλαθρα διατι- tr^{4}
νάξεται πεσήμασιν. tr$^{4}{}_{\wedge}$
ὁ Διόνυσος ἀνὰ μέλαθρα· tr^{4}
σέβετέ νιν. σέβομεν ὦ. cr^{2}
εἴδετε λάινα κίοσιν ἔμβολα da^{4}
διάδρομα τάδε; Βρόμιος ὅδ' ἀλα- tr^{4}
λάζεται στέγας ἔσω. tr$^{4}{}_{\wedge}$

Δι ἅπτε κεραύνιον αἴθοπα λαμπάδα· da^{4}
σύμφλεγε σύμφλεγε δώματα Πενθέος. da^{4}

DRITTE HAUPTSZENE

Wechselrufe

Dionysos *von innen*

Ioh!
Hört meinen Ruf!
Hört meinen Ruf!
Auf, ihr Bacchen, auf!

Chor

Welcher Ruf, welcher Ruf?
Woher rief mich
Die Stimme des Herrn?

Di *von innen*
Ioh, Ioh!
Wieder ruft euch
Der Sémele Sohn, der Sohn des Zeus.

Ch Ioh, Ioh, mein Herr, mein Herr!
Führ unsern Reigen,
Bromios, Bromios!

Di *von innen*
Erschüttre die Erde, Herrin des Bebens,
Mit deiner Erschütterung!

Ch Ah! Ah!
Bald wird des Pentheus Palast
Im Fallen zertrümmert.
Dionýsos ist drinnen, o ehrt ihn! –
Wir ehren! –
Saht ihr die steinernen Balken der Säulen
Wanken und fallen?
Bromios drinnen
Ruft uns und jubelt.

Di *von innen*
Nimm deines Donnerlauts blitzenden Feuerstrahl!
Brenne, verbrenne des Frevelnden Herrschersitz!

Χο ἆ ἆ,
πῦρ οὐ λεύσσεις, οὐδ' αὐγάζῃ, sp^4
Σεμέλας ἱερὸν ἀμφὶ τάφον, ἅν ia^4
ποτε κεραυνόβολος ἔλιπε φλόγα tr^4◡
Δίου βροντᾶς; sp^2
δίκετε πεδόσε τρομερὰ σώματα tr^4◡
δίκετε, Μαινάδες· ὁ γὰρ ἄναξ gl
ἄνω κάτω τιθεὶς ἔπει- ia^4
σι μέλαθρα τάδε Διὸς γόνος. ia^4

Δι βάρβαροι γυναῖκες, οὕτως
ἐκπεπληγμέναι φόβῳ tr^8∧
πρὸς πέδῳ πεπτώκατ'; ᾔσθησθ',
ὡς ἔοικε, Βακχίου
διατινάξαντος τὰ Πενθέως·
ἀλλ' ἄγ' ἐξανίστατε
σῶμα καὶ θαρσεῖτε σαρκὸς
ἐξαμείψασαι τρόμον.
Χο ὦ φάος μέγιστον ἡμῖν
εὐίου βακχεύματος,
ὡς ἐσεῖδον ἀσμένη σε,
μονάδ' ἔχουσ' ἐρημίαν.
Δι εἰς ἀθυμίαν ἀφίκεσθ',
ἡμίκ' εἰσεπεμπόμην,
Πενθέως ὡς ἐς σκοτεινὰς
ὀρκάνας πεσούμενος;
Χο πῶς γὰρ οὔ; τίς μοι φύλαξ ἦν,
εἰ σὺ συμφορᾶς τύχοις;
ἀλλὰ πῶς ἠλευθερώθης
ἀνδρὸς ἀνοσίου τυχών;
Δι αὐτὸς ἐξέσωσ' ἐμαυτὸν
ῥᾳδίως ἄνευ πόνου.

Ch Ah! Ah!
Siehst du das Feuer?
Schaue die Flamme
Auf Sémeles heiligem Grab,
Flamme, die einst
Blitzstrahl des Zeus hier zurückließ?
Nieder zur Erde die bebenden Glieder,
Nieder zur Erde!
Unser Herr,
Der Sohn des Zeus,
Ist diesem Haus genaht,
Stürzt es in Trümmer.

Di *tritt heraus*
Frauen aus dem fremden Lande,
Sagt, was hat euch so erschreckt,
Daß ihr euch zu Boden warfet?
War es nicht Diónysos,
Der dies Haus in Trümmer legte?
Nun erhebt euch, stehet auf
Und vertauscht der Glieder Beben
Mit dem neuen frischen Mut!
Ch Du bist in des Bacchos Feiern
Unsre Leuchte, unser Licht;
Froh begrüßen wir dich wieder!
Wie verlassen waren wir!
Di Aller Mut hat euch verlassen,
Als man mich hineingeschleppt,
Als man mich in dieses Hauses
Finsterstes Verlies gesperrt?
Ch Hatt ich einen andren Schützer,
Wenn dich ein Geschick ereilt?
Aber wer hat dich errettet
Von dem götterlosen Mann?
Di Ganz allein und ohne Mühe
Hab ich selber mich befreit.

Χο οὐδέ σου συνῆψε χεῖρε
δεσμίοισιν ἐν βρόχοις;
Δι ταῦτα καὶ καθύβρισ' αὐτόν,
ὅτι με δεσμεύειν δοκῶν
οὔτ' ἔθιγεν οὔθ' ἥψαθ' ἡμῶν,
ἐλπίσιν δ' ἐβόσκετο.
πρὸς φάτναις δὲ ταῦρον εὑρών,
οὗ καθεῖρξ' ἡμᾶς ἄγων,
τῷδε περὶ βρόχους ἔβαλλε
γόνασι καὶ χηλαῖς ποδῶν,
θυμὸν ἐκπνέων, ἱδρῶτα
σώματος στάζων ἄπο,
χείλεσιν διδοὺς ὀδόντας·
πλησίον δ' ἐγὼ παρὼν
ἥσυχος θάσσων ἔλευσσον.
ἐν δὲ τῷδε τῷ χρόνῳ
ἀνετίναξ' ἐλθὼν ὁ Βάκχος
δῶμα καὶ μητρὸς τάφῳ
πῦρ ἀνῆψ'· ὃ δ' ὡς ἐσεῖδε,
δώματ' αἴθεσθαι δοκῶν,
ᾖσσ' ἐκεῖσε κᾆτ' ἐκεῖσε,
δμωσὶν Ἀχελῷον φέρειν
ἐννέπων, ἅπας δ' ἐν ἔργῳ
δοῦλος ἦν, μάτην πονῶν.
διαμεθεὶς δὲ τόνδε μόχθον,
ὡς ἐμοῦ πεφευγότος,
ἵεται ξίφος κελαινὸν
ἁρπάσας δόμων ἔσω.
κᾆθ' ὁ Βρόμιος, ὡς ἔμοιγε
φαίνεται, δόξαν λέγω,
φάσμ' ἐποίησεν κατ' αὐλήν·
ὃ δ' ἐπὶ τοῦθ' ὡρμημένος
ᾖσσε κἀκέντει φαεννὸν
αἰθέρ', ὡς σφάζων ἐμέ.
πρὸς δὲ τοῖσδ' αὐτῷ τάδ' ἄλλα
Βάκχιος λυμαίνεται·

Ch Aber waren deine Hände
Mit der Fessel nicht verschnürt?
Di Darin hab ich ihn getäuscht: als
Er zu fesseln mich geglaubt,
Konnt er meine Haut nicht streifen,
Wiegte sich in falschem Wahn.
Als er mich zur Krippe führte,
Traf er einen wilden Stier,
Diesem wand er seine Stricke
Um die Beine, um den Huf,
Wut verschnaubte seine Seele,
Von den Gliedern troff der Schweiß,
Zornig biß er seine Lippen.
Ich saß ruhig neben ihm
Und sah zu. Da stürzte Bacchos
Schon die Wände, schürte hoch
Feuer auf dem Grab der Mutter.
Pentheus sah es, hielt das Haus
Schon verloren, rannte blindlings
Hier- und dorthin im Palast,
Schrie nach Wasser, jeder brachte,
Alles löschte – doch umsonst.

Plötzlich kam ihm der Gedanke,
Daß ich längst entronnen sei,
Und er stürzt mit blanker Waffe,
Wieder in das Haus hinein.
Da schafft Bromios ein Trugbild
(Er muß es gewesen sein)
In den Hof, und Pentheus stürzt sich
Auf das Bild und trifft die Luft.

Und noch andre schwere Strafe
Hat ihm Bacchios verhängt,

δώματ᾽ ἔρρηξεν χαμᾶζε·
συντεθράνωται δ᾽ ἅπαν
πικροτάτους ἰδόντι δεσμοὺς
τοὺς ἐμούς· κόπου δ᾽ ὕπο
διαμεθεὶς ξίφος παρεῖται·
πρὸς θεὸν γὰρ ὢν ἀνὴρ
ἐς μάχην ἐλθεῖν ἐτόλμησε.
ἥσυχος δ᾽ ἐκβὰς ἐγὼ
δωμάτων ἥκω πρὸς ὑμᾶς,
Πενθέως οὐ φροντίσας.
ὡς δέ μοι δοκεῖ – ψοφεῖ γοῦν
ἀρβύλη δόμων ἔσω –
ἐς προνώπι᾽ αὐτίχ᾽ ἥξει.
τί ποτ᾽ ἄρ᾽ ἐκ τούτων ἐρεῖ;
ῥᾳδίως γὰρ αὐτὸν οἴσω,
κἂν πνέων ἔλθῃ μέγα.
πρὸς σοφοῦ γὰρ ἀνδρὸς ἀσκεῖν
σώφρον᾽ εὐοργησίαν.

Πε πέπονθα δεινά· διαπέφευγέ μ᾽ ὁ ξένος,
ὃς ἄρτι δεσμοῖς ἦν κατηναγκασμένος.
ἔα ἔα·
ὅδ᾽ ἐστὶν ἀνήρ· τί τάδε; πῶς προνώπιος
φαίνῃ πρὸς οἴκοις τοῖς ἐμοῖς, ἔξω βεβώς;
Δι στῆσον πόδ᾽, ὀργῇ δ᾽ ὑπόθες ἥσυχον πόδα.
Πε πόθεν σὺ δεσμὰ διαφυγὼν ἔξω περᾷς;
Δι οὐκ εἶπον – ἢ οὐκ ἤκουσας – ὅτι λύσει μέ τις;
Πε τίς; τοὺς λόγους γὰρ ἐσφέρεις καινοὺς ἀεί.
Δι ὃς τὴν πολύβοτρυν ἄμπελον φύει βροτοῖς.
Πε . . . .
Δι ὠνείδισας δὴ τοῦτο Διονύσῳ καλόν.
Πε κλῄειν κελεύω πάντα πύργον ἐν κύκλῳ.
Δι τί δ᾽; οὐχ ὑπερβαίνουσι καὶ τείχη θεοί;
Πε σοφὸς σοφὸς σύ, πλὴν ἃ δεῖ σ᾽ εἶναι σοφόν.

Stürzte ihm das Haus zu Boden,
Machte es zum Trümmerfeld,
Grausam mußte er bezahlen,
Daß er mich in Fesseln warf.
Todmüd läßt das Schwert er fallen:
Dieser Mensch hat es gewagt,
Gegen einen Gott zu kämpfen!
Ruhig zog ich aus dem Haus,
Kehr zurück in eure Mitte,
Pentheus kümmerte mich nicht.
Doch es scheint, ich höre schwere
Schritte aus dem leeren Haus.
Gleich wird er vor mir erscheinen,
Sein Gepolter rührt mich nicht.
Ruhig will ich ihn ertragen,
Wenn er noch so Großes schnaubt.
Klugen Mannes kluge Waffe
Bleibt doch die Gelassenheit.

Pentheus

O Schreck! Der Fremde ist nicht mehr zu sehn,
Den eben noch die harte Fessel band.
Doch wie?
Seht her! Da steht er! Steht vor meinem Aug?
Tritt frei heraus und stellt sich vor das Haus?
Di Halt ein und zähme deinen wilden Schritt!
Pe Ganz ohne Fesseln gehst du frei herum?
Di Du glaubtest nicht, daß einer mich befreit.
Pe Wer war es? Tische neue Lügen auf!
Di Der Gott wars, der der Welt den Wein gebracht.
Pe Und alle Welt in Raserei versetzt!
Di Ist diese Gabe nicht sein höchster Ruhm?
Pe Ich schließe ihr die Tore unsrer Stadt!
Di Die Götter setzen über Mauern weg.
Pe Klug bist du, nur nicht da, wo Klugheit not.

Δι ἃ δεῖ μάλιστα, ταῦτ' ἔγωγ' ἔφυν σοφός.
κείνου δ' ἀκούσας πρῶτα τοὺς λόγους μάθε,
ὃς ἐξ ὄρους πάρεστιν ἀγγελῶν τί σοι·
ἡμεῖς δέ σοι μενοῦμεν, οὐ φευξούμεθα.

Βουκόλος

Πενθεῦ κρατύνων τῆσδε Θηβαίας χθονός,
ἥκω Κιθαιρῶν' ἐκλιπών, ἵν' οὔποτε
λευκῆς χιόνος ἀνεῖσαν εὐαγεῖς βολαί.
Πε ἥκεις δὲ ποίαν προστιθεὶς σπουδὴν λόγου;
Βο βάκχας ποτνιάδας εἰσιδών, αἳ τῆσδε γῆς
οἴστροισι λευκὸν κῶλον ἐξηκόντισαν,
ἥκω φράσαι σοὶ καὶ πόλει χρῄζων, ἄναξ,
ὡς δεινὰ δρῶσι θαυμάτων τε κρείσσονα.
θέλω δ' ἀκοῦσαι, πότερά σοι παρρησίᾳ
φράσω τὰ κεῖθεν ἢ λόγον στειλώμεθα·
τὸ γὰρ τάχος σου τῶν φρενῶν δέδοικ', ἄναξ,
καὶ τοὐξύθυμον καὶ τὸ βασιλικὸν λίαν.
Πε λέγ', ὡς ἀθῷος ἐξ ἐμοῦ πάντως ἔσῃ.
τοῖς γὰρ δικαίοις οὐχὶ θυμοῦσθαι χρεών.
ὅσῳ δ' ἂν εἴπῃς δεινότερα βακχῶν πέρι,
τοσῷδε μᾶλλον τὸν ὑποθέντα τὰς τέχνας
γυναιξὶ τόνδε τῇ δίκῃ προσθήσομεν.
Βο ἀγελαῖα μὲν βοσκήματ' ἄρτι πρὸς λέπας
μόσχων ὑπεξήκριζον, ἡνίχ' ἥλιος
ἀκτῖνας ἐξίησι θερμαίνων χθόνα.
ὁρῶ δὲ θιάσους τρεῖς γυναικείων χορῶν,
ὧν ἦρχ' ἑνὸς μὲν Αὐτονόη, τοῦ δευτέρου
μήτηρ 'Αγαύη σή, τρίτου δ' 'Ινὼ χοροῦ.
ηὗδον δὲ πᾶσαι σώμασιν παρειμέναι,
αἳ μὲν πρὸς ἐλάτης νῶτ' ἐρείσασαι φόβην,
αἳ δ' ἐν δρυὸς φύλλοισι πρὸς πέδῳ κάρα
εἰκῇ βαλοῦσαι σωφρόνως, οὐχ ὡς σὺ φῂς
ᾠνωμένας κρατῆρι καὶ λωτοῦ ψόφῳ
θηρᾶν καθ' ὕλην Κύπριν ἠρημωμένας.

Di Gerade, wo sie nötig, bin ich klug.
Doch höre vorher dieses Manns Bericht,
Der aus den Bergen neue Botschaft bringt.
Ich warte ruhig, laufe nicht davon.

Hirte

O Pentheus, Herrscher dieses unsres Lands,
Ich komme vom Kithairon, wo der Strahl
Der Sonne nie den weißen Schnee durchbricht.
Pe Und was beflügelt deine Worte so?
Hi Ich sah die Bacchen, die in Raserei
Die Glieder wirbelten aus dieser Stadt.
Ich muß dir sagen und dem ganzen Volk,
Welch zauberhafte Dinge sie begehn.
Doch muß ich wissen, ob ich frank und frei
Berichten kann, ob halb versteckten Worts.
Ich fürchte, Herrscher, deinen raschen Sinn,
Den zorngeneigten, allzu fürstlichen.
Pe Sprich frei, und nichts wird dir von mir geschehn!
Gerechtes Wort wird nie mit Zorn bedacht.
Je Schlimmres du von diesen Bacchen sagst,
So strenger fällt das Urteil diesem Mann,
Der alle diese Künste sie gelehrt.
Hi Die Kälberherde trieben wir hinauf
Zum Gipfel, als die Sonne ihren Pfeil
Erwärmend auf die Erde niederschoß.
Drei Frauenchöre sahn wir da vor uns,
Von deiner Mutter, der Agaue, und
Von Ino und Autonoë geführt.
Sie schliefen alle friedlich hingestreckt,
Auf Tannenzweige oder Eichenlaub
Das Haupt gelagert, züchtig, nicht wie du
Gesagt: von Wein und Flötenklang berauscht
Und abseits auf der Kypris Werk bedacht.

ἡ σὴ δὲ μήτηρ ὠλόλυξεν ἐν μέσαις
σταθεῖσα βάκχαις, ἐξ ὕπνου κινεῖν δέμας,
μυκήμαθ᾽ ὡς ἤκουσε κεροφόρων βοῶν.
αἳ δ᾽ ἀποβαλοῦσαι θαλερὸν ὀμμάτων ὕπνον
ἀνῇξαν ὀρθαί, θαῦμ᾽ ἰδεῖν εὐκοσμίας,
νέαι παλαιαὶ παρθένοι τ᾽ ἔτ᾽ ἄζυγες.
καὶ πρῶτα μὲν καθεῖσαν εἰς ὤμους κόμας
νεβρίδας τ᾽ ἀνεστείλανθ᾽ ὅσαισιν ἁμμάτων
σύνδεσμ᾽ ἐλέλυτο, καὶ καταστίκτους δορὰς
ὄφεσι κατεζώσαντο λιχμῶσιν γένυν.
αἳ δ᾽ ἀγκάλαισι δορκάδ᾽ ἢ σκύμνους λύκων
ἀγρίους ἔχουσαι λευκὸν ἐδίδοσαν γάλα,
ὅσαις νεοτόκοις μαστὸς ἦν σπαργῶν ἔτι
βρέφη λιπούσαις· ἐπὶ δ᾽ ἔθεντο κισσίνους
στεφάνους δρυός τε μίλακός τ᾽ ἀνθεσφόρου.
θύρσον δέ τις λαβοῦσ᾽ ἔπαισεν ἐς πέτραν,
ὅθεν δροσώδης ὕδατος ἐκπηδᾷ νοτίς·
ἄλλη δὲ νάρθηκ᾽ ἐς πέδον καθῆκε γῆς,
καὶ τῇδε κρήνην ἐξανῆκ᾽ οἴνου θεός·
ὅσαις δὲ λευκοῦ πώματος πόθος παρῆν,
ἄκροισι δακτύλοισι διαμῶσαι χθόνα
γάλακτος ἑσμοὺς εἶχον· ἐκ δὲ κισσίνων
θύρσων γλυκεῖαι μέλιτος ἔσταζον ῥοαί.
ὥστ᾽, εἰ παρῆσθα, τὸν θεὸν τὸν νῦν ψέγεις
εὐχαῖσιν ἂν μετῆλθες εἰσιδὼν τάδε.
ξυνήλθομεν δὲ βουκόλοι καὶ ποιμένες,
κοινῶν λόγων δώσοντες ἀλλήλοις ἔριν·
καί τις πλάνης κατ᾽ ἄστυ καὶ τρίβων λόγων
ἔλεξεν εἰς ἅπαντας· Ὦ σεμνὰς πλάκας
ναίοντες ὀρέων, θέλετε θηρασώμεθα
Πενθέως Ἀγαύην μητέρ᾽ ἐκ βακχευμάτων
χάριν τ᾽ ἄνακτι θώμεθα; εὖ δ᾽ ἡμῖν λέγειν
ἔδοξε, θάμνων δ᾽ ἐλλοχίζομεν φόβαις
κρύψαντες αὑτούς· αἳ δὲ τὴν τεταγμένην

ὡς δεινὰ δρῶσι θαυμάτων τ᾽ ἐπάξια·

Da sprang mit wildem Ruf Agaue hoch
Und trieb die Ruhenden aus ihrem Schlaf,
Als sie des Kälberzugs Gebrüll vernahm.
Sie schüttelten den süßen Schlummer ab
Und sprangen auf, ein Wunder strenger Zucht,
Ob alt, ob jung, ob Frauen oder Kind.
Die Locken fielen auf den Hals hinab,
Das Rehfell, dessen Spangen sie gelöst,
Ward frisch gebunden, Schlangen züngelten
Als Gürtel um der Hirsche bunten Pelz.
Sie nahmen kleine Rehlein auf den Arm
Und wilde Wölfchen, gaben ihnen Milch,
Wenn sie noch junge Mütter waren und
Die Brust noch strotzte, setzten Kränze auf
Von Eichen, Winden und des Efeus Grün.
Schlug eine mit dem Thyrsus an den Fels,
Entsprang ihm augenblicks ein kühler Quell,
Und stieß der Narthex auf den Boden auf,
So quoll des Gottes süßer Wein empor.
Wer nach dem weißen Tranke durstig war,
Der schürfte mit den Nägeln sich ein Loch,
Fand Milch die Fülle; von den Thyrsen troff
Des süßen Honigs überreicher Strom.
Wer solches Wunderland mit Augen sah,
Der betet zu dem Gott, den du verhöhnst.
Wir Hirten, die es sahen, setzten uns
Und gaben um die Wette klugen Rat.
Ein wortgewandter halber Städter war
Dabei und sprach: „Ihr Männer des Gebirgs
Und höchster Felsen! Fangen wir uns nicht
Agaue, Pentheus' Mutter, aus der Schar
Und bringen sie dem Herrn?" Sein Rat schien gut,
Wir legten im Gebüsch den Hinterhalt
Und lauerten. Zur festgesetzten Zeit

ὥραν ἐκίνουν θύρσον ἐς βακχεύματα,
Ἴακχον ἀθρόῳ στόματι τὸν Διὸς γόνον
Βρόμιον καλοῦσαι· πᾶν δὲ συνεβάκχευ' ὄρος
καὶ θῆρες, οὐδὲν δ' ἦν ἀκίνητον δρόμῳ.
κυρεῖ δ' Ἀγαύη πλησίον θρῴσκουσά μου·
κἀγὼ 'ξεπήδησ' ὡς συναρπάσαι θέλων,
λόχμην κενώσας ἔνθ' ἐκρυπτόμην δέμας.
ἣ δ' ἀνεβόησεν· Ὦ δρομάδες ἐμαὶ κύνες,
θηρώμεθ' ἀνδρῶν τῶνδ' ὕπ'· ἀλλ' ἕπεσθέ μοι,
ἕπεσθε θύρσοις διὰ χερῶν ὡπλισμέναι.
ἡμεῖς μὲν οὖν φεύγοντες ἐξηλύξαμεν
βακχῶν σπαραγμόν, αἳ δὲ νεμομέναις χλόην
μόσχοις ἐπῆλθον χειρὸς ἀσιδήρου μέτα.
καὶ τὴν μὲν ἂν προσεῖδες εὔθηλον πόριν
μυκωμένην ἔχουσαν ἐν χεροῖν δίχα,
ἄλλαι δὲ δαμάλας διεφόρουν σπαράγμασιν.
εἶδες δ' ἂν ἢ πλευρ' ἢ δίχηλον ἔμβασιν
ῥιπτόμεν' ἄνω τε καὶ κάτω· κρεμαστὰ δὲ
ἔσταζ' ὑπ' ἐλάταις ἀναπεφυρμέν' αἵματι.
ταῦροι δ' ὑβρισταὶ κἀς κέρας θυμούμενοι
τὸ πρόσθεν ἐσφάλλοντο πρὸς γαῖαν δέμας,
μυριάσι χειρῶν ἀγόμενοι νεανίδων.
θᾶσσον δὲ διεφοροῦντο σαρκὸς ἐνδυτὰ
ἢ σὲ ξυνάψαι βλέφαρα βασιλείοις κόραις.
χωροῦσι δ' ὥστ' ὄρνιθες ἀρθεῖσαι δρόμῳ
πεδίων ὑποτάσεις, αἳ παρ' Ἀσωποῦ ῥοαῖς
εὔκαρπον ἐκβάλλουσι Θηβαίων στάχυν·
Ὑσιάς τ' Ἐρυθράς θ', αἳ Κιθαιρῶνος λέπας
νέρθεν κατῳκήκασιν, ὥστε πολέμιοι,
ἐπεσπεσοῦσαι πάντ' ἄνω τε καὶ κάτω
διέφερον· ἥρπαζον μὲν ἐκ δόμων τέκνα·
ὁπόσα δ' ἐπ' ὤμοις ἔθεσαν, οὐ δεσμῶν ὕπο
προσείχετ' οὐδ' ἔπιπτεν ἐς μέλαν πέδον,
οὐ χαλκός, οὐ σίδηρος· ἐπὶ δὲ βοστρύχοις
πῦρ ἔφερον, οὐδ' ἔκαιεν. οἳ δ' ὀργῆς ὕπο
ἐς ὅπλ' ἐχώρουν φερόμενοι βακχῶν ὕπο·

Hob jede Schar den Thyrsus, alles rief
Aus einem Mund den hohen Sohn des Zeus,
Bromios Iacchos. Alle Berge tanzten mit
Und alle Tiere regten sich im Lauf.
Agaue stürmte eben vor mir hin;
Da sprang ich aus dem Busch, der mich verbarg,
Und machte auf sie Jagd. Sie aber schrie:
„Ihr flinken Hunde! Seht die Jäger hier!
Auf, folgt mir mit des Thyrsus scharfem Speer!"
Und sie zerrissen, was nicht floh. Das Vieh
Erlegten sie mit eisenloser Hand.

Da sah man manche Milchkuh mit Gebrüll
Verenden in dem gnadenlosen Arm,
Dort wurden Kälber gleicherweis zerstückt
Und manche Rippe, manch gespaltner Huf
Flog durch die Luft, verfing sich im Geäst
Der Tannen, träufelte den blutgen Tau.
Die Stiere senkten erst zum wilden Stoß
Die spitzen Hörner, wurden aber bald
Von tausendfacher Frauenhand gestürzt
Und schneller wurde noch ihr Fleisch zerteilt,
Als deine königliche Braue zuckt.
Nun stürmten sie wie Vögel übers Feld
Zum Ufer des Asopos, wo der Strom
Dem Volk von Theben seine Ernten reift.
Hysa, Erýthra an Kithairons Fuß
Ward wie vom schlimmsten Feinde heimgesucht
Und alle Habe auf den Kopf gestellt.
Die Kinder schleppten sie den Bauern fort
Und was die Schultern trugen, hielt von selbst
Und nichts fiel auf den Boden, war es auch
Von Erz, von Eisen. Auf den Locken saß
Ein Feuer, das nicht brannte. Voller Wut
Zog man mit Waffen gegen sie ins Feld.

οὗπερ τὸ δεινὸν ἦν θέαμ' ἰδεῖν, ἄναξ.
τοῖς μὲν γὰρ οὐχ ἥμασσε λογχωτὸν βέλος,
κεῖναι δὲ θύρσους ἐξανιεῖσαι χερῶν
ἐτραυμάτιζον κἀπενώτιζον φυγῇ
γυναῖκες ἄνδρας, οὐκ ἄνευ θεῶν τινος.
πάλιν δ' ἐχώρουν ὅθεν ἐκίνησαν πόδα,
κρήνας ἐπ' αὐτὰς ἃς ἀνῆκ' αὐταῖς θεός.
νίψαντο δ' αἷμα, σταγόνα δ' ἐκ παρηίδων
γλῶσσῃ δράκοντες ἐξεφαίδρυνον χροός.
τὸν δαίμον' οὖν τόνδ' ὅστις ἔστ', ὦ δέσποτα,
δέχου πόλει τῇδ'· ὡς τά τ' ἄλλ' ἐστὶν μέγας,
κἀκεῖνό φασιν αὐτόν, ὡς ἐγὼ κλύω,
τὴν παυσίλυπον ἄμπελον δοῦναι βροτοῖς.
οἴνου δὲ μηκέτ' ὄντος οὐκ ἔστιν Κύπρις
οὐδ' ἄλλο τερπνὸν οὐδὲν ἀνθρώποις ἔτι.
Χο ταρβῶ μὲν εἰπεῖν τοὺς λόγους ἐλευθέρους
πρὸς τὸν τύραννον, ἀλλ' ὅμως εἰρήσεται·
Διόνυσος ἥσσων οὐδενὸς θεῶν ἔφυ.
Πε ἤδη τόδ' ἐγγὺς ὥστε πῦρ ὑφάπτεται
ὕβρισμα βακχῶν, ψόγος ἐς Ἕλληνας μέγας.
ἀλλ' οὐκ ὀκνεῖν δεῖ· στεῖχ' ἐπ' Ἠλέκτρας ἰὼν
πύλας· κέλευε πάντας ἀσπιδηφόρους
ἵππων τ' ἀπαντᾶν ταχυπόδων ἐπεμβάτας
πέλτας θ' ὅσοι πάλλουσι καὶ τόξων χερὶ
ψάλλουσι νευράς, ὡς ἐπιστρατεύσομεν
βάκχαισιν· οὐ γὰρ ἀλλ' ὑπερβάλλει τάδε,
εἰ πρὸς γυναικῶν πεισόμεσθ' ἃ πάσχομεν.
Δι πείθῃ μὲν οὐδέν, τῶν ἐμῶν λόγων κλύων,
Πενθεῦ· κακῶς δὲ πρὸς σέθεν πάσχων ὅμως
οὔ φημι χρῆναί σ' ὅπλ' ἐπαίρεσθαι θεῷ,
ἀλλ' ἡσυχάζειν· Βρόμιος οὐκ ἀνέξεται
κινοῦντα βάκχαις σ' εὐίων ὀρῶν ἄπο.
Πε οὐ μὴ φρενώσεις μ', ἀλλὰ δέσμιος φυγὼν
σώσῃ τόδ'; ἢ σοὶ πάλιν ἀναστρέψω δίκην;
Δι θύοιμ' ἂν αὐτῷ μᾶλλον ἢ θυμούμενος
πρὸς κέντρα λακτίζοιμι θνητὸς ὢν θεῷ.

Da aber tritt das größte Wunder ein:
Die Lanzen schlagen keine Wunden, um
So mehr die Thyrsen, ja die Frauenschar
Vertreibt die Männer, weil ein Gott ihr hilft,
Kehrt unversehrt zum steilen Berg zurück,
Zu Wassern, die ein Gott entspringen ließ,
Und wäscht das Blut ab; manche Schlange leckt
Die roten Tupfen von der weißen Haut.

Nimm diesen Gott, und sei er wer er sei,
In Theben auf! Er ist ein großer Gott
Und jeder sagt, er habe dieser Welt
Den Wein gebracht, der alle Schmerzen löst,
Und wo kein Wein ist, bleibt auch Kypris fern
Und alles, was das Herz erfreuen kann.

Chf Ich scheue vor dem Herrscher freies Wort
Zu sprechen, aber dieses sei gesagt:
Kein Gott ist größer als Diónysos.

Pe Schon wälzt der Wahnsinn dieser Bacchen sich
Heran wie Feuer, Schande Griechenlands.
Da gilt kein Zaudern: Zum Elektra-Tor
Ruft alle Schützen und das Reitervolk,
Das Heer des schweren und des leichten Schilds!
Kampf den Mänaden! Gipfel jeder Schmach,
Daß uns von Weibern alles dies geschah!

Di Du hörst zwar, Pentheus, nicht auf meinen Rat,
Und ob ich Schlimmes nur von dir erfuhr,
Warn ich dich doch vor diesem Waffenzug.
Halt stille! Niemals duldet Bromios,
Daß du die Bacchen von den Bergen treibst.

Pe Willst du mich lehren? Einmal kamst du aus;
Gelüstet dich nach zweitem Strafgericht?

Di O opfre ihm und schlag nicht voller Wut,
Ein Mensch nur, gegen Gottes Stachel aus!

Πε θύσω, φόνον γε θῆλυν, ὥσπερ ἄξιαι,
πολὺν ταράξας ἐν Κιθαιρῶνος πτυχαῖς.
Δι φεύξεσθε πάντες· καὶ τόδ' αἰσχρόν, ἀσπίδας
θύρσοισι βακχῶν ἐκτρέπειν χαλκηλάτους.
Πε ἀπόρῳ γε τῷδε συμπεπλέγμεθα ξένῳ,
ὃς οὔτε πάσχων οὔτε δρῶν σιγήσεται.
Δι ὦ τᾶν, ἔτ' ἔστιν εὖ καταστῆσαι τάδε.
Πε τί δρῶντα; δουλεύοντα δουλείαις ἐμαῖς;
Δι ἐγὼ γυναῖκας δεῦρ' ὅπλων ἄξω δίχα.
Πε οἴμοι· τόδ' ἤδη δόλιον ἔς με μηχανᾷ.
Δι ποῖόν τι, σῶσαί σ' εἰ θέλω τέχναις ἐμαῖς;
Πε ξυνέθεσθε κοινῇ τάδ', ἵνα βακχεύητ' ἀεί.
Δι καὶ μὴν ξυνεθέμην τοῦτό γ', ἴσθι, τῷ θεῷ.
Πε ἐκφέρετέ μοι δεῦρ' ὅπλα, σὺ δὲ παῦσαι λέγων.
Δι ἆ.
βούλῃ σφ' ἐν ὄρεσι συγκαθημένας ἰδεῖν;
Πε μάλιστα, μυρίον γε δοὺς χρυσοῦ σταθμόν.
Δι τί δ' εἰς ἔρωτα τοῦδε πέπτωκας μέγαν;
Πε λυπρῶς νιν εἰσίδοιμ' ἂν ἐξῳνωμένας.
Δι ὅμως δ' ἴδοις ἂν ἡδέως ἅ σοι πικρά;
Πε σάφ' ἴσθι, σιγῇ γ' ὑπ' ἐλάταις καθήμενος.
Δι ἀλλ' ἐξιχνεύσουσίν σε, κἂν ἔλθῃς λάθρᾳ.
Πε ἀλλ' ἐμφανῶς· καλῶς γὰρ ἐξεῖπας τάδε.
Δι ἄγωμεν οὖν σε κἀπιχειρήσεις ὁδῷ;
Πε ἄγ' ὡς τάχιστα, τοῦ χρόνου δ' οὔ σοι φθονῶ.
Δι στεῖλαί νυν ἀμφὶ χρωτὶ βυσσίνους πέπλους.
Πε τί δὴ τόδ'; ἐς γυναῖκας ἐξ ἀνδρὸς τελῶ;
Δι μή σε κτάνωσιν, ἢν ἀνὴρ ὀφθῇς ἐκεῖ.
Πε εὖ γ' εἶπας αὖ τόδ'· ὥς τις εἶ πάλαι σοφός.
Δι Διόνυσος ἡμᾶς ἐξεμούσωσεν τάδε.
Πε πῶς οὖν γένοιτ' ἂν ἃ σύ με νουθετεῖς καλῶς;
Δι ἐγὼ στελῶ σε δωμάτων ἔσω μολών.
Πε τίνα στολήν; ἦ θῆλυν; ἀλλ' αἰδώς μ' ἔχει.
Δι οὐκέτι θεατὴς μαινάδων πρόθυμος εἶ.
Πε στολὴν δὲ τίνα φῂς ἀμφὶ χρῶτ' ἐμὸν βαλεῖν;
Δι κόμην μὲν ἐπὶ σῷ κρατὶ ταναὸν ἐκτενῶ.

Pe Ich opfre ihm ein edles Frauenblut,
Das im Kithairon ihm vergossen wird!
Di Dein ganzes Heer wird fliehen. Ewge Schmach:
Der Erzschild weicht dem grünen Efeustab.
Pe Schwer schafft man diesen Fremden sich vom Hals;
Im Tun und Lassen hat er letztes Wort.
Di Du kannst es noch zum Guten lenken, Freund.
Pe Wenn sich der Herr den Untertanen beugt!
Di Ich führe kampflos dir die Frauen zu.
Pe O weh! In welche Schlinge lockst du mich?
Di Zu deinem Besten wend ich meine Kunst.
Pe Ihr plant nur ewge Dauer eures Fests.
Di Das ist mein Wille, Wille meines Gotts.
Pe Die Waffen her! – Dich hör ich nicht mehr an.
Di Halt!
Willst du ihr Lager sehen auf dem Berg?
Pe Viel Barren Goldes gäbe ich darum!
Di Wie überfiel dich diese große Lust?
Pe Aufdecken wollt ich ihren wüsten Rausch.
Di Und dennoch heimlich dich daran erfreun?
Pe Ja, ganz geheim, im Tannengrün versteckt –
Di Wer noch so heimlich kommt, wird aufgespürt.
Pe Ganz, wie du willst. So komm ich öffentlich.
Di Soll ich dich führen? Machst du dich bereit?
Pe Geh gleich voran, die Frist ist dir gegönnt!
Di So lege schnell die Byssuskleider an!
Pe Wozu? Was soll der Mann im Frauenkleid?
Di Der ist des Todes, der als Mann erscheint.
Pe O guter Rat! Schon immer warst du schlau.
Di Der Geist des Dionýsos weht in mir.
Pe Und wie vollführ ich deinen guten Plan?
Di Im Hause reich ich dir die neue Tracht.
Pe Nur keine Frauentracht, ich schäme mich!
Di Und die Mänaden willst du nicht mehr sehn?
Pe So sage, wie du mich dort ausstaffierst!
Di Von deinem Scheitel falle langes Haar!

Πε τὸ δεύτερον δὲ σχῆμα τοῦ κόσμου τί μοι;
Δι πέπλοι ποδήρεις· ἐπὶ κάρᾳ δ' ἔσται μίτρα.
Πε ἦ καί τι πρὸς τοῖσδ' ἄλλο προσθήσεις ἐμοί;
Δι θύρσον γε χειρὶ καὶ νεβροῦ στικτὸν δέρας.
Πε οὐκ ἂν δυναίμην θῆλυν ἐνδῦναι στολήν.
Δι ἀλλ' αἷμα θήσεις συμβαλὼν βάκχαις μάχην.
Πε ὀρθῶς· μολεῖν χρὴ πρῶτον εἰς κατασκοπήν.
Δι σοφώτερον γοῦν ἢ κακοῖς θηρᾶν κακά.
Πε καὶ πῶς δι' ἄστεως εἶμι Καδμείους λαθών;
Δι ὁδοὺς ἐρήμους ἴμεν· ἐγὼ δ' ἡγήσομαι.
Πε πᾶν κρεῖσσον ὥστε μὴ 'γγελᾶν βάκχας ἐμοί.
ἐλθὼν γ' ἐς οἴκους ἃν δοκῇ βουλεύσομαι.
Δι ἔξεστι· πάντῃ τό γ' ἐμὸν εὐτρεπὲς πάρα.
Πε στείχοιμ' ἄν· ἢ γὰρ ὅπλ' ἔχων πορεύσομαι
ἢ τοῖσι σοῖσι πείσομαι βουλεύμασιν.
Δι γυναῖκες, ἀνὴρ ἐς βόλον καθίσταται,
ἥξει δὲ βάκχας, οὗ θανὼν δώσει δίκην.
Διόνυσε, νῦν σὸν ἔργον· οὐ γὰρ εἶ πρόσω·
τεισώμεθ' αὐτόν. πρῶτα δ' ἔκστησον φρενῶν,
ἐνεὶς ἐλαφρὰν λύσσαν· ὡς φρονῶν μὲν εὖ
οὐ μὴ θελήσῃ θῆλυν ἐνδῦναι στολήν,
ἔξω δ' ἐλαύνων τοῦ φρονεῖν ἐνδύσεται.
χρῄζω δέ νιν γέλωτα Θηβαίοις ὀφλεῖν
γυναικόμορφον ἀγόμενον δι' ἄστεως
ἐκ τῶν ἀπειλῶν τῶν πρίν, αἷσι δεινὸς ἦν.
ἀλλ' εἶμι κόσμον ὅνπερ εἰς Ἅιδου λαβὼν
ἄπεισι μητρὸς ἐκ χεροῖν κατασφαγείς,
Πενθεῖ προσάψων· γνώσεται δὲ τὸν Διὸς
Διόνυσον, ὃς πέφυκεν ἐν τέλει θεός,
δεινότατος, ἀνθρώποισι δ' ἠπιώτατος.

Pe Was ist das zweite an der neuen Tracht?
Di Das Schleppkleid, und die Binde um das Haupt.
Pe Was hast du außerdem mir zugedacht?
Di Den Thyrsus und des Rehes buntes Fell.
Pe Nein, niemals leg ich Frauenkleider an.
Di Doch wenns zum Kampfe kommt, fließt euer Blut.
Pe Der Hinterhalt ist freilich sicherer.
Di Weit besser als durch Kämpfe neuer Kampf.
Pe Wie komm ich heimlich durch des Kadmos Stadt?
Di Durch leere Gassen. Ich will Führer sein.
Pe O mach mich nur den Bacchen nicht zum Spott! –
Gehn wir hinein und rüsten unser Werk!
Di Zu jedem Dienste steh ich dir bereit.
Pe Noch weiß ich nicht, ob ich zu Felde zieh,
Ob ich mich deinem Rate fügen soll.
Di Ihr Frauen, seht, nun läuft er in das Netz:
Anblick der Bacchen zahlt er mit dem Tod.
Dionýsos, auf, ans Werk! Du bist ja nah.
Er soll es büßen. Stör ihm den Verstand
Mit lockrem Wahn; denn ist er bei Vernunft,
Wird nie er in die Frauenkleider gehn,
Er tut es nur, wenn er von Sinnen ist.
Ich will, daß er, der ganzen Stadt zum Spott,
In Weiberröcken durch die Straßen zieht,
Nach allem, was er eben noch gedroht.
Den Schmuck, mit dem er in den Hades zieht,
Geschlachtet von der eignen Mutter Hand,
Leg ich ihm an, daß er Diónysos,
Den Sohn des Zeus und aller Menschen Freund,
Begreifen soll in seiner Schrecklichkeit.

Χο	ἆρ' ἐν παννυχίοις χοροῖς	gl	στρ.
	θήσω ποτὲ λευκὸν	–ch–	
	πόδ' ἀναβακχεύουσα, δέραν	tr^2 ch	
	εἰς αἰθέρα δροσερὸν ῥίπτουσ',	gl	
	ὡς νεβρὸς χλοεραῖς ἐμπαί-	gl	
	ζουσα λείμακος ἡδοναῖς,	gl	
	ἡνίκ' ἂν φοβερὰν φύγῃ	gl	
	θήραν ἔξω φυλακᾶς	sp×ch	
	εὐπλέκτων ὑπὲρ ἀρκύων,	gl	
	θωῦσσων δὲ κυναγέτας	gl	
	συντείνῃ δράμημα κυνῶν·	sp–×ch	
	μόχθοις τ' ὠκυδρόμοις τ' ἀέλ-	gl	
	λαις θρῴσκει πεδίον	sp ch	
	παραποτάμιον, ἡδομένα	ch^2	
	βροτῶν ἐρημίαις σκιαρο-	ia^4	
	κόμοιό τ' ἔρνεσιν ὕλας.	⏑gl∧	
	τί τὸ σοφόν; ἢ τί τὸ κάλλιον	⏑gl	
	παρὰ θεῶν γέρας ἐν βροτοῖς	gl	
	ἢ χεῖρ' ὑπὲρ κορυφᾶς	sp⏑ch	
	τῶν ἐχθρῶν κρείσσω κατέχειν;	sp^2 ch	
	ὅ τι καλὸν φίλον ἀεί.	gl∧	

ὁρμᾶται μόλις, ἀλλ' ὅμως ἀντ.
πιστόν τι τὸ θεῖον
σθένος· ἀπευθύνει δὲ βροτῶν
τούς τ' ἀγνωμοσύναν τιμῶν-

DRITTES STANDLIED

Chor

Strophe

Wieder werd ich die lange Nacht
Heben den Fuß
Im bacchischen Tanz,
Wieder werfen das Haupt
In den Tau der Luft,
Wie das Rehkalb
Hüpfen durch grünende Wogen der Wiesen,
Wenn es den Schrecken der Jagd entrann,
Aus dem Gehege
Über das Flechtwerk der Zäune sprang.
Jäger spornt mit lautem Geschrei
Meute der Hunde,
Aber das Reh läuft
Leichten Sprunges davon,
Windschnell drüben den Bach entlang,
Freut sich menschenleeren Gefilds,
Freut sich der schattigen Zweige des Hains.
  Wo liegt Weisheit? Wo liegt Schönheit?
  Gibt es höheres Göttergeschenk
  Als über den Scheitel der Feinde
  Hoch erheben die Hand?
  Solche Schönheit
  Ist unser Glück.

Gegenstrophe

Langsam, aber der Hoffnung treu,
Macht sie sich auf,
Die göttliche Macht,
Straft den rasenden Geist,

τας καὶ μὴ τὰ θεῶν αὔξον-
τας σὺν μαινομένᾳ δόξᾳ.
κρυπτεύουσι δὲ ποικίλως
δαρὸν χρόνου πόδα καὶ
θηρῶσιν τὸν ἄσεπτον. οὐ
γὰρ κρεῖσσόν ποτε τῶν νόμων
γιγνώσκειν χρὴ καὶ μελετᾶν.
κούφα γὰρ δαπάνα νομί-
ζειν ἰσχὺν τόδ' ἔχειν,
ὅ τι ποτ' ἄρα τὸ δαιμόνιον,
τό τ' ἐν χρόνῳ μακρῷ νόμιμον
ἀεὶ φύσει τε πεφυκός.

τί τὸ σοφόν; ἢ τί τὸ κάλλιον
παρὰ θεῶν γέρας ἐν βροτοῖς
ἢ χεῖρ' ὑπὲρ κορυφᾶς
τῶν ἐχθρῶν κρείσσω κατέχειν;
ὅ τι καλὸν φίλον ἀεί.

εὐδαίμων μὲν ὃς ἐκ θαλάσσας	gl–
ἔφυγε χεῖμα, λιμένα δ' ἔκιχεν·	tr^4
εὐδαίμων δ' ὃς ὕπερθε μόχθων	gl–
ἐγένεθ'· ἑτέρᾳ δ' ἕτερος ἕτερον	tr^4
ὄλβῳ καὶ δυνάμει παρῆλθεν.	gl–
μυρίαι δ' ἔτι μυρίοις	gl
εἰσὶν ἐλπίδες· αἳ μὲν	gl∧
τελευτῶσιν ἐν ὄλβῳ	.gl∧
βροτοῖς, αἳ δ' ἀπέβησαν·	.gl∧
τὸ δὲ κατ' ἦμαρ ὅτῳ βίοτος	gl
εὐδαίμων, μακαρίζω.	gl∧

Der, dem blinden Wahn
Ganz verfallen,
Schuldige Ehren den Göttern verweigert.
Listig verbirgt sie den Schritt der Zeit,
Zögernden Schritt –
Dann ereilt sie den Frevelnden.
Nur nicht über das Maß hinaus
Denken und handeln!
Leicht ist die Mühe,
Dort zu ehren die Macht,
Wo der göttliche Wille ist,
Wo das uralt Gebräuchliche
Und alles ewig Natürliche siegt.
  Wo liegt Weisheit? Wo liegt Schönheit?
  Gibt es höheres Göttergeschenk,
  Als über den Scheitel der Feinde
  Hoch erheben die Hand?
  Solche Schönheit
  Ist unser Glück.

Schlußstrophe

Selig, wer aus des Meeres Sturm
In den sicheren Hafen kam,
Selig der Herr über alle Not.
Mancher ist stärker,
Mancher ist reicher,
Tausend Menschen –
Tausend Träume.
Manche führen zum Glück,
Manche zerflattern.
Ruhiges Leben des täglichen Tags,
Dich preis ich.

Δι σὲ τὸν πρόθυμον ὄνθ᾽ ἃ μὴ χρεὼν ὁρᾶν
σπεύδοντά τ᾽ ἀσπούδαστα, Πενθέα λέγω,
ἔξιθι πάροιθε δωμάτων, ὄφθητί μοι,
σκευὴν γυναικὸς μαινάδος βάκχης ἔχων,
μητρός τε τῆς σῆς καὶ λόχου κατάσκοπος·
πρέπεις δὲ Κάδμου θυγατέρων μορφὴν μιᾷ.

Πε καὶ μὴν ὁρᾶν μοι δύο μὲν ἡλίους δοκῶ,
δισσὰς δὲ Θήβας καὶ πόλισμ᾽ ἑπτάστομον·
καὶ ταῦρος ἡμῖν πρόσθεν ἡγεῖσθαι δοκεῖς
καὶ σῷ κέρατα κρατὶ προσπεφυκέναι.
ἀλλ᾽ ἦ ποτ᾽ ἦσθα θήρ; τεταύρωσαι γὰρ οὖν.
Δι ὁ θεὸς ὁμαρτεῖ, πρόσθεν ὢν οὐκ εὐμενής,
ἔνσπονδος ἡμῖν· νῦν δ᾽ ὁρᾷς ἃ χρή σ᾽ ὁρᾶν.
Πε τί φαίνομαι δῆτ᾽; οὐχὶ τὴν ᾽Ινοῦς στάσιν
ἢ τὴν ᾽Αγαύης ἑστάναι, μητρός γ᾽ ἐμῆς;
Δι αὐτὰς ἐκείνας εἰσορᾶν δοκῶ σ᾽ ὁρῶν.
ἀλλ᾽ ἐξ ἕδρας σοι πλόκαμος ἐξέστηχ᾽ ὅδε,
οὐχ ὡς ἐγώ νιν ὑπὸ μίτρᾳ καθήρμοσα.
Πε ἔνδον προσείων αὐτὸν ἀνασείων τ᾽ ἐγὼ
καὶ βακχιάζων ἐξ ἕδρας μεθώρμισα.
Δι ἀλλ᾽ αὐτὸν ἡμεῖς, οἷς σε θεραπεύειν μέλει,
πάλιν καταστελοῦμεν· ἀλλ᾽ ὄρθου κάρα.
Πε ἰδού, σὺ κόσμει· σοὶ γὰρ ἀνακείμεσθα δή.
Δι ζῶναί τέ σοι χαλῶσι κοὐχ ἑξῆς πέπλων
στολίδες ὑπὸ σφυροῖσι τείνουσιν σέθεν.
Πε κἀμοὶ δοκοῦσι παρά γε δεξιὸν πόδα·
τἀνθένδε δ᾽ ὀρθῶς παρὰ τένοντ᾽ ἔχει πέπλος.
Δι ἦ πού με τῶν σῶν πρῶτον ἡγήσῃ φίλων,
ὅταν παρὰ λόγον σώφρονας βάκχας ἴδῃς.

VIERTE HAUPTSZENE

Dionysos

O Pentheus, gierig nach geheimer Schau
Und allzu eifrig, wo kein Eifer ziemt,
Tritt aus dem Haus und laß dich vor mir sehn,
Im Weiberkleid, in der Mänaden Tracht,
Spion der Mutter und der großen Schar.
Nun gleichst du Kadmos' Töchtern auf ein Haar.

Pentheus

Zwei Sonnen seh ich dort am Himmel, hier
Zwei Städte, zweimal Thebens Mauerring.
Du aber schreitest mir als Stier voran
Und Hörner sprießen dir aus deinem Haupt.
Bist du kein Mensch mehr? Ganz ein wildes Tier?
Di Der Gott, der unser Feind war, hat sich jetzt
Uns ganz versöhnt und schließt dein Auge auf.
Pe Wie siehst du mich? Hab ich nicht Inos Schritt
Und nicht Agaues, meiner Mutter, Gang?
Di Wenn ich dich sehe, stehen sie vor mir.
Nur diese Locke hat sich vorgedrängt,
Die ich der Binde kunstvoll eingefügt.
Pe Vorwärts und aufwärts warf ich schon mein Haupt
Im Bacchentanz, da sprang sie mir heraus.
Di Da du mir schon den Kleiderdienst verliehst,
Leg ich sie richtig. Hebe nur dein Haupt!
Pe Ich unterwerfe mich der klugen Hand.
Di Der Gürtel sitzt nicht und der Faltensaum
Liegt nicht, wie sichs gehört, am Knöchel an.
Pe Nur diese Seite weist den Fehler auf,
Links fällt der Mantel wohlgelegt herab.
Di Du hältst mich noch für deinen besten Freund,
Wenn du der Bacchen keusche Ordnung siehst.

Πε πότερα δὲ θύρσον δεξιᾷ λαβὼν χερὶ
ἢ τῇδε, βάκχῃ μᾶλλον εἰκασθήσομαι;
Δι ἐν δεξιᾷ χρὴ χἅμα δεξιῷ ποδὶ
αἴρειν νιν· αἰνῶ δ' ὅτι μεθέστηκας φρενῶν.
Πε ἆρ' ἂν δυναίμην τὰς Κιθαιρῶνος πτυχὰς
αὐταῖσι βάκχαις τοῖς ἐμοῖς ὤμοις φέρειν;
Δι δύναι' ἄν, εἰ βούλοιο· τὰς δὲ πρὶν φρένας
οὐκ εἶχες ὑγιεῖς, νῦν δ' ἔχεις οἵας σε δεῖ.
Πε μοχλοὺς φέρωμεν; ἢ χεροῖν ἀνασπάσω
κορυφαῖς ὑποβαλὼν ὦμον ἢ βραχίονα;
Δι μὴ σύ γε τὰ Νυμφῶν διολέσῃς ἱδρύματα
καὶ Πανὸς ἕδρας ἔνθ' ἔχει συρίγματα.
Πε καλῶς ἔλεξας· οὐ σθένει νικητέον
γυναῖκας· ἐλάταισιν δ' ἐμὸν κρύψω δέμας.
Δι κρύψῃ σὺ κρύψιν ἥν σε κρυφθῆναι χρεών,
ἐλθόντα δόλιον μαινάδων κατάσκοπον.
Πε καὶ μὴν δοκῶ σφᾶς ἐν λόχμαις ὄρνιθας ὣς
λέκτρων ἔχεσθαι φιλτάτοις ἐν ἕρκεσιν.
Δι οὐκοῦν ἐπ' αὐτὸ τοῦτ' ἀποστέλλῃ φύλαξ·
λήψῃ δ' ἴσως σφᾶς, ἢν σὺ μὴ ληφθῇς πάρος.
Πε κόμιζε διὰ μέσης με Θηβαίας πόλεως·
μόνος γὰρ αὐτῶν εἰμ' ἀνὴρ τολμῶν τόδε.
Δι μόνος σὺ πόλεως τῆσδ' ὑπερκάμνεις, μόνος·
τοιγάρ σ' ἀγῶνες ἀναμένουσιν οὓς ἐχρῆν.
ἕπου δέ· πομπὸς δ' εἶμ' ἐγὼ σωτήριος,
κεῖθεν δ' ἀπάξει σ' ἄλλος.
Πε ἡ τεκοῦσά γε.
Δι ἐπίσημον ὄντα πᾶσιν.
Πε ἐπὶ τόδ' ἔρχομαι.
Δι φερόμενος ἥξεις –
Πε ἁβρότητ' ἐμὴν λέγεις.
Δι ἐν χερσὶ μητρός.
Πε καὶ τρυφᾶν μ' ἀναγκάσεις.
Δι τρυφάς γε τοιάσδε.
Πε ἀξίων μὲν ἅπτομαι.
Δι δεινὸς σὺ δεινὸς κἀπὶ δείν' ἔρχῃ πάθη,

Pe Ganz will ich ihnen gleichen. Diesen Stab,
Hebt ihn die rechte oder linke Hand?
Di Die rechte Hand, mit deinem rechten Fuß!
Wie schön erfaßt dich die Begeisterung!
Pe O lüd ich des Kithairon Felsenhaupt
Auf meine Schultern samt der Frauenschar!
Di Du kannst es, wenn du willst. Nun ist dein Geist
Von seiner Krankheit endlich ganz erwacht!
Pe Reiß ich den Gipfel mit dem Hebel los?
Mit nackter Hand? Mit angestemmtem Arm?
Di Da geht der Nymphen Sitz in Trümmer und
Des Pan, der droben seine Röhren bläst.
Pe Wohl wahr; so unterbleibe die Gewalt
Und ich verberge mich im dichten Tann.
Di Wie bald verbirgt dich die Verborgenheit,
Die jedem Späher der Mänaden ziemt!
Pe Schon seh ich sie wie Vögel in dem Nest
In süßer Enge sich der andern freun.
Di Das ist dein hoher Auftrag und vielleicht
Ertappst du sie – bevor man dich ertappt.
Pe O führe mitten mich durch Thebens Stadt!
Ich bin der einzige, der solches wagt.
Di Nur du nimmst alles für die Stadt auf dich
Und kämpfst den Kampf, der dir allein bestimmt.
So folge mir, ich führe dich zum Glück!
Doch heimwärts bringt dich…
Pe …meiner Mutter Hand!
Di Vor aller Augen!
Pe O ersehntes Ziel!
Di Du wirst getragen. .
Pe Stolzer Augenblick!
Di Von Mutters Händen!
Pe Man umjubelt mich!
Di O, diesen Jubel…
Pe …hab ich mir verdient.
Di So eilt ein großer Mann zu großer Tat

ὥστ' οὐρανῷ στηρίζον εὑρήσεις κλέος. –
ἔκτειν', Ἀγαύη, χεῖρας αἵ θ' ὁμόσποροι
Κάδμου θυγατέρες· τὸν νεανίαν ἄγω
τόνδ' εἰς ἀγῶνα μέγαν, ὁ νικήσων δ' ἐγὼ
καὶ Βρόμιος ἔσται. τἄλλα δ' αὐτὸ σημανεῖ.

Χο ἴτε θοαὶ Λύσσας κύνες ἴτ' εἰς ὄρος, do^2 στρ.
θίασον ἔνθ' ἔχουσι Κάδμου κόραι, do^2
ἀνοιστρήσατέ νιν do
ἐπὶ τὸν ἐν γυναικομίμῳ στολᾷ do^2
λυσσώδη κατάσκοπον μαινάδων. do^2

μάτηρ πρῶτά νιν λευρᾶς ἀπὸ πέτρας do^2
ἢ σκόλοπος ὄψεται cr^2
δοκεύοντα, μαινάσιν δ' ἀπύσει· do^2
Τίς ὅδ' ὀρειδρόμων do
μαστὴρ Καδμείων ἐς ὄρος ἐς ὄρος ἔμολ' do^2
ἔμολεν, ὦ βάκχαι; τίς ἄρα νιν ἔτεκεν; do^2
οὐ γὰρ ἐξ αἵματος cr^2
γυναικῶν ἔφυ, λεαίνας δέ τινος do^2
ὅδ' ἢ Γοργόνων Λιβυσσᾶν γένος. do^2

ἴτω δίκα φανερός, ἴτω ξιφηφόρος ia^6
φονεύουσα λαιμῶν διαμπὰξ ba^3

Und zieht die Sterne auf sein stolzes Haupt. –
Agaue, streck die Hände aus, und ihr,
Des Kadmos andre Töchter! Diesen Mann
Führ ich zum Kampf. Doch Sieger bleib ich selbst
Und Bromios – und bald wird es enthüllt.

VIERTES STANDLIED

Chor

Strophe

Schnelle Hunde der Lyssa,
Jagt hinauf in die Berge
Zu der Kadmostöchter
Schwärmenden Scharen,
Hetzt sie auf
Gegen den Späher der Bacchen,
Rasenden Mann in Weiberkleidern!
Bald von der ragenden Klippe des Felsens
Wird ihn als erste die Mutter erblicken,
Zu den Mänaden
Erhebt sie den Ruf:
„Wer kam da, wer kam da
Herauf ins Gebirg,
Kadmos' Töchter
Zu erspähen?
Er ist kein menschliches Wesen,
Frucht keiner Mutter,
Ist Sohn einer Löwin,
Libyscher Gorgo
Furchtbar Vermächtnis!"
  Komm, leibhaftige Rache,
  Komm mit dem Schwerte,
  Durchschneide die Kehle

τὸν ἄθεον ἄνομον ἄδικον Ἐχίονος do^2
γόνον γηγενῆ, do

ὃς ἀδίκῳ γνώμᾳ παρανόμῳ τ' ὀργᾷ ἀντ.
περὶ σὰ Βάκχι', ὄργια ματρός τε σᾶς
μανείσᾳ πραπίδι
παρακόπῳ τε λήματι στέλλεται,
τἀνίκατον ὡς κρατήσων βίᾳ.

γνωμᾶν σωφρόνα θάνατος ἀπροφάσι-
στος ἐς τὰ θεῶν ἔφυ· ba cr
βροτείως τ' ἔχειν ἄλυπος βίος.
τὸ σοφὸν οὐ φθονῶ·
χαίρω θηρεύουσα τάδ' ἕτερα μεγάλα
φανέρ' ἄγοντ' ἀεὶ ἐπὶ τὰ καλὰ βίον,
ἦμαρ ἐς νύκτα τ' εὐ-
αγοῦντ' εὐσεβεῖν, τὰ δ' ἔξω νόμιμα
δίκας ἐκβαλόντα τιμᾶν θεούς.

ἴτω δίκα φανερός, ἴτω ξιφηφόρος
φονεύουσα λαιμῶν διαμπὰξ
τὸν ἄθεον ἄνομον ἄδικον Ἐχίονος
τόκον γηγενῆ.

Dem Mann ohne Gott,
Dem Mann ohne Brauch,
Dem Mann ohne Recht,
Dem Sohn des Echion,
Dem Sohn der Erde,

Gegenstrophe

Der mit frevelndem Mute,
Der mit gottlosem Wüten
Gegen Bacchos' Weihen,
Sémeles Weihen,
Sinnverstört
Aufsteht in trotzigem Wahnsinn,
Unüberwindliche Macht befehdet.
Frevles Bemessen der göttlichen Dinge
Richtet der Tod, den noch keiner bestochen.
Menschlich Bescheiden
Ist seligstes Glück.
Die Weisheit der Weisen
Beneide ich nicht.
Was ist besser,
Was ist größer,
Als fromm sein Leben verbringen.
Tage und Nächte
In schuldlosem Frieden,
Rechtloses meiden,
Götter verehren?
Komm, leibhaftige Rache,
Komm mit dem Schwerte,
Durchschneide die Kehle
Dem Mann ohne Gott,
Dem Mann ohne Brauch,
Dem Mann ohne Recht,
Dem Sohn des Echion,
Dem Sohn der Erde!

φάνηθι ταῦρος ἢ πολύκρανος ἰδεῖν   ia^2⏑hem
δράκων ἢ πυριφλέγων ὁρᾶσθαι λέων.   do ia^2 cr
ἴθ', ὦ Βάκχε, θηραγρευτᾷ βακχᾶν   do^2
γελῶντι προσώπῳ περίβαλε βρόχον   do^2
θανάσιμον ὑπ' ἀγέλαν πεσόν-   ia^4
τι τὰν μαινάδων.   do

Θεράπων

ὦ δῶμ' ὃ πρίν ποτ' εὐτύχεις ἀν' Ἑλλάδα,
Σιδωνίου γέροντος, ὃς τὸ γηγενὲς
δράκοντος ἔσπειρ' ὄφεος ἐν γαίᾳ θέρος,
ὥς σε στενάζω, δοῦλος ὢν μέν, ἀλλ' ὅμως. 1027

Χο τί δ' ἔστιν; ἐκ βακχῶν τι μηνύεις νέον; 1029
Θε Πενθεὺς ὄλωλεν, παῖς Ἐχίονος πατρός. 1030

Χο ἄναξ ὦ Βρόμιε, θεὸς φαίνῃ μέγας.   do^2

Θε πῶς φῄς; τί τοῦτ' ἔλεξας; ἦ 'πὶ τοῖς ἐμοῖς   ia^6
χαίρεις κακῶς πράσσουσι δεσπόταις, γύναι;   ia^6

χρηστοῖσι δούλοις συμφορὰ τὰ δεσποτῶν 1028

Schlußstrophe

Auf, erscheine als Stier,
Als hundertköpfige Schlange,
Als feuerschnaubender Löwe!
Bacchos, o Bacchos!
Wirf diesem Jäger der Bacchen,
Der sich unter deine Mänaden schleicht,
Mit lachendem Antlitz
Die tödliche Schlinge
Um seinen Nacken!

SCHLUSSZENE

Diener

O Haus, o glücklichstes in Griechenland,
Dem aus der Drachensaat das Erdgeschlecht
Des Kadmos aufging, des Sidoniers,
Wie tief beklagt der letzte Sklave dich!

Chorführerin

Was gibts? Bringst du uns Neues vom Gebirg?
Die Pentheus, der Sohn Echions, lebt nicht mehr!

Chor

Bromios! Herrscher!
Sei gepriesen,
Siegreicher Gott!
Die Was sagt ihr da? Seid ihr so hoch erfreut,
Wenn unsere Herren schweres Unglück trifft?

Χο εὐάζω ξένα μέλεσι βαρβάροις· do^2
οὐκέτι γὰρ δεσμῶν ὑπὸ φόβῳ πτήσσω. do^2

Θε Θήβας δ' ἀνάνδρους ὧδ' ἄγεις . . . ia^6
. . . . ia^6
Χο ὁ Διόνυσος ὁ Διόνυσος, οὐ Θῆβαι do ia^2 sp
κράτος ἔχουσ' ἐμόν. do

Θε συγγνωστὰ μέν σοι, πλὴν ἐπ' ἐξειργασμένοις ia^6
κακοῖσι χαίρειν, ὦ γυναῖκες, οὐ καλόν. ia^6
Χο ἔννεπέ μοι, φράσον, τίνι μόρῳ θνῄσκει do^2
ἄδικος ἄδικά τ' ἐκπορίζων ἀνήρ; do^2

Θε ἐπεὶ θεράπνας τῆσδε Θηβαίας χθονὸς
λιπόντες ἐξέβημεν Ἀσωποῦ ῥοάς,
λέπας Κιθαιρώνειον εἰσεβάλλομεν
Πενθεύς τε κἀγώ – δεσπότῃ γὰρ εἱπόμην –
ξένος θ' ὃς ἡμῖν πομπὸς ἦν θεωρίας.
πρῶτον μὲν οὖν ποιηρὸν ἵζομεν νάπος,
τά τ' ἐκ ποδῶν σιγηλὰ καὶ γλώσσης ἄπο
σῴζοντες, ὡς ὁρῷμεν οὐχ ὁρώμενοι.
ἦν δ' ἄγκος ἀμφίκρημνον, ὕδασι διάβροχον,
πεύκαισι συσκιάζον, ἔνθα μαινάδες
καθῆντ' ἔχουσαι χεῖρας ἐν τερπνοῖς πόνοις.
αἳ μὲν γὰρ αὐτῶν θύρσον ἐκλελοιπότα
κισσῷ κομήτην αὖθις ἐξανέστεφον,
αἳ δ', ἐκλιποῦσαι ποικίλ' ὡς πῶλοι ζυγά,
βακχεῖον ἀντέκλαζον ἀλλήλαις μέλος.
Πενθεὺς δ' ὁ τλήμων θῆλυν οὐχ ὁρῶν ὄχλον
ἔλεξε τοιάδ'· Ὦ ξέν', οὗ μὲν ἕσταμεν,
οὐκ ἐξικνοῦμαι μαινάδων ὄσσοις νόθων·
ὄχθων δ' ἔπ', ἀμβὰς ἐς ἐλάτην ὑψαύχενα,
ἴδοιμ' ἂν ὀρθῶς μαινάδων αἰσχρουργίαν.
τοὐντεῦθεν ἤδη τοῦ ξένου τὸ θαῦμ' ὁρῶ·

Ch Die Fremden jubeln,
In Tönen der Ferne,
Sie schaudern nicht mehr
Vor Stricken und Ketten.
Die Und scheint euch Thebens Stadt so männerleer,
Daß eure Zunge nichts zu fürchten hat?
Ch Dionýsos, Dionýsos,
Nicht mehr Theben
Regiert uns.
Die Sie ist verzeihlich, aber nimmer ist sie gut,
Die Freude über schwerstes, schlimmstes Los.
Ch Sag uns, o sag sein Los!
Wie starb der unheilige Mann,
Der alles Unheilige tat?

Die Wir hatten Thebens Höfe hinter uns
Und kamen von Asopos' breitem Tal
Zu des Kithairons steilem Hang hinauf,
Pentheus und ich (sein Diener) und der Mann,
Der fremde Führer zu dem Gottesfest.
In einem Wiesental war erste Rast,
Die Schritte und die Reden wurden leis,
Wir wollten sehen, nicht gesehen sein.
Die Schlucht war eng, viel Wasser floß hindurch,
Im Fichtenschatten saß die Bacchenschar,
Die Hände taten manches frohe Werk.
Die einen schmückten ihren Thyrsusstab
Aufs neue mit des Efeus Ranken auf,
Die andern, froh wie abgeschirrtes Pferd,
Sangen sich heitre Bacchusweisen zu.
Der arme Pentheus, der nicht alles sah,
Sprach: „Fremder, von dem Ort, auf dem wir stehn,
Erfaßt mein Aug das tollste Treiben nicht.
Von jenem Hang, von jener Tanne aus
Erführ ich ihre ganze Schändlichkeit."
Da seh ich jenen Mann ein Wunder tun.

λαβὼν γὰρ ἐλάτης οὐράνιον ἄκρον κλάδον
κατῆγεν, ἦγεν, ἦγεν ἐς μέλαν πέδον·
κυκλοῦτο δ' ὥστε τόξον ἢ κυρτὸς τροχὸς
τόρνῳ γραφόμενος περιφορὰν ἕλκει δρόμον·
ὣς κλῶν' ὄρειον ὁ ξένος χεροῖν ἄγων
ἔκαμπτεν ἐς γῆν, ἔργματ' οὐχὶ θνητὰ δρῶν.
Πενθέα δ' ἱδρύσας ἐλατίνων ὄζων ἔπι,
ὀρθὸν μεθίει διὰ χερῶν βλάστημ' ἄνω
ἀτρέμα, φυλάσσων μὴ ἀναχαιτίσειέ νιν,
ὀρθὴ δ' ἐς ὀρθὸν αἰθέρ' ἐστηρίζετο,
ἔχουσα νώτοις δεσπότην ἐφήμενον·
ὤφθη δὲ μᾶλλον ἢ κατεῖδε μαινάδας.
ὅσον γὰρ οὔπω δῆλος ἦν θάσσων ἄνω,
καὶ τὸν ξένον μὲν οὐκέτ' εἰσορᾶν παρῆν,
ἐκ δ' αἰθέρος φωνή τις, ὡς μὲν εἰκάσαι
Διόνυσος, ἀνεβόησεν· Ὦ νεάνιδες,
ἄγω τὸν ὑμᾶς κἀμὲ τἀμά τ' ὄργια
γέλων τιθέμενον· ἀλλὰ τιμωρεῖσθέ νιν.
καὶ ταῦθ' ἅμ' ἠγόρευε καὶ πρὸς οὐρανὸν
καὶ γαῖαν ἐστήριξε φῶς σεμνοῦ πυρός.
σίγησε δ' αἰθήρ, σῖγα δ' ὕλιμος νάπη
φύλλ' εἶχε, θηρῶν δ' οὐκ ἂν ἤκουσας βοήν.
αἳ δ' ὠσὶν ἠχὴν οὐ σαφῶς δεδεγμέναι
ἔστησαν ὀρθαὶ καὶ διήνεγκαν κόρας.
ὃ δ' αὖθις ἐπεκέλευσεν· ὡς δ' ἐγνώρισαν
σαφῆ κελευσμὸν Βακχίου Κάδμου κόραι,
ἦξαν πελείας ὠκύτητ' οὐχ ἥσσονες,
μήτηρ 'Αγαύη σύγγονοί θ' ὁμόσποροι 1092
πᾶσαί τε βάκχαι· διά δὲ χειμάρρου νάπης
ἀγμῶν τ' ἐπήδων θεοῦ πνοαῖσιν ἐμμανεῖς.
ὡς δ' εἶδον ἐλάτῃ δεσπότην ἐφήμενον,
πρῶτον μὲν αὐτοῦ χερμάδας κραταιβόλους
ἔρριπτον, ἀντίπυργον ἐπιβᾶσαι πέτραν,
ὄζοισί τ' ἐλατίνοισιν ἠκοντίζετο.

ποδῶν ἔχουσαι συντόνοις δραμήμασι 1091

Er faßt der Tanne höchsten Wipfel an
Und zieht und zieht ihn nieder auf den Grund.
Der krümmt sich wie ein Bogen; wie der Schlag
Des Zirkels Kreise zieht auf einem Brett,
So zog der Fremde sich den Ast herab
Bis auf den Boden, übermenschlich Werk.
Dann setzt er Pentheus oben aufs Gezweig,
Läßt das Gewächs ganz langsam aus der Hand,
Den Reiter wahrend vor dem jähen Sturz,
Und senkrecht stieg es in die steile Luft
Mit unserm Herren auf dem Rücken, der
Nur wenig sah und den nun jeder sah.

Von da ab ward der Fremde nicht gesehn.
Doch eine Stimme aus dem Himmel, wohl
Des Dionýsos, rief: „Ihr jungen Fraun!
Ich bring euch den, der mich und meinen Dienst
Verhöhnte. Euer ist das Rachewerk!"
Bei diesen Worten glänzte heller Schein
Im Himmel und auf aller Erde auf;
Es schwieg die Luft, es schwieg ein jedes Blatt
Des Waldes und der Tiere Stimme schwieg.
Die Frauen hatten nur Gedröhn gehört,
Sie standen still und blickten wild um sich.
Und wieder kam der strenge Ruf des Gotts.
Kaum hatten Kadmos' Töchter ihn erkannt,
Da stürzten schneller sie wie Tauben fort,
Voran Agaue, dann die Schwestern, dann
Der Bacchen Heer. Sie rasten durch die Schlucht,
Durch steile Felsen, ganz vom Gott durchweht.
Da sahen sie die Tanne mit dem Mann.
Von einem nahen Felsen ließen sie
Zuerst der Steine Hagel auf ihn los
Und spitze Tannenäste statt des Speers.

ἄλλαι δὲ θύρσους ἵεσαν δι' αἰθέρος
Πενθέως, στόχον δύστηνον· ἀλλ' οὐκ ἤνυτον.
κρεῖσσον γὰρ ὕψος τῆς προθυμίας ἔχων
καθῆσθ' ὁ τλήμων, ἀπορίᾳ λελημμένος.
τέλος δὲ δρυΐνους συγκεραυνοῦσαι κλάδους
ῥίζας ἀνεσπάρασσον ἀσιδήροις μοχλοῖς.
ἐπεὶ δὲ μόχθων τέρματ' οὐκ ἐξήνυτον,
ἔλεξ' Ἀγαύη· Φέρε, περιστᾶσαι κύκλῳ
πτόρθου λάβεσθε, μαινάδες, τὸν ἀμβάτην
θῆρ' ὡς ἕλωμεν, μηδ' ἀπαγγείλῃ θεοῦ
χοροὺς κρυφαίους. αἱ δὲ μυρίαν χέρα
προσέθεσαν ἐλάτῃ κἀξανέσπασαν χθονός·
ὑψοῦ δὲ θάσσων ὑψόθεν χαμαιριφὴς
πίπτει πρὸς οὖδας μυρίοις οἰμώγμασιν
Πενθεύς· κακοῦ γὰρ ἐγγὺς ὢν ἐμάνθανεν.
πρώτη δὲ μήτηρ ἦρξεν ἱερέα φόνου
καὶ προσπίτνει νιν· ὃ δὲ μίτραν κόμης ἄπο
ἔρριψεν, ὥς νιν γνωρίσασα μὴ κτάνοι
τλήμων Ἀγαύη, καὶ λέγει, παρηίδος
ψαύων· Ἐγώ τοι, μῆτερ, εἰμί, παῖς σέθεν
Πενθεύς, ὃν ἔτεκες ἐν δόμοις Ἐχίονος·
οἴκτιρε δ' ὦ μῆτέρ με, μηδὲ ταῖς ἐμαῖς
ἁμαρτίαισι παῖδα σὸν κατακτάνῃς.
ἡ δ' ἀφρὸν ἐξιεῖσα καὶ διαστρόφους
κόρας ἑλίσσουσ', οὐ φρονοῦσ' ἃ χρὴ φρονεῖν,
ἐκ Βακχίου κατείχετ', οὐδ' ἔπειθέ νιν.
λαβοῦσα δ' ὠλέναις ἀριστερὰν χέρα,
πλευραῖσιν ἀντιβᾶσα τοῦ δυσδαίμονος
ἀπεσπάραξεν ὦμον, οὐχ ὑπὸ σθένους,
ἀλλ' ὁ θεὸς εὐμάρειαν ἐπεδίδου χεροῖν·
Ἰνὼ δὲ τἀπὶ θάτερ' ἐξειργάζετο,
ῥηγνῦσα σάρκας, Αὐτονόη τ' ὄχλος τε πᾶς
ἐπεῖχε βακχῶν· ἦν δὲ πᾶσ' ὁμοῦ βοή,
ὃ μὲν στενάζων ὅσον ἐτύγχαν' ἐμπνέων,
αἳ δ' ἠλάλαζον. ἔφερε δ' ἣ μὲν ὠλένην,
ἣ δ' ἴχνος αὐταῖς ἀρβύλαις· γυμνοῦντο δὲ

Auch Thyrsusstäbe flogen nach dem Ziel –
Dem armen Pentheus –, doch sie trafen nicht,
Denn höher noch als aller Eifer ging,
Saß ganz verzweifelt dieser Unglücksmann.
Dann gruben sie des Baumes Wurzeln an,
Als Eisenhebel diente starker Ast,
Doch ihre Mühe krönte kein Erfolg.
Da rief Agaue: „Stellt euch rings herum!
Das Tier da oben muß gefangen sein,
Bevor es den geheimen Dienst verrät!
Faßt an!" Da griffen tausend Hände zu,
Die Riesentanne wich aus ihrem Grund,
Und Pentheus stürzt von seinem hohen Sitz
Hinunter auf die Erde, jammert laut
Und weiß, daß er dem Unheil nahe ist.
Die Mutter stürzt zuerst aufs Opfertier.
Da reißt er sich die Binde von dem Haar,
Daß sie ihn kenne und verschone, greift
Nach ihrer Wange und „Agaue!" ruft
Er, „Mutter! Sieh, ich bin dein lieber Sohn,
Pentheus, den du Echion einst gebarst!
Hab Mitleid, liebste Mutter, töte nicht
Das eigne Kind, das sich so schwer verstrickt!"
Doch sie, wild schäumend und mit irrem Blick.
Bedenkt nicht, was es zu bedenken gibt,
Ist ganz des Bacchus voll und bleibt ihm taub.
Sie tritt den Ärmsten in die Seite, packt
Mit beiden Armen seine Linke, reißt
Die Schulter aus, nicht mit der eignen Kraft,
Der Gott hat ihre Hände leicht gemacht.
Und Ino riß die andre Seite weg,
Autonoë, der ganze Bacchenchor
Griff zu und beider Schreie mischten sich:
Er brüllt vor Schmerzen bis zum letzten Hauch,
Sie jubeln. Eine trägt den Arm davon,
Die andre den beschuhten Fuß, der Rumpf

πλευραὶ σπαραγμοῖς· πᾶσα δ' ᾑματωμένη
χεῖρας διεσφαίριζε σάρκα Πενθέως.
κεῖται δὲ χωρὶς σῶμα, τὸ μὲν ὑπὸ στύφλοις
πέτραις, τὸ δ' ὕλης ἐν βαθυξύλῳ φόβῃ,
οὐ ῥᾴδιον ζήτημα· κρᾶτα δ' ἄθλιον,
ὅπερ λαβοῦσα τυγχάνει μήτηρ χεροῖν,
πήξασ' ἐπ' ἄκρον θύρσον ὡς ὀρεστέρου
φέρει λέοντος διὰ Κιθαιρῶνος μέσου,
λιποῦσ' ἀδελφὰς ἐν χοροῖσι μαινάδων.
χωρεῖ δὲ θήρᾳ δυσπότμῳ γαυρουμένη
τειχέων ἔσω τῶνδ', ἀνακαλοῦσα Βάκχιον
τὸν ξυγκύναγον, τὸν ξυνεργάτην ἄγρας,
τὸν καλλίνικον, ᾧ δάκρυα νικηφορεῖ.
ἐγὼ μὲν οὖν τῇδ' ἐκποδὼν τῇ ξυμφορᾷ
ἄπειμ', Ἀγαύην πρὶν μολεῖν πρὸς δώματα.
τὸ σωφρονεῖν δὲ καὶ σέβειν τὰ τῶν θεῶν
κάλλιστον· οἶμαι δ' αὐτὸ καὶ σοφώτατον
θνητοῖσιν εἶναι κτῆμα τοῖσι χρωμένοις.

Χο ἀναχορεύσωμεν Βάκχιον, cr do
ἀναβοάσωμεν ξυμφορὰν cr do
τὰν τοῦ δράκοντος Πενθέος ἐκγενέτα· ia^{2}–hem
ὃς τὰν θηλυγενῆ στολὰν gl
νάρθηκά τε, πιστὸν Ἅιδαν, –ch ba
ἔλαβεν εὔθυρσον, do
ταῦρον προηγητῆρα συμφορᾶς ἔχων. ia^{6}
βάκχαι Καδμεῖαι, do
τὸν καλλίνικον κλεινὸν ἐξεπράξατε ia^{6}
ἐς στόνον, ἐς δάκρυα. do
καλὸς ἀγών, χέρ' αἵματι στάζουσαν do^{2}
περιβαλεῖν τέκνου. do

ἀλλ', εἰσορῶ γὰρ ἐς δόμους ὁρμωμένην ia^{6}
Πενθέως Ἀγαύην μητέρ' ἐν διαστρόφοις
ὄσσοις, δέχεσθε κῶμον εὐίου θεοῦ.

Ist bald zerrissen, jede Hand ward rot
Vom Fleisch, das sie den Lüften übergab.
So liegt der ganze Leib im Felsgeröll
Und in des Waldes Dickicht weit verstreut
Und kaum zu finden. Doch das arme Haupt
Hat seine eigne Mutter aufgespürt,
Sie hat es auf den Thyrsus aufgepfählt
Als eines Löwen Haupt und trägts herab
Von dem Kithairon, von der Schwestern Schwarm,
Voll Stolz auf diesen unglückselgen Fang,
In diese Mauern, ruft den Bacchos an,
Den Helfer ihrer Jagd und ihres Glücks,
Den Siegverleiher, der nur Tränen gab.
Ich gehe diesem Anblick aus dem Weg,
Bevor Agaue noch das Haus betritt.
Maßvoller frommer Sinn ist ganz gewiß
Das höchste Glück, ist höchste Weisheit auch
Für jeden Menschen, der ihn treu bewahrt.

Chor

Auf und tanzt dem Bacchios!
Auf und preist den Untergang
Des Pentheus, der der Drachensaat entsproß!
Der zum sicheren Tode sich
Frauentracht und den Thyrsus nahm.
Der Stier schritt seinem letzten Gang voran!
Kadmische Bacchen!
Gewandelt habt ihr ihm den Siegeskranz
In Seufzer und Tränen.
O stolzer Kampf, die Hand ins Blut
Des Sohns zu tauchen!

Doch seht, sie stürzt zu diesem Königshaus,
Agaue, Pentheus' Mutter, sinnverstört.
Empfangt im Tanz des Gottes Tänzerin!

	ʼΑγαύη		
	ʼΑσιάδες βάκχαι.	do	στρ.
Χο	τί μʼ ὀροθύνεις, ὦ;	do	
Αγ	φέρομεν ἐξ ὀρέων	do	
	ἕλικα νεότομον ἐπὶ μέλαθρα,	ia^4	
	μακάριον θήραν.	do	
Χο	ὁρῶ καί σε δέξομαι σύγκωμον.	do^2	
Αγ	ἔμαρψα τόνδʼ ἄνευ βρόχων	ia^4	
	λέοντος ἀγροτέρου νέον Ἶνιν·	ia^2 an^2⏑	
	ὡς ὁρᾶν πάρα.	hyp	
Χο	πόθεν ἐρημίας;	do	
Αγ	Κιθαιρὼν –		
Χο	Κιθαιρών;	ba^2	
Αγ	κατεφόνευσέ νιν.	do	
Χο	τίς ἁ βαλοῦσα;		
Αγ	πρῶτον ἐμὸν τὸ γέρας.	ia^2-hem	
Χο	μάκαιρʼ ʼΑγαύη.		
Αγ	κληʒόμεθʼ ἐν θιάσοις.	ia^2-hem	
Χο	τίς ἄλλα;		
Αγ	τὰ Κάδμου –	ba^2	
Χο	τί Κάδμου;		
Αγ	γένεθλα	ba^2	
	μετʼ ἐμὲ μετʼ ἐμὲ τοῦδʼ	do	
	ἔθιγε θηρός· εὐτυχὴς γʼ ἅδʼ ἄγρα.	do^2	

Αγ	μέτεχέ νυν θοίνας.	
Χο	τί; μετέχω, τλᾶμον;	ἀντ.
Αγ	νέος ὁ μόσχος ἄρ-	
	τι γένυν ὑπὸ κόρυθʼ ἁπαλότριχα	
	κατάκομον θάλλει.	

Wechselgesang

Strophe

Agaue

Asiatische Bacchen!
Ch Du rufst uns zum Tanze?
Ag Neugeschnittene Ranke
Bring ich vom Berg,
Selige Beute!
Ch Wir sehen, wir grüßen, wir tanzen!
Ag Ganz ohne Netze
Ergriff ich den Löwen,
Ein jeder bezeugts.
Ch Wo war er versteckt?
Ag Kithairon...
Ch Kithairon?
Ag Er hat ihn getötet.
Ch Wer traf ihn zuerst?
Ag Mein, mein ist die Ehre!
Ch Stolze Agaue!
Ag So nennt mich der Reigen fortan!
Ch Wer half dir?
Ag Des Kadmos...
Ch Was, Kadmos?
Ag Des Kadmos Töchter
Griffen, griffen mit an,
Vollendeten den guten Fang.

Gegenstrophe

Ag O setzt euch zum Festmahl!
Ch Wir Armen? Zum Festmahl?
Ag Seht, wie jung ist mein Kälbchen.
Zartester Flaum
Sproßt um die Backe.

Χο πρέπει γ' ὥστε θὴρ ἄγραυλος φόβη.
Αγ ὁ Βάκχιος κυναγέτας
σοφὸς σοφῶς ἀνέπηλ' ἐπὶ θῆρα
τόνδε μαινάδας.
Χο ὁ γὰρ ἄναξ ἀγρεύς.
Αγ ἐπαινεῖς;
Χο ἐπαινῶ.
Αγ τάχα δὲ Καδμεῖοι –
Χο καὶ παῖς γε Πενθεὺς –
Αγ ματέρ' ἐπαινέσεται,
Χο λαβοῦσαν ἄγραν –
Αγ τάνδε λεοντοφυῆ.
Χο περισσάν.
Αγ περισσῶς.
Χο ἀγάλλῃ;
Αγ γέγηθα,
μεγάλα μεγάλα καὶ
φανερὰ τᾷδ' ἄγρᾳ κατειργασμένα.

Χο δεῖξόν νυν, ὦ τάλαινα, σὴν νικηφόρον ia^6
ἀστοῖσιν ἄγραν ἣν φέρουσ' ἐλήλυθας.
Αγ ὦ καλλίπυργον ἄστυ Θηβαίας χθονὸς
ναίοντες, ἔλθεθ' ὡς ἴδητε τήνδ' ἄγραν,
Κάδμου θυγατέρες θηρὸς ἣν ἠγρεύσαμεν,
οὐκ ἀγκυλητοῖς Θεσσαλῶν στοχάσμασιν,
οὐ δικτύοισιν, ἀλλὰ λευκοπήχεσι
χειρῶν ἀκμαῖσιν. κᾆτα κομπάζειν χρεὼν
καὶ λογχοποιῶν ὄργανα κτᾶσθαι μάτην;
ἡμεῖς δέ γ' αὐτῇ χειρὶ τόνδε θ' εἵλομεν,
χωρίς τε θηρὸς ἄρθρα διεφορήσαμεν.
ποῦ μοι πατὴρ ὁ πρέσβυς; ἐλθέτω πέλας.
Πενθεύς τ' ἐμὸς παῖς ποῦ 'στιν; αἰρέσθω λαβὼν
πηκτῶν πρὸς οἴκους κλιμάκων προσαμβάσεις,
ὡς πασσαλεύσῃ κρᾶτα τριγλύφοις τόδε
λέοντος ὃν πάρειμι θηράσασ' ἐγώ.

Ch Doch zeigt die Mähne das Tier des Gebirgs!
Ag Der kluge Jäger
Hat klug seine Bacchen
Auf Fährte gesetzt.
Ch Der Meister der Jagd!
Ag So preiset!
Ch Wir preisen.
Ag Bald werden die Bürger..
Ch ..wird Pentheus, dein Sohn...
Ag Der Mutter frohlocken,
Ch Ob dieser Beute!
Ag Die diesen Löwen sich fing!
Ch Den wilden!
Ag Die Starke!
Ch Frohlockst du?
Ag Ich juble, juble!
Großes, Großes geschah,
Und weithin leuchtet diese Jagd!

Ch Nun zeige, Unglückselge, deinen Fang,
Die Siegesbeute, deinem ganzen Volk!
Ag Ihr Bürger dieser türmereichen Stadt!
Kommt her und seht dies Tier, den guten Fang,
Den Kadmos' Töchter im Gebirg getan,
Nicht mit der Schlinge des Thessalerspeers
Und nicht mit Netzen, sondern mit der Kraft
Der weißen Arme! Und da prunkt ihr noch
Mit Waffen, die ihr bei den Schmieden kauft?
Mit bloßen Händen fingen wir das Tier,
Mit bloßen Händen haben wirs zerstückt.
Wo ist mein alter Vater? Ruft ihn her!
Wo mein Sohn Pentheus? Dieser steige schnell
Auf fester Leiter Sprossen bis zum Dach
Und nagle dieses Löwenhaupt, das ich
Als stolze Beute brachte, ans Gebälk.

Κα ἕπεσθέ μοι φέροντες ἄθλιον βάρος
Πενθέως, ἕπεσθε, πρόσπολοι, δόμων πάρος,
οὗ σῶμα μοχθῶν μυρίοις ζητήμασιν
φέρω τόδ', εὑρὼν ἐν Κιθαιρῶνος πτυχαῖς
διασπαρακτόν, κοὐδὲν ἐν ταὐτῷ πέδῳ
λαβών, ἐν ὕλῃ κείμενον δυσευρέτῳ.
ἤκουσα γάρ του θυγατέρων τολμήματα,
ἤδη κατ' ἄστυ τειχέων ἔσω βεβὼς
σὺν τῷ γέροντι Τειρεσίᾳ Βακχῶν πάρα·
πάλιν δὲ κάμψας εἰς ὄρος κομίζομαι
τὸν κατθανόντα παῖδα Μαινάδων ὕπο.
καὶ τὴν μὲν 'Ακτέων' 'Αρισταίῳ ποτὲ
τεκοῦσαν εἶδον Αὐτονόην 'Ινώ θ' ἅμα
ἔτ' ἀμφὶ δρυμοὺς οἰστροπλῆγας ἀθλίας,
τὴν δ' εἶπέ τίς μοι δεῦρο βακχείῳ ποδὶ
στείχειν 'Αγαύην, οὐδ' ἄκραντ' ἠκούσαμεν·
λεύσσω γὰρ αὐτήν, ὄψιν οὐκ εὐδαίμονα.
Αγ πάτερ, μέγιστον κομπάσαι πάρεστί σοι,
πάντων ἀρίστας θυγατέρας σπεῖραι μακρῷ
θνητῶν· ἁπάσας εἶπον, ἐξόχως δ' ἐμέ,
ἣ τὰς παρ' ἱστοῖς ἐκλιποῦσα κερκίδας
ἐς μείζον' ἥκω, θῆρας ἀγρεύειν χεροῖν.
φέρω δ' ἐν ὠλέναισιν, ὡς ὁρᾷς, τάδε
λαβοῦσα τἀριστεῖα, σοῖσι πρὸς δόμοις
ὡς ἀγκρεμασθῇ· σὺ δέ, πάτερ, δέξαι χεροῖν·
γαυρούμενος δὲ τοῖς ἐμοῖς ἀγρεύμασιν
κάλει φίλους ἐς δαῖτα· μακάριος γὰρ εἶ,
μακάριος, ἡμῶν τοιάδ' ἐξειργασμένων.
Κα ὦ πένθος οὐ μετρητὸν οὐδ' οἷόν τ' ἰδεῖν. 1244
καλὸν τὸ θῦμα καταβαλοῦσα δαίμοσιν 1246
ἐπὶ δαῖτα Θήβας τάσδε κἀμὲ παρακαλεῖς.
οἴμοι κακῶν μὲν πρῶτα σῶν, ἔπειτ' ἐμῶν·

φόνον ταλαίναις χερσὶν ἐξειργασμένων 1245

Kadmos *kommt vom Gebirge*

So folgt mir mit der jammervollen Last
Des Pentheus, Diener, folgt mir vor dies Haus!
An tausend Orten hab ich ihn gesucht
Und bringe, was ich im Kithairon fand,
Zerstückelt, nichts lag an dem gleichen Ort,
Im ganzen Wald war dieser Leib verstreut.
Ich hörte von der Töchter wilder Tat,
Als von den Bacchen, mit Teiresias,
Ich zu den Mauern Thebens niederstieg,
Und kehrte wieder ins Gebirg zurück,
Den Leib zu bergen des Gemordeten.

Dort tobten Ino und Autonoë,
Noch beide sinnverstört, im Eichenwald.
Ich hörte, daß Agaue heimwärts zog,
Bacchantisch rasend, und ich hörte recht:
Da steht sie vor mir: jammervolles Bild!
Ag Mein Vater, dieser Stolz ist dir erlaubt,
Daß du die besten Töchter dieser Welt
Gezeugt hast – alle, ganz besonders mich,
Die von dem Webstuhl hoch und höher stieg
Und wilde Tiere mit den Händen fing.
Sieh hier in meinem Arm den Siegespreis,
Den ich erhielt – er sei an deinem Dach
Befestigt. Vater, nimm ihn auf den Arm!
Und lade, stolz auf meine Jagd, zum Fest
Die Freunde! Dreimal selig bist du heut,
Da meine Hände dieses Werk vollbracht.
Ka O unermeßlich Leid, unschaubar Bild!
Ein herrlich Opfertier, zu dessen Schmaus
Du diese Stadt und mich geladen hast!
O, wie beklag ich dein und mein Geschick!

ὡς ὁ θεὸς ἡμᾶς ἐνδίκως μέν, ἀλλ' ἄγαν,
Βρόμιος ἄναξ ἀπώλεσ' οἰκεῖος γεγώς.
Αγ ὡς δύσκολον τὸ γῆρας ἀνθρώποις ἔφυ
ἔν τ' ὄμμασι σκυθρωπόν. εἴθε παῖς ἐμὸς
εὔθηρος εἴη, μητρὸς εἰκασθεὶς τρόποις,
ὅτ' ἐν νεανίαισι Θηβαίοις ἅμα
θηρῶν ὀριγνῷτ'· ἀλλὰ θεομαχεῖν μόνον
οἷός τ' ἐκεῖνος· νουθετητέος, πάτερ,
σοὔστίν. τίς αὐτὸν δεῦρ' ἂν ὄψιν εἰς ἐμὴν
καλέσειεν, ὡς ἴδῃ με τὴν εὐδαίμονα;
Κα φεῦ φεῦ· φρονήσασαι μὲν οἷ' ἐδράσατε
ἀλγήσετ' ἄλγος δεινόν· εἰ δὲ διὰ τέλους
ἐν τῷδ' ἀεὶ μενεῖτ' ἐν ᾧ καθέστατε,
οὐκ εὐτυχοῦσαι δόξετ' οὐχὶ δυστυχεῖν.
Αγ τί δ' οὐ καλῶς τῶνδ' ἢ τί λυπηρῶς ἔχει;
Κα πρῶτον μὲν ἐς τόνδ' αἰθέρ' ὄμμα σὸν μέθες.
Αγ ἰδού· τί μοι τόνδ' ἐξυπεῖπας εἰσορᾶν;
Κα ἔθ' αὑτὸς ἤ σοι μεταβολὰς ἔχειν δοκεῖ;
Αγ λαμπρότερος ἢ πρὶν καὶ διειπετέστερος.
Κα τὸ δὲ πτοηθὲν τόδ' ἔτι σῇ ψυχῇ πάρα;
Αγ οὐκ οἶδα τοὔπος τοῦτο. γίγνομαι δέ πως
ἔννους, μετασταθεῖσα τῶν πάρος φρενῶν.
Κα κλύοις ἂν οὖν τι κἀποκρίναι' ἂν σαφῶς;
Αγ ὡς ἐκλέλησμαί γ' ἃ πάρος εἴπομεν, πάτερ.
Κα ἐς ποῖον ἦλθες οἶκον ὑμεναίων μέτα;
Αγ Σπαρτῷ μ' ἔδωκας ἐς δόμους 'Εχίονι.
Κα τίς οὖν ἐν οἴκοις παῖς ἐγένετο σῷ πόσει;
Αγ Πενθεύς, ἐμῇ τε καὶ πατρὸς κοινωνίᾳ.
Κα τίνος πρόσωπον δῆτ' ἐν ἀγκάλαις ἔχεις;
Αγ λέοντος, ὥς γ' ἔφασκον αἱ θηρώμεναι.
Κα σκέψαι νυν ὀρθῶς· βραχὺς ὁ μόχθος εἰσιδεῖν.
Αγ ἔα, τί λεύσσω; τί φέρομαι τόδ' ἐν χεροῖν;
Κα ἄθρησον αὐτὸ καὶ σαφέστερον μάθε.
Αγ ὁρῶ μέγιστον ἄλγος ἡ τάλαιν' ἐγώ.
Κα μῶν σοι λέοντι φαίνεται προσεικέναι;
Αγ οὔκ, ἀλλὰ Πενθέως ἡ τάλαιν' ἔχω κάρα.

Uns hat der Gott, der unserm Haus entsproß,
Mit Recht, doch über alles Maß bestraft.

Ag Wie macht das Alter doch die Menschen oft
So schwer, so trübe! Wäre doch mein Sohn
Ein Jäger, tät es seiner Mutter gleich
Und jedem andern in der Stadt zuvor!
Statt dessen hadert er mit einem Gott.
O beßre ihn! Und ruf ihn einer her,
Daß er die Mutter sieht in ihrem Glück!

Ka O weh! Der Wahn verhüllt euch eure Tat
Und spart euch schweres Leid. Wenn bis zum Tod
Euch dieses Dunkel bleibt, so seid ihr zwar
Nicht glücklich, doch vom Unglück halb verschont.

Ag Wer spricht vom Unglück, da das Glück uns krönt?

Ka So schau zuerst zu diesem Himmel auf!

Ag Ich tu es. Doch was ist an ihm zu sehn?

Ka Ist er derselbe? Hat er sich verfärbt?

Ag Er wurde heitrer, hat sich aufgehellt.

Ka Und die Verfinstrung deiner Seele blieb?

Ag Ich weiß nicht, was du sagst. Doch spür ich, daß
Vernunft, die fehlte, wieder in mich zieht.

Ka Kannst du mich hören und mir Rede stehn?

Ag Ich weiß nicht mehr, wovon ich eben sprach.

Ka In welches Haus verbracht ich dich als Braut?

Ag Echions Haus, das Haus der Drachensaat.

Ka Und welchen Sohn gebarst du dem Gemahl?

Ag Pentheus erwuchs in unser beider Bett.

Ka Und wessen Antlitz trägst du hier im Arm!

Ag Ein Löwenhaupt – so hieß es auf der Jagd.

Ka Betracht es doch genau, die Mühe lohnt.

Ag O Himmel! Himmel! Sagt, was halt ich in der Hand?

Ka Noch einen Blick und alles wird dir klar!

Ag Ich Ärmste seh das allergrößte Leid!

Ka Und siehst du immer noch den Löwenkopf?

Ag Nein, nein, es ist des toten Pentheus Haupt!

Κα ᾠμωγμένον γε πρόσθεν ἢ σὲ γνωρίσαι.
Αγ τίς ἔκτανέν νιν; – πῶς ἐμὰς ἦλθεν χέρας;
Κα δύστην' ἀλήθει', ὡς ἐν οὐ καιρῷ πάρει.
Αγ λέγ', ὡς τὸ μέλλον καρδία πήδημ' ἔχει.
Κα σύ νιν κατέκτας καὶ κασίγνηται σέθεν.
Αγ ποῦ δ' ὤλετ'; ἦ κατ' οἶκον; ἢ ποίοις τόποις;
Κα οὗπερ πρὶν 'Ακτέωνα διέλαχον κύνες.
Αγ τί δ' ἐς Κιθαιρῶν' ἦλθε δυσδαίμων ὅδε;
Κα ἐκερτόμει θεὸν σάς τε βακχείας μολών.
Αγ ἡμεῖς δ' ἐκεῖσε τίνι τρόπῳ κατήραμεν;
Κα ἐμάνητε, πᾶσά τ' ἐξεβακχεύθη πόλις.
Αγ Διόνυσος ἡμᾶς ὤλεσ', ἄρτι μανθάνω.
Κα ὕβριν γ' ὑβρισθείς· θεὸν γὰρ οὐχ ἡγεῖσθέ νιν.
Αγ τὸ φίλτατον δὲ σῶμα ποῦ παιδός, πάτερ;
Κα ἐγὼ μόλις τόδ' ἐξερευνήσας φέρω.
Αγ ἦ πᾶν ἐν ἄρθροις συγκεκλῃμένον καλῶς;
Πενθεῖ δὲ τί μέρος ἀφροσύνης προσῆκ' ἐμῆς;
Κα ὑμῖν ἐγένεθ' ὅμοιος, οὐ σέβων θεόν.
τοιγὰρ συνῆψε πάντας ἐς μίαν βλάβην,
ὑμᾶς τε τόνδε θ', ὥστε διολέσαι δόμους
κἄμ', ὅστις ἄτεκνος ἀρσένων παίδων γεγὼς
τῆς σῆς τόδ' ἔρνος, ὦ τάλαινα, νηδύος
αἴσχιστα καὶ κάκιστα κατθανόνθ' ὁρῶ,
ᾧ δῶμ' ἀνέβλεφ', ὃς συνεῖχες, ὦ τέκνον,
τοὐμὸν μέλαθρον, παιδὸς ἐξ ἐμῆς γεγώς,
πόλει τε τάρβος ἦσθα· τὸν γέροντα δὲ
οὐδεὶς ὑβρίζειν ἤθελ' εἰσορῶν τὸ σὸν
κάρα· δίκην γὰρ ἀξίαν ἐλάμβανες.
νῦν δ' ἐκ δόμων ἄτιμος ἐκβεβλήσομαι
ὁ Κάδμος ὁ μέγας, ὃς τὸ Θηβαίων γένος
ἔσπειρα κἀξήμησα κάλλιστον θέρος.
ὦ φίλτατ' ἀνδρῶν – καὶ γὰρ οὐκέτ' ὢν ὅμως
τῶν φιλτάτων ἔμοιγ' ἀριθμήσῃ, τέκνον –
οὐκέτι γενείου τοῦδε θιγγάνων χερί,
τὸν μητρὸς αὐδῶν πατέρα προσπτύξῃ, τέκνον,
λέγων· Τίς ἀδικεῖ, τίς σ' ἀτιμάζει, γέρον;

Ka Von mir beweint, bevor du es erkannt.
Ag Wer schlug ihn tot? Wie kams in meine Hand?
Ka Unselge Wahrheit – allzusehr bereit!
Ag O sprich sie aus, mir stockt das arme Herz!
Ka Du warst es, deine Schwestern halfen mit.
Ag Starb er zu Hause? Auf dem freien Feld?
Ka Da, wo Aktaion Raub der Hunde ward.
Ag Was trieb den Ärmsten ins Gebirg hinauf?
Ka Der Hohn auf euren Gott und euren Dienst!
Ag Und wie gelangten wir auf diesen Berg?
Ka Ihr wart von Sinnen und die ganze Stadt.
Ag Oh, Dionýsos hat uns dies getan!
Ka Er lacht nur derer, die ihn einst verlacht.
Ag Und wo ist meines Sohnes lieber Leib?
Ka Was ich noch auffand, brachte ich hierher.
Ag O ganz zerstückter Leib! Was ich verbrach,
Hast du, mein Pentheus, bitter abgebüßt!
Ka Er war euch gleich und leugnete den Gott,
Der uns mit einem Schlag zu Boden wirft,
Euch drei und diesen, unser ganzes Haus,
Auch mich, der ohne eigne Söhne ist
Und deines Mutterschoßes einzgen Sproß
Mit Schimpf und Schande ausgerottet sieht. –
Zu dir, mein Kind, hat alles aufgeblickt,
Der Sohn der Tochter schützte dieses Haus,
Man scheute dich und keiner hat gewagt,
Den Greis zu kränken, denn man sah auf dich
Und wußte: teuer hätte mans bezahlt.
Nun treibt man ohne Ehren ihn hinaus,
Den großen Kadmos, der dies stolze Volk
Aussäte und die schönste Ernte schnitt.
Mein Liebster! Liebling mir im Tode noch!

Nun greift die Hand nicht mehr an meinen Bart
Und nimmer schlingst du deinen Arm um mich
Und fragst den Ahn: „Sag, wer mißachtet dich?

τίς σὴν ταράσσει καρδίαν λυπηρὸς ὤν;
λέγ', ὡς κολάζω τὸν ἀδικοῦντά σ', ὦ πάτερ.
νῦν δ' ἄθλιος μέν εἰμ' ἐγώ, τλήμων δὲ σύ,
οἰκτρὰ δὲ μήτηρ, τλήμονες δὲ σύγγονοι.
εἰ δ' ἔστιν ὅστις δαιμόνων ὑπερφρονεῖ,
ἐς τοῦδ' ἀθρήσας θάνατον ἡγείσθω θεούς.
Χο τὸ μὲν σὸν ἀλγῶ, Κάδμε· σὸς δ' ἔχει δίκην
παῖς παιδὸς ἀξίαν μέν, ἀλγεινὴν δὲ σοί.
Αγ ὦ πάτερ, ὁρᾷς γὰρ τἄμ' ὅσῳ μετεστράφη
. . . .
. . . .
. . . .
. . . .
. . . .
. . . .
. . . .
⟨πῶς καί νιν ἡ δύστηνος εὐλαβουμένη
πρὸς στέρνα θῶμαι;⟩
. . . .
⟨σύμπαν μέλος
κυνοῦσα σάρκας ἅσπερ ἐξεθρεψάμην.
φέρ', ὦ γεραιέ, κρᾶτα τοῦ . . . .
ὀρθῶς προσαρμόσωμεν, εὔτονον δὲ πᾶν
σῶμ' ἐξακριβώσωμεν εἰς ὅσον πάρα.
ὦ φίλτατον πρόσωπον, ὦ νέα γένυς,
ἰδοὺ καλύπτρᾳ τῇδε σὴν κρύπτω . . ,
τὰ δ' αἱμόφυρτα καὶ κατηλοκισμένα
μέλη . . .⟩
. . . .
. . . .
. . . .
. . . .
. . . .
. . . .

Wer kränkt mein Väterchen, betrübt sein Herz?
Sag mirs, und Strafe fällt aufs schuldge Haupt."
Nun bin ich zu beklagen so wie du,
So wie die Mutter, wie das Schwesternpaar.
Wenn einer Götter noch verachten will,
Der schau auf diesen Tod und werde fromm!
Chf Dein Los beklag ich! Zwar des Enkels Los
War wohl verdient, doch allzu schwer für dich.
Ag Mein Vater, siehst du, wie mein Innres sich
Verwandelt hat? [Ich war noch bei Verstand,
Als ich den Gott verleugnete. Dann fiel
Mich Wahnsinn an und hat mich schwer gestraft.
Nun ist der Taumel fort und niemals kehrt
Mein Sinn zu jenen Tänzen je zurück. –
Bestatten will ich nun das liebe Kind.
O Sohn, o Sohn! Ist dies dein lieber Leib?
Wie kann ich Ärmste ihn umfangen, wie
Ihn sorglich drücken an die Brust, die ihm
Die erste Nahrung bot? Wie kann ich dir
Die lieben Glieder küssen, Stück für Stück
Das Kind liebkosen, das ich auferzog?
Komm, Alter, ordnen wir das teure Haupt
An seine Stelle! Fügen wir den Leib
Zum Ganzen wieder, wie es eben geht!
O liebstes Antlitz, jugendfrohes Haupt,
In diesen meinen Schleier hüll ich dich –
Doch all die Trümmer des zerstückten Leibs
Zu bergen, reicht auch dieser Mantel nicht,
Ach, viele Hände tragen sie zu Grab.
Oh, ewig klag ich diesen lieben Sohn
Und ewig meine eigne schwere Tat!
Chf Der Gott wird richten, er bestimmt dein Los.
Was seh ich? Schon erscheint er überm Dach!

Διόνυσος

. . . .
. . . .
. . . .
. . . .
. . . .
⟨λιπεῖν πόλιν τήνδ', ἀνοσίου μιάσματος
δίκην τίνοντας τῷδ' ὃν ἔκτειναν . .
καὶ μηκέτ' ἐσιδεῖν πατρίδ' . . . . .⟩
. . . .
. . . .
. . . .
. . . .
. . . .
. . . .
δράκων γενήσῃ μεταβαλών, δάμαρ τε σὴ
ἐκθηριωθεῖσ' ὄφεος ἀλλάξει τύπον,
ἣν Ἄρεος ἔσχες Ἁρμονίαν θνητὸς γεγώς.
ὄχον δὲ μόσχων, χρησμὸς ὡς λέγει Διός,
ἐλᾷς μετ' ἀλόχου, βαρβάρων ἡγούμενος.
πολλὰς δὲ πέρσεις ἀναρίθμῳ στρατεύματι
πόλεις· ὅταν δὲ Λοξίου χρηστήριον
διαρπάσωσι, νόστον ἄθλιον πάλιν
σχήσουσι· σὲ δ' Ἄρης Ἁρμονίαν τε ῥύσεται
μακάρων τ' ἐς αἶαν σὸν καθιδρύσει βίον.
ταῦτ' οὐχὶ θνητοῦ πατρὸς ἐκγεγὼς λέγω
Διόνυσος, ἀλλὰ Ζηνός· εἰ δὲ σωφρονεῖν
ἔγνωθ', ὅτ' οὐκ ἠθέλετε, τὸν Διὸς γόνον
εὐδαιμονεῖτ' ἂν σύμμαχον κεκτημένοι.
Κα Διόνυσε, λισσόμεσθά σ', ἠδικήκαμεν.
Δι ὄψ' ἐμάθεθ' ἡμᾶς, ὅτε δὲ χρῆν, οὐκ ᾔδετε.
Κα ἐγνώκαμεν ταῦτ'· ἀλλ' ἐπεξέρχῃ λίαν.
Δι καὶ γὰρ πρὸς ὑμῶν θεὸς γεγὼς ὑβριζόμην.
Κα ὀργὰς πρέπει θεοὺς οὐχ ὁμοιοῦσθαι βροτοῖς.
Δι πάλαι τάδε Ζεὺς οὑμὸς ἐπένευσεν πατήρ.

Dionysos

Der Sohn des Zeus, der dieses Haus so hoch
Erhoben und so tief erniedrigt hat,
Zeigt euch des hohen Vaters Willen an,
Den Willen, den er selber nur vollzieht.
Die Schwestern müssen in die Fremde ziehn,
Kein Bleiben ist für sie in dieser Stadt,
In der sie diesen grausen Mord verübt,
Und keine Rückkehr all ihr Leben lang.
Zu ihrem Gatten zieht Autonoë,
Auch ihre Schwestern finden dort ein Dach.
Und nun verkünd ich Kadmos' schweres Leid.
Mit seinem ganzen Haus muß auch der Greis
Aus Thebens Fluren ausgetrieben sein
In fernste Fernen des Illyrerlands:]
Dort wirst du Schlange. Auch Harmonia,
Des Ares Tochter, die, als Mensch vom Gott,
Du einst erhieltst, erleidet dieses Los.
Auf einem Kälberwagen, sagt der Spruch,
Führt ihr das fremde Volk in unser Land
Und viele Städte stürzt das Riesenheer.
Erst wann sie das Orakel des Apoll
Ausplündern, gibt es jämmerliche Flucht.
Doch dich führt Ares, samt Harmonia,
Ins Land der Seligen, zum schönsten Sitz.
Das sagt euch Dionýsos, welchen Zeus
Gezeugt hat und kein Sterblicher. Ihr wart
Nicht weise, habt den mächtgen Sohn des Zeus
Euch nicht zur rechten Zeit zum Freund gemacht!

Ka Vergib uns, Dionýsos, schwere Schuld!
Di Ihr habt den Gott nur allzu spät erkannt.
Ka Nun wissen wirs. Doch du strafst allzu hart.
Di Und allzu hart habt ihr den Gott gekränkt.
Ka Im Götterzorn muß auch die Milde sein.
Di Zeus hat die volle Rache mir gewährt.

Αγ αἰαῖ, δέδοκται, πρέσβυ, τλήμονες φυγαί.
Δι τί δῆτα μέλλεθ' ἅπερ ἀναγκαίως ἔχει;
Κα ὦ τέκνον, ὡς ἐς δεινὸν ἤλθομεν κακὸν
πάντες, σύ θ' ἡ τάλαινα σύγγονοί τε σαί,
ἐγώ θ' ὁ τλήμων· βαρβάρους ἀφίξομαι
γέρων μέτοικος· ἔτι δέ μοι τὸ θέσφατον
ἐς 'Ελλάδ' ἀγαγεῖν μιγάδα βάρβαρον στρατόν.
καὶ τὴν Ἄρεως παῖδ' 'Αρμονίαν, δάμαρτ' ἐμήν,
δράκων δρακαίνης σχῆμ' ἔχουσαν ἀγρίας
ἄξω 'πὶ βωμοὺς καὶ τάφους 'Ελληνικούς,
ἡγούμενος λόγχαισιν· οὐδὲ παύσομαι
κακῶν ὁ τλήμων, οὐδὲ τὸν καταιβάτην
'Αχέροντα πλεύσας ἥσυχος γενήσομαι.
Αγ ὦ πάτερ, ἐγὼ δὲ σοῦ στερεῖσα φεύξομαι.
Κα τί μ' ἀμφιβάλλεις χερσίν, ὦ τάλαινα παῖ,
ὄρνις ὅπως κηφῆνα πολιόχρων κύκνος;
Αγ ποῖ γὰρ τράπωμαι πατρίδος ἐκβεβλημένη;
Κα οὐκ οἶδα, τέκνον· μικρὸς ἐπίκουρος πατήρ.

Αγ χαῖρ', ὦ μέλαθρον, χαῖρ', ὦ πατρία an[4]
πόλις· ἐκλείπω σ' ἐπὶ δυστυχίᾳ
φυγὰς ἐκ θαλάμων.

Κα στεῖχέ νυν, ὦ παῖ, τὸν 'Αρισταίου.

Αγ στένομαί σε, πάτερ.

Κα κἀγὼ σέ, τέκνον,
καὶ σὰς ἐδάκρυσα κασιγνήτας.

Αγ δεινῶς γὰρ τάνδ' αἰκείαν
Διόνυσος ἄναξ τοὺς σοὺς εἰς
οἴκους ἔφερεν.

Ag O weh, mein Alter, dies stößt uns hinaus!
Di Wollt ihr verzögern, was geschehen muß?
Ka Mein Kind, wie sind wir alle tief gestürzt,
Du Ärmste, deine Schwestern und ich selbst.
Der arme Alte zieht ins ferne Land
Als Gast, und das Orakel treibt ihn dann
Nach Hellas mit dem fremden großen Heer.
Mein Weib, des Ares Kind, Harmonia,
Führ ich, der Drache, als ein Drachenweib
Zu Gräbern und Altären Griechenlands
Im Kampf der Speere. Niemals ruh ich aus.
Selbst drunten am Gestade Acherons
Find ich noch keine Ruhe vor der Not.
Ag Und ich muß ohne lieben Vater fort.
Ka Was legst du, liebes Kind, den Arm um mich,
Wie Schwanenkind um alten Vater tut?
Ag Wohin mich wenden in der fremden Welt?
Ka Ich weiß nicht – kleine Hilfe ist der Greis.

Wechsellied

Ag Leb wohl mein Haus,
Meiner Väter Stadt,
Im Unglück stößt man
Zur Tür mich hinaus.
Ka Zu des Schwähers Haus,
Aristaios' Haus
Müßt ihr ziehen.
Ag Wie beklag ich dich,
Lieber Vater!
Ka Und ich mein liebes Kind,
Auch bewein ich
Die Schwestern.
Ag Wie grausam hat
Dionýsos der Herr
Diese Schmach
In dein Haus gebracht!

Δι καὶ γὰρ ἔπασχον δεινὰ πρὸς ὑμῶν,
ἀγέραστον ἔχων ὄνομ' ἐν Θήβαις.

Αγ χαῖρε, πάτερ, μοι.
Κα χαῖρ', ὦ μελέα
θύγατερ. χαλεπῶς δ' ἐς τόδ' ἂν ἥκοις.

Αγ ἄγετ', ὦ πομποί, με κασιγνήτας
ἵνα συμφυγάδας ληψόμεθ' οἰκτράς.
ἔλθοιμι δ' ὅπου
μήτε Κιθαιρὼν ἔμ' ἴδοι μιαρὸς
μήτε Κιθαιρῶν' ὄσσοισιν ἐγώ,
μήθ' ὅθι θύρσου μνῆμ' ἀνάκειται·
Βάκχαις δ' ἄλλαισι μέλοιεν.

Χο πολλαὶ μορφαὶ τῶν δαιμονίων,
πολλὰ δ' ἀέλπτως κραίνουσι θεοί·
καὶ τὰ δοκηθέντ' οὐκ ἐτελέσθη,
τῶν δ' ἀδοκήτων πόρον ηὗρε θεός.
τοιόνδ' ἀπέβη τόδε πρᾶγμα.

Di Grausames ward
Mir von euch zuteil,
Als ehrlos blieb
Mein Name in Theben.

ab

Ag Leb wohl, lieber Vater!
Ka Unglückliches Kind,
Glück auf den Weg!
Glück! Wo sollst du es finden?
Ag So führt mich schnell zu den Schwestern hinaus,
Daß zusammen wir tragen das Elendslos!
O käm ich dahin,
Wo mich nie der befleckte Kithairon sieht,
Wo ich nie den Kithairon mit Augen schau,
Wo kein Thyrsus je die Erinnerung weckt!
Mögen andere Bacchen ihn schwingen!

Chor

In mancher Gestalt
Naht sich das Göttliche,
Vieles vollenden die Götter
Ungeahnt.
Was wir uns wünschten,
Es ward nicht vollendet,
Für nie Gehofftes
Fanden die Götter den Weg!
So kam auch dieses
Zum Ende.

ANHANG

ZUR AUSGABE UND ÜBERSETZUNG

Die Auswahl der acht Tragödien des Euripides wurde unter dem Gesichtspunkt ihrer Bedeutung für die Rezeption und ihrer Präsenz auf dem heutigen Theater getroffen.
Als Textgrundlage wurde die von Gustav Adolf Seeck in den Jahren 1972–1981 in der Reihe Sammlung Tusculum herausgegebene zweisprachige Gesamtausgabe in sechs Bänden gewählt, die den Text der alten Oxford-Ausgabe von Gilbert Murray mit der Übersetzung von Ernst Buschor vereinigt. Für eine Einleitung in die Verdienste und Besonderheiten von Buschors Übersetzung sei auf Band 1 der Tusculum-Ausgabe verwiesen (München 1972, S. 318–323).

Inzwischen hat die Arbeit am Euripides-Text natürlich große Fortschritte gemacht, die ihren Niederschlag in zahlreichen, seither erschienen Kommentaren, vor allem jedoch in der neuen Oxford-Ausgabe von James Diggle finden (1981–84). Auf die Ergebnisse in der Textherstellung Diggles und anderer Gelehrten konnte in diesem Auswahlband keine Rücksicht genommen werden, ist es doch Ziel und Zweck des vorliegenden Bandes, nicht dem Spezialisten, sondern dem interessierten Leser und Theaterbesucher einen leichteren Zugang zu den wichtigsten Stücken des attischen Tragikers zu eröffnen. Diesem Zweck dienen auch die erläuternden Anmerkungen, die vor allem mythologische und geographische Details erklären, die allgemeine, den Band beschließende Würdigung des Euripides und einige weiterführende Literaturhinweise.

ZUR METRIK

Die griechische Metrik ist quantitierend, d. h. ein Vers setzt sich aus einer Abfolge von kurzen (∪) und langen (–) Silben zusammen; daneben gibt es Stellen im Vers, an denen eine Kürze, teilweise sogar Doppelkürze, oder eine Länge (sog. *Anceps*: x) möglich ist. Normalerweise entspricht eine Länge einer Doppelkürze, d. h. eine Länge kann durch eine Doppelkürze und eine Doppelkürze durch eine Länge ersetzt werden.

Was den Vortrag der einzelnen Versarten angeht, unterscheidet man drei Arten: der Vers der gesprochenen Partien ist der iambische Trimeter (x – ∪ – x – ∪ – x – ∪ –). Rezitierte Partien sind in trochäischen Tetrametern (– ∪ –x – ∪ – x – ∪ – x – ∪ – x) oder Anapästen (∪ ∪ –) komponiert. Für gesungene Partien (Chorlieder, Schauspielerarien und Duette, Wechselgesänge, *Amoibaia*, von Chor und Schauspielern) schließlich konnten die griechischen Dramatiker auf eine Vielzahl von lyrischen Versmaßen zurückgreifen. Die metrische Struktur ist in diesem Band durch Randsiglen aufgeschlüsselt.

an	Anapäst	∪ ∪ –
ba	Bakcheus	∪ – –
ch	Choriambus	– ∪ ∪ –
cr	Creticus	– ∪ –
da	Daktylus	– ∪ ∪

do	Dochmius	∪ – – ∪ – (zahlreiche Variationen sind möglich)
gl	Glykoneus	xx – ∪ ∪ – ∪ –
hem	Hemiepes	– ∪ ∪ – ∪ ∪ –
hyp	Hypodochmius	– ∪ – ∪ –
ia	Iambus	(nur als Metrum) x – ∪ –
io	Ionicus	∪ ∪ – –
reiz	Reizianus	x – ∪ ∪ – – (viele Variationen)
sp	Spondeus	– –
tr	Trochäus	(nur als Metrum) – ∪ – x

Zusätzliche Silben (als Auftakt, als Verbindungselement oder am Ende) werden je nach ihrer Valenz als –, ∪ oder x gekennzeichnet. Das Fehlen eines Elements (am Anfang des Verses spricht man von *Akephalie,* am Ende von *Katalexe)* durch ∩. Hochgestellte Ziffern geben die Zahl der metrischen Einheiten an (^{2} = Dimeter, ^{3} = Trimeter usw.).

Literatur zur Metrik

A. M. Dale, The lyric metres of Greek Drama, Cambridge ^{2}1968.
D. Korzeniewski, Griechische Metrik, Darmstadt 1968.
B. Snell, Griechische Metrik, Göttingen ^{4}1982.
U. v. Wilamowitz-Moellendorff, Griechische Verskunst, Berlin 1921, Nachdruck Darmstadt 1975.
M. L. West, Greek metre, Oxford 1982.

ANMERKUNGEN

Die Anmerkungsziffern beziehen sich auf die Verszeilen des griechischen Textes.

MEDEIA

Die *Medeia* wurde 431 v. Chr. als erstes Stück zusammen mit den Tragödien *Philoktetes* und *Diktys* aufgeführt. Euripides belegte den 3. Platz im Agon der Tragiker.

Mythos

Jason, der Sohn des Königs Aison, wird nach dem Tod (oder nach der Vertreibung) seines Vaters von seinem Onkel Pelias aus Jolkos vertrieben und wächst bei dem weisen Kentauren Chiron auf. Pelias, durch einen Orakelspruch vor Jason gewarnt, versucht den jungen Mann loszuwerden: Er trägt ihm auf, das Goldene Vlies aus Kolchis am Schwarzen Meer herbeizuschaffen. Jason läßt das erste Schiff, die Argo, bauen und sticht mit einer ausgewählten Mannschaft, den Argonauten, in See. Mit Hilfe Medeias, der Tochter des Königs von Kolchis (Aietes), die sich in Jason verliebt, bemächtigt er sich des Golden Vlieses und flieht mit der Königstochter. Um die Verfolger aufzuhalten, zerstückelt Medeia unterwegs ihren Bruder Apsyrtos, dessen Glieder sie ins Meer wirft. Nach Jolkos zurückgekehrt, nimmt Jason grausame Rache. Medeia, die als Enkelin des Sonnengottes mit magischen Kräften ausgestattet ist, verspricht den Töchtern des Pelias, ihren Vater zu verjüngen. Zum Beweis schlachtet sie einen Widder und kocht diesen wieder jung; Pelias ermordet sie jedoch auf diese Weise. Jason und Medeia finden in Korinth Zuflucht. Jason verläßt Medeia, um die Tochter des korinthischen Königs zu heiraten, in die er sich verliebt hat. In dieser Situation setzt die Tragödie des Euripides ein.

2 *Zwillingsfelsen:* Gemeint sind die Symplegaden – zwei Felsen, die sich öffnen und wieder schließen. Sie werden nach dem Mythos am Bosporus lokalisiert.

3 *Pelionwald:* Pelion, Gebirge auf der Halbinsel Magnesia, unweit von Jolkos.

5 *erlesene Schar:* die Argonauten, s. Mythos.

10 *Vatermord*: s. Mythos.

160 *Göttin des Rechts:* Themis. – *Artemis:* jungfräuliche Göttin der Jagd, Schwester Apollons.

212 *Riegel des salzigen Pontos:* Gemeint ist der Bosporus.

397 *Hekate:* Göttin der Dreiwege und des Zaubers, später mit Artemis (vgl. V. 160) gleichgesetzt.

405 *Sisyphos:* Ahnherr der Korinther; Unterweltsbüßer, der zur Strafe einen Stein einen Hang hinaufwälzen muß, der immer wieder hinunterrollt.

426 *Phoibos:* Apollon, Gott der Musenkunst.

433 *felsige Enge des Meers:* Symplegaden (s. Anm. zu V. 2).

527 *Kypris:* Aphrodite, die Göttin der Liebe, so benannt nach ihrem Hauptkultort auf der Insel Kypros (Zypern).

530 *Eros:* Gott der Liebe, ursprünglich selbständige Gottheit, erst später der Liebesgöttin Aphrodite als Sohn zugeordnet.

543 *Orpheus:* mythischer Sänger, der seine Gattin Eurydike aus der Unterwelt zurückholte, sie aber wieder verlor, da er sich auf dem Weg nach ihr umdrehte.

631 *Kypris:* s. Anm. zu V. 527.

665 *Pandion:* Sohn des Kekrops, des attischen mythischen Königs.

667 *Phoibos:* Apollon, Gott des delphischen Orakels.

668 *Nabel der Erde:* nabelförmiger Stein im Apollontempel zu Delphi *(Omphalos)*, der als Mittelpunkt der Erde galt.

683 *Pittheus:* König von Troizen im Südosten der Argolis, Vater der Aithra, der Mutter des Theseus (vgl. *Hippolytos*, Mythos).

684 *Pelops:* Sohn des Tantalos, vgl. Stammbaum zu *Elektra.*

746 *Helios:* der Sonnengott, Großvater Medeias.

759 *Sohn der Maia:* Hermes, Götterbote und Gott der Diebe und des Handels.

764 *Zeus und das Recht:* der Göttervater Zeus galt als Vater des personifizierten Rechts *(Dike)*. – *Helios:* s. Anm. zu V. 746.

771 *Pallas:* Beiname der Stadtgöttin von Athen, Athena.

824 *Erechtheusvolk:* die Athener, so benannt nach dem mythischen König Erechtheus.

831 f. *Harmonia:* sonst gilt Mnemosyne (Erinnerung) als Mutter der Musen.

835 *Kephisos:* Fluß in Attika.

1055–88 Umstrittene Passage, in der neuen Oxford-Ausgabe von Diggle gestrichen.

1172 *Pan:* bocksgestaltiger Wald- und Feldgott, verursacht panischen Schrecken.

1181 *Rennbahn:* als attisches Längenmaß *(Stadion)* ca. 180–190 m.

1284 *Ino:* Gattin des Königs Athamas von Orchomenos, tötete im Wahnsinn ihre Söhne Learchos und Melikertes und sprang darauf ins Meer, wo sie zur Göttin Leukothea, Melikertes zur Meeresgottheit Palaimon wurde.

1286 *Gattin des Zeus:* Hera.

1343 *Skylla:* Meeresungeheuer, das zusammen mit Charybdis vorbeifahrende Schiffe bedroht; an der Meerenge von Messina lokalisiert.

1379 Im Heiligtum der *Hera Akraia* in Korinth wurde das Grab von Medeias Kindern gezeigt. Ursprünglich wurden die Kinder aus Rache für die Ermordung Kreons und seiner Tochter von den Korinthern ermordet. Schon in der Antike war umstritten, ob die Innovation, daß Medeia die Kinder umbringt, auf Euripides oder auf Neophron zurückgeht.

1384 *Erechtheus:* mythischer König von Athen.

Übersetzung der von Buschor getilgten Passagen

40–43 Ich fürchte, daß sie sich ein Schwert in den Leib stößt, schweigend ins Haus gehend, wo das Ehebett steht, oder sogar den Herrscher *(Kreon)* und den Bräutigam *(Jason)* tötet und danach sich noch in größeres Leid verstrickt.

87 die einen redlich, die anderen aus Gewinnsucht

246 und wendet sich an einen Freund oder einen Altersgenossen

262 und an dem Vater der Braut und an der Braut selbst

468 (schlimmster Feind) den Göttern und mir und dem ganzen Menschengeschlecht

723 f. Dies ist mein Entschluß: Kommst du zu mir ins Land, werde ich versuchen, dich aufzunehmen, das ist mein Recht.

777 f. daß auch ich dieselbe Meinung hätte und daß die Königsehe gut sei, die er eingeht und der er mich opfert

782 den Feinden, daß sie meine Kinder mißhandeln

785 f. (sie) der Braut bringend, um nicht verbannt zu werden, ein feines Gewand und einen golddurchwirkten Kopfschmuck

1006 f. Warum wendest du dich ab und hörst meine Nachricht nicht mit Freuden?

1240 f. Sie müssen sterben – auf jeden Fall; da es denn unumgänglich ist, werde ich sie töten, die ich sie geboren habe.

1299 f. Ist sie der Überzeugung, daß sie nach Ermordung der Herren des Landes selbst ungeschoren sich aus dem Palast davonmachen könne?

HIPPOLYTOS

Mit dem *Hippolytos* (mit dem Zusatztitel *Stephanephoros* oder *Stephanias* «der Bekränzte») wurde Euripides 428 v. Chr. Sieger im Agon der Tragiker. Die Tragödie ist wohl eine Bearbeitung des älteren, verlorenen *Hippolytos kalyptomenos*. In dem älteren Stück soll Phaidra selbst ihrem Stiefsohn den unziemlichen Antrag gemacht haben (vgl. Senecas *Phaedra*), der aus Scham darauf sein Haupt mit seinem Mantel verhüllte *(kalyptomenos)*. Aufgrund des Mißerfolgs des ersten

Stücks habe Euripides im zweiten *Hippolytos* das Anstößige der Handlung beseitigt, so ein antiker Grammatiker in seiner Einleitung des Stücks.

Mythos

Hippolytos, der Sohn des athenischen Königs Theseus und der Amazone Antiope (oder Hippolyte), wächst bei seinem Urgroßvater Pittheus in Troizen in der Argolis auf (s. *Medeia* V. 683). Bei einem Aufenthalt in Athen anläßlich der Feier der Mysterien sieht ihn Phaidra, die Tochter des Königs Minos von Kreta und zweite Gattin seines Vaters Theseus, und verliebt sich in den Jüngling. Bald darauf muß Theseus zur Sühnung eines Mordes (s. Anm. zu V. 35) Athen für ein Jahr verlassen. Zusammen mit Phaidra begibt er sich nach Troizen. In dieser Situation setzt die Tragödie ein.

2 *Kypris:* die Liebesgöttin Aphrodite, so benannt nach ihrem Hauptkultort auf Kypros (Zypern).

3 *Pontus:* das Schwarze Meer. – *Westmeer:* der Atlantik; im griech. Text: *Atlas' Grenze:* Straße von Gibraltar.

10 *Amazone:* Antiope oder Hippolyte (s. Mythos).

11 *Pittheus:* s. Mythos.

25 Gemeint sind die *Eleusinischen Mysterien.*

30 *Pallas' Fels:* die Akropolis zu Athen.

34 *Kekrops Stadt:* Athen, so benannt nach dem mythischen König Kekrops.

35 *der Vettern Mord:* Gemeint ist die Ermordung der Pallantiden, der Söhne des Pallas, eines Bruders des Aigeus, die Theseus nach dem Tod des Aigeus die Herrschaft streitig machten.

45 *Poseidon:* Gott des Meeres, Vater des Theseus, der seinem Sohn die Erfüllung von drei Wünschen gewährt hatte.

65 *Artemis:* jungfräuliche Göttin der Jagd, Schwester Apollons.

78 *der Keuschheit Göttin:* Aidos.

121 *Ringstrom:* der Ozean.

138 *Demeter:* Göttin des Getreides, Mutter der Persephone, der Gattin des Unterweltgottes Hades.

142 f. *Pan:* Wald- und Feldgott, der Raserei (Panik) verursachen kann. – *Hekate:* Göttin der Dreiwege und Zauberei. – *Korybanten:* ekstatische Dämonen im Gefolge der Mutter der Berge (Kybele).

145 *kretische Jägerin:* Artemis mit dem Kultnamen Diktynna.

151 *Erechtheus:* attischer mythischer König.

nach 175 (Regieanweisung) *Kline:* Liege.

212–214/223–227 Die Umstellung, die Buschor und andere vornehmen, ist nicht gerechtfertigt.

221 *thessalischer Speer:* leichter Jagdspeer.

228 Artemis besaß als *Artemis Limnatis* in der Nähe von Troizen bei den «Teichen» *(Limnai)* ein Heiligtum.

337 *Mutter:* Pasiphae, die Gattin des Königs Minos, verliebte sich in einen Stier. Um ihm beizuwohnen, ließ sie sich von Daidalos eine hölzerne Kuh herstellen und empfing von dem Stier den Minotauros. Minos ließ ihn in dem von Daidalos gebauten Labyrinth einsperren ließ, wo Theseus ihn tötete.

339 *Dionysos' Gattin:* Ariadne, Phaidras Schwester, die Theseus durch das Wollknäuel, das sie ihm mitgab, aus dem Labyrinth rettete (Ariadne-Faden). Sie floh mit Theseus von Kreta, wurde von ihm aber auf der Insel Naxos verlassen, wo sie sich mit Dionysos vermählte.

359 *Kypris:* s. Anm. zu V. 2.

454 *Semele:* aus Theben, Tochter des Kadmos und von Zeus Mutter des Dionysos.

455 *Kephalos – Eos:* die Göttin der Morgenröte (Eos) verliebte sich in Kephalos und entführte ihn auf den Olymp.

477 Die Umstellung von 477–481 nach 508 und von 509–512 nach 515 ist nicht gerechtfertigt.

534 *Eros:* Gott der Liebe, s. Anm. zu *Medeia* V. 530.

535 *Alpheios*: Fluß bei Olympia, Kultstätte des Zeus.

536 *Phoibos' pythische Wohnung:* Delphi, Kultstätte des Phoibos Apollon.

545 *Oichalia:* auf Euböa; Herakles eroberte die Stadt und entführte Iole, die Tochter des Königs Eurytos (vgl. Sophokles, *Trachinierinnen*).

550 *Mänade:* ekstatische Anhängerin des Dionysos (vgl. Euripides, *Mänaden).*

551 f. *Sohn der Alkmene:* Herakles, Sohn der Alkmene und des Zeus (vgl. Plautus, *Amphitruo*).

556 *Dirke:* Quelle und Fluß in Theben.

559 ff. Semele bat Zeus, sich ihr in göttlicher Gestalt zu zeigen. In der Feuersglut der Blitze des Zeus verbrannte sie; Zeus rettete das ungeborene Kind. – *Bakchos:* Dionysos (s. Anm. zu V. 454).

683 Zeus ist Vater des Minos.

737 ff. *Eridanus:* der Po. In ihn stürzte Phaethon mit dem Sonnenwagen seines Vaters Helios. Die Sonnentöchter (Heliaden) beweinten ihren Bruder und wurden in Bäume verwandelt, aus deren Rinde Tränen tropften, die zu Bernstein wurden.

742 ff. *Hesperiden:* Töchter des Atlas und der Nacht, bewachen die goldenen Äpfel, die die Erde (Gaia) Zeus und Hera zur Hochzeit schenkten.

760 *munychisch:* der athenische Hafen Munychia.

953 Auf den mythischen Sänger Orpheus (vgl. Anm. 543 zu *Medeia)* geht eine religiöse, vegetarische Bewegung zurück *(Orphik).*

977 *Sinis:* Räuber auf dem Isthmos von Korinth, auch *Pityokampes* («Fichtenbeuger») genannt. Er ließ Durchreisende durch herabgebeugte und wieder zurückschnellende Fichten zerreißen. Theseus tötete ihn.

979 *Skiron:* ein anderer von Theseus getöteter Unhold, der Durchreisende von Felsen *(Skirades)* ins Meer stürzte (vgl. 1208), vgl. Bakchylides XVIII.

1148 *Chariten:* Göttinnen der Anmut.

1171 *Dike:* Göttin des Rechts.

1253 *Ida:* es gibt zwei Gebirge dieses Namens: bei Troja und auf Kreta.

1421 Gemeint ist wohl Adonis.

1424 Gemeint ist der Hippolytos-Kult in Troizen. Euripides beschließt viele seiner Tragödien mit der aitiologischen Erklärung eines Kultes (vgl. *Iphigenie im Taurerlande).*

Übersetzung der von Buschor getilgten Passagen

66 bei weitem schönste der Jungfrauen

224 Was kümmerst denn du dich um die Jagd?

625 f. Jetzt aber zahlen die, die beabsichtigen, das Übel in ihr Haus zu nehmen, zuerst den Reichtum ihres Hauses. (Evidenter Widerspruch zu 628 f., deshalb zu Recht Tilgung der Verse.)

634–637 Er kann seinem Schicksal nicht entgehen: Und so hält er, wenn er in eine gute Familie eingeheiratet hat und an den neuen Verwandten Freude findet, an der Ehe fest, wenn es ihm auch bitter ankommt, oder wenn er eine gute Frau, aber schlechte Verwandte bekommen hat, verdrängt er das Unglück durch das Gute. (Die nicht in den Zusammenhang passenden Verse sind wohl eine Einfügung aus einem anderen Stück.)

691 Er wird dem Pittheus berichten, was vorgefallen ist.

866–870 Weh, weh! Da bringt Gott wieder zum alten Leid ein neues Unglück. Mein Leben ist nicht lebenswert *(Text korrupt).* Denn als vernichtet, nicht mehr als existierend, weh, weh, bezeichne ich mein Herrscherhaus.

1029 ohne Heimat, ohne Wohnstatt, als Verbannter durch das Land irrend

1049 f. (verbannt) in die Fremde, wirst du ein bitteres Leben fristen: Das ist der Lohn für einen ruchlosen Menschen.

1419 um deiner Frömmigkeit und Tugend willen

ELEKTRA

Das Jahr der Aufführung steht nicht fest; ebenso ist das Verhältnis zur *Elektra* des Sophokles umstritten und wird wohl auch umstritten bleiben. Die metrische Statistik legt eine Datierung ins Jahr 419 nahe.

Stammbaum

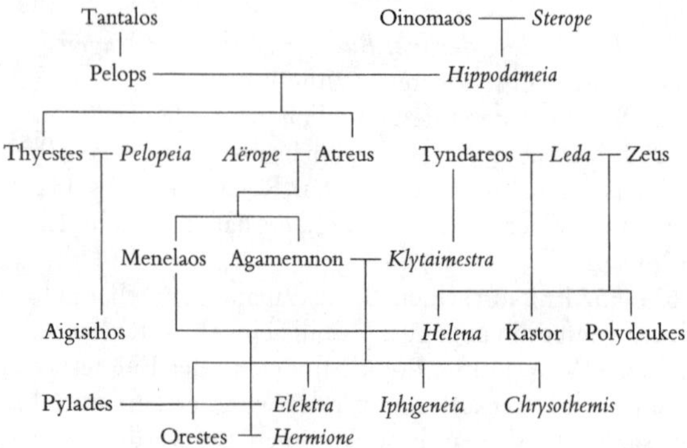

Mythos

Die *Elektra* bezieht sich ständig auf das 2. Stück der Atriden-Trilogie des Aischylos, die *Choephoren (Weihgußträgerinnen)*. Die mythologischen Voraussetzungen reichen zwei Generationen zurück: Atreus, der Sohn des Pelops, verbannt seinen Bruder Thyestes, der seine Gattin verführt und den goldenen Widder, das Unterpfand der Herrschaft in Argos, geraubt hatte. Später ruft Thyestes den Bruder unter dem Vorwand zurück, sich mit ihm versöhnen zu wollen. In Wahrheit will er nur die Söhne des Atreus in seine Hand bekommen, um an seinem Bruder grausame Rache zu nehmen. Er schlachtet sie und setzt sie seinem Bruder beim Versöhnungsmahl vor (vgl. Seneca, *Thyestes*). Nur der jüngste der Söhne des Atreus, Aigisthos, überlebt. Als Thyestes die Greueltat erkennt, verflucht er seinen Bruder und geht in die Verbannung zurück. Die Söhne des Atreus, Menelaos und Agamemnon, heiraten die Töchter des spartanischen Königs Tyndareos, Klytämnestra und Helena (in Wahrheit eine

Tochter des Zeus). Bei der Heirat von Menelaos und Helena hatten sich alle, die um die Hand der schönen Zeustochter anhielten, eidlich verpflichtet, Menelaos beizustehen, wenn jemand Helena rauben sollte. Als Helena von dem trojanischen Prinzen Paris, auch Alexandros genannt, nach Troja entführt wird, unternehmen die Griechen unter dem Oberbefehl des Agamemnon einen Rachefeldzug nach Troja. Da jedoch die Flotte durch ungünstige Winde in Aulis festgehalten wird, opfert Agamemnon auf Rat des Sehers Kalchas seine Tochter Iphigenie der Göttin Artemis. Er hatte Iphigenie unter dem Vorwand, sie mit Achilleus zu vermählen, nach Aulis gelockt (vgl. Euripides, *Iphigenie in Aulis*). Während der zehnjährigen Abwesenheit Agamemnons gewinnt Aigisthos die Liebe Klytämnestras, die ihren Gatten wegen der Opferung der Tochter haßt. Als der Heerführer nach Argos (Mykene) in Begleitung der Priamos-Tochter und Apollon-Priesterin Kassandra zurückkehrt, wird er von Klytämnestra und Aigisthos im Bade erschlagen (Aischylos, *Agamemnon*). Um für die Rachetat freie Hand zu haben, hatte Klytämnestra zuvor vorsorglich ihren Sohn Orestes nach Phokis zu Strophios bringen lassen. Euripides führt in den Mythos eine gravierende Änderung ein: Während bei Aischylos und Sophokles Elektra unter entwürdigenden Umständen am Königshof lebt, ist sie im Drama des Euripides mit einem verarmten Landadligen verheiratet, der aus Achtung vor Elektras Abstammung sie nicht berührt (vgl. 1284 f.; vgl. Nachwort, S.884).

1 *Strom:* der Fluß Inachos.

102 *Eos:* Göttin der Morgenröte.

410 *Grenzfluß:* Tanaos.

434 *Nereus:* Meeresgottheit; der Chor sind sind seine Töchter, die *Nereiden.*

435 Delphine galten als musikliebend.

441 *simuntisch:* nach dem Fluß Simoeis, einem Nebenfluß des Skamandros bei Troja.

442 *Euböa:* Insel, Attika östlich vorgelagert.

443 *Hephaistos:* Gott des Schmiedehandwerks. Seine Werkstatt stellte man sich unter dem Ätna gelegen vor.

445 f. *Pelion – Ossa:* Gebirge an der Ostküste Thessaliens.

448 *der reisige Vater:* Peleus (vielleicht auch der weise Kentaur Chiron, der im Peliongebirge den kleinen Achill großzog).

449 *Atriden:* die Atreus-Söhne Menelaos und Agamemnon.

453 *Nauplia:* Hafen in der Nähe von Argos/Mykene.

454 *Sohn der Thetis:* Achilleus.

459 *Perseus:* Sohn des Zeus und der Danae; er tötete die Gorgo Medusa, die einen alles versteinernden Blick hatte.

465 *Helios:* der Sonnengott, metonymisch: die Sonne.

468 *Plejaden, Hyaden:* Sternbilder. – *Hektor:* Sohn des Priamos und der Hekabe, Hauptheld der Trojaner, s. Stammbaum *Troerinnen.*

471 *Sphinx:* Fabelwesen (geflügelter Löwe mit Frauenkopf); gibt Durchreisenden Rätsel und tötet sie, wenn sie sie nicht lösen (vgl. Sophokles, *König Oidipus*).

474 *Löwin:* die Chimaira, ein Mischwesen aus Löwe, Ziege und Schlange, das von Bellerophontes getötet wurde.

475 *Peirene:* Quelle in Korinth. Das geflügelte Roß Pegasos des Bellerophontes, das aus dem Rumpf Medusas entstanden war, hatte durch seinen Hufschlag die Quelle hervorsprudeln lassen.

480 *des Tyndar ruchlose Tochter:* Klytämnestra.

703 *Pan:* Wald- und Feldgott, Erfinder der Hirtenflöte *(Syrinx).*

705 *Lamm:* der goldene Widder (s. Mythos).

734 *Sitz des Ammon:* Kultstätte des Zeus Ammon in Libyen.

781. 863 *Alpheios:* Fluß bei Olympia.

980 *delphischer Dreifuß:* das Apollon-Heiligtum zu Delphi mit der berühmten Orakelstätte.

990 *Dioskuren:* Kastor und Polydeukes (vgl. Stammbaum).

1002 *verlorene Kind:* Iphigenie, s. Mythos und *Iphigenie im Taurerlande.*

1032 *rasende Weib:* die Seherin Kassandra, Agamemnons Beuteanteil.

1158 *gigantisch:* im griech. Text «kyklopisch». Nach dem Mythos wurde Mykene von den Kyklopen erbaut.

1252 *Furien:* die Erinyen; im griech. Text findet sich *Keren,* unheilbringende Dämonen und Kinder der Nacht.

1269 *mit gleichen Stimmen:* In Aischylos, *Eumeniden* 734 ff., wird Orestes in Athen von dem Areopag unter dem Vorsitz der Stadtgöttin Athena mit Stimmengleichheit freigesprochen.

1273 *Alpheios:* Fluß bei Olympia. – *Lykaios:* Gebirge in Arkadien.

1275 *deinen Namen:* Oresteion, s. Anm. zu *Hippolytos,* V. 1424.

1280 *Proteus:* König von Ägypten, bei dem die tatsächliche Helena die 10 Kriegsjahre verbracht haben soll (vgl. *Helena).*

1319 f. *Pallas' heiliger Sitz:* Akropolis.

Übersetzung der von Buschor getilgten Passagen

45 f. Denn ich scheue mich, einem Kind vornehmer Abstammung zu nahe zu treten, da ich nicht ebenbürtig bin.

213 f. Viel Leid hat die Schwester deiner Mutter, Helena, über die Griechen und dein Haus gebracht.

294–296 Nirgendwo wohnt der Torheit Mitleid inne, wohl aber den klugen Männern. Und es ist nicht gefahrlos, wenn allzu große Klugheit den Klugen innewohnt.

600 und die Mutter, Gefährtin der ruchlosen Ehe.

1097–1101 Wer aber nur auf Reichtum oder vornehme Abstammung schauend eine schlechte Frau heiratet, ist ein Tor. Denn eine schlichte, aber besonnene Frau ist besser als eine aus großem Hause. *Chor:* Das Schicksal spielt der Heirat von Frauen mit. Denn wie ich sehe, geht es den Menschen teils gut, teils nicht gut dabei.

DIE TROERINNEN

Aufgeführt mit den ebenfalls dem trojanischen Sagenkreis entstammenden Tragödien *Alexandros* und *Palamedes* im Jahr 415 v. Chr. Euripides belegte den 2. Platz im Agon der Tragiker.

Stammbaum

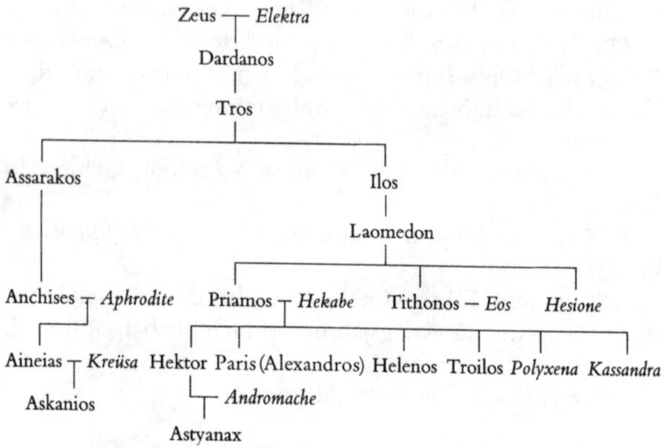

Mythos

Im *Alexandros* behandelt Euripides die Jugend des trojanischen Prinzen Paris (Alexandros). Seine Mutter Hekabe, die Frau des Königs Priamos, hatte geträumt, sie bringe eine Fackel zur Welt, die Troja zerstören werde. Deshalb läßt sie Paris nach der Geburt auf dem Ida-Gebirge aussetzen, wo er als Hirte tätig ist. Hier treten die drei Göttinnen Hera, Athena und Aphrodite vor Paris: Er soll entscheiden, welche von ihnen die Schönste ist. Paris entscheidet sich für Aphrodite (Paris-Urteil). Erst nach Jahren findet der Prinz seine wahre Herkunft heraus (ein vergleichbares Motiv liegt in Sophokles, *König Oidipus* vor). Im *Palamedes* stellt Euripides das Schicksal des Klügsten der Griechen dar, der durch eine Intrige des Odysseus vor Troja als Verräter zu Unrecht zum Tode verurteilt wird. Sein Vater Nauplios von Euböa nimmt dafür an den heimfahrenden Griechen Rache. Durch falsche Feuerzeichen bringt er den Großteil der griechischen Flotte zum Kentern. Das Schlußstück der Trilogie hat das Schicksal der kriegsgefangenen trojanischen Frauen zum Inhalt (vgl. auch Euripides, *Hekabe*).

1 *Poseidon:* Gott des Meeres. – *Salzflut des Aigeus:* das ägeische Meer, abgeleitet von dem athenischen König Aigeus (vgl. *Medeia*), der sich in der irrigen Annahme, sein Sohn Theseus sei in Kreta im Labyrinth des Minotauros ums Leben gekommen, in seine Fluten gestürzt hatte (vgl. *Hippolytos,* Mythos).

2 *Nereustöchter:* 50 Töchter der Meeresgottheit Nereus.

4 *Phoibos:* Apollon.

10 *Epeios:* der Erbauer des hölzernen Pferdes, in dem versteckt sich die Griechen Einlaß in Troja verschafften.

24 *Pallas:* Athena. Zusammen mit Hera, der Gattin des Zeus, unterstützte sie die Griechen.

29 *Skamandros:* Fluß bei Troja.

31 *Theseussöhne:* Demophon und Akamas, Anführer der athenischen Truppen vor Troja.

40 *Polyxena:* Ihr Tod wird in der *Hekabe* von Euripides behandelt.

70 *Aias:* der jüngere Aias, der Sohn des Oileus, der Kassandra aus dem Tempel Athenas fortschleppte, wo sie Zuflucht gesucht hatte.

89 f. Inseln der Ägeis.

132 *Kastor:* Bruder der Helena, s. Stammbaum *Elektra.*

133. 210 *Eurotas*: Fluß in Sparta.

188. 241 *Phthia:* Heimat des Achilleus im südlichen Thessalien.

205 *Peirene:* Quelle in Korinth.

209 *Gaue des Theseus:* Athen (vgl. 219).

214 *Peneios:* Fluß in Thessalien.

220 *Sitz des Hephaistos:* Man stellte sich die Schmiede des Gottes unter dem Vulkan Ätna gelegen vor.

221 *Phönikerstrand:* Karthago.

228 *Krathis:* Fluß in Unteritalien.

234 *dorisch:* hier für «griechisch».

242 *Kadmosland:* Theben.

310 *Hymen, Hymenaios:* Hochzeitsgott, auch Hochzeitsruf und -gesang.

323 *Hekate:* Göttin der Dreiwege, hier als Unterweltsgöttin angerufen.

356 ff. Voraussage von Agamemnons und Kassandras Tod, vgl. Aischylos, *Agamemnon*.

371 *sein Liebstes:* seine Tochter Iphigenie.

402 *Entzug:* feiges Sterben.

421 *Laertes' Sohn:* Odysseus.

422 *Herrin:* Penelope, die Frau des Odysseus.

457 *Erinye:* Rachegöttin.

516 *Rollwerk:* gemeint ist das hölzerne Pferd (s. Anm. zu V. 10).

526 *Tochter des Höchsten:* Athena, die jungfräuliche Tochter des Zeus. Sie entsprang in voller Rüstung als «Kopfgeburt» dem Haupt ihres Vaters.

535 *Jungfrau:* Athena.

768 *Alastor:* Rachegeist.

801 *heiliger Fels:* Akropolis von Athen.

805 *Alkmenes Sohn:* Herakles, Sohn der Alkmene und des Zeus.

821 *Laomedonsohn:* Ganymedes, der wegen seiner Schönheit von Zeus in Gestalt eines Adlers entführt und zu seinem Mundschenk gemacht wurde.

841 *Eros:* Gott der Liebe, auch metonymisch für Liebe, vgl. Anm. zu *Medeia*, V. 530.

847 *Göttin mit schimmernden Flügeln:* gemeint ist Eos, die aus Liebe den Trojaner Tithonos entführt hatte.

866 Gemeint ist Paris.

922 Zum Traum der Hekabe vgl. Mythos.

1087 *Burg:* Gemeint ist Mykene, das von Kyklopen erbaut wurde.

1099 *Pelopsgestade:* Peloponnes.

1112 *Pitane:* Städtchen am Fluß Eurotas in Sparta.

1113 *Göttin im Erzhaus:* Kultname der Athena *(Chalkioikos)*.

1288 *Kronos' Sohn:* Zeus.

1295 *Pergamos* (auch: *Pergamon*): Burg von Troja.

Übersetzung der von Buschor getilgten Passagen

13 f. weshalb es von der Nachwelt «Lanzenpferd» genannt wurde, weil es verborgene Lanzen *(d.h. eine verborgene bewaffnete Schar [die Griechen])* in sich trug.

111 Was hilft's mir zu klagen?

398 f. Paris heiratete die Tochter des Zeus. Andernfalls hätte er eine unbedeutende Partie heimgeführt.

862 f. Helena. Denn ich bin es, Menelaos, der viel durchgemacht hat, und das achäische Heer.

959 f. Gewaltsam raubte mich dieser neue Gatte, Deiphobos, und hatte mich zur Frau – gegen den Willen der Phryger *(Trojaner)*.

HELENA

Aufgeführt zusammen mit der *Andromeda* im Jahr 412 v. Chr.

Stammbaum: Siehe Stammbaum zu Elektra.

Mythos

Euripides legt seiner Tragödie eine auf den Lyriker Stesichoros (7./6. Jh. v. Chr.) zurückgehende Variante zugrunde, daß Helena von ihrem Vater Zeus nach Ägypten zu König Proteus entrückt wurde und dort die zehn Jahre verbrachte, die der um ihr Scheinbild *(eidolon)* geführte Krieg dauerte. Zu den weiter zurückreichenden mythologischen Voraussetzungen siehe *Elektra,* Mythos.

7 *Psamathe:* eine der Töchter des Nereus (Nereiden) (vgl. V. 15). – *Aiakos:* Vater des Peleus und Telamon, Großvater des Achilleus und Aias.

9 f. *Eido:* Eidothea, die im Stück den Namen Theonoe trägt.

25. 28 *Kypris:* Aphrodite, so benannt nach ihrem Hauptkultort auf Kypros (Zypern).

41 Gemeint ist Achilleus.

52 *Skamander:* Skamandros, Fluß bei Troja.

124 *Eurotas:* Fluß in Sparta.

133 *Thestios' Tochter:* Leda, Helenas Mutter (vgl. 134).

137 *Tyndarsöhne:* Kastor und Polydeukes *(Dioskuren),* Söhne des Tyndareos und der Leda.

170 *libysches Rohr:* Flöte.

175 *Persephoneia:* Persephone, Tochter der Demeter, Gattin des Unterweltgottes Hades.

187 *Najade:* Quellnymphe.

190 *Pan:* Wald- und Feldgott.

213 *Daimon:* unheilvoller Geist.

220 *Zwillingssöhne des Zeus:* Kastor und Polydeukes (vgl. auch 284).

232 *Ilion:* Troja.

233 *Priamos' Sohn:* Paris.

242 *Majas Sohn:* Hermes.

245 *Athenas ehernes Haus:* In Sparta wurde Athena unter dem Kultnamen Chalkioikos *(ein ehernes Haus bewohnend)* verehrt.

250 *am simuntischen Ufer:* Simoeis, Fluß bei Troja.

257 f. Zeus nahte Leda in der Gestalt eines Schwanes (vgl. 214 ff.).

283 *Tochter:* Hermione (vgl. *Orestes*).

284 vgl. 220.

342 *Helios:* der Gott der Sonne.

350 vgl. 124.

357 Anspielung auf das Paris-Urteil, s. *Troerinnen*, Mythos. – *Priamossohn:* Paris. – *Syrinx:* Hirtenflöte.

368 vgl. 52.

370 *Hellas:* Griechenland wird hier personifiziert als Frau gedacht.

375 *Kallisto:* Begleiterin der jungfräulichen Göttin der Jagd, Artemis. Sie wird von Zeus schwanger und von Artemis in eine Bärin verwandelt. Ihr Sohn ist Arkas, der Stammvater der Arkadier.

382 *Merops Tochter:* Kos; Merops ist Enkel des Sonnengottes Helios.

386 *Pelops:* Vgl. zur folgenden Genealogie den Stammbaum zu *Elektra*. Pelops gewann die Hand der Hippodameia, der Tochter des Oinomaos, indem er den Vater im Wagenrennen besiegte. Er hatte jedoch mit Hilfe des Wagenlenkers des Oinomaos, Myrtilos, eines Sohnes des Hermes, die Bolzen des Wagens des Oinomaos durch Wachs ersetzt, so daß Oinomaos umkam. Später ermordete Pelops auch seinen Komplizen.

387 *Pisa:* alte Hauptstadt von Pelops' Reich.

388 Tantalos, der Vater des Pelops, hatte, um die Allwissenheit der Götter auf die Probe zu stellen, ihnen seinen Sohn Pelops zum Mahle vorgesetzt. Bis auf Demeter, die die Schulter des Pelops verzehrte, bemerkten die Götter das Verbrechen und erweckten Pelops wieder zum Leben, die Schulter ergänzten sie durch Elfenbein. Tantalos wurde wegen seines Verbrechens in der Unterwelt hart gestraft.

543 *Bacche:* Bakchantin (Mänade), ekstatische Verehrerin des Dionysos *(Bakchos)*.

570 *Wegefrau:* Hekate, die Göttin der Dreiwege und der Zauberei.

640 vgl. 124.

749 *Kalchas:* Seher der Griechen vor Troja.

751 *Helenos:* Sohn des Priamos, trojanischer Seher.

767 *Nauplios:* Vater des Palamedes, rächte den durch Odysseus angezettelten Justizmord an seinem Sohn, indem

er durch falsche Leuchtsignale die griechische Flotte auf der Rückfahrt von Troja in die Irre führte.

769 *Perseus' Warte:* im Nildelta.

1003 *Nereus:* Meeresgottheit, vgl. 7.

1126 vgl. 767.

1302 *Mutter der Götter:* die Göttinnen Demeter und Kybele werden gleichgesetzt.

1306 f. *entschwundene Tochter:* Persephone, die vom Unterweltsgott Hades entführt worden war.

1341 *Chariten:* Göttinnen der Anmut.

1343 *Deo:* anderer Name (Kosename) für Demeter.

1355 f. *Große Mutter:* Magna Mater, Demeter. Im folgenden werden Utensilien des Dionysoskultes aufgezählt.

1361 *heiliges Rohr:* Thyrsosstab.

1364 *Bacche:* vgl. 543.

1366 *Selene:* Göttin des Mondes.

1413. 1451 *Sidon:* Stadt in Phönizien; die Phönizier galten als hervorragende Schiffsbauer.

1458 *Galene:* die Windstille, hier als Göttin personifiziert.

1464 *Perseussöhne:* Sthenelos und Eurystheus, Könige von Mykene und Amyklai.

1465 *Eurotas:* Fluß in Sparta.

1466 *Pallas:* Athena Chalkioikos (vgl. 245). – *Leukippos' Stolz:* die Töchter des Leukippos, Phoibe und Hilaira, die Geliebten der Dioskuren Kastor und Polydeukes.

1469 *Hyakinthos:* Freund Apollons, den der Gott versehentlich mit dem Diskus tötete. Zu seinen Ehren wird im lakonischen Amyklai des Fest der Hyakinthien begangen.

1489 f. *Plejaden:* Sternbild, das zusammen mit dem Jäger Orion an der Grenze von südlicher und nördlicher Hemisphäre liegt.

1492 vgl. 1465.

1493 *Dardanos' Burg:* Troja; vgl. Stammbaum zu *Troerinnen.*

1497 vgl. 137.

1508 ff. Gemeint ist das Paris-Urteil. Auf dem Berge

Ida entscheidet Paris den Schönheitsstreit der Göttinnen Hera, Athena und Aphrodite zugunsten der Liebesgöttin Aphrodite, s. *Troerinnen*, Mythos.

1510 *Ilion:* Troja.

1586 *Nauplia:* Hafen südlich von Argos, südlich von Tiryns.

1670 *der Maja Sohn:* der Götterbote Hermes.

1673 Gemeint ist die Insel der Seligen in der Unterwelt.

Übersetzung der von Buschor getilgten Passagen

9b/10a weil er, indem er die Götter ehrte, sein Leben verbrachte

299–302 Abscheulich ist der Tod durch Erhängen am Strick und gilt selbst bei Sklaven als unziemlich; der Tod durch das Schwert jedoch hat einen edlen Charakter, und in einem kurzen Moment kann man den Leib vom Leben befreien *(Text korrupt und umstritten).*

379 mit wildem Blick wie eine Löwin

905–908 Reichtum, wenn er ungerecht ist, soll verschmäht werden. Denn allen Menschen gemeinsam sind Himmel und Erde, auf der man zwar sein Haus füllen *(mit Besitz)*, aber Fremdes nicht in Besitz nehmen und auch nicht gewaltsam rauben darf.

IPHIGENIE IM TAURERLANDE

Die *Iphigenie im Taurerlande* dürfte in unmittelbarer zeitlicher Nähe zur *Helena* aufgeführt worden sein.

Stammbaum: Siehe Stammbaum zu Elektra.

Mythos

Um günstigen Fahrtwind für die griechische Flotte zu erlangen, die gegen Troja auslaufen will, opfert Agamemnon seine

Tochter Iphigenie der Göttin Artemis, gemäß dem Spruch des Sehers Kalchas. Die Göttin entrückt jedoch das Mädchen zu den Taurern, einem barbarischen, auf der Krim lebenden Volk, und legt anstelle von Iphigenie ein Hirschkalb auf den Altar. Bei den Taurern muß Iphigenie als Priesterin alle Griechen opfern, die das Land des Königs Thoas betreten. Vgl. auch *Elektra,* Mythos. Nach der mythologischen Chronologie ist *Iphigenie im Taurerlande* das Abschlußstück nach *Iphigenie in Aulis, Elektra* und *Orest;* die Tragödie verbindet die beiden mythologischen Linien der Atriden-Familie: die Orest- mit der Iphigenie-Linie.

1 ff. Siehe zum folgenden Anm. zu *Helena,* V 386–388.

5 *Tyndarstochter:* Klytämnestra, Tochter des Tyndareos und der Leda.

6 *Euripos:* Meerenge zwischen Euböa und Böotien mit starker Strömung.

16 *Kalchas:* griechischer Seher vor Troja.

21 *lichte Göttin:* Artemis als Mondgöttin; im folgenden wird die Handlung von *Iphigenie in Aulis* referiert.

32 *der windesschnelle Fürst:* der Taurerkönig Thoas. Euripides leitet in einer etymologischen Spielerei den Namen *Thoas* von dem Adjektiv *thoos* («schnell») ab.

124 *Felsentore:* die Symplegaden, zwei zusammenschnellende Felsen, die durchfahrende Schiffe zerschmetterten.

126 *Letos Tochter:* Artemis, die jungfräuliche Göttin der Jagd.

139 f. *Feldherr:* Agamemnon.

191 ff. An dem Tag, als Atreus die Kinder seines Bruders Thyest tötete und sie ihm zum Mahle vorsetzte, änderte der Sonnengott aus Entsetzen über die Tat den Lauf seines Wagens; zum Mythos vgl. *Elektra.*

196 f. *goldene Schaf:* das Unterpfand der Herrschaft in Argos/Mykene; siehe *Elektra*, Mythos.

207 *Parzen:* lateinische Form von *Moiren*, den Schicksalsgöttinnen.

210 *Ledas Tochter:* Klytämnestra.

271 *der Meermaid Sohn:* Achilleus, der Sohn der Nereus-Tochter Thetis und des Peleus.

221 *heimische Hera:* in der Nähe von Argos befindet sich ein großes Heiligtum der Hera, der Schutzgöttin der Stadt.

270 f. *Sohn der Leukothea:* Palaimon. Ino, die Göttin des Königs von Orchomenos, Athamas, stürzte sich im Wahnsinn mit ihrem Sohn Melikertes ins Meer. Sie wurden von den Nereiden aufgenommen und in die Gottheiten Leukothea und Palaimon verwandelt.

272 *Dioskuren:* Kastor und Polydeukes, Brüder von Klytämnestra und Helena und somit die Onkel von Iphigenie.

294 *Erinyen:* die Rachegöttinnen, die Furien.

386 f. vgl. Anm. zu *Helena*, V. 388.

392 ff. Gemeint ist *Io*, die Geliebte des Zeus, die von der eifersüchtigen Hera in eine Kuh verwandelt und von einer Bremse gequält wurde.

400 *Eurotas:* Fluß in Sparta.

401 *Dirke:* Quelle und Fluß in Theben.

421 vgl. 124.

422 *Phineus:* König von Salmydessos am Schwarzen Meer, der von den Harpyien, geflügelten Untieren, belästigt wurde, die all seine Speisen beschmutzten und raubten. Die Argonauten (vgl. *Medeia*, Mythos) befreiten ihn von der Plage.

425 *Amphitrite:* Meeresgöttin, Frau des Poseidon.

428 *fünfzig Nixen:* die 50 Töchter des Nereus, die Nereiden.

436 *weiße Küste:* die Insel *Leuke* («Die Weiße») im Schwarzen Meer, auf der Achilleus nach seinem Tod als Heros wohnt.

508–510 Wie häufig in der Tragödie werden hier Argos und Mykene gleichgesetzt.

531 vgl. 16.

677 *Phoker:* Pylades, der Sohn des Strophios, stammt aus Phokis.

682 Pylades wird nach dem Mythos Mann der Elektra.

804 *Nauplia:* Hafen von Argos, südlich von Tiryns gelegen.

816 vgl. Anm. zu V. 191 ff.

822 f. vgl. *Helena* 386–388.

844 *Kyklopische Burg:* nach dem Mythos wurden die Mauern von Mykene und Tiryns von den Kyklopen erbaut.

937 *Phoibos:* Apollon, der Gott des delphischen Orakels.

944 *unbenannte hehre Frauen:* die Erinyen (Rachegöttinnen), deren Namen man aus Scheu nicht auszusprechen wagte. In Athen wurden sie euphemistisch als Eumeniden («die Wohlmeinenden») kultisch verehrt; vgl. Aischylos, *Eumeniden.*

945 *Gerichtshof:* der Areopag in Athen. Nach dem Mythos mußte sich der Kriegsgott Ares wegen der Ermordung des Halirrothios, der Ares' Tochter Alkippe vergewaltigt hatte, vor dem aus zwölf Göttern bestehenden Gerichtshof verantworten. In Aischylos, *Eumeniden*, wird Orest mit Stimmengleichheit von dem Gerichtshof, der aus attischen Bürgern unter dem Vorsitz Athenas besteht, freigesprochen. Nach 462 v. Chr. (Reformen des Ephialtes) war der Areopag für die Blutgerichtsbarkeit zuständig.

960 *Pallas:* Athena. – *Kannenfest:* der zweite Tag des Anthesterienfestes, eines Frühlingsfestes zu Ehren des Gottes Dionysos.

1089 ff. *Halkyon:* der Eisvogel. Nach dem Mythos stürzte sich Halkyone, die Gattin des thessalischen Königs Keyx, ins Meer, als der Leichnam ihres Mannes am Strand angespült wurde. Beide wurden in Eisvögel verwandelt.

1098 *Kynthos:* Berg auf der Insel Delos, dem Geburtsort Apollons.

1125 f. Der Wald- und Feldgott Pan galt als Erfinder der *Syrinx* (Pansflöte).

1138 *Helios:* die Sonne bzw. der Sonnengott.

1234 *Knabe:* Apollon, der Sohn der Leto und des Zeus, der Gott der Musenkunst und der Weissagung.

1243 *Parnaß:* Berg bei Delphi.

1245 Das ursprünglich der Erde *(Gaia)* gehörende Orakel zu Delphi wurde von einer Schlange *(Python)* bewacht, die

Apollon erlegte. Gaia hatte das Orakel an ihre Tochter *Themis* («Die göttliche Satzung») übergeben.

1256 *Kastalia:* Quelle am Parnaß, Ort der Inspiration durch die Musen.

1257 *Nabelhaus:* Im Apollontempel zu Delphi dachte man sich den Mittelpunkt der Erde *(Omphalos).*

1259 vgl. 1245.

1414 *Ilion:* Troja.

1415 Poseidon stand auf trojanischer Seite; vgl. den Prolog der *Troerinnen. – Pelopiden:* die Söhne bzw. Nachkommen des Pelops, Agamemnon und Menelaos.

1451 *Karystos:* Stadt am Südende der Insel Euböa.

1452 *Halai:* Ort an der Ostküste Attikas, Karystos gegenüber, mit Artemis-Heiligtum.

Übersetzung der von Buschor getilgten Passagen

38 f. Ich opfere nämlich nach heute und schon früher in der Stadt bestehendem Brauch jeden Griechen, der das Land betritt.

59 f. und ich kann den Traum auch nicht auf Freunde beziehen: Denn Strophios hatte kein Kind, als ich geopfert wurde.

382 oder wer mit seinen Händen entweder eine Gebärende oder einen Toten berührt hat

1025 f. *Iph.:* um die Dunkelheit abzuwarten und uns dann zu retten? – *Or.*: Nein, denn nur Dieben gehört die Nacht, nicht aber der Wahrheit.

1214 wie bewundert dich zu Recht die ganze Stadt.

1441b die Befreiung *(das Aufatmen)* von dem gegenwärtigen Leid.

1469–72 wegen der rechten Gesinnung. Ich habe dich auch schon früher auf dem Areopag bei Stimmengleichheit gerettet, Orestes. Und dieses Gesetz soll bestehen: es soll siegen *(freigesprochen werden)*, wer *(vor Gericht)* Stimmengleichheit erhält. (Bezugnahme auf Aischylos, *Eumeniden)*

ORESTES

Aufgeführt im Jahre 408 v. Chr., vermutlich bei der letzten Teilnahme des Euripides am tragischen Agon der Großen Dionysien.

Stammbaum: Siehe Stammbaum zu Elektra

Mythos

Der *Orestes* ist die Fortsetzung der *Elektra*. Die Handlung spielt sechs Tage nach der Ermordung des Aigisthos und der Klytämnestra. Orest, wie dies in der *Elektra* schon mehrfach anklingt, ist unter der Last des Muttermordes zusammengebrochen. In Halluzinationen sieht er sich von den Rachegeistern seiner Mutter verfolgt. Die Bürger von Argos wollen an diesem sechsten Tag darüber abstimmen, was mit den Geschwistern geschehen soll. Die einzige Hoffnung Orests und Elektras ist die bevorstehende Rückkehr ihres Onkels Menelaos. In dieser Situation beginnt das Stück.

1 ff. Zur Genealogie und zum Mythos vgl. *Elektra*; außerdem 386. 388.

38 *Eumeniden:* die besänftigten Erinyen (die Wohlmeinenden), s. Anm. zu *Iphigenie,* V. 945.

164 vgl. Anm. zu *Iphigenie,* V. 1245.

242 *Nauplia:* Hafen südlich von Argos.

260 *Meute mit dem Drachenblick:* die Erinyen, die Schlangenhaar hatten.

362 *Malea:* Kap Malea, die Südostspitze der Peloponnes.

364 *Glaukos:* Meeresdämon. – *Nereus:* Meeresgottheit, Vater der 50 Nereiden.

383 *Ölzweig:* Zeichen des Schutz- bzw. Asylsuchenden.

408 *drei Mädchen:* die drei Erinyen Tisiphone, Megaira, Alekto.

416 *Phoibos:* Apollon.

432 *Oiax:* Bruder des Palamedes.

433 *Palamedes:* vgl. Anm. zu *Helena,* V. 767.

464 *Leda:* Frau des Tyndareos, Großmutter des Orestes.

465 *Dioskuren:* Kastor und Polydeukes, die Brüder Klytämnestras und Helenas und somit die Onkel von Orestes.

591 *Nabelstein:* vgl. Anm. zu *Iphigenie,* V. 1257.

791 *Geister:* Erinyen.

809 *simuntisch:* Simoeis, Fluß bei Troja.

812 *Goldlamm:* das Unterpfand der Herrschaft in Argos, siehe *Elektra,* Mythos.

814 *Mähler:* Gemeint ist das Mahl des Tantalos und des Thyestes, siehe Anm. zu *Helena,* V. 388, und *Elektra,* Mythos.

872 f. Danaos, ein Nachkomme der Io (vgl. Anm. zu *Iphigenie*, V. 392) fand in der alten Heimat Argos Asyl, verfolgt von seinem Bruder Aigyptos, da die 50 Töchter des Danaos ihre Vettern, die Söhne des Aigyptos, nicht heiraten wollten (vgl. Aischylos, *Hiketiden*). Zur Hochzeit genötigt, erschlugen die Danaiden in der Hochzeitsnacht – mit Ausnahme der Amymone, die ihren Gatten Lynkeus verschonte – ihre Männer. Für diese Tat mußte sich, wie man dieser Stelle entnehmen kann, Danaos vor der argivischen Volksversammlung verantworten.

932 *Inachos:* Fluß bei Argos.

965 *kyklopisches Land:* vgl. *Elektra* 1158.

990 *Myrtilos:* Wagenlenker des Oinomaos; vgl. *Elektra*, Mythos.

993 *Geraistos:* Kap an der Südwestspitze Euböas.

997 *Sohn der Maja:* Hermes.

998 *Lamm:* vgl. 812.

1001 *Göttin des Streits:* Eris. Aufgrund von Atreus' Verbrechen soll Helios einen Tag seinen Wagen in die umgekehrte Richtung gelenkt haben.

1009 *kretische Frau:* Aerope, Atreus' Gattin, s. Stammbaum zu *Elektra.*

1242 *Dike:* die Göttin des Rechts.

1310 *Skamandros:* Fluß bei Troja.

1369 ff. Die Arie des phrygischen Sklaven, die längste Solopartie der griechischen Tragödie, wurde im Falsett gesungen. Sie ist in einer Vielzahl metrischer Formen komponiert *(Polymetron)*. Dies zeigt den deutlichen Einfluß der expressiven, mimetischen Tendenz in der Musik am Ende des 5. Jahrhunderts v. Chr. (sog. Neue Musik).

1388 Apollon hat mit Poseidon zusammen die trojanischen Mauern errichtet.

1391 *dardanisch:* trojanisch. – *Ganymed:* Sohn des Priamos; Zeus raubte ihn in Gestalt eines Adlers wegen seiner Schönheit und machte ihn zu seinem Mundschenken.

1395 *Ailinos:* Klageruf.

1403 *Strophios' Sohn:* Pylades.

1423 *des Tyndaros Tochter:* Helena.

1447 *Schurke von Phokis:* Pylades.

1648 *Areshügel:* Areopag; vgl. Anm. zu *Iphigenie,* V. 945, und die Handlung von Aischylos, *Eumeniden*.

1683 *Eirene:* die Friedensgöttin, der Friede.

1687 *Hebe:* die Göttin der Jugend, die Jugend.

Übersetzung der von Buschor getilgten Passagen

33 und Pylades, der mit uns zusammen dies getan hat.

82 (nämlich) den Nachkommen des Agamemnon im Unglück

87 ihr kommt zu uns, die wir im Unglück stecken.

111 und wir werden die Tochter schicken; denn du hast recht.

136–139 Liebste Frauen, geht mit leisem Schritt, macht keinen Lärm, kein Geräusch soll hörbar sein. Denn deine Freundschaft ist zwar gut gemeint, aber für mich wird es ein Unglück sein, diesen da *(Orestes)* aufzuwecken.

695 durch Anstrengungen? Schon das zu wollen ist unsinnig.

716 den Klugen, Sklaven des Schicksals zu sein.

907–913 Wenn aber einer, der in seinen Reden betörend klingt, jedoch Schlechtes im Sinn hat, das Volk überredet, ist dies ein großes Übel für die Stadt. Alle aber, die mit Verstand immer gute Ratschläge geben, sind der Stadt, wenn auch nicht im Moment, so doch später von Nutzen. Und man muß den führenden Politiker folgendermaßen betrachten: Denn die Sache ist die gleiche für den Redner wie für den Amtsinhaber.

916 (hinter) dem, der euch töten wollte, so daß er solche Worte sagte.

933 einst Pelasger, später Danaos-Nachkommen

957–959 Unglückliches Mädchen, wie stehst du wortlos da, dein finsteres Gesicht zur Erde gesenkt, als ob du bereit wärst, in Klagen und Seufzen auszubrechen.

1024 Du mußt das gegenwärtige Schicksal ertragen.

1051 der Gruß paßt zu uns beiden Unglücklichen.

1219 entweder ein Verbündeter oder der Bruder des Vaters

1224 Pylades. Denn du stehst mit mir die Mühen durch.

1366–68 Man kann die Riegel des Königspalast hören. Schweigt! Denn es kommt einer der Phryger heraus, von dem wir erfahren werden, wie die Lage im Palast ist.

1384 ein Lied im Streitwagenton, im Streitwagenton

1394 Denn über das Bisherige, das nicht leicht zu verstehen ist, kann ich nur Mutmaßungen anstellen.

1631 f. Sie ist es, die ihr in den Höhen des Himmels seht, gerettet und nicht von dir getötet.

1647 und soll von den Azanern und Arkadiern Oresteion genannt werden.

DIE MÄNADEN (BAKCHEN)

Zusammen mit *Iphigenie in Aulis* und *Alkmaion in Korinth* (nicht erhalten) postum zwischen 406–401 von Euripides' gleichnamigem Sohn in Athen aufgeführt.

Mythos

Semele, die Tochter des thebanischen Königs Kadmos und der Ares-Tochter Harmonia, die Geliebte des Zeus, wird von der eifersüchtigen Hera zu dem Wunsch verleitet, Zeus möge sich ihr in seiner ganzen göttlichen Macht zeigen. Zeus erfüllt Semeles Wunsch, die durch die Blitze des Gottes zu Asche verbrennt. Der Gott rettet das ungeborene Kind, Dionysos, und näht es in seinen Schenkel ein, um es auszutragen. Die Tragödie des Euripides hat die triumphale Rückkehr des Gottes Dionysos in seine Heimat Theben zum Inhalt. Zu Beginn des Stückes verkündet der Gott den Zweck seiner Rückkehr: Er will die Ehre seiner Mutter Semele wiederherstellen und den Thebanern seine göttliche Macht offenbaren. So hat er die Thebanerinnen in bakchantische Ekstase versetzt und sie ins Gebirge ausschwärmen lassen. Falls König Pentheus, der Enkel des Kadmos, weiter gegen ihn ankämpft, wird er an ihm ein grausames Exempel seiner Macht statuieren.

3 Siehe Mythos.
5 *Dirke – Ismenos:* Flüsse in Theben.
13 *Lyder – Phryger:* kleinasiatische Völker.
14 *Baktrer:* Volk im persischen Bergland.
55 *Tmolos:* Gebirge in Lydien.
59 *Göttermutter:* Magna Mater, im griech. Text *Rhea* (= Kybele), die im Kult eng mit Dionysos verbunden ist.
62 *Kithairon:* Gebirge bei Theben.
66 *Bromios:* Kultname des Dionysos.
67 *Bakchos:* Dionysos.
76 Gemeint ist das rituelle Ausschwärmen der Frauen ins Gebirge, die *Oreibasia.*
79 vgl. 59.
80 *Thyrsus:* Der Thyrsosstab ist das Kultabzeichen der Bakchantinnen.
95 *Kronide:* Zeus, der Sohn des Kronos.
99 *Moiren:* die Schicksalsgöttinen.
103 *Mänaden:* Bakchantinnen.
113 *Narthex:* Thyrsosstab.
120 *Kureten:* dämonische Wesen. Sie übertönten das Schreien des neugeborenen Zeus auf Kreta durch ihr Lärmen,

um ihn vor seinem Vater Kronos zu schützen, der seine Kinder zu verzehren pflegte. Sie werden hier mit den Korybanten gleichgesetzt, den Begleitern der Kybele.

125 vgl. 120.

128 *Rhea:* vgl. 29.

130 *Satyrn:* bocksgestaltige Wesen im Gefolge des Dionysos.

170 f. Kadmos war auf der Suche nach seiner Schwester Europa, die Zeus in Gestalt eines Stiers entführt hatte, nach Theben gekommen. Er tötete einen Drachen und säte dessen Zähne aus; aus dieser Saat wuchsen Krieger.

212 *Echion:* Vater des Pentheus, der einzige Überlebende der Drachensaat des Kadmos.

264 *Drachensaat:* vgl. 170 f.

337 *Aktaion:* Vetter des Pentheus.

367 *Leidmann:* etymologische Spielerei mit dem Namen *Pentheus* und *penthos* («Leid»).

402 *Kypros:* Zypern, der Hauptkultort der Liebesgöttin Aphrodite befindet sich in Paphos (406).

405 *Eroten:* Liebesgötter.

410 *Pieria:* Landschaft nördlich des Olympos, Heimat der Musen.

413 *Chariten:* Göttinnen der Anmut.

414 *Pothos:* personifiziert «Die Sehnsucht».

519 *Acheloos:* größter Fluß Griechenlands, hier personifiziert als Flußgott.

520 *Dirke*: vgl. 5.

526 *Dithyrambos:* Kultlied zu Ehren des Dionysos, hier Kultname des Gottes.

544 *Giganten:* von der Erde *(Gaia)* geborene Riesen, die gegen die olympischen Götter kämpften *(Gigantomachie).*

556 *Nysa:* mythisches Gebirge, wo die Nymphen die Pflege des kleinen Dionysos übernommen hatten.

559 *korykische Gipfel:* Teil des Parnaß bei Delphi.

562 *Orpheus:* mythischer Sänger, s. Anm. zu *Medeia,* V. 543.

565 vgl. 410.

568. 571 *Axios – Lydias:* Flüsse in Makedonien.

688 *Kypris:* Aphrodite, die Göttin der Liebe (vgl. 402).

749 *Asopos:* Fluß in Böotien.

821 *Byssuskleider:* Frauenkleider aus feinster ägyptischer Baumwolle.

977 *Lyssa:* der Wahnsinn, hier personifiziert.

1044 vgl. 749.

Übersetzung der von Buschor getilgten Passagen

182 Dionysos, der sich den Menschen als Gott offenbart hat

229 f. Ino und meine Mutter Agaue, die Gattin des Echion, und die Mutter des Aktaion, Autonoe meine ich.

316 (in ihrer Natur) ist maßvolles Verhalten in jeder Hinsicht immer vorhanden

716 daß sie Fremdartiges und Erstaunliches taten

1028 guten Sklaven liegt das Schicksal ihrer Herren am Herzen.

1091 in der überlieferten Fassung nicht übersetzbar (sinngemäß «in schnellem Lauf»)

1245 da ihr einen Mord mit euern armen Händen ausgeführt habt

NACHWORT

Euripides · Leben und Werk

I

Im Jahr 405 v. Chr., ein Jahr nach dem Tod des Euripides, läßt der Komödiendichter Aristophanes in seinem Stück *Die Frösche* den Gott des Theaters, Dionysos, sich auf den Weg in die Unterwelt machen, um den unlängst verstorbenen Tragiker Euripides, nach dem er sich angesichts der Qualität der lebenden Tragiker vor Sehnsucht geradezu verzehre, zurück an die Oberwelt zu holen. In der Unterwelt angekommen, gerät der Gott mitten in eine heftige Auseinandersetzung zwischen dem Altmeister der Gattung, Aischylos (525/524-456/455 v. Chr.) und Euripides. Der Jüngere erhebt Anspruch auf den Thron der tragischen Muse und will den Älteren davon verdrängen. Sophokles, der dritte große Tragödiendichter des 5. Jahrhunderts, der kurz vor der Aufführung der Komödie verstorben war (497/496-406/405 v. Chr.), hält sich - ganz seinem Wesen angemessen - vornehm aus dem Streit heraus. In einem über mehrere Runden gehenden Wettkampf geben die beiden Rivalen Kostproben ihres Könnens. Der Gott der Unterwelt, Pluton, präsidiert, Dionysos soll als Schiedsrichter entscheiden, wem die Ehre gebührt. Entgegen seinem ursprünglichen Vorhaben nimmt er am Ende, nachdem beide Dichter noch ihren politischen Sachverstand unter Beweis gestellt haben, nicht Euripides, sondern Aischylos mit nach Athen zurück. Die Handlung der Komödie spiegelt die drei wichtigen Grundvoraussetzungen wider, die für das Verständnis eines Dramas des 5. Jahrhunderts unerläßlich sind: die enge Beziehung zum Kult des Dionysos, die Aufführungsbedingungen und die politische Dimension.

Aufführungen von Dramen waren seit dem Jahr 534 in das

Fest der *Großen Dionysien* eingebettet, das zu Ehren des Gottes Dionysos gefeiert wurde. Das fünf Tage währende Fest (März/April) wurde mit einer Reihe von symbolischen politischen Feierlichkeiten eröffnet: Verdiente Bürger wurden geehrt, die Söhne der Kriegsgefallenen mit einer Rüstung ausgezeichnet, die Tributüberschüsse vor den Augen der Gesandten der Bundesgenossen säckeweise ausgestellt. Es folgte die Aufführung von 20 *Dithyramben*. Den Dithyrambos, ein von 50 Sängern unter Tanz zu Ehren des Dionysos vorgetragenes Chorlied, könnte man am ehesten als Heroenballade bezeichnen. Der zweite Tag war der Aufführung von fünf Komödien gewidmet. Die letzten drei Tage gehörten der Tragödie. An jedem Tag kam eine Tetralogie eines Dichters auf die Bühne - vier Stücke also, bestehend aus drei Tragödien und dem heiteren Abschlußstück, dem Satyrspiel. Neben den Großen Dionysien fiel dem anderen, älteren Dionysosfest, das mit dramatischen Aufführungen verbunden war, den *Lenäen*, für die Tragödie eine untergeordnete Rolle zu.

Wie in der Komödie des Aristophanes wurde die Aufführung der Dramen als Wettkampf der Dichter *(Agon)* ausgetragen. Die Entscheidung traf ein in einem komplizierten Verfahren gewähltes Schiedsrichtergremium. Den Vorsitz an den Großen Dionysien führte der oberste Staatsbeamte, der *Archon eponymos*. Er mußte darüber entscheiden, welche Dichter zum Agon zugelassen wurden, und mußte dafür sorgen, daß die Finanzierung der Aufführungen gesichert war. In einer Art von indirekter Besteuerung (sog. *Leiturgie*) wurden wohlhabende Bürger dazu bestimmt, die Kosten der Aufführung einer Komödie, eines Dithyrambos oder einer ganzen tragischen Tetralogie zu tragen (sog. *Choregie* «Ausstattung eines Chores»). So wird bereits auf der Ebene der Organisation der enge Zusammenhang der dramatischen Aufführungen mit dem Gemeinwesen, der Polis Athen, deutlich. Der Dichter mußte, sobald er «einen Chor» (d.h. das Aufführungsrecht) zugeteilt bekommen hatte, im Verlauf des Jahres mit Chor, Flötisten, der die gesungenen Partien be-

gleitete, und Schauspielern als sein eigener Regisseur *(Chorodidaskalos)* das Stück einstudieren.
Die Dramen des 5. Jahrhunderts wurden nur *einmal* anläßlich der jährlichen Dionysosfeste aufgeführt. Lediglich die Stücke des Aischylos hatten nach dem Tod des Dichters das Privileg der Wiederaufführung erhalten. Dies änderte sich grundlegend im Jahre 386 v. Chr., als generell die Wiederaufführung alter Dramen zugelassen und ein Agon alter und neuer Stücke eingeführt wurde.

II

Die antiken Biographen pflegten, das Werk der Dichter als Steinbruch für biographische Details auszuschlachten und im Falle des Euripides den Spott, dem er in den Komödien seines Zeitgenossen Aristophanes häufig ausgesetzt war, für bare Münze zu nehmen. So lassen sich nur wenige zuverlässige Daten und Fakten erschließen: Geboren zwischen 485 und 480 v. Chr., gab der jüngste der drei großen Tragiker des 5. Jahrhunderts sein Debüt bei den Großen Dionysien des Jahres 455. Seinen ersten Sieg im tragischen Agon errang er 441. Im Jahr 408 verließ er Athen und verbrachte am Hofe des Makedonenkönigs Archelaos seine letzten Lebensjahre. Gestorben ist er 406 kurz vor den Großen Dionysien.
Zeit seines Lebens war Euripides nicht gerade vom Erfolg verwöhnt. Er nahm zwar 22mal am tragischen Agon teil, konnte aber nur vier Siege erringen. Im 4. Jahrhundert allerdings wurde er zum beliebtesten Tragiker. Aristoteles bezeichnet ihn in der *Poetik* (1453a 29) sogar als den Tragiker par excellence *(τραγικώτατος)*. Da er auf der Bühne dieser Zeit ständig präsent war, beeinflußte er in höchstem Maße das Drama des 4. und 3. Jahrhunderts - sowohl die Komödie als auch die Tragödie.
Von dem wohl 90 Titel umfassenden Werk des Euripides sind 19 Stücke erhalten - darunter der *Rhesos*, der mit größter Wahrscheinlichkeit nicht von Euripides, sondern einem unbekannten Autor des 4. Jahrhunderts stammt. Für die Re-

konstruktion der Aufführungsdaten der erhaltenen Tragödien geben die sicher datierten Stücke ein Gerüst, in das sich die undatierten einordnen lassen. Für *Alkestis* (438), *Medeia* (431), *Hippolytos* (428), *Troerinnen* (415), *Helena* (412) und *Orestes* (408) steht das Jahr der Aufführung fest, die *Bakchen* und *Iphigenie in Aulis* wurden erst nach dem Tod des Dichters aufgeführt. Die metrische Analyse der Stücke ermöglicht es jedoch, auch für die übrigen Stücke eine relative Chronologie aufzustellen: So fallen die *Herakliden* die Zeit von *Medeia* und *Hippolytos* (431-428). *Andromache, Hekabe* und *Hiketiden* gehören in die 20er Jahre. Zwischen 420 und 416 müssen *Der Wahnsinn des Herakles* und *Elektra* entstanden sein. Nach den *Troerinnen* und vor *Orestes* dürften *Ion, Taurische Iphigenie* und die *Phönikerinnen* zur Aufführung gelangt sein. In die Spätzeit seines Schaffens fällt wohl auch das Satyrspiel *Der Kyklop (Kyklops)*.

III

Eine wichtige Quelle für die Interpretation der Tragödiendichtung des Euripides sind die Komödien des Aristophanes, der sich vor allem in den *Acharnern* (425), *Thesmophoriazusen* (411) und Fröschen (405) kritisch mit dem Werk seines Zeitgenossen auseinandersetzt. Aristophanes wirft dem Tragiker vor, daß er ständig das Decorum der Tragödie verletze. Er bringe von schändlichen Leidenschaften getriebene Frauen auf die Bühne und verderbe damit sein Publikum. Ferner siedle er seine Stücke im Milieu von einfachen Leuten an und lasse sie über Allerweltsdinge wie Haushaltsführung räsonieren. Schließlich komme es ihm mehr auf die Form als auf den Inhalt an, da er banale Inhalte in hochlyrische, hochpathetische Form kleide.

Mit diesen Kritikpunkten trifft Aristophanes in der Tat drei Bereiche, die für die Euripideische Tragödie bezeichnend sind: die Dominanz der weiblichen Rollen, die «Verbürgerlichung» der Gattung der Tragödie und - vor allem im Spätwerk - die formalen Spielereien.

Man findet im Werk des Euripides verschiedene *Frauengestalten*, die die männlichen Charaktere oft blaß erscheinen lassen und sie zu Nebenrollen degradieren: die liebende Alkestis, die sich für ihren Gatten opfert und freiwillig für ihn in den Tod geht; Phaidra, die von Liebe zu ihrem Stiefsohn Hippolytos gepackt ist und die als Spielball göttlicher Mächte einen aussichtlosen Kampf gegen die schamlosen Gefühle ausficht; die vom maßlosen Haß auf den treulosen Gatten getriebene Medeia, die die Ermordung der eigenen Kinder als letztes Mittel sieht, um sich an Jason zu rächen; die unter dem Krieg leidenden Kassandra, Polyxena und Iphigenie (in Aulis), die ihr Schicksal akzeptieren, ja, ihm sogar einen Sinn abgewinnen; die verzweifelte Mutter Hekabe, die an ihrem Leid zerbricht und durch die Grausamkeit der anderen selbst zur grausamen Bestie wird; schließlich die arrogante Helena, ihre naive Tochter Hermione und die von abgrundtiefem Haß getriebene Elektra. Friedrich Schlegel hat hinter der Verschiedenheit der Charaktere eine gemeinsame Triebfeder des Handelns erkannt (*Abhandlung über die weiblichen Charaktere in den griechischen Dichtern*, 1794): «Zur Charakterschönheit hat er sich nie erhoben, in der Leidenschaft ist er aber immer unübertrefflich.» Schlegels Diktum leuchtet im Falle von Medeia und Phaidra von selbst ein. Aber auch die positiven Frauengestalten wie Alkestis, Kassandra in den *Troerinnen*, Hermione in *Orestes* und Iphigenie in *Iphigenie in Aulis* sind letzen Endes von einem leidenschaftlichen Impuls getragen: von dem Drang, sich für andere aufzuopfern. Gerade die Auslotung der Möglichkeiten der weiblichen Psyche und die Darstellung der weiblichen Leidenschaft machten Euripides zu dem Autor, der für den an der Pathologie des Affekts besonders interessierten Seneca - vor allem in seiner *Phaedra* und *Medea* - das geeignete Vorbild war.

«Ich gab die ganze Häuslichkeit, worin wir sind und leben,
Und stellte der Kritik mich bloß; denn jeder ist befähigt,
Hierin zu richten meine Kunst.» (*Frösche* 959-961).

Die *Verbürgerlichung* der erhabenen Gattung Tragödie, die Aristophanes in diesen Versen Euripides zum Vorwurf macht, läßt sich vor allem im Spätwerk nachweisen. Das auffallendste Beispiel ist *Elektra*: Elektra, die Tochter des Königs und Heerführers Agamemnon, ist in der Tragödie des Euripides mit einem verarmten Adligen verheiratet, der auf dem Land von seiner eigenen Hände Arbeit leben muß. Sie wird im Eröffnungsteil des Stücks als treusorgende Hausfrau dargestellt, die die Arbeiten einer Magd verrichten muß. Ganz in ihrer Rolle als Hausfrau aufgehend, ist ihr Hauptanliegen, den beiden Fremden - Orestes und Pylades, die sich noch nicht zu erkennen gegeben haben - trotz ihrer Armut ein anständiges Begrüßungsmahl vorzusetzen. Um so größer ist der Kontrast zur zweiten Hälfte der Tragödie, in der Elektra zur haßerfüllten, unerbitterlichen Rächerin wird.
Der dritte Vorwurf, den Aristophanes dem Tragiker macht, richtet sich gegen die *Bühnenwirksamkeit* seiner Stücke. Nur um beim Publikum Eindruck zu machen, habe Euripides sich «von den höchsten Werten der tragischen Dichtkunst abgewandt» (*Frösche* 1494 f.). So habe er z. B. in Lumpen gehüllte Könige auf die Bühne gebracht wie in dem berüchtigten *Telephos* des Jahres 438 (*Frösche* 1063 f.). Der Hauptvorwurf richtet sich jedoch gegen die Diskrepanz zwischen Inhalt und Form, die die Soloarien *(Monodien)* im Spätwerk des Euripides aufweisen.
Die Entwicklung der griechischen Musik nach den Perserkriegen lief auf eine immer größere Beliebtheit der Solomusik und des Sologesangs hinaus. Solisten waren eher dazu in der Lage als der aus 15 Sängern bestehende Chor einer Tragödie, durch ihren Gesang und ihren Tanz Emotionen wiederzugeben und damit musikalische Glanzpunkte in einer Aufführung zu setzen. Diese Entwicklung führte dazu, daß der Klang wichtiger als der Inhalt wurde. Besonders das Singen von Koloraturen wird von Aristophanes als symptomatisch für diesen Niedergang in der tragischen Musik angeführt. Die Entwicklung in der Tragödie spiegelt genau das Verhältnis

zwischen Einzelnem und Kollektiv in der Polis wider. Gegen Ende des 5. Jahrhunderts drängen sich immer mehr große Einzelne wie Alkibiades in den Vordergrund, während das Volk, der souveräne Demos, mehr und mehr in den Hintergrund tritt. Der Komiker Aristophanes wie der Philosoph Platon, die beide den unmittelbaren Zusammenhang zwischen Tragödie, Komödie und Polis erkannt haben, weisen übereinstimmend auf die Wurzel des Übels hin: die Sophistik, jene aufklärerische Bewegung des 5. Jahrhunderts also, die an den bestehenden Traditionen und Normen, an den *καθεστῶτες νόμοι*, rüttelte, sie hinterfragte und schließlich zum Einsturz brachte.

IV

Dies wird vor allem an der Theologie der Euripideischen Tragödien deutlich. War der Mensch bei Aischylos noch Teil einer großen sinnerfüllten Weltordnung, deren Gesetze er durch den leidvollen Weg des *πάθει μάθος* («durch Leiden lernen») erfahren konnte, ist der Mensch bei Euripides Spielball der Götter, die zu weit von der menschlichen Erfahrung entfernt sind, als daß der Mensch sie verstehen könnte. Dementsprechend gibt es im Gegensatz zur Aischyleischen Theologie bei Euripides auch nicht die göttliche Gnade *(χάρις)* der Erkenntnis. Der Mensch kann in seinem Leid keinen Sinn mehr sehen.

Die Struktur des *Hippolytos* entspricht der theologischen Konzeption der Euripideischen Tragödie: Das Stück wird eingerahmt durch zwei Götterszenen. Den Prolog (1-57) spricht die Göttin der Liebe, Aphrodite. Sie kündigt an, daß sie an Hippolytos am heutigen Tage grausame Rache nehmen wolle, da der Sohn des Theseus völlig einseitig nur die jungfräuliche Göttin der Jagd, Artemis, verehre und durch dieses Verhalten sie in ihrer Ehre *(τιμή)* verletze. Deshalb habe sich vor geraumer Zeit nach ihrem Plan (28) die Stiefmutter des Hippolytos, Phaidra, in den Jüngling verliebt. Phaidra wird zum Werkzeug im Racheplan der Göttin: Obwohl sie bisher

untadelig in ihrem Lebenswandel gewesen ist, wird sie zusammen mit Hippolytos ins Verderben gerissen (47 f.).
Nachdem der Racheplan der Göttin sein grausames Ende genommen hat, erscheint am Schluß der Tragödie Artemis vor dem sterbenden Hippolytos und seinem Vater Theseus. Sie verkündet, daß sie Hippolytos nicht ungerächt sterben lasse, sondern den, der Aphrodite am liebsten sei (Adonis), mit ihren Pfeilen niederstrecken werde (1420-22). Beide Göttinnen sind sich also letztlich trotz der gegensätzlichen Positionen, die sie vertreten, ähnlich in der Grausamkeit und Unerbittlichkeit, mit der sie ihren Wirkungsbereich und ihre Ehre verteidigen. Die Menschen werden zu bloßen Schachfiguren auf dem göttlichen Spielbrett. Ihre Pläne und ihr Handeln sind zum Scheitern verurteilt, sie schlagen in das Gegenteil der eigentlichen Absicht um. Ein Lichtblick bleibt in dieser düsteren Weltsicht: die menschliche Freundschaft und das Verzeihen unter den Menschen. Hippolytos spricht seinen Vater, der ihn in seiner Verblendung *(ἄτη)* in den Tod geschickt hat, sterbend von jeder Blutschuld frei (1446 ff.) und ermöglicht ihm damit, weiterleben zu können.
In keiner anderen Tragödie wird diese Ferne von Gott und Mensch deutlicher als in den *Mänaden*. Der König von Theben, Pentheus, der den Kult des Gottes Dionysos bekämpft, wird von dem Gott für diese Feindschaft auf grausame Art bestraft. Seine Mutter Agaue zerreißt ihren Sohn in der Wahnvorstellung, sie töte einen Löwen. Dionysos erscheint in dieser Situation höchsten menschlichen Leids, um wie die Göttinnen in *Hippolytos* den verzweifelten Menschen zu verkünden, daß der Grund für die Strafe in der Verachtung liege, die man ihm, dem Zeus-Sohn, in seiner Heimatstadt Theben entgegengebracht habe. Kadmos, der Großvater des Pentheus, gibt zwar zu, daß sein Enkel mit der Leugnung der Göttlichkeit des Dionysos Unrecht auf sich geladen habe. Er fordert aber, daß die Götter in ihren Emotionen nicht den Menschen gleichen dürften (1348). Doch der Gott läßt sich bei Euripides auf keine Diskussion über die Berechtigung

und den Sinn der Strafe ein. Wie Aphrodite und Artemis geht es Dionysos um die Wiederherstellung seiner Ehre *(τιμή)*. Der Mensch sieht sich dem göttlichen Walten ausgeliefert, ohne einen Sinn darin erkennen zu können.

V

Die Auseinandersetzung des Euripides mit Aischylos, die sich in der unterschiedlichen Theologie der beiden Tragiker nachweisen läßt, ist insbesondere auch in der Behandlung des Mythos durch Euripides nachvollziehbar. Vor allem im Elektra-Stoff wird dies besonders deutlich. In den Aischyleischen *Choephoren*, dem zweiten Stück der Orestie, entdeckt Elektra beim Opfer am Grabe ihres Vaters Agamemnon eine Locke und folgert daraus, nur ihr Bruder Orest könne diese Weihegabe dargebracht haben (166 ff.). Zudem gleiche die Locke genau ihrem eigenen Haar. Als sie außerdem noch Fußspuren entdeckt, die zu ihren Füßen passen, ist sie von der Rückkehr des Bruders überzeugt. Da tritt auch schon Orest aus seinem Versteckt, gibt sich seiner Schwester zu erkennen (212) und berichtet von dem Auftrag des delphischen Apoll, der ihn unter Androhung härtester Strafen geheißen habe, den Vater zu rächen (269 ff.).

Ganz anders verläuft der Wiedererkennung, die *Anagnorisis*, in der *Elektra* des Euripides. Ohne sich zu erkennen zu geben, trifft Orest gleich nach dem Einzugslieds des Chores (*Parodos*, 167 ff.) auf seine Schwester, um ihr Nachricht vom Bruder zu überbringen (215 ff.). Der alte Erzieher Elektras berichtet ihr, daß er am Grab Agamemnons eine blonde Locke entdeckt habe (508 ff.). Wie die Aischyleische Elektra schließt er daraus, daß dieses Weiheopfer nur der zurückgekehrte Orest dargebracht haben könne, und wird von Elektra in geradezu sophistischer Art und Weise widerlegt (524 ff.): Wie könnte Frauen- und Männerhaar sich gleichen? Wie sollte sich auf felsigem Grund eine Fußspur abzeichnen können? Und wenn auch: wie könnten sich selbst bei Geschwistern Frauen- und Männerfuß gleichen? Selbst den Mantel, den der Alte am Grab fand, läßt sie nicht gelten: Orest verließ als Knabe das Land und wird wohl kaum als Erwachsener noch dasselbe Gewand wie als Kind tragen, es sei denn, Kleider würden mitwachsen. In rationalistischer Weise läßt Euripides also seine Elektra - ganz wie es ihm Aristophanes in den *Fröschen* vorwirft - die Aischyleische Wiedererkennungsszene, insbesondere die Beweiskraft der Aischyleischen Wiedererkennungszeichen *(Gnorismata)*, überprüfen und ins Lächerliche ziehen.

Auch in der Charakterisierung der handelnden Personen läßt sich die direkte Auseinandersetzung mit Aischylos nachweisen: In den *Choephoren* des Aischylos geht Orest unbeirrt seinen Weg als gottgesandter Rächer. Nur einen Augenblick lang - angesichts der Brust seiner Mutter - zögert er und wird von seinem Freund Pylades, der nur an dieser Stelle sein Schweigen bricht (899 ff.), an den göttlichen Auftrag erinnert. Anders Orest in der *Elektra* des Euripides: Er ist ein Zauderer, der, kaum sieht er die Mutter von weitem, an der Richtigkeit des Mordplanes zweifelt (964 ff.). Nur Elektra in ihrem Haß vermag den zögernden Orest zur Tat anzustacheln. Auch die Deus-ex-machina-Szene des Schlusses der Tragödie *(Exodos)*, die normalerweise die Fäden entwirrt und Ordnung in das menschliche Chaos zu bringen pflegt, stellt die Richtigkeit von Apolls Befehl an Orest in Frage. Die Dioskuren, Kastor und Polydeukes, kritisieren geradezu Apollons Auftrag an Orest, die Mutter umzubringen (1245 f. 1302).

In der Deutung des Mythos nimmt Euripides demnach eine Umakzentuierung vor - sowohl in der Charakterisierung der Protagonisten als auch in der Bewertung der Tat. Diese Neuinterpretation des Orest-Elektra-Mythos muß im größeren Zusammenhang der Theologie des Euripides gesehen werden: Die Klarheit des göttlichen Auftrags, der in den *Choephoren* des Aischylos Orest zur Tat trieb, ist verschwunden. Göttliche Befehle können genausogut wie menschliche Entscheidungen falsch sein. Dem Menschen fehlt durch seine Ferne von den Göttern die Einsicht in das göttliche Wollen, so daß er zum bloßen Spielball in einem undurchschaubaren Spiel wird.

VI

Die Zeit des Peloponnesischen Kriegs (431-404) war für Athen - besonders in den Jahren nach 411, als die Spartaner und ihre Verbündeten sich in der Grenzfestung Dekelea festgesetzt hatten und Athen militärisch ständig bedrohten - nicht nur eine Zeit des äußeren Drucks; vielmehr hatte das Scheitern der unter großen Hoffnungen unternommenen Sizilischen Expedition (415-413) auch im Inneren der Polis Spannungen entstehen lassen, die sich zum ersten Mal im «oligarchischen Putsch» des Jahres 411 entluden.

Viele Stücke dieser Krisenzeit Athens spiegeln die Ängste und Sorgen wider, die das Leben der Polis in diesen Jahren des inneren und äußeren Drucks bestimmten: Wie Aischylos in den *Persern* des Jahres 472 führt Euripides in den *Troerinnen* (415), entstanden in einer Zeit höchster Euphorie der Ausfahrt nach Sizilien, als ob er die Katastrophe des athenischen Heeres vorausahnte, die Folgen einer militärischen Niederlage aus der Sicht der Unterlegenen vor. Der Sturz aus den Höhen der Macht wird in der Person der Königin Hekabe, in ihren Töchtern, der Seherin Kassandra und Polyxena, in Hektors Gattin Andromache und Hektors Sohn Astyanax exemplarisch vorgeführt. Doch auch der Sieger wird sich seines Erfolges nicht erfreuen können: Bereits im Götterprolog, im Gespräch zwischen Poseidon und Athena, wird vorausgesagt, daß die Griechen, da sie sich im Siegesrausch zu Freveln hinreißen ließen, auf der Heimfahrt von Unwettern heimgesucht werden. Kassandra sieht - wie im Aischyleischen *Agamemnon* (1072 ff.) - in einer Vision das Unheil voraus, daß sie über den siegreichen Heerführer Agamemnon bringen wird (307 ff.). In der sinnentleerten Welt sind Sieger wie Besiegte Opfer. «Daß der Mensch leiden muß, ist /.../ der unsinnigste Unsinn der unsinnigen Welt» - so Franz Werfel in der Vorbemerkung seiner Bearbeitung der *Troerinnen*, geschrieben in einer vergleichbaren politischen Krisensituation (1915).

Die innenpolitische Krise der Polis wird vor allem in *Orestes* des Jahres 408 deutlich: Orestes, sein Freund Pylades und seine Schwester Elektra bilden, wie es damals in der erbitterten Auseinandersetzung zwischen den Parteien, den radikalen Demokraten und den Oligarchen, üblich war, einen politischen Geheimbund *(Hetairia)*. Um ihre Pläne durchzusetzen, schrecken sie vor nichts zurück: Edle Worte im Munde führend, bedrohen sie Helena und ihre naive Cousine Hermione mit dem Tode. Obwohl Menelaos, ein skrupelloser Machtpolitiker und Realist, nachzugeben bereit ist, um das Leben seiner Tochter zu retten, wollen die drei Verbündeten den Palast in Brand stecken. In der Eskalation der Gewalt - aus abgrundtiefem Haß auf den Gegner - verlieren sie ihr eigentliches Ziel, ihr Leben zu retten, aus den Augen. Gewalt und Haß verselbständigen sich, sie entgleiten dem planenden Zugriff menschlicher Vernunft, so wie dies der Historiker Thukydides mit analytischem Scharfblick in seiner *Pathologie* (3, 8), der Beschreibung der Folgen des Parteienzwists auf der Insel Kerkyra (Korfu), deutlich erkannt hat: Die Gier nach Macht und Geld, angestachelt von einem grenzenlosen Ehrgeiz und verbunden mit einer ständig zunehmenden Rücksichtslosigkeit und Brutalität, führen zu Hinterhältigkeit und Verschlagenheit im öffentlichen Leben, zur Vergiftung jeglicher zwischenmenschlichen Beziehungen selbst in den Familien und schließlich zur völligen Auflösung der traditionellen Werte und Normen, der *καθεστώτες νόμοι.* In der Tragödie des Euripides würde wie in der Realität das Handeln der Menschen zum völligen Chaos führen, erschiene nicht im letzten Augenblick der Gott Apollon, um durch sein Machtwort alles zu bereinigen. Doch gerade durch diesen aufgesetzten, nicht aus der Handlung motivierten Kunstgriff des *deus ex machina*, der das Geschehen, das das vom Mythos vorgeschriebene Ende zu verfehlen droht, auf die vorbestimmte Bahn zurücklenkt, gibt der Tragiker zu erkennen, daß eine Lösung wie in *Orestes* nur im dramatischen Spiel, auf der Bühne des Theaters möglich ist, nicht jedoch in der Realität, wo kein rettender Gott eingreift, um die Folgen des menschlichen Handelns zu entwirren. In der Realität herrschen - ganz der Analyse des Thukydides entsprechend - Intrigen, Lug und Trug vor; Geiselnahmen, Mord und Totschlag sind die Regel.

VII

Neben der Intrige ist ein weiteres wesentliches Element vor allem des Euripideischen Spätwerks die *Anagnorisis*, die Wiedererkennung. Der *locus classicus* dieses Strukturelements ist die Wiedererkennung von Elektra und Orest in den *Choephoren* des Aischylos. Euripides entwickelt das Schema - zwei lange Zeit voneinander getrennte Personen finden sich oft mit Hilfe von Wiedererkennungszeichen *(Gnorismata)* wieder - zu immer überraschenderen Wendungen. Insbesondere in *Iphigenie im Taurerlande* und in *Helena* treibt er die Spannungen und Verwicklungen, die eine Anagnorisis mit sich bringt, auf die Spitze.

In *Iphigenie im Taurerlande* geraten Orest und Pylades in die Hände der barbarischen Taurer und sollen, wie es der Brauch erfordert, von der Priesterin, Orests Schwester Iphigenie, geopfert werden. Iphigenie war vor Jahren, als ihr Vater Agamemnon sie vor der Ausfahrt der griechischen Flotte auf Geheiß des Sehers Kalchas der Göttin Artemis opfern wollte, um günstigen Fahrtwind zu erhalten, von der Göttin selbst zu den Taurern entrückt worden. Da Iphigenie die griechische Herkunft der beiden Fremden bemerkt, erkundigt sie sich voller Mitgefühl nach ihrem Schicksal. Bei dem Stichwort «Argos», ihrer eigenen Heimat, wird sie hellhörig. Sie will einem der beiden zur Flucht verhelfen, sofern er sich bereit erklärt, einen Brief an den Bruder mitzunehmen. Orest bietet an, zu bleiben und zu sterben, Pylades soll gerettet werden und den Boten spielen. Die Opferung des Bruders durch die Hand der Schwester scheint unausweichlich zu sein. Da malt sich Iphigenie die unwahrscheinliche Situation aus, daß Pylades auf der Flucht Schiffbruch erleiden und den Brief verlieren könnte. So will sie, um ganz sicher zu gehen, den Inhalt des Briefs Pylades vorlesen. Die Spannung steigt, bis endlich der Name des Adressaten - Orest - fällt und Pylades den Brief Iphigenies Bruder überreichen kann (769–793).

Die verwirrendste Spielart der Anagnorisis liegt in *Helena* vor. Euripides verwendet in der Tragödie eine auf den Chorlyriker Stesichoros zurückgehende Variante des Mythos, nach der Helena von dem trojanischen Prinzen Paris nicht tatsächlich nach Troja entführt wurde. Vielmehr entrückte Helenas Vater Zeus seine Tochter nach Ägypten, wo sie unter der Obhut des Königs Proteus zehn Jahre verbrachte. Der trojanische Krieg wurde demnach nicht ihretwegen, sondern um ein Phantom ausgetragen.

Auf der Rückfahrt von Troja wird Menelaos nach Ägypten verschlagen. Dort trifft er auf die echte Helena, schenkt ihr jedoch, da er ja fest davon überzeugt ist, seine Frau auf dem Schiff von Troja mit sich zu führen, keinen Glauben. Die Wiedererkennung von Helena und Menelaos scheint zu scheitern. Menelaos macht sich auf, um mit der vermeintlich echten Helena weiter nach Griechenland zu segeln. Doch im letzten Augenblick stürzt ein Matrose herbei und meldet seinem Herrn, daß sich die Helena auf dem Schiff plötzlich in Luft aufgelöst habe. Erst jetzt – nach dem Verschwinden des Trugbildes - kommt es zur beidseitigen Anagnorisis, und Menelaos erkennt, daß er und die Griechen zehn Jahre lang um ein Trugbild vor Troja gekämpft und gelitten haben.

Die beiden Anagnorisis-Tragödien, zu denen noch *Ion* gehört, sind geprägt von einer gegenläufigen Spannung von heiteren, spielerischen Elementen und einem durchaus ernsten Grundtenor. Paradigmatisch wird im Bild des Mythos dargestellt, wie das Leben der Menschen unwägbaren Zufällen unterworfen oder dem Eingreifen höherer, undurchschaubarer Mächte ausgesetzt ist und wie die Menschen aufgrund ihrer intellektuellen Kurzsichtigkeit und ihres unüberlegten, vorschnellen Handelns imstande wären, göttliche Pläne zu durchkreuzen, wie aber auf der anderen Seite die Götter wegen der großen Ferne, die sie von den Menschen trennt, nicht in der Lage sind, die menschlichen Gefühle und Regungen zu berücksichtigen.

Die Erkenntnisfähigkeit des Menschen und die Erkennbarkeit der Welt sind Probleme, die in Athen gegen Ende des 5. Jahrhunderts unter dem Einfluß der Sophisten heftig diskutiert wurden. Erkenntnistheorie, wie sie z. B. in der Schrift *Über das Nichtseiende* des Sophisten Gorgias vorliegt und wie sie sich für Protagoras, Antiphon und andere Zeitgenossen des Euripides erschließen läßt, ist die theoretische Seite des praxisbezogenen Rhetorikunterrichts der Sophisten. Um die Zuhörer - im Gericht oder in der Volksversammlung - von einer Sache zu überzeugen, muß der Redner über die Möglichkeiten und Grenzen, vor allem auch über die Manipulierbarkeit der menschlichen Erkenntnis Bescheid wissen. Die Anagnorisis-Szenen der Euripideischen Tragödien kann man als dramatische Spiegelungen dieser theoretischen Diskussion auffassen. Man denke nur an den Menelaos in *Helena*, der nicht mehr weiß, ob er seinen Sinnen trauen kann, da er nicht in der Lage ist zu unterscheiden, welche Helena wirklich existiert und welche bloßer Schein ist.

VIII

Die Nähe zu Gedanken der Sophistik, die offene, zum Nachdenken anregende Konzeption seiner Stücke verbindet Euripides eng, wie dies der beste Euripideskenner des 5. Jahrhunderts, der Komödiendichter Aristophanes klar erkannte, mit seinem Zeitgenossen Sokrates. In den *Fröschen* wirft Aristophanes dem Tragödiendichter wie dem Philosophen vor, durch das Hinterfragen der traditionellen Werte und Normen am Ruin der tragischen Dichtkunst und am Zusammenbruch der gesamten demokratischen Polis Schuld zu haben (V. 1491-1499, Übersetzung von L. Seeger):

Schande, wer bei Sokrates
Sitzen mag und schwatzen mag
Und die schöne Kunst verliert
Und vom Größten ab sich wendet,
Was die trag'sche Muse fand!
In gespreizten, leeren Phrasen,
Tüfteleien, Quäckeleien,
Faulgeschäftig sich zu üben,
Ist für hohle Köpfe nur!

Doch auf die Verurteilung des Euripides im Jahre 405 folgte schon bald die erste große Renaissance des Tragikers im 4. Jahrhundert. Nachdem durch Volksbeschluß im Jahre 386 das Prinzip der Einmaligkeit einer dramatischen Aufführung im Dionysos-Theater zu Athen fallen gelassen worden war, waren die Stücke des «Tragikers par excellence» (Aristoteles) auf der Bühne des 4. und 3. Jahrhunderts ständig zu sehen. Seine Stoffe und Handlungskonstellationen, insbesondere die Verbindung von Anagnorisis und Intrige, beeinflußten die Komödie des 4. Jahrhunderts in entscheidendem Maße und durch die Vermittlung der Römer Plautus und Terenz das europäische Lustspiel insgesamt. Die psychologischen Dimensionen vor allem der Euripideischen Frauengestalten regten die römische Tragödie, insbesondere Seneca, zur Auseinandersetzung an und beeinflußten durch die Vermittlung des Dichterphilosophen der neronischen Zeit die europäische Tragödie vor allem der französischen Klassik (Corneille und Racine).
Im 20. Jahrhundert erlebte Euripides nach der eher frostigen Aufnahme im vergangenen Jahrhundert - man denke nur an seine Verurteilung in Nietzsches *Geburt der Tragödie* - eine weitere Renaissance: Unter dem Eindruck der zwei Weltkriege sind Kriegsstücke wie die *Troerinnen* und *Hekabe* von höchster Aktualität. Franz Werfel bearbeitete die *Troerinnen* im zweiten Jahr des Ersten Weltkriegs. Die Ferne von Gott und Mensch, das Ausgeliefertsein des Menschen an undurch-

schaubare Mächte, die Suche nach einem Sinn in einer sinnlosen Welt, die ständig im Chaos zu versinken droht, sind Inhalte, die Euripides auch dem heutigen Leser und Theaterbesucher immer näher bringen dürften.

LITERATURHINWEISE

Ausgaben: J. Diggle, Oxford University Press, 3 Bände (1981-1994). In der Bibliotheca Teubneriana werden die einzelnen Tragödien von verschiedenen Herausgebern in Einzelbänden ediert (bisher 16 Bände).

Kommentare (in Auswahl)

Medeia: D. L. Page, Oxford 1938.

Hippolytos: W. S. Barrett, Oxford 1964.

Elektra: J. D. Denniston, Oxford 1939; M. J. Cropp, Warminster 1988.

Troerinnen: K. H. Lee, London 1976; S. A. Barlow, Warminster 1986; W. Biehl, Heidelberg 1989.

Helena: A. M. Dale, Oxford 1967; R. Kannicht (2 Bde.), Heidelberg 1969.

Iphigenie im Taurerlande: M. Platnauer, Oxford 1938.

Orestes: W. Biehl, Berlin 1965; C.W. Willink, Oxford 1986; M. L. West, Warminster 1987.

Bakchen: E. R. Dodds, Oxford ²1960.

Weiterführende Literatur

A. Pippin Burnett, Catastrophe survived. Euripides' plays of mixed reversal, Oxford 1971.

W. H. Friedrich, Euripides und Diphilos, München 1953.

R. E. Harder, Die Frauenrollen bei Euripides, Stuttgart 1993 (DRAMA, Beiheft Nr. 1).

M. Hose, Studien zum Chor bei Euripides, 2 Bde., Stuttgart 1990–91.

W. Jens (Hg.), Die Bauformen der griechischen Tragödie, München 1971.

J. Latacz, Einführung in die griechische Tragödie, Göttingen 1993, S. 250-383.
A. Lesky, Die tragische Dichtung der Hellenen, Göttingen [3]1972, S. 275-522.
K. Matthiessen, Euripides, in: G. A. Seeck (Hg.), Das griechische Drama, Darmstadt 1979, S. 105-154.
S. Melchinger, Die Welt als Tragödie, Bd. 2: Euripides, München 1980.
E. R. Schwinge (Hg.), Euripides, Darmstadt 1968 (Wege der Forschung 89).
G. A. Seeck, Die griechische Tragödie, in: E. Vogt (Hg.), Griechische Literatur (Neues Handbuch der Literaturwissenschaft, Bd. 2), Wiesbaden 1981, S. 143-186.
Ch. Segal, Euripides and the poetics of sorrow, Durham/ London 1993.
E. Segal, Greek tragedy. Modern essays in criticism, New York 1983 (= Oxford readings in Greek tragedy, Oxford 1983).
B. Seidensticker, Palintonos Harmonia. Studien zu komischen Elementen in der griechischen Tragödie, Göttingen 1982.
B. Zimmermann, Die griechische Tragödie, München [2]1992, S. 94-138.